【臺灣現當代作家
研究資料彙編】95

劉大任

國立台灣文學館
出版

部長序

　　「臺灣現當代作家研究資料彙編」是臺灣文學研究一場極富意義的文學接力，計畫至今已來到第七階段，累積的豐碩成果至今正好匯聚百冊。欣見國立臺灣文學館今年再次推出十部作家研究成果，包括：翁鬧、孟瑤、楊念慈、施明正、劉大任、許達然、楊青矗、夐虹、張曉風和王拓。謹以此套叢書，向長期致力於臺灣文學創作的文學家們致敬。

　　文學是一個國家的靈魂，反映出一個民族最深刻的心靈史。回顧臺灣史，文學家一直是引領社會思潮前進的先鋒，是開創語言無限可能的拓荒者，創造出每一個時代的時代精神。「臺灣現當代作家研究資料彙編」透過回顧作家的生平經歷、尋訪作家與文友互動及參與文學社團的軌跡、閱讀其作品並且整理歷來研究者的諸多評述，讓我們能與作家的生命路徑同行，由此更認識他們所創造的文學世界。越深入認識臺灣文學開創出的獨特風采，我們對這塊土地的情感也會更加踏實，臺灣文化的創發與新生才更活潑光燦。

　　「臺灣現當代作家研究資料彙編」計畫推動至今已歷時八年，感謝這一路走來勤謹任事的執行團隊及諸多專家學者的戮力協助，替臺灣文學的作家研究奠定厚實根基。在此向讀者推介這一套兼具深度與廣度的臺灣文學工作書，讓我們藉由創作、閱讀和研究，一同點亮臺灣文學的璀璨光芒。

文化部部長　

館長序

　　在眾人引頸期盼中，「臺灣現當代作家研究資料彙編計畫」第七階段成果終於出爐，把一年來辛勤耕耘的果實呈現在讀者面前。此次所編纂的作家研究資料彙編，包含翁鬧、孟瑤、楊念慈、施明正、劉大任、許達然、楊青矗、夐虹、張曉風、王拓等十位作家。如同以往，在作家的族群身分、創作文類、性別比例各方面，均力求兼顧平衡；而別具意義的是，這十位作家的加入，讓「臺灣現當代作家研究資料彙編計畫」，匯聚累積共計百冊，為這份耗時良久的龐大學術工程，締造了全新的歷史紀錄。

　　從 1894 年出生的賴和，到 1945 年世代的王拓，這 51 年間，臺灣的歷史跌宕起伏，卻在在滋養著出生、成長於這塊土地上的文學青年、知識分子。而諸多來自對岸的戰後移民作家，大概也從來沒有想過，有一天，他們的書寫創作是在臺灣這塊土地發光發熱。事實證明，作家研究資料彙編的出版，不僅重新點燃了許多前輩作家的熱情，使其生命軌跡與文學路徑得到更為精緻細膩的梳理，某些已然淡出文學舞臺的作家與作品，也因而再次閃現光芒。另一方面，對於關心臺灣文學發展的學者專家，乃至一般讀者來說，這套巨著猶如開啟一扇窗扉，足以眺望那遼闊無際的文學美景，讓我們翻轉過去既有的印象和認知，得以嘗試用較為活潑、多元的角度來解讀作品。

　　在李瑞騰前館長的擘畫、其後歷任館長的大力支持下，自 2010 年起步的「臺灣現當代作家研究資料彙編計畫」，至今已持續推動八年。走過如

此漫長的時光，臺文館所挹注的人力、物力等資源之龐大，自是不難想像。而我們之所以對作家研究投以如此關注，最根本的緣由乃是因為作家與作品，實為當代社會的縮影與靈魂的核心，伴隨著文本所累積的研究論述及文獻史料，則不僅是厚實文學發展的根基，更是深化人文思想的依據。本叢書既是對近百年來臺灣新文學的驗收及盤點，也是擴展並深化臺灣文學研究的嶄新契機，體現了臺灣文學研究總體成果中最優質精緻的部分，並對未來的研究指向與路徑，提出嶄新而適切的指引。

　　在此，特別感謝承辦單位臺灣文學發展基金會所組成的工作團隊，以及參與其事的專家、學者；更謝謝長期以來始終孜孜不倦、埋首於文學創作的前輩作家們。初冬時節，我們懷抱欣喜之情，向讀者推介此一深具實用價值的全方位臺灣現當代文學工具書，並期待未來有更多人，善用這套鉅著進行閱讀研究，從而加入這一場綿長而優美的臺灣文學接力賽。

國立臺灣文學館館長　廖振富

編序

◎封德屏

緣起

　　1995 年 10 月 25 日，在臺灣師範大學教育大樓的 201 室，一場以「面對臺灣文學」為題的座談會，在座諸位學者分別就臺灣文學的定義、發展、研究，以及文學史的寫法等，提出宏文高論，而時任國家圖書館編纂張錦郎的「臺灣文學需要什麼樣的工具書」，輕鬆幽默的言詞，鞭辟入裡的思維，更贏得在座者的共鳴。

　　張先生以一個圖書館工作人員自謙，認真專業地為臺灣這幾十年來究竟出版了多少有關臺灣文學的工具書，做地毯式的調查和多方面的訪問。同時條理分明地針對研究者、學生，列出了十項工具書的類型，哪些是現在亟需的，哪些是現在就可以做的，哪些是未來一步一步累積可以達成的，分別做了專業的建議及討論。

　　當時的文建會二處科長游淑靜，參與了整個座談會，會後她劍及履及的開始了文學工具書的委託工作，從 1996 年的《臺灣文學年鑑》起始，一年一本的編下去，一直到現在，保存延續了臺灣文學發展的基本樣貌。接著是《中華民國作家作品目錄》的新編，《臺灣文壇大事紀要》的續編，補助國家圖書館「當代文學史料影像全文系統」的建置，這些工具書、資料庫的接續完成，至少在當時對臺灣文學的研究，做到一些輔助的功能。

　　2003 年 10 月，籌備多年的「臺灣文學館」正式開幕運轉。同年五月《文訊》改隸「財團法人台灣文學發展基金會」，為了發揮更大的動能，開

始更積極、更有效率地將過去累積至今持續在做的文學史料整理出來，讓豐厚的文藝資源與更多人共享。

於是再次的請教張錦郎先生，張先生認為文學書目、作家作品目錄、文學年鑑、文學辭典皆已完成或正在進行，現在重點應該放在有關「臺灣現當代作家評論資料目錄」的編輯工作上。

很幸運的，這個計畫的發想得到當時臺灣文學館林瑞明館長的支持，於是緊鑼密鼓的展開一切準備工作：籌組編輯團隊、召開顧問會議、擬定工作手冊、撰寫計畫書等等。

張錦郎先生花了許多時間編訂工作手冊，每一位作家的評論資料目錄分為：

（一）生平資料：可分作者自述，旁人論述及訪談，文學獎的紀錄。

（二）作品評論資料：可分作品綜論，單行本作品評論，其他作品（包括單篇作品）評論，與其他作家比較等。

此外，對重要評論加以摘要解說，譬如專書、專輯、學術會議論文集或學位論文等，凡臺灣以外地區之報刊及出版社，於書名或報刊後加註，如中國大陸、香港、新加坡等。此外，資料蒐集範圍除臺灣外，也兼及中國大陸、香港、新加坡、日本、韓國及歐美等地資料，除利用國內蒐集管道外，同時委託當地學者或研究者，擔任資料蒐集工作。

清楚記得，時任顧問的學者專家們，都十分高興這個專案的啟動，但確定收錄哪些作家名單時，也有不同的思考及看法。經過充分的討論後，終於取得基本的共識：除以一般的「文學成就」為觀察及考量作家的標準外，並以研究的迫切性與資料獲得之難易度為綜合考量。譬如說，在第一階段時，作家的選擇除文學成就外，先考量迫切性及研究性，迫切性是指已故又是日治時期臺籍作家為優先，研究性是指作品已出土或已譯成中文為優先。若是作品不少而評論少，或作品評論皆少，可暫時不考慮。此外，還要稍微顧及文類的均衡等等。基本的共識達成後，顧問群共同挑選出 310 位作家，從鄭坤五、賴和、陳虛谷以降，一直到吳錦發、陳黎、蘇

偉貞，共分三個階段進行。

「臺灣現當代作家評論資料目錄」專案計畫，自 2004 年 4 月開始，至 2009 年 10 月結束，分三個階段歷時五年六個月，共發現、搜尋、記錄了十餘萬筆作家評論資料。共經歷了三位專職研究助理，近三十位兼任研究助理。這些研究助理從開始熟悉體例，到學習如何尋找資料，是一條漫長卻實用的學習過程。

接續

「臺灣現當代作家評論資料目錄」的專案完成，當代重要作家的研究，更可以在這個基礎上，開出亮麗的花朵。於是就有了「臺灣現當代作家研究資料彙編暨資料庫建置計畫」的誕生。為了便於查詢與應用，資料庫的完成勢在必行，而除了資料庫的建置外，這個計畫再從 310 位作家中精選 50 位，每人彙編一本研究資料，內容有作家圖片集，包括生平重要影像、文學活動照片、手稿及文物，小傳、作品目錄及提要、文學年表。另外每本書分別聘請一位最適當的學者或研究者負責編選，除了負責撰寫八千至一萬字的作家研究綜述外，再從龐雜的評論資料中挑選具有代表性的評論文章，平均 12～14 萬字，最後再附該作家的評論資料目錄，以期完整呈現該作家的生平、創作、研究概況，其歷史地位與影響。

第一部分除資料庫的建置外，50 位作家 50 本資料彙編（平均頁數 400～500 頁），分三個階段完成，自 2010 年 3 月開始至 2013 年 12 月，共費時 3 年 9 個月。因為內容充實，體例完整，各界反應俱佳，第二部分的 50 位作家，接著在 2014 年元月展開，第一階段至第三階段共出版了 40 本，此次第四階段計畫出版 10 本，預計在 2017 年 12 月完成。

成果

雖然過程是如此艱辛，如此一言難盡，可是終究看到豐美的成果。每位編選者雖然忙碌，但面對自己負責的作家資料彙編，卻是一貫地認真堅

持。他們每人必須面對上千或數百筆作家評論資料，挑選重要或關鍵性的評論文章，全面閱讀，然後依照編選原則，挑選評論文章。助理們此時不僅提供老師們所需要的支援，統計字數，最重要的是得找到各篇選文作者，取得同意轉載的授權。在起初進度流程初估時，我們錯估了此項工作的難度，因為許多評論文章，發表至今已有數十年的光景，部分作者行蹤難查，還得輾轉透過出版社、學校、服務單位，尋得蛛絲馬跡，再鍥而不捨地追蹤。有了前面的血淚教訓，日後關於授權方面，我們更是如臨深淵、如履薄冰，希望不要重蹈覆轍，在面對授權作業時更是戰戰兢兢，不敢懈怠。

除了挑選評論文章煞費苦心外，每個作家生平重要照片，我們也是採高標準的方式去蒐集，過世作家家屬、友人、研究者或是當初出版著作的出版社，都是我們徵詢的對象。認真誠懇而禮貌的態度，讓我們獲得許多從未出土的資料及照片，也贏得了許多珍貴的友誼。許多作家都協助提供照片手稿等相關資料，已不在世的作家，其家屬及友人在編輯過程中，也給予我們許多協助及鼓勵，藉由這個機會，與他們一起回憶、欣賞他們親人或父祖、前輩，可敬可愛的文學人生。此外，還有許多作家及研究者，熱心地幫忙我們尋找難以聯繫的授權者，辨識因年代久遠而難以記錄年代、地點、事件的作家照片，釐清文學年表資料及作家作品的版本問題，我們從他們身上學習到更多史料研究可貴的精神及經驗。

但如何在規定的時間內，完成每個階段資料彙編的編輯出版工作，對工作小組來說，確實是一大考驗。每一冊的主編老師，都是目前國內現當代臺灣文學教學及研究的重要人物，因此都十分忙碌。每一本的責任編輯，必須在這一年的時間內，與他們所負責資料彙編的主角——傳主及主編老師，共生共榮。從作家作品的收集及整理開始，必須要掌握該作家所有出版的作品，以及盡量收集不同出版社的版本；整理作家年表，除了作家、研究者已撰述好的年表外，也必須再從訪談、自傳、評論目錄，從作品出版等線索，再作比對及增刪。再來就是緊盯每位把「研究綜述」放在

所有進度最後一關的主編們，每隔一段時間提醒他們，或順便把新增的評論目錄寄給他們（每隔一段時間就有新的相關論文或學位論文出現），讓他們隨時與他們所主編的這本書，產生聯想，希望有助於「研究綜述」撰寫的進度。

　　在每個艱辛漫長的歲月中，因等待、因其他人力無法抗拒的因素，衍伸出來的問題，層出不窮，更有許多是始料未及的。譬如，每本書的選文，主編老師本來已經選好了，也經過授權了，為了抓緊時間，負責編輯的助理們甚至連順序、頁碼都排好了，就等主編老師的大作了，這時主編突然發現有新的文章、新的資料產生：再增加兩三篇選文吧！為了達到更好更完備的目標，工作小組當然全力以赴，聯絡，授權，打字，校對，重編順序等等工作，再度展開。

　　此次第二部分第七階段共需完成的 10 位作家研究資料彙編，年齡層較上兩個階段已年輕許多，因此到最後的疑難雜症，還有連主編或研究者都不太清楚的部分，譬如年表中的某一件事、某一個年代、某一篇文章、某一個得獎記錄，作家本人及家屬絕對是一個最好的諮詢對象，對解決某些問題來說，這是一個好的線索，但既然看了，關心了，參與了，就可能有不同的看法，選文、年表、照片，甚至是我們整本書的體例，於是又是一場翻天覆地的大更動，對整本書的品質來說，應該是好的，但對經過多次琢磨、修改已進入完稿階段的編輯團隊來說，這不啻是一大挑戰。

　　1990 年開始，各地縣市文化中心（文化局），對在地作家作品集的整理出版，以及臺灣文學館成立後對日治時期作家以迄當代重要作家全集的編纂，對臺灣文學之作家研究，也有了很好的促進作用。如《楊逵全集》、《林亨泰全集》、《鍾肇政全集》、《張文環全集》、《呂赫若日記》、《張秀亞全集》、《葉石濤全集》、《龍瑛宗全集》、《葉笛全集》、《鍾理和全集》、《錦連全集》、《楊雲萍全集》、《鍾鐵民全集》等，如雨後春筍般持續展開。

　　經過近二十年的努力，臺灣文學的研究與出版，也到了可以驗收或檢

討成果的階段。這個說法，當然不是要停下腳步，而是可以從「臺灣現當代作家評論資料目錄」所呈現的 310 位作家、10 萬筆資料中去檢視。檢視的標的，除了從作家作品的質量、時代意義及代表性去衡量外、也可以從作家的世代、性別、文類中，去挖掘有待開墾及努力之處。因此這套「臺灣現當代作家研究資料彙編」，大部分的編選者除了概述作家的研究面向外，均有些觀察與建議。希望就已然的研究成果中，去發現不足與缺憾，研究者可以在這些不足與缺憾之處下功夫，而盡量避免在相同議題上重複。當然這都需要經過一段時間去發現、去彌補、去重建，因此，有關臺灣文學的調查、研究與論述，就格外顯得重要了。

期待

感謝臺灣文學館持續推動這兩個專案的進行。「臺灣現當代作家評論資料目錄」的完成，呈現的是臺灣文學研究的總體成果；「臺灣現當代作家研究資料彙編」的出版，則是呈現成果中最精華最優質的一面，同時對未來臺灣文學的研究面向與路徑，作最好的建議。我們可以很清楚的體會，這是一條綿長優美的臺灣文學接力賽，經過長時間的耕耘、灌溉，風搖雨濡、燭影幽轉，百年臺灣文學大樹卓然而立，跨越時代並馳而行，百冊作家研究資料彙編得千位作家及學者之力，我們十分榮幸能參與其中，更珍惜在傳承接力的過程，與我們相遇的每一個人，每一件讓我們真心感動的事。我們更期待這個接力賽，能有更多人加入。誠如張恆豪所說「從高音獨唱到多元交響」，這是每一個人所期待的。

編輯體例

一、本書編選之目的，為呈現劉大任生平、著作及研究成果，以作為臺灣文學相關研究、教學之參考資料。

二、全書共五輯，各輯內容及體例說明如下：

　　輯一：圖片集。選刊作家各個時期的生活或參與文學活動的照片、著作書影、手稿（包括創作、日記、書信）、文物。

　　輯二：生平及作品，包括三部分：

　　　　1.小傳：主要內容包括作家本名、重要筆名，生卒年月日，籍貫，及創作風格、文學成就等。

　　　　2.作品目錄及提要：依照作品文類（論述、詩、散文、小說、劇本、報導文學、傳記、日記、書信、兒童文學、合集）及出版順序，並撰寫提要。不收錄作家翻譯或編選之作品。

　　　　3.文學年表：考訂作家生平所進行的文學創作、文學活動相關之記要，依年月順序繫之。

　　輯三：研究綜述。綜論作家作品研究的概況，並展現研究成果與價值的論文。

　　輯四：重要文章選刊。選收作家自述、國內外具代表性的相關研究論文及報導。

　　輯五：研究評論資料目錄。收錄至 2017 年 11 月底止，有關研究、論述臺灣現當代作家生平和作品評論文獻。語文以中文為主，兼及日文和英文資料。所收文獻資料，以臺灣出版為主，酌收中國大陸、香港、日本和歐美國家的出版品。內容包含三部分：

　　　　1.「作家生平、作品評論專書與學位論文」下分為專書與學位論文。

　　　　2.「作家生平資料篇目」下分為「自述」、「他述」、「訪談」、「年表」、「其他」。

　　　　3.「作品評論篇目」下分為「綜論」、「分論」、「作品評論目錄、索引」、「其他」。

目次

輯一◎圖片集
影像◎手稿◎文物

1941年，劉大任與時任空軍少校工程師的父親劉定志、母親胡怡合影於昆明。（劉大任提供）

1949年8月，劉大任（右）隨父親劉定志（騎馬者）至臺中公園遊玩。（劉大任提供）

1962年，劉大任赴美讀書前環島旅行，留影於東部某火車站。（劉大任提供）

1965年，劉大任攝於烏來。（劉大任提供）

1965年，劉大任全家福，攝於臺北。前排左起：小妹劉大菜、父親劉定志、母親胡怡、小弟劉大佼；後排左起：二弟劉大俊、劉大任、大妹夫洪如江、大妹劉大蘋、二妹劉大華。（劉大任提供）

1968年6月，劉大任與未婚妻李傑英（左）合影於美國加州大學柏克萊分校學生餐廳前。（劉大任提供）

1968年12月，劉大任於加州大學柏克萊分校附近的教堂舉行婚禮。右起：傅運籌、
潘芷秋、劉大任、李傑英、馮秋鴻、陳世驤夫人（後）、李渝、陳世驤、余珍珠。
（劉大任提供）

1970年7月，劉大任攝於波士頓保釣戰友曾仲魯家門前。（劉大任提供）

1977年，劉大任一家攝於非洲肯亞山大氣站。右起：長子劉曉柏、劉大任、次子劉曉陽、李傑英。（劉大任提供）

1980年，劉大任攝於聯合國辦公室。（劉大任提供）

1985年，劉大任與友人合影於花蓮。右起：劉大任、孟東籬、金恆煒。（劉大任提供）

1986年，劉大任攝於龐貝古城。（劉大任提供）

1987年8月，劉大任陪同父親劉定志（左）尋訪江西永新老家。（劉大任提供）

1992年9月18日，劉大任造訪吳祖光的北京宅邸。右起：劉大任、馬森、吳祖光、黃碧端。（馬森提供）

1992年，劉大任造訪北京人民藝術劇院。右起：劉錦雲、劉大任、譚宗堯。（劉大任提供）

1995年5月16日，劉大任攝於浙江千島湖。（劉大任提供）

1995年，劉大任攝於臺北某咖啡廳。（劉大任提供）

1990年代後期，劉大任攝於紐約自宅書房。（劉大任提供）

1990年代後期，劉大任攝於自宅庭院無果園。（劉大任提供）

2008年，劉大任於臺北接受文訊雜誌社
的採訪，與採訪人楊佳嫻（右）合影。
（文訊文藝資料中心）

2010年，劉大任攝於紐約自宅書房。（劉大任提供）

2012年，劉大任攝於紐約自宅。
（劉大任提供）

2014年，劉大任全家福，攝於美國紐澤西自宅。左起：孫女劉源、劉曉柏、孫子劉航、長媳Catharine、李傑英、劉大任、二媳Martha、孫女劉傑、劉曉陽、孫子劉毅。（劉大任提供）

2015年11月27日，劉大任於政治大學舉辦的「戰後人文思潮與臺灣文學的轉折研討會」，由陳芳明（右）主持、與張錯（左）對談「戰後初期亞洲文化變遷」。（政治大學圖書館提供）

高克多作

逃亡

·劉·大·任·

（34）

（35）

醒·零時以前　李菁

夜　素嶽

1960年，劉大任發表於《筆匯》革新號第1卷第10期的第一篇短篇小說——〈逃亡〉期刊內頁。（文訊文藝資料中心）

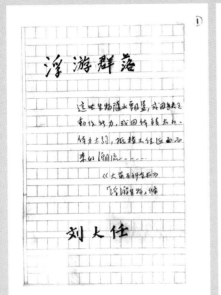

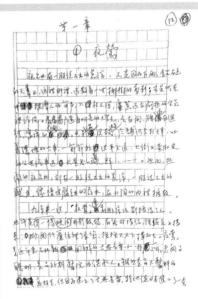

1981年，劉大任長篇小說《浮游群落》封面、
序曲及第一章部分手稿。（劉大任提供）

1983年，劉大任短篇小說〈風景舊曾諳〉部分手稿。（國家圖書館提供）

1984年4月20日，劉大任發表於《中國時報・人間副刊》8版短篇小說〈鶴頂紅〉
部分手稿與發表時的剪報。（國家圖書館提供）

已回 10/11/77

馬森兄：

最近寫完一個中篇，有3.4萬字，取材海及女子圖像及逃同探殺。目前正在作最後的粗理及修改、重抄，可能還需十天到兩個禮拜時間（公事忙，慢拖拖！）

我的等一兒風還希望在聯文發表。但去年過過，李松銀批了多了過篇約，不能太住。但本年比不出名氣、在海外，而各雜誌的讀者圈也不同，所以我考慮兩地同時發表。當然，先得徵得過位首肯。

如果這個 formula 你同意，我騰清後就寄上一份，用了你裁定。發表的時間，還得等你住日內住的信告決定。

文章分成廿五六小節。每小節像個較完篇。也算是再一次試試這個形式。談

好　盼覆

大任　10月26日

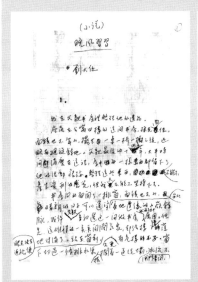

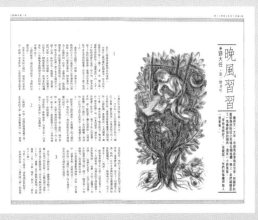

1988年10月26日，劉大任致馬森信函，談論中篇小說〈晚風習習〉的發表。（國立臺灣文學館提供）

1989年7月，劉大任發表於《聯合文學》第57期中篇小說〈晚風習習〉部分手稿與當期雜誌內頁。（劉大任提供）

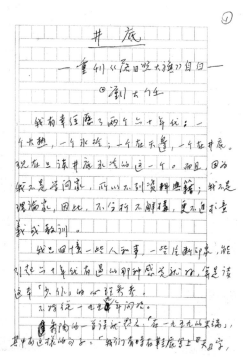

1992年，劉大任〈陳靜反手彈〉部分手稿。（國家圖書館提供）

1999年，劉大任〈井底──重刊《落日照大旗》自白〉部分手稿。（國家圖書館提供）

輯二◎生平及作品

小傳◎作品◎年表

小傳

　　劉大任，男，筆名金延湘、屠藤，籍貫江西永新，1939 年 2 月 5 日生
於湖南、江西的山間，1948 年 7 月來臺，1966 年赴美留學後定居於美國。

　　臺灣大學哲學系畢業，美國加州大學柏克萊分校政治所碩士、博士候
選人。曾任夏威夷大學東西文化中心哲學研究員、美國加州大學柏克萊分
校亞洲研究系講師、《文學季刊》、《劇場》雜誌、《戰報》編輯，1971 年因
參與保釣運動放棄博士學位，1972 年進聯合國祕書處工作，直至 1999 年
退休。曾獲時報文學海外地區推薦獎、臺北國際書展小說類獎、《亞洲週
刊》十大小說獎。現專事寫作。

　　劉大任的創作文類以小說為主，兼及散文。1960 年代受現代主義與寫
實主義影響，形式多樣，曾創作短篇小說、散文、詩作，亦曾與邱剛健合
譯貝克特（Samuel Beckett）劇本《等待果陀》，引介荒誕劇進入臺灣。
1970 年代保釣運動後，歷經理想幻滅的憂傷，重建身心，於 1980 年代開
始進入創作爆發期，代表作也多見於此。此時期以國族與革命的省思作為
小說書寫主調，如長篇小說《浮游群落》刻畫兩個獨立刊物之間活躍的地
下政治活動，寫盡 1960 年代臺灣青年的躁動與抑鬱，而短篇小說〈風景舊
曾諳〉、〈杜鵑啼血〉等描繪文革的記憶與傷痛；中篇小說〈晚風習習〉書
寫父輩的家國記憶崩滅與和解。

　　在散文方面，劉大任寫作題材多元，於香港《七十年代》、臺灣《壹週

刊》、《中國時報》專欄皆可見其作品。以知識分子的角度，長期關心兩岸政治經濟與社會文化，學識淵博，觀點犀利，下筆極有力道，「紐約眼」系列為此類之代表作品。另一方面，劉大任開創臺灣運動文學與園林書寫之先聲。在運動文學上，關注體壇動態並躬行實踐，以乒乓球、高爾夫球、籃球入文，創作《強悍而美麗：劉大任運動文學集》、《果嶺上下》等書。在園林文學上，於 1975 年開始研究園藝，經過非洲、紐約的兩次「大躍進」，將成果集結在《園林內外》，其園藝知識與美學鑑賞，更被吳明益稱為「造心景」的文學工程。

　　劉大任近年專營小說，除了延續 1980 年代的創作題材，〈晚風習習〉的姊妹作〈細雨霏霏〉以母親為主角書寫上一代的女性；〈遠方有風雷〉則為《浮游群落》的接續，從保釣後人之眼，追溯四十年前如火如荼的海外保釣活動。也書寫晚年生活的家常瑣事，如短篇小說集《枯山水》與長篇小說《當下四重奏》，筆調已不復見早年銳利，更多些情感，注重於當下。

　　長年旅居美國的劉大任，以觀察社會的知識分子自許，由早期臺灣現代主義的積極分子，1980 年代內省反芻後遠離政治回歸文學路，至晚年寄託於園林，其文學作品的深度與廣度猶如陳芳明曾言「寫下的每一篇文字，都具有歷史質感，不僅可視為知識分子的懺悔錄，也可作為臺灣民主政治的一個借鏡」、「意識形態淡化之後，天地為之一寬。他可以漫談蒔花養魚，……超然與悠然的文風，既入世又脫俗，是引人入勝的散文風景。」

作品目錄及提要

【論述】

圓神出版社 1986

皇冠文化 1997

走出神話國

臺北:圓神出版社
1986 年 1 月,32 開,239 頁
圓神叢書 8

臺北:皇冠文化出版公司
1997 年 3 月,新 25 開,235 頁
皇冠叢書第 2687 種・劉大任作品集 3

本書收錄作者 1978～1985 年間發表,環繞中西方政治社會的評論。全書收錄〈臺北一月〉、〈作家毀滅法〉、〈啟蒙家的式微〉、〈人獸之間〉等 35 篇。正文前有劉大任〈序〉。
1997 年皇冠版:正文與 1986 年圓神版同。正文前新增劉大任〈艱難苦恨繁霜鬢(總序)〉,正文後新增劉大任〈後記〉。

神話的破滅

臺北:洪範書店
1992 年 9 月,25 開,232 頁
洪範文學叢書 240

臺北:皇冠文化出版公司
1997 年 9 月,新 25 開,231 頁
皇冠叢書第 2759 種・劉大任作品集 6

洪範書店 1992

本書為作者 1967～1992 年間發表，環繞中西方政治社會的評
論。全書收錄〈極權主義的美感〉、〈多元主義的勝利〉、〈再
見，雅皮時代〉、〈從暗殺到強姦〉等 38 篇。正文前有劉大任
〈自序〉。
1997 年皇冠版：正文與 1992 年洪範版同。正文前新增劉大任
〈艱難苦恨繁霜鬢（總序）〉，正文後新增劉大任〈後記〉。

皇冠文化 1997

【散文】

薩伐旅
臺北：麥田出版公司
1992 年 9 月，新 25 開，201 頁
麥田文學 5

臺北：皇冠文化出版公司
1997 年 9 月，新 25 開，215 頁
皇冠叢書第 2758 種・劉大任作品集 5

本書收錄作者 1985～1992 年間發表的雜文。全書收錄〈薩伐
旅〉、〈皮爾斯先生〉、〈黑白非洲〉等 27 篇。正文前有劉大任
〈自序〉，正文後有〈發表索引〉。
1997 年皇冠版：更名為《赤道歸來》。正文新增〈赤道歸來〉，
刪除〈園意〉。正文前新增劉大任〈艱難苦恨繁霜鬢（總序）〉，
正文後新增劉大任〈後記〉。

麥田出版 1992

皇冠文化 1997

走過蛻變的中國

臺北：麥田出版公司
1993 年 7 月，新 25 開，114 頁
麥田文學 24

本書為作者 1992 年行走大陸的遊記。全書收錄〈賓館裡的南泥灣〉、〈夜車〉、〈江西的金三角〉等九篇。正文前有劉大任〈五種意識形態（代序）〉。

麥田出版 1995

強悍而美麗：劉大任運動文學集

臺北：麥田出版公司
1995 年 2 月，25 開，185 頁
運動家 35

臺北：皇冠文化出版公司
1998 年 6 月，新 25 開，247 頁
皇冠叢書第 2861 種・劉大任作品集 8

本書為 1985～1995 年間的運動文學選集。全書分「籃球」、「網球」、「乒乓球」、「釣魚、狩獵、足球及其他」四輯，收錄〈如何享受尼克〉、〈不敢嘲笑喬丹〉、〈巨無霸時代？〉等 26 篇。正文前有〈一個更好的世界——出版緣起〉、唐諾〈序：溯河迴游的桑提阿哥〉，正文後有劉大任〈後記〉。
1998 年皇冠版：更名為《強悍而美麗》。全書改分「籃球」、「網球」、「釣魚、狩獵、足球及其他」三輯，正文新增〈高高在上的感覺〉、〈翻身仗〉、〈奧運高溫〉，刪去〈薩伐旅〉。正文前刪去〈一個更好的世界——出版緣起〉，新增劉大任〈艱難苦恨繁霜鬢（總序）〉。

皇冠文化 1998

無夢時代

臺北：皇冠文化出版公司
1996 年 2 月，新 25 開，253 頁
皇冠叢書第 2558 種‧劉大任作品集 1

本書集結作者 1994～1995 年間發表的雜文。全書收錄〈克林頓情結〉、〈卡薩布蘭卡〉、〈胡士托〉、〈尼可與 O‧J〉、〈心腹地帶的恐怖〉等 53 篇。正文前有劉大任〈自序〉。

我的中國

臺北：皇冠文化出版公司
2000 年 7 月，新 25 開，249 頁
皇冠叢書第 3026 種‧劉大任作品集 11

本書集結以「中國」為主題的雜文。全書分「我的中國」、「走過蛻變的中國」、「人類陰影下」、「舊作拾遺」四輯，收錄〈開場白〉、〈太子道——風塵香江之一〉、〈普慶戲院——風塵香江之二〉、〈觀塘——風塵香江之三〉等 37 篇。正文前有劉大任〈艱難苦恨繁霜鬢（總序）〉，正文後有劉大任〈後記〉。

果嶺上下

臺北：皇冠文化出版公司
2002 年 9 月，新 25 開，219 頁
皇冠叢書第 3214 種‧劉大任作品集 12

本書為高爾夫球散文集。全書分「高爾夫球」、「籃球和棒球」二輯，收錄〈征服奧古斯塔〉、〈哈囉，世界！〉、〈馴虎〉等 27 篇。正文前有劉大任〈艱難苦恨繁霜鬢（總序）〉、楊照〈革命分子在果嶺上——序劉大任的《果嶺上下》〉、劉大任〈自序〉。

紐約眼

臺北：印刻文學出版公司
2002 年 10 月，25 開，273 頁
文學叢書 020

本書集結作者 2001 至 2002 年間於臺灣《壹週刊》撰寫的「紐約眼」專欄。全書分「從柏克萊到紐約」、「非洲雲遊」、「園事之餘」、「身外事」、「身邊事」五輯，收錄〈蒼白女子〉、〈夕燒燈色〉、〈日出劇社〉、〈救報〉等 43 篇。正文前有劉大任〈自序〉。

空望

臺北：印刻文學出版公司
2003 年 10 月，25 開，255 頁
文學叢書 043

本書集結作者 2002 至 2003 年間於臺灣《壹週刊》撰寫的「紐約眼」專欄。全書分「看裡面」、「看外面」、「看球」三輯，收錄〈蔦蘿〉、〈晴姊〉、〈老耿的絕活〉、〈海水泛金〉等 43 篇。正文前有劉大任〈自序〉。

冬之物語

臺北：印刻文學出版公司
2004 年 12 月，25 開，246 頁
文學叢書 073・紐約眼系列之三

本書集結作者 2003 至 2004 年間於《印刻文學生活誌》、臺灣《壹週刊》撰寫的「紐約眼」專欄。全書分「白色恐怖」、「園林人語」、「生活家常」、「選舉前後」、「文化反思」五輯，收錄〈雪恥〉、〈舊信〉、〈密會〉、〈見光〉等 37 篇。正文前有劉大任〈自序〉。

月印萬川

臺北：印刻文學出版公司
2005 年 9 月，25 開，254 頁
文學叢書 100・紐約眼系列之四

本書集結作者 2004 至 2005 年間於臺灣《壹週刊》撰寫的「紐約眼」專欄。全書分「國事、天下事」、「人間事」、「家事、閒事與往事」、「花事」四輯，收錄〈布局〉、〈轉軌〉、〈周邊有事〉、〈時代錯誤〉等 42 篇。正文前有劉大任〈自序〉。

園林內外

臺北：時報文化出版公司
2006 年 4 月，16.5x21.5 公分，247 頁
新人間叢書 93

合肥：黃山書社
2010 年 7 月，新 25 開，260 頁

時報文化 2006

本書集結作者二十年間以花草園林為主題的作品。全書收錄〈山山蝴蝶飛〉、〈雖無一庭香雪〉、〈殘雪燒紅半個天〉、〈百日菊織錦〉、〈花事無須了〉等 50 篇。正文前有劉大任〈無果之園（代序）〉。

2010 年黃山版：正文與 2006 年時報版同。正文後新增劉大任〈後記：兩種文化觀〉。

黃山書社 2010

晚晴

臺北：印刻文學出版公司
2007 年 3 月，25 開，269 頁
文學叢書 148・紐約眼系列之五

本書集結作者 2006 至 2007 年於臺灣《壹週刊》撰寫的「紐約眼」專欄。全書分「浮世家常」、「生老病死」、「園林山水」、「天涯行旅」、「時事家國」五輯，收錄〈人越老夢越小〉、〈冬至好尋春〉、〈捨不得・放不下〉、〈沒人管的感覺〉、〈命運貼在電線桿上〉等 50 篇。正文前有劉大任〈自序〉。

時報文化 2007

上海文藝 2009

果嶺春秋

臺北：時報文化出版公司
2007 年 8 月，18 開，255 頁
新人間叢書 97

上海：上海文藝出版社
2009 年 11 月，16 開，237 頁

本書為以高爾夫球為主題的運動文學集。全書分「老虎伍茲的
頭一個十年」、「高爾夫文化」、「觀戰紀實」、「女子高爾夫」、
「個人經驗」五輯，收錄〈哈囉，世界！〉、〈馴虎〉、〈征服奧
古斯塔〉、〈老虎炫風〉、〈老虎五連勝〉等 51 篇。正文前有劉大
任〈介紹一點歷史（代序）〉。
2009 年上海版：更名為《Hello，高爾夫》。內容與 2007 年時報
版同。

憂樂

臺北：印刻文學出版公司
2008 年 11 月，25 開，269 頁
文學叢書 211・紐約眼系列之六

本書集結作者 2007 至 2008 年於臺灣《壹週刊》撰寫的「紐約
眼」專欄。全書分「問心」、「處世」、「望鄉」、「懷國」、「探
美」五輯，收錄〈關於神的妄想症〉、〈神從哪裡來？〉、〈人從
哪裡來？〉、〈漫談靈魂〉、〈做愛，為了什麼？〉等 50 篇。正文
前有劉大任〈自序〉。

閱世如看花

臺北：洪範書店
2011 年 2 月，25 開，275 頁
洪範文學叢書 341

本書集結作者 2008 至 2010 年間發表的散文。全書分「自在」、
「看花」、「閱世」、「行走」四輯，收錄〈兩周之間〉、〈不動如
山〉、〈閒章不閒〉、〈學書〉等 46 篇。正文前有劉大任〈自
序〉。

【小說】

遠景出版公司 1984　洪範書店 1990

杜鵑啼血

臺北：遠景出版公司
1984 年 10 月，32 開，257 頁
遠景叢刊 193

臺北：洪範書店
1990 年 1 月，32 開，271 頁
洪範文學叢書 204

短篇小說集。全書收錄〈四合如意〉、〈來去尋金邊魚〉、〈蝎〉、〈蝶〉、〈蛹〉、〈長
廊三號〉、〈風景舊曾諳〉、〈故國神遊〉、〈杜鵑啼血〉、〈刀之祭〉、〈前團總龍公家
一日記〉、〈大落袋〉、〈落日照大旗〉、〈紅土印象〉共 14 篇。正文前有劉大任
〈赤道歸來──代序〉。
1990 年洪範版：正文刪去〈四合如意〉、〈來去尋金邊魚〉。

臻善文化公司 1983　遠景出版公司 1985

三三書坊 1990　　研文出版 1991

浮游群落

香港：臻善文化公司
1983 年 3 月，32 開，328 頁

臺北：遠景出版公司
1985 年 6 月，32 開，249 頁
遠景叢刊 270

臺北：三三書坊
1990 年 8 月，新 25 開，286 頁

東京：研文出版
1991 年 1 月，25 開，379 頁
台湾現代小説選　別巻・研文選書 47
岡崎郁子譯

臺北：皇冠文化出版公司
1997 年 3 月，新 25 開，271 頁
皇冠叢書第 2688 種・劉大任作品集 4

臺北：聯合文學出版社
2009 年 10 月，25 開，387 頁
聯合文學 516・劉大任作品集 5

長篇小說。本書以兩個獨立雜誌社的政治運
動，描繪 1960 年代的臺灣知識分子及其活
動。全書計有：1.序曲；2.夜鶯；3.同溫層；

皇冠文化 1997　　聯合文學 2009

4.小白船；5.銀色聖誕等 14 章。

1985 年遠景版：內容與 1983 年臻善版同。

1990 年三三版：內容與 1983 年臻善版同。

1991 年研文版：更名為『ディゴ燃ゆ』。正文與 1983 年臻善版同。正文前新增劉大任「日本語訳の出版によせて」，正文後新增岡崎郁子「劉大任とその時代」。

1997 年皇冠版：新增章節名。全書計有：1.序曲；2.夜鶯；3.同溫層；4.上升的螺旋；5.小白船等 16 章。正文前新增劉大任〈艱難苦恨繁霜鬢（總序）〉。

2009 年聯合文學版：新增章節名。全書計有：1.序曲；2.夜鶯；3.同溫層；4.小白船；5.銀色聖誕等 15 章。正文前新增劉大任〈總序——二流小說家的自白〉，正文後新增劉大任〈《浮游群落》後記〉。

晚風習習

臺北：洪範書店
1990 年 1 月，32 開，209 頁
洪範文學叢書 205

中、短篇小說集。全書收錄短篇小說〈重金屬〉、〈白髮的白〉、〈下沉與昇起〉、〈結瓜〉、〈照水〉、〈江嘉良臨陣〉、〈來去尋金邊魚〉、〈盆景〉、〈溶〉共九篇，以及中篇小說〈晚風習習〉一篇。正文前有劉大任〈掙扎——代序〉。

劉大任集

臺北：前衛出版社
1993 年 12 月，25 開，252 頁
臺灣作家全集‧短篇小說卷／戰後第二代 8
林瑞明、陳萬益編

短篇小說集。全書共收錄〈簫聲咽〉、〈紅土印象〉、〈蛹〉、〈長廊三號〉、〈來去尋金邊魚〉、〈風景舊曾諳〉、〈杜鵑啼血〉、〈鶴頂紅〉、〈草原狼〉、〈秋陽似酒〉、〈夜螢飛舞〉、〈下沉與昇起〉、〈白髮的白〉、〈重金屬〉、〈江嘉良臨陣〉共 15 篇。正文前有照片集、鍾肇政〈緒言〉、〈「知識分子」的文學——《劉大任集》序〉，正文後有楊牧《秋陽似酒》序〉、方美芬、許素蘭編〈劉大任小說評論引得〉、方美芬編；劉大任增訂〈劉大任生平寫作年表〉。

來去尋金邊魚

臺北：洪範書店
1996 年 9 月，50 開，51 頁
隨身讀 16

短篇小說。本書描述一位男孩對家中女傭似懂非懂的憧憬，以及
女傭與父母間的情慾糾葛。

晚風習習

臺北：皇冠文化出版公司
1998 年 7 月，新 25 開，189 頁
皇冠叢書第 2860 種・劉大任作品集 7

中、短篇小說集。全書收錄中篇小說〈晚風習習〉與短篇小說
〈散形〉共二篇。正文前有劉大任〈艱難苦恨繁霜鬢（總序）〉。

落日照大旗

臺北：皇冠文化出版公司
1999 年 11 月，新 25 開，218 頁
皇冠叢書第 2974 種・劉大任作品集 9

短篇小說集。全書收錄〈大落袋〉、〈落日照大旗〉、〈刀之祭〉、
〈前團總龍公家一日記〉、〈蝸〉、〈蝶〉、〈蛹〉、〈盆景〉、〈溶〉、
〈紅土印象〉、〈來去尋金邊魚〉共 11 篇。正文前有劉大任〈艱
難苦恨繁霜鬢（總序）〉、劉大任〈井底（代序）〉、劉大任〈演出
之前〉、劉大任〈演出之後〉。

杜鵑啼血

臺北：皇冠文化出版公司
2000 年 4 月，新 25 開，207 頁
皇冠叢書第 3007 種・劉大任作品集 10

短篇小說集。全書收錄〈長廊三號〉、〈風景舊曾諳〉、〈故國神
遊〉、〈杜鵑啼血〉、〈下沉與昇起〉、〈星空下〉共六篇。正文前有
劉大任〈艱難苦恨繁霜鬢（總序）〉、劉大任〈天邊（代序）〉。

晚風細雨

臺北：聯合文學出版社
2009 年 1 月，25 開，221 頁
聯合文學 437・劉大任作品集 1

中篇小說集。全書收錄〈晚風習習〉、〈細雨霏霏〉共二篇。正文
前有劉大任〈總序——二流小說家的自白〉，正文後有王德威
〈我的父親母親——評劉大任〈晚風習習〉、〈細雨霏霏〉〉。

殘照

臺北：聯合文學出版社
2009 年 4 月，25 開，286 頁
聯合文學 499・劉大任作品集 2

短篇小說集。全書收錄〈秋陽似酒〉、〈照水〉、〈落日照大旗〉、
〈四合如意〉、〈草原狼〉、〈前團總龍公家一日記〉、〈鶴頂紅〉、
〈結瓜〉、〈火龍〉、〈夜螢飛舞〉、〈盆景〉、〈唐努烏梁海〉、〈且林
市果〉、〈蝸〉、〈蝶〉、〈蛹〉、〈冬日即景〉、〈刀之祭〉共 19 篇。
正文前有劉大任〈總序——二流小說家的自白〉。

浮沉

臺北：聯合文學出版社
2009 年 8 月，25 開，275 頁
聯合文學 512・劉大任作品集 3

短篇小說集。全書收錄〈長廊三號〉、〈下沉與昇起〉、〈風景舊曾
諳〉、〈故國神遊〉、〈散形〉共五篇。正文前有劉大任〈總序——
二流小說家的自白〉，正文後有劉大任〈《浮沉》後記〉。

遠方有風雷

臺北：聯合文學出版社
2010 年 1 月，25 開，235 頁
聯合文學 522・劉大任作品集 6

中、短篇小說集。全書收錄中篇小說〈遠方有風雷〉與短篇小說
〈杜鵑啼血〉共二篇。正文前有劉大任〈總序——二流小說家的
自白〉，正文後有劉大任〈《遠方有風雷》後記〉、南方朔〈「保
釣」的新解釋——歷史沒有被浪費掉的熱情〉。

枯山水

臺北：印刻文學出版公司
2012 年 12 月，25 開，220 頁
文學叢書 342

短篇小說集。全書收錄〈無限好〉、〈骨裡紅〉、〈青紅幫〉、〈從心
所欲〉、〈對鏡〉、〈處處香〉、〈西湖〉、〈老龔〉、〈訪舊〉、〈信〉、
〈珊瑚刺桐〉、〈喜林芋〉、〈冷火餘光〉、〈大年夜〉、〈惜福〉、〈連
根拔〉、〈貼梗海棠〉、〈孤鴻影〉、〈前緣〉、〈閒之一：冬天的球
場〉、〈閒之二：爺爺的菜園〉、〈閒之三：藕斷絲連〉共 22 篇。
正文前有劉大任〈想像與現實——我的文學位置（代序）〉，正文
後有劉大任〈後記〉。

當下四重奏
臺北：印刻文學出版公司
2015 年 3 月，25 開，239 頁
文學叢書 430

深圳：深圳報業集團出版社
2016 年 12 月，9.2x6.2 公分，208 頁

印刻文學 2015

深圳報業集團 2016

長篇小說。本書以四名家族成員交替的自述，描繪一名旅美教
授退休後的家庭生活與內心不熄的抱負。全書計有：1.搬海棠
的那天；2.了無痕；3.等待雷聲的下午；4.撲克；5.下坡路；6.
告白；7.讓我想想；8.懸崖等 25 章。正文前有王德威〈懸崖邊
的樹——劉大任《當下四重奏》〉，正文後有劉大任〈後記〉。
2016 年深圳版：正文與 2015 年印刻版同。正文前新增楊照〈那
團叫做「中國」的心靈死結〉。

【合集】

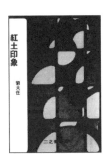

紅土印象
臺北：志文出版社
1970 年 10 月，32 開，156 頁
新潮叢書之二
葉珊、林衡哲主編

散文、短篇小說合集。全書分「慘綠」、「斜陽」、「昆蟲」、「無
門關外之什」四部分，收錄散文〈月夜〉、〈輾〉、〈無門關外〉
等六篇；小說〈大落袋〉、〈刀之祭〉、〈落日照大旗〉、〈前團總
龍公家一日記〉、〈盆景〉、〈紅土印象〉、〈蝟〉、〈蝶〉、〈蛹〉共
九篇。正文前有〈新潮弁言〉、劉大任〈自序〉。

秋陽似酒

臺北：洪範書店
1986 年 1 月，32 開，221 頁
洪範文學叢書 145

散文、短篇小說合集。全書收錄散文〈月夜〉、〈輾〉、〈無門關外〉等八篇；小說〈鶴頂紅〉、〈白樺林〉、〈王紫萁〉、〈羊齒〉、〈清秀可喜〉、〈唐努烏梁海〉、〈草原狼〉、〈且林市果〉、〈女兒紅〉、〈冬日即景〉、〈火龍〉、〈驚喜二題〉、〈夜螢飛舞〉、〈秋陽似酒〉、〈四合如意〉共 15 篇。正文前有楊牧〈序〉，正文後有劉大任〈後記〉。

劉大任袖珍小說選

臺北：皇冠文化出版公司
1996 年 8 月，新 25 開，253 頁
皇冠叢書第 2631 種・劉大任作品集 2

散文、短篇小說合集。全書收錄散文〈月夜〉、〈輾〉、〈無門關外〉等八篇；小說〈四合如意〉、〈鶴頂紅〉、〈清秀可喜〉、〈羊齒〉、〈白樺林〉、〈王紫萁〉、〈唐努烏梁海〉、〈草原狼〉、〈且林市果〉、〈女兒紅〉、〈冬日即景〉、〈火龍〉、〈驚春二題〉、〈夜螢飛舞〉、〈秋陽似酒〉、〈下午茶〉、〈結瓜〉、〈照水〉、〈蟹爪蓮〉、〈魚缸裡的蜻蜓〉、〈俄羅斯鼠尾草〉、〈重金屬〉、〈白髮的白〉共 23 篇。正文前有劉大任〈艱難苦恨繁霜鬢（總序）〉、楊牧〈序〉，正文後有劉大任〈後記〉。

羊齒

臺北：聯合文學出版社
2009 年 9 月，25 開，255 頁
聯合文學 515・劉大任作品集 4

散文、短篇小說合集。全書收錄散文〈米黃色的天〉、〈簫聲咽〉、〈輾〉等八篇；小說〈火熱身子滾燙的臉〉、〈羊齒〉、〈白樺林〉、〈重金屬〉、〈白髮的白〉、〈蓮霧妹妹〉、〈俄羅斯鼠尾草〉、〈清秀可喜〉、〈大落袋〉、〈王紫萁〉、〈紅土印象〉、〈魚缸裡的蜻蜓〉、〈蟹爪蓮〉、〈驚春二題〉、〈下午茶〉、〈星空下〉、〈來去尋金邊魚〉、〈溶〉共 18 篇。正文前有劉大任〈總序——二流小說家的自白〉，正文後有劉大任《羊齒》後記〉。

文學年表

1939 年	2 月	5 日，生於戰亂時期湖南、江西的山間。祖籍江西永新。父親劉定志，母親胡怡，為家中長子。
1946 年	本年	就讀南昌市實驗小學三年級，後就讀該市天后宮國民小學四年級。
1948 年	7 月	隨父母遷抵臺灣。就讀臺北市東門國小五年級，後考入省立臺北女子師範學校（今國立臺北教育大學）附屬小學六年級。
	本年	在父親的期望下，閱讀大量中國典籍。
1950 年	9 月	就讀臺灣省立師範學院附屬中學（今臺灣師範大學附屬高級中學）實驗一班。
1956 年	本年	就讀臺灣大學法律學系。
		喜歡鑽研蘇俄及日本文學，並偷偷閱讀 1930、1940 年代巴金、茅盾、魯迅、郭沫若等禁書。開始萌生對文學的情愫。
1958 年	本年	為追求生命的意義，轉入哲學系。
		結識《現代詩》、《創世紀》詩刊，及「東方」、「五月」畫會等浪子型前衛派朋友。
1960 年	2 月	第一篇短篇小說〈逃亡〉發表於《筆匯》革新號第 1 卷第 10 期。
	4 月	〈月亮烘著寂寞的夜〉發表於《筆匯》革新號第 1 卷第 12 期。
	5 月	短篇小說〈大落袋〉發表於《現代文學》第 2 期。

〈關於一個朋友的死〉發表於《文學雜誌》第 8 卷第 3 期。

6 月　畢業於臺灣大學哲學系。

7 月　入伍服役。

8 月　詩作〈溶〉發表於《筆匯》革新號第 2 卷第 1 期。

1962 年　9 月　赴美國，擔任夏威夷大學東西文化中心哲學研究員，主修哲學與政治學，至 1964 年返臺。

1963 年　9 月　〈散文三章〉發表於《現代文學》第 18 期。

1965 年　1 月　1 日，與邱剛健、黃華成、陳映真、莊靈、方莘、李至善、王禎和等合辦《劇場》雜誌。

2 月　〈無門關外〉發表於《現代文學》第 23 期。

3 月　〈面北的窗〉發表於《現代文學》第 24 期。

與邱剛健合譯貝克特（Samuel Beckett）劇本《等待果陀》，於臺北耕莘文教院演出。

4 月　與邱剛健合譯貝克特〈等待果陀 *Waiting for Godot* 二幕悲喜劇〉，發表於《劇場》第 2 期。

7 月　翻譯 Francis Fergusson〈伊底帕斯王悲劇動作的韻律〉，發表於《劇場》第 3 期。

12 月　〈演出之前〉、〈演出之後〉、翻譯〈皮蘭德羅與人底本性〉，發表於《劇場》第 4 期。

1966 年　4 月　〈好萊塢走下坡〉發表於《劇場》第 5 期。

5 月　詩作〈歲尾之歌〉發表於《現代文學》第 28 期。

9 月　赴美就讀加州大學柏克萊分校政治學研究所，專攻中國現代革命史。

10 月　10 日，與陳映真、李至善、陳耀圻離開《劇場》，參與尉天驄主辦的《文學季刊》。

短篇小說〈落日照大旗〉發表於《文學季刊》第 1 期。

1967 年　春　由楊牧引薦，赴六松山莊會見陳世驤。

	7 月	短篇小說〈前團總龍公家一日記〉發表於《文學季刊》第 4 期。
	11 月	短篇小說〈盆景〉發表於《文學季刊》第 5 期。
1968 年	2 月	短篇小說〈蝟〉發表於《文學季刊》第 6 期。
	3 月	獲美國加州大學柏克萊分校政治學碩士學位，並繼續攻讀博士班。
	12 月	與李傑英結婚。
1969 年	3 月	〈從一本閑書談起〉發表於《大學雜誌》第 15 期。
	5 月	〈冷眼看美國——柏克萊通訊之一〉發表於《大學雜誌》第 17 期。
	6 月	〈地下大學——柏克萊通訊之二〉發表於《大學雜誌》第 18 期。
	11 月	與邱剛健合譯貝克特劇本《等待果陀》，由臺北仙人掌出版社出版。
	本年	長子劉曉柏出生。
1970 年	1 月	〈留學生的思想框架〉發表於《大學雜誌》第 25 期。
	2 月	短篇小說〈刀之祭〉發表於《文學季刊》第 10 期。
	10 月	短篇小說〈蛹〉發表於《現代文學》第 41 期。
		小說、散文合集《紅土印象》由臺北志文出版社出版。
1971 年	2 月	短篇小說〈蝶〉發表於《文學雙月刊》第 1 期。
	本年	參加保釣運動，與郭松棻等人編輯《戰報》。後放棄博士學位，並被列入海外黑名單，作品在臺灣遭禁。
1972 年	本年	定居紐約，於聯合國祕書處工作。
		次子劉曉陽出生。
1974 年	本年	與郭松棻、楊誠等進行第一次大陸行，會見周恩來，而後開始沉思兩岸問題，逐漸退出校園組織。

1975 年　9 月　以筆名「金延湘」於香港《七十年代》[1]撰寫「自由神下」
　　　　　　　　專欄，至 1986 年 2 月止。

1976 年　本年　赴肯亞奈洛比的聯合國環境規畫署工作，至 1978 年。

1977 年　本年　第二次大陸行。

1978 年　6 月　短篇小說〈長廊三號──一九七四〉以筆名「屠藤」發表於
　　　　　　　　《現代文學》復刊號第 4 期。

　　　　　夏　自肯亞返回紐約。

1979 年　6 月　〈一半入地的民主運動〉發表於美國《新土》第 11 期。

1980 年　2 月　〈赤道歸來：其一・膜拜〉發表於香港《八方文藝叢刊》第
　　　　　　　　2 期。

　　　　　7 月　詩作〈地下鐵〉發表於美國《新土》第 22 期。

1981 年　5 月　31 日,〈閒話養蘭〉發表於《聯合報・副刊》8 版。

　　　　　6 月　短篇小說〈來去尋金邊魚〉發表於《現代文學》復刊號第
　　　　　　　　14 期。

　　　　　10 月　長篇小說〈浮游群落〉連載於香港《七十年代》第 141～
　　　　　　　　152 期，至 1982 年 9 月。

　　　　　11 月　12 日,〈知識分子的窄門〉發表於美國《新土》第 34 期。

1982 年　9 月　〈誰是蔣經國的接班人？〉發表於香港《七十年代》第 152
　　　　　　　　期。

1983 年　3 月　9～11 日,短篇小說〈風景舊曾諳〉連載於《中國時報》8
　　　　　　　　版。
　　　　　　　　長篇小說《浮游群落》由香港臻善文化公司出版。

　　　　　8 月　13 日,〈赤道歸來〉發表於《聯合報》8 版。

　　　　　10 月　29～31 日,短篇小說〈故國神遊〉連載於《中國時報・人
　　　　　　　　間副刊》8 版。

　　　　　11 月　29 日,〈「一九八四」與中國藍圖〉以筆名「延湘」發表於

---
[1]《七十年代》自 1984 年起改名為《九十年代》。

《中國時報・人間副刊》8 版。

本年　解除黑名單身分，得以返臺兩週，與陳映真會面。

1984 年　1 月　29 日，〈靈肉靈肉〉以筆名「金延湘」發表於《中國時報・人間副刊》8 版。

3 月　1 日，短篇小說〈四合如意〉發表於《中國時報・人間副刊》8 版。

21 日，〈黨外的歷史焦點——談談陳映真對黨外的一個批評〉以筆名「金延湘」發表於《八十年代》（叢書）。

31 日～4 月 3 日，短篇小說〈杜鵑啼血〉連載於《中國時報・人間副刊》8 版。

4 月　7 日，〈散文心情・小說心情——寫在《杜鵑啼血》短篇小說集出版之前〉發表於《中國時報・人間副刊》8 版。

20 日，短篇小說〈鶴頂紅〉發表於《中國時報・人間副刊》8 版。

28 日，短篇小說〈清秀可喜〉發表於《中國時報・人間副刊》8 版。

5 月　8 日，〈人獸之間〉以筆名「金延湘」發表於《中國時報・人間副刊》8 版。

28 日，短篇小說〈白樺林〉發表於《中國時報・人間副刊》8 版。

〈在紐約看《遊園驚夢》〉發表於《現代文學》復刊號第 22 期。

6 月　2 日，〈作家毀滅法〉以筆名「金延湘」發表於《中國時報・人間副刊》8 版。

27 日，短篇小說〈羊齒〉發表於《中國時報・人間副刊》8 版。

7 月　31 日，短篇小說〈王紫萁〉發表於《中國時報・人間副

刊》8 版。

8 月　　4 日,〈鄉土與流放〉以筆名「金延湘」發表於《中國時報・人間副刊》8 版。

27 日,短篇小說〈唐努烏梁海〉發表於《中國時報・人間副刊》8 版。

9 月　　29 日,短篇小說〈且林市果〉發表於《中國時報・人間副刊》8 版。

10 月　　1 日,〈啟蒙家的式微〉以筆名「金延湘」發表於《中國時報・人間副刊》8 版。

短篇小說集《杜鵑啼血》由臺北遠景出版公司出版。

11 月　　4 日,〈一生愛好是天然——聞徐露演出《牡丹亭》有感〉以筆名「金延湘」發表於《中國時報・人間副刊》8 版。

7 日,短篇小說〈草原狼〉發表於《中國時報・人間副刊》8 版。

12 月　　1 日,〈馬路大的幽魂〉以筆名「金延湘」發表於《中國時報・人間副刊》8 版。

27 日,短篇小說〈秋陽似酒〉發表於《中國時報・人間副刊》8 版。

短篇小說〈冬日即景〉發表於香港《明報月刊》第 228 期。

1985 年　　2 月　　2 日,〈馬路大性格與馬路大命運——答王孝廉先生問〉以筆名「金延湘」發表於《中國時報・人間副刊》8 版。

8 日,〈海外看《創作自由》〉以筆名「金延湘」發表於《中國時報・人間副刊》8 版。

27 日,短篇小說〈女兒紅〉發表於《中國時報・人間副刊》8 版。

3 月　　30 日,短篇小說〈火龍〉發表於《中國時報・人間副刊》8 版。

	4 月	3 日，〈想像力的對壘〉以筆名「金延湘」發表於《中國時報‧人間副刊》8 版。

4 月　3 日，〈想像力的對壘〉以筆名「金延湘」發表於《中國時報‧人間副刊》8 版。

27 日，短篇小說〈驚春二題〉發表於《中國時報‧人間副刊》8 版。

6 月　7 日，〈從前，有個越戰……〉以筆名「金延湘」發表於《中國時報‧人間副刊》8 版。

長篇小說《浮游群落》由臺北遠景出版公司出版。

7 月　1 日，〈單調與花俏〉以筆名「金延湘」發表於《中國時報‧人間副刊》8 版。

20 日，短篇小說〈夜螢飛舞〉發表於《中國時報‧人間副刊》8 版。

8 月　4 日起，於《中國時報‧人間副刊》8 版以筆名「金延湘」撰寫「遙感錄」專欄，至 1986 年 12 月 12 日止。

10 月　29～30 日，〈臺北一月〉連載於《中國時報‧人間副刊》8 版。

1986 年　1 月　〈香港──文化死囚〉發表於香港《九十年代》第 192 期。

《走出神話國》由臺北圓神出版社出版。

小說、散文合集《秋陽似酒》由臺北洪範書店出版。

2 月　5 日，〈我們仍在尋求〉發表於《中國時報‧人間副刊》8 版。

6 月　〈從麥田捕手到氣象員〉以筆名「金延湘」發表於臺北《當代》第 2 期。

7 月　短篇小說〈下沉與昇起〉發表於臺北《當代》第 3 期。

1987 年　8 月　第三次大陸行，陪同父親探訪江西省老家。

11 月　父親劉定志逝世。

1988 年　1 月　8 日，〈主動出擊之前〉發表於《中國時報‧人間副刊》18 版。

2 月　26 日，〈錯綜而複雜・立體而飽滿──〈柯珊的兒女〉決審意見〉發表於《中國時報・人間副刊》18 版。

短篇小說〈白髮的白〉發表於《聯合文學》第 40 期。

4 月　短篇小說〈重金屬〉發表於《當代》第 24 期。

6 月　短篇小說〈照水〉發表於《香港文學》第 42 期。

12 月　短篇小說〈結瓜〉發表於《當代》第 32 期。

1989 年　4 月　5 日，短篇小說〈江嘉良臨陣〉發表於《中國時報・人間副刊》23 版。

6 月　6 日，〈神話的破滅〉發表於《中國時報・人間副刊》23 版。

7 月　中篇小說〈晚風習習〉發表於《聯合文學》第 57 期。

8 月　〈支援民運的新型團體──中國人團結會〉發表於香港《九十年代》第 235 期。

1990 年　1 月　短篇小說集《杜鵑啼血》由臺北洪範書店出版。

中、短篇小說集《晚風習習》由臺北洪範書店出版。

2 月　〈多元主義的勝利〉以筆名「金延湘」發表於香港《九十年代》第 241 期。

5 月　〈極權主義的美感〉發表於臺灣《九十年代》第 1 期。

6 月　〈「六四」一年後的省思〉發表於香港《九十年代》第 245 期。

7 月　〈「半邊天」風波〉發表於香港《九十年代》第 246 期。

8 月　〈中日不再戰──《浮游群落》日文版序〉發表於香港《九十年代》第 247 期。

長篇小說《浮游群落》由臺北三三書坊出版。

9 月　29 日，中篇小說〈晚風習習〉獲第 13 屆時報文學獎海外地區推薦獎。

10 月　〈又「酷」又有「粉」〉發表於香港《九十年代》第 249

期。

12 月　2 日，〈星空下〉發表於《中國時報・人間副刊》27 版。

23 日，〈動與不動之間——談梁寒衣的小說《基督山伯爵的墓室與出口》〉發表於《中國時報・人間副刊》35 版。

28 日，〈哭娃娃〉發表於《中國時報・人間副刊》31 版。

1991 年　1 月　長篇小說《浮游群落》日文版『ディゴ燃ゆ』，由東京研文出版出版。（岡崎郁子翻譯）

2 月　2 日，〈魚香〉發表於《中國時報・人間副刊》27 版。

3 月　25 日，〈豹紋〉發表於《中國時報・人間副刊》27 版。

4 月　25 日，〈夜猹〉發表於《中國時報・人間副刊》31 版。

〈帝國大反攻〉以筆名「金延湘」發表於香港《九十年代》第 255 期。

5 月　〈再見，雅皮時代〉以筆名「金延湘」發表於香港《九十年代》第 256 期。

6 月　〈熱帶雨林的黃昏〉發表於香港《九十年代》第 257 期。

8 月　19 日，〈園意〉發表於《中國時報・人間副刊》27 版。

9 月　10 日，〈牆外〉發表於《中國時報・人間副刊》31 版。

10 月　17 日，〈補充情報〉發表於《中央日報・副刊》16 版。

11 月　29 日，〈湖的故事〉發表於《中國時報・人間副刊》31 版。

1992 年　1 月　27 日，〈皮爾斯先生〉發表於《中國時報・人間副刊》31 版。

〈從暗殺到強姦〉發表於香港《九十年代》第 264 期。

2 月　29 日，〈薩伐旅〉發表於《中國時報・人間副刊》34 版。

4 月　10 日，〈沙發土豆的天堂〉發表於《中國時報・人間副刊》20 版。

5 月　16 日，〈蠅釣教室〉發表於《中國時報・人間副刊》40 版。

6 月　21 日，〈陳靜反手彈〉發表於《中國時報・人間副刊》35

版。

7 月　16 日，〈下午茶〉發表於《聯合報・副刊》31 版。

夏　應《中國時報・人間副刊》的邀約，第四次造訪大陸。

8 月　與馬森、郭楓、許達然、葉笛等組成「臺灣及海外作家訪問團」，共赴北京、南京、上海參加三岸文學座談會。

9 月　19 日，〈三峽印象〉發表於《中國時報・人間副刊》27 版。
　　《神話的破滅》由臺北洪範書店出版。
　　《薩伐旅》由臺北麥田出版公司出版。

10 月　5 日，〈人藝〉發表於《中國時報・人間副刊》27 版。

11 月　9～25 日，〈走過蛻變的中國〉連載於《中國時報・人間副刊》27 版。

1993 年　6 月　9 日，〈五種意識形態〉發表於《中國時報・人間副刊》27 版。

7 月　短篇小說〈散形〉發表於《聯合文學》第 104 期。
　　《走過蛻變的中國》由臺北麥田出版公司出版。

9 月　10 日，〈強悍而美麗〉發表於《中國時報・人間副刊》35 版。

17 日，〈簡單而嚴肅——山普拉斯的風格〉發表於《中國時報・人間副刊》35 版。

12 月　短篇小說集《劉大任集》由臺北前衛出版社出版。

本年　母親胡怡逝世。

1994 年　4 月　13 日，〈如何享受尼克〉發表於《中國時報・人間副刊》39 版。

16 日，〈不敢嘲笑喬丹〉發表於《中國時報・人間副刊》35 版。

5 月　26 日起，於《中國時報・人間副刊》每週撰寫「三少四壯集」專欄，至 1995 年 5 月 18 日止。

29 日,〈惡戰〉發表於《中國時報・人間副刊》39 版。

7 月　16 日,〈歐式足球的美國〉發表於《中國時報・人間副刊》39 版。

11 月　12 日,〈逃不出的荒原——我讀《荒人手記》〉發表於《中國時報・人間副刊》34 版。

12 月　14 日,〈小白球戰勝了民族主義〉發表於《中國時報・時論廣場》11 版。

1995 年　2 月　《強悍而美麗:劉大任運動文學集》由臺北麥田出版公司出版。

7 月　1～2 日,〈翻身仗——〈天津乒乓旅〉後記〉連載於《中國時報・人間副刊》39、37 版。

短篇小說〈俄羅斯鼠尾草〉發表於《幼獅少年》第 225 期。

10 月　15 日,〈世紀大審〉發表於《中國時報・人間副刊》39 版。

11 月　23 日,〈一個美國夢的兩階段〉發表於《中國時報・人間副刊》39 版。

1996 年　2 月　《無夢時代》由臺北皇冠文化出版公司出版。

3 月　15 日,〈挺立在斜坡上〉發表於《中國時報・人間副刊》35 版。

5 月　〈玉簪〉發表於《幼獅文藝》第 509 期。

6 月　11 日,〈風波高爾夫〉發表於《中國時報・人間副刊》35 版。

7 月　21 日,〈艱難苦恨繁霜鬢——《劉大任作品集》自序〉發表於《中國時報・人間副刊》19 版。

8 月　5 日,〈奧運高溫〉發表於《中國時報・人間副刊》19 版。

小說、散文合集《劉大任袖珍小說選》由臺北皇冠文化出版公司出版。

9 月　26～27 日,〈哈囉,世界!〉發表於《中國時報・人間副

刊》19 版。

短篇小說《來去尋金邊魚》由臺北洪範書店出版。

10 月　28 日，〈猩猩國度的女性嚮導——路易斯三女兒〉發表於《聯合報》41 版。

1997 年　2 月　22 日，〈偉人之死〉發表於《中國時報・人間副刊》31 版。

3 月　20～21 日，〈艾辛格第二春——寫給我的弟媳婦蔡美娟〉連載於《中國時報・人間副刊》27 版。

《走出神話國》由臺北皇冠文化出版公司出版。

長篇小說《浮游群落》由臺北皇冠文化出版公司出版。

4 月　22～23 日，〈征服奧古斯塔〉連載於《中國時報・人間副刊》27 版。

5 月　30 日，〈馴虎？〉發表於《中國時報・人間副刊》27 版。

8 月　9 日，〈桿弟〉發表於《中國時報・人間副刊》27 版。

9 月　《神話的破滅》、《赤道歸來》由臺北皇冠文化出版公司出版。

12 月　14 日，〈藍領高爾夫〉發表於《中國時報・人間副刊》27 版。

1998 年　6 月　28 日，〈苦難中見本事〉發表於《中國時報・人間副刊》31 版。

《強悍而美麗》由臺北皇冠文化出版公司出版。

7 月　中、短篇小說集《晚風習習》由臺北皇冠文化出版公司出版。

1999 年　7 月　1 日，〈井底——重刊《落日照大旗》自白〉發表於《中國時報・人間副刊》37 版。

8 月　23 日，〈天邊〉發表於《中國時報・人間副刊》37 版。

10 月　6 日，〈六松山莊〉發表於《中國時報・人間副刊》37 版。

11 月　短篇小說集《落日照大旗》由臺北皇冠文化出版公司出版。

	12 月	23 日，〈大風社〉發表於《中國時報‧人間副刊》37 版。
	本年	自聯合國退休。
2000 年	1 月	24 日，〈老虎五連勝〉發表於《中國時報‧人間副刊》37 版。
	4 月	16 日，〈觀塘〉發表於《聯合報‧副刊》37 版。
		短篇小說集《杜鵑啼血》由臺北皇冠文化出版公司出版。
	5 月	27 日，〈三面紅旗〉發表於《中國時報‧人間副刊》37 版。
		28 日，〈開會〉發表於《中國時報‧人間副刊》37 版。
	7 月	《我的中國》由臺北皇冠文化出版公司出版。
2001 年	5 月	開始於《壹週刊》撰寫「紐約眼」專欄，至 2007 年 7 月止。
2002 年	9 月	《果嶺上下》由臺北皇冠文化出版公司出版。
	10 月	《紐約眼》由臺北印刻文學出版公司出版。
	本年	第五次大陸行。
2003 年	3 月	20～21 日，〈灰色地帶的文學——重讀《鐵漿》〉連載於《聯合報‧副刊》39 版。
	10 月	《空望》由臺北印刻文學出版公司出版。
	12 月	〈邂逅小津〉發表於《印刻文學生活誌》第 4 期。
2004 年	7 月	〈對不起，我是中國人〉發表於《印刻文學生活誌》第 11 期。
	12 月	《冬之物語》由臺北印刻文學出版公司出版。
2005 年	9 月	《月印萬川》由臺北印刻文學出版公司出版。
2006 年	4 月	11 日，〈無果之園〉發表於《中國時報‧浮世繪》E6 版。
		《園林內外》由臺北時報文化出版公司出版。
2007 年	3 月	《晚晴》由臺北印刻文學出版公司出版。
	8 月	26 日，短篇小說〈火熱身子滾燙的臉〉發表於《中國時報‧人間副刊》E7 版。

		《果嶺春秋》由臺北時報文化出版公司出版。
	10 月	15～16 日，短篇小說〈蓮霧妹妹〉連載於《中國時報‧人間副刊》E7 版。
2008 年	2 月	接受文訊雜誌社訪問。訪問文章〈強悍而美麗——訪劉大任談他的文學歷程〉後刊載於《文訊》第 268 期。
	8 月	〈兩周之間〉、中篇小說〈細雨霏霏〉發表於《聯合文學》第 286 期。
	11 月	《憂樂》由臺北印刻文學出版公司出版。
2009 年	1 月	中篇小說集《晚風細雨》由臺北聯合文學出版社出版。
	4 月	短篇小說集《殘照》由臺北聯合文學出版社出版。
	8 月	〈柏克萊那幾年〉發表於《印刻文學生活誌》第 72 期。
		短篇小說集《浮沉》由臺北聯合文學出版社出版。
	9 月	〈蒙昧的那幾年——懷念與映真一道度過的日子〉發表於《文訊》第 287 期。
		小說、散文合集《羊齒》由臺北聯合文學出版社出版。
	10 月	長篇小說《浮游群落》由臺北聯合文學出版社出版。
		中篇小說〈遠方有風雷〉發表於《印刻文學生活誌》第 74 期。
	11 月	《果嶺春秋》由上海文藝出版社出版。
2010 年	1 月	8 日，短篇小說〈喜林芋〉發表於《中國時報‧人間副刊》E4 版。
		中、短篇小說集《遠方有風雷》由臺北聯合文學出版社出版。
	2 月	短篇小說〈最後堡壘〉發表於《聯合文學》第 304 期。
	6 月	短篇小說〈無限好〉、〈骨裡紅〉發表於《聯合文學》第 308 期。
	7 月	《園林內外》由合肥黃山書社出版。

短篇小說〈處處香〉發表於《聯合文學》第 309 期。

8 月　短篇小說〈惜福〉發表於《聯合文學》第 310 期。

9 月　短篇小說〈對鏡〉發表於《聯合文學》第 311 期。

10 月　短篇小說〈冷火餘光〉發表於《聯合文學》第 312 期。

12 月　14 日，短篇小說〈孤鴻影——重讀蘇東坡《卜算子》有感〉發表於《中國時報・人間副刊》E4 版。

短篇小說〈從心所欲〉發表於《聯合文學》第 314 期。

2011 年　1 月　短篇小說〈連根拔〉發表於《聯合文學》第 315 期。

2 月　《閱世如看花》由臺北洪範書店出版。

短篇小說〈大年夜〉發表於《聯合文學》第 316 期。

3 月　7～8 日，短篇小說〈西湖〉連載於《中國時報・人間副刊》E4 版。

短篇小說〈青紅幫〉發表於《聯合文學》第 317 期。

4 月　18 日，短篇小說〈老龔〉發表於《中國時報・人間副刊》E4 版。

短篇小說〈信〉發表於《聯合文學》第 318 期。

5 月　短篇小說〈訪舊〉發表於《聯合文學》第 319 期。

6 月　10 日，短篇小說〈珊瑚刺桐〉發表於《中國時報・人間副刊》E4 版。

8 月　5 日，短篇小說〈貼梗海棠〉發表於《中國時報・人間副刊》E4 版。

9 月　15～16 日，短篇小說〈前緣〉連載於《中國時報・人間副刊》E4 版。

19 日，於新竹清華大學演講「想像與現實——我的文學位置」。

12 月　13～14 日，〈想像與現實——我的文學位置〉連載於《中國時報・人間副刊》E4 版。

2012 年　4 月　27 日，〈從紐約看林來瘋〉發表於《中國時報·人間副刊》E4 版。

　　　　　7 月　〈反芻民族主義〉發表於《人間思想》第 1 期。

　　　　　10 月　短篇小說〈閒之一：冬天的球場〉、〈閒之二：爺爺的菜園〉、〈閒之三：藕斷絲連〉發表於《印刻文學生活誌》第 110 期。

　　　　　12 月　10 日，短篇小說〈同溫層──懷念老友楚戈〉發表於《中國時報·人間副刊》E4 版。

　　　　　　　　短篇小說集《枯山水》由臺北印刻文學出版公司出版。

2013 年　6 月　23 日，短篇小說〈了無痕〉發表於香港《蘋果日報·副刊》。

　　　　　7 月　21 日，短篇小說〈等待雷聲的下午〉發表於香港《蘋果日報·副刊》。

　　　　　8 月　18 日，短篇小說〈撲克〉發表於香港《蘋果日報·副刊》。

　　　　　　　　29 日，〈《劇場》那兩年〉發表於《中國時報·人間副刊》D4 版。

　　　　　9 月　22 日，短篇小說〈下坡路〉發表於香港《蘋果日報·副刊》。

　　　　　10 月　20 日，短篇小說〈告白〉發表於香港《蘋果日報·副刊》。

　　　　　　　　短篇小說〈搬海棠的那天〉發表於《短篇小說》第 9 期。

　　　　　11 月　24 日，短篇小說〈讓我想想〉發表於香港《蘋果日報·副刊》。

2014 年　1 月　5 日，短篇小說〈動搖國本〉發表於香港《蘋果日報·副刊》。

　　　　　　　　22 日，〈想到邱剛健〉發表於《中國時報·人間副刊》D4 版。

　　　　　　　　26 日，短篇小說〈傷筋動骨〉發表於香港《蘋果日報·副刊》。

〈《劇場》那兩年〉發表於《人間思想》第 6 期。

2 月　16 日，短篇小說〈感恩節〉發表於香港《蘋果日報‧副刊》。

3 月　16 日，短篇小說〈聖誕樹〉發表於香港《蘋果日報‧副刊》。

4 月　27 日，短篇小說〈電郵上的祖國〉發表於香港《蘋果日報‧副刊》。

6 月　短篇小說〈懸崖〉發表於《印刻文學生活誌》第 130 期。

10 月　短篇小說〈紅包〉發表於《印刻文學生活誌》第 134 期。

11 月　短篇小說〈春耕〉發表於《印刻文學生活誌》第 135 期。

12 月　1 日，短篇小說〈湯瑪斯和他的朋友〉發表於《中國時報‧人間副刊》D4 版。

11～12 日，短篇小說〈巡禮〉連載於《聯合報‧副刊》D3 版。

短篇小說〈土與地〉、〈人與天〉發表於《印刻文學生活誌》第 136 期。

本年　從美國紐約搬至紐澤西。

2015 年　1 月　12 日，短篇小說〈樂園〉發表於《自由時報‧副刊》D8 版。

12～13 日，短篇小說〈再見棕櫚〉連載於《中國時報‧人間副刊》D4 版。

2 月　1 日，短篇小說〈再見長城〉發表於《中國時報‧人間副刊》D3 版。

短篇小說〈且自由他〉發表於《短篇小說》第 17 期。

3 月　長篇小說《當下四重奏》由臺北印刻文學出版公司出版。

11 月　27 日，於政治大學舉辦的「戰後人文思潮與臺灣文學的轉折研討會」，與張錯對談「戰後初期亞洲文化變遷」。

28 日，於國家圖書館國際會議舉辦的「第二屆全球華文作家論壇」演講「文學・保釣・文學」。

12 月　〈文學・保釣・文學〉、〈懷念郭松棻〉發表於《印刻文學生活誌》第 148 期，「2015 第二屆全球華文作家論壇特輯」。

本年　文化部推動「閱讀時光」計畫，《晚風細雨》由安哲毅拍攝為 25 分鐘的同名短片。

2016 年　1 月　《當下四重奏》獲臺北國際書展小說類獎、《亞洲週刊》十大小說獎。

12 月　長篇小說《當下四重奏》由深圳報業集團出版社出版。

2017 年　8 月　中篇小說集《晚風細雨》、散文、短篇小說合集《羊齒》、短篇小說集《枯山水》由深圳報業集團出版社出版。

11 月　12 日，於深圳圖書館五樓報告廳，演講「彷彿有靈魂」。

13 日，出席由深圳報業集團出版社於雅楓國際酒店五樓會議室舉辦的「家國・記憶・寫作——劉大任小說藝術學術研討會」，與會者有胡洪俠、黃子平、周立民、李昕、張莉、朵漁。

參考資料：

・方美芬編，劉大任增訂，〈劉大任生平寫作年表〉，《劉大任集》（臺北：前衛出版社，1993 年 12 月）。

・莊永同，「劉大任年表」，〈長廊杜鵑望鄉關——劉大任小說研究〉（中國文化大學中國文學系碩士論文，2002 年 12 月）。

・劉明亮，「劉大任寫作年表」，〈對陣者的掙扎——劉大任小說研究〉（臺北師範學院應用語言文學研究所碩士論文，2004 年 1 月）。

輯三◎
研究綜述

知識分子的關懷與思辨
劉大任評論綜述

◎須文蔚

壹、前言

　　劉大任筆名金延湘、一之、屠藤，1939 年 2 月 5 日出生於湘贛邊界的江西永新，1948 年 7 月隨父母來臺。臺灣大學哲學系畢業後，1966 年至美國加州大學柏克萊分校攻讀政治所碩士，進入博士班後，1971 年因參與保釣運動放棄博士學位。曾任美國加州大學柏克萊分校亞洲研究系講師、《劇場》雜誌編輯，1972 年進聯合國祕書處任審校，直至 1999 年退休。現旅居美國，專事寫作。他以小說《浮游群落》、《杜鵑啼血》崛起於文壇。他兼擅評論與雜文，無論小說與散文都關注中國知識分子如何面對文明、文化、現代化等課題，往往能以海外知識分子的立場，批判兩岸三地的政治、文學、思想、文化等現象，而小說則能夠轉化思想與歷史，反思時代的不義與另類思考。

　　劉大任寫作之餘，也旅遊、園藝與運動成「癖」，唐諾形容道：「劉先生寫小說、寫散文、寫評論、寫政論並努力思索中國的過去現在未來；而且看球談球打球、甚至為了深造乒乓球技藝，還數次跑大陸尋訪名師，練就文化圈幾乎無人可擋的橫拍兩面拉攻；此外，劉先生『言及鳥獸蟲魚』如聖經裡說所羅門王，他的園藝和養魚，不僅自行配種，且皆深入到研究遺傳基因的境界。」[1]此一生活上的博學，反映在近年來劉大任的專欄文章

---

[1]唐諾，〈序：溯河迴游的桑提阿哥〉，《強悍而美麗：劉大任運動文學集》（臺北：麥田出版公司，1995 年 2 月），頁 13。

書寫，開創出運動書寫、園林書寫等專業主題，既有中國傳統文人雅士博雅風格，也能反映西方自然書寫的科學、哲學與人文思維。

　　劉大任常自謙不是「小說家」，也非專業作家，也不以爲是公務員、政治家或者社會運動家，他總自認是個「知識分子」。[2]知識分子的文學也就成為評論家授予他的文學桂冠，由於他的作品視野廣闊，臺灣、中國大陸與美國漢學界，均不乏評論與研究者，也累積了相當可觀的評述資料。本文將分就劉大任的生平、小說與散文之評論綜述，分節耙梳討論。

貳、劉大任生平研究綜述

　　劉大任相當受到文學圈的重視，精彩的訪談、側寫與對談不斷，諸如：李瑞騰側寫其 1960 年代創作[3]、陳義芝[4]與李時雍[5]先後的訪談，觸及創作背景與理念，均是珍貴作者研究之基礎文獻。近年來，由楊渡[6]與尉天驄[7]兩位先生與劉大任的對談，深入劉大任出國、離散、回歸的迂迴歷程，無論是就劉大任的學思與創作理念，均有深刻的回憶、思索與論辯。

　　劉大任創作生涯，以詩為起點，他與散文詩巨擘商禽與秀陶相友好，當時他年紀較輕，詩人與畫家朋友們以紀弦形容青年的「慘綠少年」，稱呼小文青劉大任。楊牧形容劉大任當時的作品：「他寫了不少這樣的詩，應該就是散文詩之類的，接近魯迅〈影的告別〉那傳統，和 1960 年代商禽用功的散文詩不太一樣」、「劉大任少年時代寫詩。或者這樣說：劉大任少年時代自覺地寫著一種他和我們都認爲是詩的東西，篇幅一概不長，充滿了感

---

[2]鍾肇政，〈「知識分子」的文學——《劉大任集》序〉，《劉大任集》（臺北：前衛出版社，1993 年 12 月），頁9。

[3]李瑞騰，〈慘綠，一九六〇——劉大任文學的最初面貌〉，《聯合文學》第 286 期（2008 年 8 月），頁 74～79。

[4]陳義芝，〈小說人生詩風雨——訪劉大任先生〉，《聯合報》，1989 年 9 月 12 日，27 版。

[5]李時雍，〈在枯山水的樹下遇見劉大任〉，《人間福報》，2011 年 4 月 6～7 日，15 版。

[6]楊渡、劉大任，〈閱世如看花——劉大任〉，《遠行與回歸的長路》（臺北：中華文化總會，2015 年 6 月），頁 207～222。

[7]〔劉思坊記錄整理〕，〈知識分子的自我定位——尉天驄對談劉大任〉，《回首我們的時代》（臺北：印刻文學出版公司，2011 年 11 月），頁 416～431。

性和情緒，意象鮮明，卻往往有點脫節，好像隨時都要散開的樣子，但如果我們專心去追尋，又彷彿是堅實地聯絡著的，一個環結勾住另外一個環結，次第鋪陳，頭頭是道。」[8]據此閱讀與理解劉大任早期小說的語言風格，有著前衛與近似散文詩的文字，應當相當有啟發性。

　　劉大任曾自述其文學淵源，在他的啓蒙期，深受魯迅、屠格涅夫、海明威、谷崎潤一郎、巴哈、貝多芬、布拉姆斯等作家與音樂家的影響，他還提及父親與一批師友的鞭策與幫助：

> 王民強老師教我用浪漫情懷淨化本能衝動。熊公哲[9]先生點示了中國文字的邏輯和義理。從我的大學同窗史作檉[10]那裡，我窺見形上思考的救濟力。詩人秀陶給我打開一面窗子，讓我明白體驗了美的感動。同老友郭松棻的多年交談裡，我感受到文學的莊嚴。[11]

同時，劉大任從歷史、社會、大自然、師友與家人所獲得的靈感，也一直源源不絕，他的寫作注意社會與政治的風雲變換，也重視自然園林與運動，興趣廣泛，在情迷加國語嗜好之餘，總以知識分子的理性注入文字中，形成極其特殊的風格。

　　劉大任的早期創作與發表，散見 1960 年代的《筆匯》、《現代文學》等刊物，並與《創世紀》、《現代詩》、五月畫會與東方畫會的詩人畫家，多所互動。[12]1964 年到 1966 年之間，邱剛健、劉大任、陳映眞與黃華成共同創

---

[8]楊牧，〈《秋陽似酒》序〉，《劉大任集》，頁 241～242。

[9]熊公哲先生國立北京大學畢業，曾任行憲後第一屆國民大會代表。歷任私立心遠大學、國立中興大學、國立臺灣師範大學、國立政治大學教授、國立政治大學中國文學系及中國文學研究所主任。著有《荀卿學案》、《王安石政略》、《高中國文教學備考》、《孔學發微》、《果庭讀書錄》及《果庭文錄》等書。

[10]著名哲學思想家。1934 年生，臺灣大學哲學研究所畢業。擅長以全史觀的視野從哲學、心理學、藝術等層面思考現實的人生信仰、生命現象、文化理念等諸多與人的存在相關的課題，並兼及詩歌創作和繪畫。曾任教於臺灣大學、文化大學。

[11]劉大任，〈艱難苦恨繁霜鬢（總序）〉，《我的中國》（臺北：皇冠文化出版公司，2000 年 7 月），頁 5～6。

[12]李時雍，〈在枯山水的樹下遇見劉大任〉，《人間福報》，2011 年 4 月 6～7 日，15 版。

辦《劇場》雜誌，一同摸索現代主義小說、戲劇與現代詩的美學與思想，此一時期，他與邱剛健一同翻譯《等待果陀》，成為臺灣現代戲劇啟蒙期，重要的經典讀本。在辦理了五期之後，邱剛健與黃華成執著於翻譯現代主義的理論和劇本，策畫各種前衛繪畫、裝置藝術與實驗劇場，但劉大任跟陳映真開始關注反映現實的生活，兩人在《劇場》不定期而頗爲頻繁的聚會中，意氣相投，彷彿結了盟[13]，因此有了路線爭議。其後，他退出《劇場》，參與了尉天驄、姚一葦和陳映真等人辦的《文學季刊》，劉大任發表的小說〈落日照大旗〉、陳映真的〈最後的夏日〉，一改早期抒發內心抑鬱與苦悶的題材，以現代主義的筆法書寫社會現實，開拓了臺灣現代文學的新取向。[14]

　　1966 年劉大任赴美留學，在美國加州大學柏克萊分校政治學研究所，專攻中國現代革命史。這段期間他繼續發表作品，於《文學季刊》、《大學雜誌》、《現代文學》上刊行。到了 1970 年代，他積極參與「保釣運動」，甚至不惜爲此放棄博士學業。進而遭到臺灣政府列入海外黑名單，作品《紅土印象》在臺灣遭禁，他於 1972 年在聯合國祕書處工作，生活安定下來，創作略有停頓。

　　1974 年劉大任與郭松棻、楊誠等首度大陸行，並會見周恩來，這次踏查帶給劉大任極大的衝擊與轉變，詳細的見聞見於〈不安的山〉一文。[15]劉大任透過觀察市民的生活，發現中國的文化大革命實驗下，一個以人民當家作主的社會制度下，並沒有夠發展出一套合理有效的治理方法和制度。他帶著一大堆困惑和內心的多重矛盾，走過廣州、桂林、上海、杭州、蘇州、南京、北京、南昌等地，他的困惑和矛盾，不但沒有減少，反而日益複雜。[16]劉大任說：

---

[13]劉大任，〈雪恥〉，《冬之物語》（臺北：印刻文學出版公司，2004 年 12 月），頁 19。
[14]李瑞騰，〈慘綠，一九六〇──劉大任文學的最初面貌〉，《聯合文學》第 286 期，頁 78～79。
[15]劉大任，〈不安的山──記七〇年代的一次旅行〉，《七〇年代‧理想繼續燃燒》（臺北：時報文化出版公司，1994 年 12 月），頁 73～83。
[16]劉大任，〈不安的山──記七〇年代的一次旅行〉，《七〇年代‧理想繼續燃燒》，頁 81。

一日日從「取經」、「朝聖」轉向「印證」、「檢驗」。然而，隨著這一過程的深化，我發現我心裡的紊亂程度，也日甚一日。……二十年前的這次旅行，是我生命史上一個重要的轉折點。對我個人而言，走出神話國，回到人間，回到文學，都從這次旅行開始。[17]

他的「理想」破滅了，也使他更清晰面對世情與人生。

　　37 歲在聯合國工作時，1976 年劉大任自願赴非洲的聯合國環境規畫署工作，淡出學運與政治活動，一待三年，詳細的見聞書寫於〈赤道歸來〉一文。[18]因為環境的迥異，自然風光的變化，他開始更能反思自我成長的歷程，慢慢回到文學的道路，他回憶道：「赤道歸來後，這幾年裡，我開始有意識地調整自己的基本生活型態。從一個政治的血性參與者，變為一個冷眼的觀察者；從一個文學上的逃兵，先逐步恢復文學散兵游勇的地位，再繼續向前……1978 年以來，我寫了一個長篇《浮游群落》和若干短篇。」[19]透過追憶青年時期文化與政治活動，開創了他東山再起的契機，無論是小說、散文與評論，從 1980 年代開始次第湧現，著作陸續也在臺港出版。

　　劉大任長期寫作雜文與散文，也見證了臺港文學副刊、雜誌與替代媒體的興衰。他在 2001 年 5 月開始於《壹週刊》撰寫「紐約眼」專欄，他用功甚勤，關注兩岸三地的時事，大量閱讀書籍與期刊，《壹週刊》也給予相當大的尊重，一字不改，一寫六年，至 2007 年 7 月止，也累積了一個系列的散文出版。[20]劉大任先後發表了長篇小說《浮游群落》、《當下四重奏》，中、短篇小說集《晚風習習》，短篇小說集《杜鵑啼血》、《落日照大旗》、《枯山水》，散文、短篇小說合集《秋陽似酒》，運動文學《果嶺上下》、《強悍而美麗》，園林文學《園林內外》，散文與雜文集《無夢時代》、《走

[17]劉大任，〈不安的山──記七〇年代的一次旅行〉，《七〇年代‧理想繼續燃燒》，頁82。
[18]劉大任，〈赤道歸來──代序〉，《杜鵑啼血》（臺北：洪範書店，1990年1月），頁1～12。
[19]劉大任，〈赤道歸來──代序〉，《杜鵑啼血》，頁9～10。
[20]姚嘉為，〈「保釣」運動對劉大任文學創作的影響〉，《蘇州教育學院學報》第 33 卷第 2 期（2016 年 4 月），頁50～54。

出神話國》、《赤道歸來》、《神話的破滅》、《紐約眼》、《空望》、《冬之物語》、《月印萬川》、《晚晴》、《憂樂》、《閱世如看花》等，都見證了他題材多樣的創作歷程。

參、劉大任小說評論綜述

劉大任的小說創作，主要以中、短篇小說為主，其創作背景跨越臺灣、美國與中國，鍾肇政點出小說情境的共通點：

> 以知識階級為人物構成、塑造的藍本。不用說，這些知識分子都是「臺灣的」，而觀照的坐標卻似乎是「中國的」。這樣的創作模式，或者說做為一名中國的知識分子，一種政治的思惟，總似乎無可避免，從而做為中國知識分子的使命感，便也無從擺脫。[21]

點出了劉大任小說的主要關心與視野。而有關於小說的創作論與觀念，劉大任曾於〈二流小說家的自白〉一文中，夫子自道，他先樹立了「大小說」（The Great Novel）的三個標準：第一、一部「大小說」必須化為基本生活信念，融入民族或文明系統的血肉靈魂中，接近永恆的「國族寓言或神話」的高度，能夠真正系統性的制訂價值、校對國民行為的思想藍圖；第二，在獨特文明系統的歷史長流中，「大小說」必須具有繼承融會和發明開拓的斷代意義，影響當代的文化價值與生活智慧；第三，一部屬於中國的「大小說」，必須在中華文化重新在世界上找到應有的位置，亦即在「文藝復興」的過程後，有著長期文化創新的經驗積澱。[22]如果照此標準，「大小說家」應當還在難產的階段，恐怕要等待人才與時代都進步到更文明的階段，方有可能產生影響人類精神文明的經典作品。

正因為劉大任賦予小說巨大的時代意義，也謙稱自己是「二流小說家」，

---

[21]鍾肇政，〈「知識分子」的文學——《劉大任集》序〉，《劉大任集》，頁11。

[22]劉大任，〈二流小說家的自白〉，《晚風細雨》（臺北：聯合文學出版社，2009年1月），頁7。

或自我命名為「知識分子」。既是知識分子，他一向堅持站在民間這一邊，並絕不成為一名政客，而是把社會、政治與文化上的不公義，迂迴曲折地通過文學形式傳達出來。[23]因此他的小說具有「知識分子」特質，也就成為評論家常用的形容方式。無論是在描寫白色恐怖時期的臺灣知識界，或是探討中國大陸文革後治理的困境與荒謬，或是一直保有人道主義的關懷，劉大任作品中既有知性，更有真誠與熱情。尉天驄就點出：「大任的小說裡呈現出不被綑綁的、真誠的、發自內心的熱情。我想大任作品中最大的特色就是『真誠』。」[24]而文學所追求的「真誠」，並不是如實反映現實，而是追求更為恆久與內在的真實觀點，楊牧就點出：

> 白頭以後才發現，我們發現，原來所謂現實的真竟充滿了虛偽和欺凌，
> 而文學的假在沉靜處檢視反省，燦然是我們值得獻身追求的教化理想，
> 直接，有效──只是因為這條路太難走了，我們竟錯以為它是假的。[25]

因此在評論劉大任的小說時，未必要執著與現實的人物比對，而是應當體會在紛亂時代下，縱使失敗或受挫，作者希望透過文字留存下知識分子真切的使命感與意志。

　　值得觀察的是，劉大任的小說質量俱精，但多數的研究為單篇的評論與批評，較為全面探討的論述僅有龍應台[26]、楊照[27]與李進益[28]等人。龍應台與楊照對於劉大任在《浮游群落》以及《杜鵑啼血》中的小說語言，頗

---

[23]鍾肇政，〈「知識分子」的文學──《劉大任集》序〉，《劉大任集》，頁9。
[24]〔劉思坊記錄整理〕，〈知識分子的自我定位──尉天驄對談劉大任〉，《回首我們的時代》，頁426。
[25]楊牧，〈《秋陽似酒》序〉，《劉大任集》，頁243～244。
[26]龍應台，〈劉大任的中國人──評《杜鵑啼血》〉，《龍應台評小說》（臺北：爾雅出版社，2000年4月），頁141～156。
[27]楊照，〈杜鵑啼血，秋陽化醇酒──評劉大任的四部作品〉，《文學的原像》（臺北：聯合文學出版社，1995年5月），頁157～162。
[28]李進益，〈政治的假，文學的真──劉大任小說論〉，《中國文化大學中文學報》第5期（2000年3月），頁81～91。

多微詞。楊照覺得，劉大任在形容描寫上有極高的造詣，無論是寫景、寫光、寫影，都有詩意，但他常沉迷文字上的表演，不免脫離了故事情節的控制，打斷了小說原本自然的節奏，乃至於讀者的閱讀情緒。[29]龍應台甚至直指，劉大任在《杜鵑啼血》中不少文字，用複雜而優雅的造句，疏忽輕率，文句不通，她點出：「劉大任經常有疊層架構的句子。或許是受西文的影響，他常在一個名詞前面冠上一長串沒完沒了的形容詞與片語。」[30]顯然劉大任以散文詩的句法融入小說中，在《浮游群落》與《杜鵑啼血》的語言實驗中，並不都能成功引導讀者，理解作者想表達的抽象感覺與感情。

劉大任早期小說語言實驗的爭論焦點，就在於詩意盎然，讚賞他的楊牧最早點出：「他的小說意識強烈，主題撼人，而文筆風格卻始終維持著散文詩的密度。」[31]李進益循著楊牧的觀點，對龍應台的評論提出不同意見，他認為：

> 上述評論文章所點出的這些段落及語言文字修辭，無寧是一種功力，正見劉大任有心營造與眾不同的敘事風格，並且展現作者追求小說美學至高境界的努力。這種刻意不加句讀標點的句子，被視為破壞了傳統語法，「冗長」、「沒完沒了」、「彆扭或不通」，反過來說，不也反證了作者亟欲跳脫傳統，積極尋找另一新的敘事技巧及風格？[32]

進一步分析，劉大任刻意寫長句、意象繁複、不加標點的手法，藉以呈現小說人物的緊張或鬆弛情緒，或是突顯一冷一熱的物我對比，都展示出他小說美學上的創意與風格。[33]

---

29 李明駿〔楊照〕，〈尺幅萬象——綜論《秋陽似酒》〉，《文訊》第 30 期（1987 年 6 月），頁 225。
30 龍應台，〈劉大任的中國人——評《杜鵑啼血》〉，《龍應台評小說》，頁 141～156。
31 楊牧，〈《秋陽似酒》序〉，《劉大任集》，頁 241～242。
32 李進益，〈政治的假，文學的真——劉大任小說論〉，《中國文化大學中文學報》第 5 期，頁 87～88。
33 李進益特別細讀〈下沉與昇起〉一文，用以回應龍應台的觀點，他發現劉大任以一段長達 93 字

　　劉大任長篇小說《浮游群落》歷來的批評與研究相當豐富，岡崎郁子與李孟舜的研究，詳細地說明了 1960 年代知識分子的困境，臺灣面對現代化與社會主義思想的知識界，作者寫作的動機與背景。岡崎郁子的論文，在文獻探討外，還透過書信訪談，強化了資料的權威性。[34]李孟舜的研究，則集中在闡釋 1960 年代的臺灣左翼知識青年的讀書會運作，以及臺灣 1960 年代同人刊物的辦刊理念，與本書的角色與情節相互對照與延伸。[35]上述兩篇論文，均未就《浮游群落》的美學價值進行批評，如果說本書的主旨反映出 1960 年代臺灣知識分子在政治巨流中的抗爭、自處與超越，王德威認為：

> 《浮》書的可貴處，即在於作者能正面探討知識分子的憧憬與激情、妥協與悵惘，同情之餘，仍保持自省批判的聲音。劉大任毫不諱言 1960 年代大學生輾轉於感時憂國的情懷及存在主義式的個人理想間，尋找出路的艱辛，筆觸綿密婉轉，令人低迴不已。[36]

就給予《浮游群落》相當正面的評價。不過楊照持不同觀點，他認為《浮游群落》過於重視政治觀念與學運事件的闡發，政治理念主宰了小說的發展，故事裡的人物受制於理論觀念，缺乏角色應有的生命力與個性，故事的發展不免令讀者感到突兀。[37]就本書有理論先行的問題？日後劉大任也不否認，小說人物為整部小說的概念服務並受其制約，是他在書寫《浮游群

的描寫，敘述主人翁走火入魔的精神狀態，沒有分段，不設句讀，盡情延宕，無限拉長，句法的主語、謂語、賓語顯然已無界限，強化了主人翁夫妻間的疏離關係，與脆弱的聯繫。劉大任一反主流小說的斷續和伏應，打造生僻尋常的語言，背離讀者的閱讀習慣這是他的創造力與詩意之所在。見前註，頁 88～89。

[34]岡崎郁子，〈從劉大任《浮游群落》探討六〇年代臺灣青年的思想及行動〉，《苦悶與蛻變——60、70 年代臺灣文學與社會國際學術研討會》（臺中：東海大學中國文學系、國家臺灣文學館主辦，2006 年 11 月 11～12 日），頁 435～449。

[35]李孟舜，〈誰來喚醒你？——從《浮游群落》探討六十年代知識青年的思想歷程〉，《華文文學》第 99 期（2010 年 4 月），頁 11～17。

[36]王德威，〈劉大任的《浮游群落》〉，《中國時報》，1987 年 1 月 4 日，8 版。

[37]楊照，〈杜鵑啼血，秋陽化醇酒——評劉大任的四部作品〉，《文學的原像》，頁 159。

落》時，為了描寫臺北 1960 年代知識分子圈，無從避免的。[38]

　　劉大任的第一本短篇小說集《杜鵑啼血》於 1984 年出版，整個基調「顯得意外的淒厲與激切」[39]，他從臺灣與美國的角度，檢視中國大陸文革的十年浩劫。李奭學點出《杜鵑啼血》裡有兩個實指，一則描述文革過後人們身染歷史的失憶症，他們在亂世危邦中，或因循自誤，或心懷不軌，或公報私仇，但面對新時代的來臨，每個人都表現得沉默與不堪回首前塵；一則描寫海外歸僑在集權中國「遺失」身分，小說家揭密與探索的過程中，表面上揭露一段特定的歷史，其實考掘出來的是人心共相，小說家的筆法猶如史家留下人類鏡鑑。這一系列的短篇，猶如中文版的《黑暗的心》。[40]但龍應台認為，劉大任寫中國現況的系列文字，寫得頗為紮實，但並沒有越過記錄現實的層面，接近報導文學的意涵，受現實影響較深，但文學的成就不夠高。[41]經過三十多年之後，新生代的小說家朱宥勳則抱持著與龍應台不同的觀點，他巧妙的把〈杜鵑啼血〉與魯迅的〈狂人日記〉聯繫在一起比對，魯迅談的是禮教吃人的封建社會，而劉大任則揭露了的血腥殘酷，並不是妄想症，而是吃人的事實，相對於魯迅狂亂的語調，劉大任以平靜、典雅與溫文的文字，陳述了一個女子竟因情人背叛而剜其心臟，吞食下腹的慘劇，小說家顯然希望讀者能更冷靜地思索，要揭露歷史真相的遮蔽是如此不易？[42]

　　相較於前兩本小說的褒貶不一，《秋陽似酒》獲得了批評家較為一致的

[38] 劉大任指出：「有些朋友認為，甚至文學界也有人流傳，小說《浮游群落》的人物都可以對號入座，小說人物林盛隆就是寫陳映真，這真是一筆糊塗帳。林盛隆其實是個相當概念化的人物，小說的細節當然免不了取自這裡或那裡，有些地方也確實來自我跟映真之間的一段交往，但映真這個人，比起林盛隆，何止於飽滿、敏感、複雜千百倍。小說人物是為整部小說的概念服務並受其制約，我只能要求自己，在小說描寫的那個臺北 1960 年代知識分子圈中，林盛隆這樣人物的存在，是可能的。這是創作時的唯一指標。」見劉大任，〈雪恥〉，《冬之物語》，頁 20。
[39] 呂正惠，〈論四位外省籍小說家──白先勇、劉大任、張大春與朱天心〉，《戰後臺灣文學經驗》（北京：生活・讀書・新知三聯書店，2010 年 4 月），頁 279。
[40] 李奭學，〈黑暗的心──評劉大任《杜鵑啼血》〉，《書話臺灣 1991—2003 文學印象》（臺北：九歌出版社，2004 年 5 月），頁 111～114。
[41] 龍應台，〈劉大任的中國人──評《杜鵑啼血》〉，《龍應台評小說》，頁 150～151。
[42] 朱宥勳，〈為了那些好聽的字──劉大任〈杜鵑啼血〉〉，《幼獅文藝》第 709 期（2013 年 1 月），頁 25～27。

肯定，楊照宣告：「《秋陽似酒》無疑地該列為近代文學史中重要作品之一。
因為此書不僅宣告了劉大任自身風格的形成，更對今後臺灣乃至中國的小
說路徑有深具意義的啟示。」[43]在小說語言上，劉大任一改過去的長句，通
過短句加快節奏，在結構的安排上，留給讀者較多的想像與省思的空間，
作品篇幅更為短小，接近了袖珍小說的體例。因此張春榮就強調，最宜掌
握其「思路、筆意」的藝術經營，篇中意象形成的氣氛情境，極其蘊藉委
婉，無論寫親情、歲月與苦難，意在言外，要細細從意象與設局中推敲作
者的思路，方能體會其中的幽微。[44]李進益更進一步從小說的美學加以剖析，
劉大任的袖珍小說除了延續長句的實驗外，同時也試著縮短句子，刻意將
不該分割的句子，加上句點，取代頓號，切成若干簡短、獨立的句子，也
創造出了音節短促，節奏明快，簡潔有力的描述方法。[45]《秋陽似酒》的故
事依舊延續過去作品的社會關懷，但劉大任已由最早的憤怒、抗議與意識
形態先行，能以藝術家的節制，表達出最細膩的悲愴與凄涼。[46]

　　劉大任 1990 年出版《晚風習習》，獲「時報文學獎」「推薦獎」。同名
作品〈晚風習習〉追溯父親的生命歷程，將父親真實且平凡面，交錯在寫
實與推理的情節中，記錄下老一輩在時代中的慾望、蒼涼與家國糾結。王
德威特別點出：

> 劉大任作品習見的兩種模式：詮釋式（hermeneutic）的，以偵探小說的
> 興味，藉物觀象，抽絲剝繭，推衍事件的真相；寓意式（allegorical）的，
> 以物托喻，不再窮究本源，只求反襯事件所喚起的氛圍，以及隨之而來
> 的感喟。兩者隱含銘記、理解歷史的不同策略。[47]

---

[43]李明駿〔楊照〕，〈尺幅萬象——綜論《秋陽似酒》〉，《文訊》第 30 期，頁 160～161。
[44]張春榮，〈詩意的布局——讀《劉大任袖珍小說選》〉，《文訊》第 140 期（1997 年 6 月），頁 19
～20。
[45]李進益，〈政治的假，文學的真——劉大任小說論〉，《中國文化大學中文學報》第 5 期，頁 88。
[46]楊照，〈杜鵑啼血，秋陽化醇酒——評劉大任的四部作品〉，《文學的原像》，頁 161。
[47]王德威，〈「臨陣」的姿勢——評劉大任的《晚風習習》〉，《閱讀當代小說——臺灣‧大陸‧
香港‧海外》（臺北：遠流出版公司，1991 年 9 月），頁 231。

而在〈晚風習習〉中，劉大任能夠成熟地交錯於推理與寓意，更見其小說技藝的成熟。2008 年他寫下另一個中篇〈細雨霏霏〉，可視為〈晚風習習〉的姊妹篇，有意向母親致敬，寫出上一代女性的故事，也更顯包容與深情。[48]

　　劉大任在 2009 年出版小說〈遠方有風雷〉，追溯「保釣運動」的歷史，特別以左翼小組為焦點，呈現國共鬥爭歷史中，「小組」的巨大影響力。尉天驄指出：「這部小說的確是有一點硬，但有一樣東西卻可以在小說裡感覺到。那些人在所謂的『小組』裡面，表面上好像一起讀書一起討論，但是背後卻有一隻看不到的手控制著他們，即使在睡眠中、在夢裡面似乎都有人悄悄地監視與控制著他們。」[49]劉大任將本書寫作的背景、理論與觀察，在與尉天驄的對話中，娓娓道出，應當是要解讀此本冷凝嚴肅的小說，相當重要的索引。

　　直至 2015 年，劉大任又推出《當下四重奏》，不再寫臺灣與中國的上世紀政治文化，而改以直面當下，寫海外留學生的晚年生活，保釣已經是陳年舊事，孤獨成為主旋律，庭園是生活的寄託，家庭的崩解，加深了主人翁深陷無邊的寂寞與空洞感受。王德威強調：

> 劉大任儼然要從最平凡的故事裡思考大半生的歷練。俱往矣，那些呼群保義、革命造反的日子。小說巧妙的引用《水滸傳》林沖夜奔的典故，寫出蒼茫的感觸。一晌風雷之後，撲面而來的是「朔風陣陣透骨寒，彤雲低鎖山河暗，疏林冷落盡凋殘。」小說高潮，教授夢中醒來，甚至有了七十回《水滸傳》盧俊義驚夢的意思。然而在現實，在當下，就算驚夢，也只是南柯一夢吧。[50]

---

[48]姚嘉為，〈「保釣」運動對劉大任文學創作的影響〉，《蘇州教育學院學報》第 33 卷第 2 期，頁 52。

[49]〔劉思坊記錄整理〕，〈知識分子的自我定位──尉天驄對談劉大任〉，《回首我們的時代》，頁 417。

[50]王德威，〈懸崖邊的樹──劉大任的《當下四重奏》〉，《當下四重奏》（臺北：印刻文學出版公司，2015 年 3 月），頁 9～10。

於是小說的主人翁雖還有著述的志向，但終究無力完成，如是悲哀的旋律，奏出理想遠去，故國遙迢，寂寞無邊的離散故事。

肆、劉大任散文評論綜述

劉大任參與保釣運動後，一度停筆。1975 年秋天開始，他以於香港《七十年代》上，以筆名「金延湘」撰寫「自由神下」專欄。在寫專欄期間，他調差到非洲，就是為了擺脫政治參與。返美後，雖鮮少參加公開政治與社會運動活動，但始終依舊心繫家國，關注臺海政治發展與世界的局勢。劉大任的散文寫作，時事評論為主旨的雜文數量驚人，但其專欄文字卻不完全步武魯迅，他自承：「我給自己認定的道路是『兩周之間』的：一個是周樹人（魯迅），另一個則是周作人。」[51]顯見周作人博物學家的見識，時而平和沖淡的公安情懷，浮躁凌厲的詞鋒，對劉大任的散文有深刻的影響。就主題言，時事與感懷是劉大任的主旋律，他把園藝與運動的癖好，同時開發出運動書寫與「園林書寫」（Horticultural Writing）兩個系列作品，獲得評論界高度的肯認。徐國能指出：「劉先生的作品揭示了散文這個文體最珍貴的一些特質：睿智、博雅、嚴謹、深邃、樸實。……能如劉先生揮灑自如而共兼諸美，實屬罕見。」[52]應當是最為全面的、周到的評論。

劉大任的評論散文與雜文主題多為感時憂國之作，1986 年出版《走出神話國》時，就希望「以海外知識分子的立場，對政治、文學、思想、文化作檢討」，特別是他企圖針對中國與臺灣缺乏精神史的族群意識大拼盤，提出批判與檢視。錢永祥指出本書的意旨：

> 走出神話國，就是拒絕一切美麗動人的政治神話，拒絕任何狂熱而絕對的道德理想主義，拒絕為了在此世實現虛幻的天國而犧牲個人的理知、

---

[51]〔劉思坊記錄整理〕，〈知識分子的自我定位——尉天聰對談劉大任〉，《回首我們的時代》，頁 426。

[52]徐國能，〈一個靜謐黃昏裡無限的悠長——評《晚晴》〉，《聯合報》，2007 年 4 月 8 日，E5版。

　　良心和自主。要做到這一點,「每一個個人,就以個人的良知為依據」,
　　最好是同「權力」、「組織」這一類東西保持一定的距離。[53]

因此,劉大任選擇了孕育社會基層草根的觀點,擺脫左右,根植市民社會。
不過錢永祥也提醒了讀者,縱使採取「新社會運動」(new social movements)
的觀點與行動,也不代表就脫離了政治與機構的控制,就能擺脫政治中盤
踞著的魔鬼力量。[54]其後,2000 年出版《我的中國》,進一步闡釋他的「中
國情結」,如同韓秀的評介,此書展現出「一位熱愛自己的故土、熱愛自那
故土上生發出來的語言文字的知識分子,他由希望而幻滅,由幻滅而重燃
希望,由熱情而冷靜那樣一個過程。」[55]特別是本書提及保釣運動的回憶、
中國發展的困境與左翼小組的運作等,均不妨可以作為解讀劉大任小說時
重要的參照。

　　劉大任在 1995 年將運動書寫集結出版,命名為《強悍而美麗:劉大任
運動文學集》,評論家唐諾指出:「劉先生寫運動文章總是『惡戰』、『苦鬥』、
『無知覺狀態』、『簡單而嚴肅』、『老兵不死,他們也不凋謝』之類渾厚沉
重的著眼方式。」[56]可見寫運動的劉大任,用功之勤,關懷之深,洞見了運
動員技藝與精神的美好與強悍,以厚實誠摯的人文關懷的心意寫作,縱使
運動員與球隊不能永遠維持強大與優勝,記錄運動技巧的精微,一如追求
文學技巧的美好,見證超越的精神,成為他書寫運動與人生的核心命題。

　　劉大任接觸園藝始自非洲工作時期,他跑圖書館與書店研究植物、材
料、氣候與土壤等條件,也拿起鋤頭剷子「土法鍊鋼」。2006 年出版《園
林內外》,結集二十多年來的園藝心得,吳明益盛讚:「無論在種植知識的

---

[53]錢永祥,〈走出神話國之後──評《走出神話國》〉,《當代》第 1 期(1986 年 5 月),頁 144
　～148。
[54]錢永祥,〈走出神話國之後──評《走出神話國》〉,《當代》第 1 期,頁 144～148。
[55]韓秀,〈生命之旅──《我的中國》〉,《與書同在》(臺北:三民書局,2003 年 2 月),頁
　97～101。
[56]唐諾,〈序:溯河迴游的桑提阿哥〉,《強悍而美麗:劉大任運動文學集》,頁 16。

專業性，文字謀篇的精巧，旁涉議題的廣泛性上，都在這類作品中屬拔萃之作。」[57]劉大任認為「園林書寫」固然是華文文學世界中的「新文類」，但從中國人文傳統中，早有《本草綱目》一類植物藥用價值的研究、或如文人騷客在園林中賞花玩石的散文與詩賦，他指出：

> 近代也有人承續歐陽修的做法，蘇州人周瘦鵑即其一例。我仔細讀過周前輩的《拈花集》和《花木叢中》，稱得上見聞廣博、意趣盎然，但本質上應歸於抒情小品散文，只不過取材集中於園林花事而已。西方人由於有自然史、植物分類學與美學的基礎，近兩百年來，園林寫作領域，分工細膩，名家輩出。試看一下當代，像劍橋大學出身的格拉漢·湯瑪斯（Graham Stuart Thomas）這一級的作家，中文世界裡不但找不到，連做他學生資格的也一個都沒有，包括我自己在內。嚴格說，我的園林寫作，只能算是兩個半調子合成的怪胎。自評一下，傳統文人的品味與情趣，約莫一半；另一半是「自然論」（naturalism）的哲學觀點。兩個一半，都只有半調子的水準。[58]

顯然劉大任為自己寫作園林設下了園藝實作、技巧、知識、美感與寫作筆法等高標準，能綜合園藝學與藝術之美，展現出一種新型態的文體。

　　吳明益〈造心景，抑或安天命？——論劉大任《園林內外》中的園林觀與書寫特質〉一文，允為在生態與文學知識上，能和劉大任相互匹敵與思辯者，分析層次豐富，鋪陳出劉大任的園藝觀念與哲學觀，辯證中西園藝的技法與美感，也質疑殖民主義科學征服自然的觀念，並倡議原生態的觀念，強調作者：「把自己和自己的信仰與作品視為遙遠時空裡的『一幀遺像』，再加上多數篇章不僅寫園林，也寫對世情、親情、友情的感慨，使得

---

[57]吳明益，〈造心景，抑或安天命？——論劉大任《園林內外》中的園林觀與書寫特質〉，《臺灣文學學報》第 15 期（2009 年 12 月），頁 199～232。

[58]劉大任，〈無果之園〉，《園林內外》（臺北：時報文化出版公司，2006 年 4 月），頁 7～8。

這部具有特出意義的園藝書寫作品,突顯了『造心景』的意味。」[59]吳明益
作為劉大任的知音,展現出他的園林不僅僅是實體的存有,還有批判世情、
療鄉愁、享天倫、憶老友、藏記憶的心景,確實是一座深刻的「文字園林」。

　　劉大任在 2001 年開始為《壹週刊》寫專欄,內容包羅萬象,包括時事
論評、留美往事、園林技藝、運動觀察、旅遊見聞等,隨著人生歷練的增
廣,其中不乏更為雋永的小品文,尉天驄盛讚〈下午茶〉一文,是臺灣最
好的小品文。[60]張瑞芬則評為:「看中年劉大任閒扯家常,幾分魯迅的革命
外加谷崎潤一郎的頹廢,像毛邊紙上暈開的茶漬。」[61]顯然重視的是劉大任
氣定神閒,悠閒灑落,毫芒盡撤,沒有了辛辣,帶給讀者意味深長的風格。
而這一系列的小品文,並非冷峻而理智,徐國能的評論具體而微地展現了
散文家抒情的所在:

> 由情的澎湃轉為智的感概,那是老成的最著表徵,劉大任《晚晴》中這
> 一點讓我感受最為強烈,寫革命的激昂、寫親子關係、寫時事政治,都
> 能從理性的層面提出引人深省的新解。但老成卻也不是無情,而是將
> 「情」化為淡淡的背景,在若有似無間使人玩味良久,憮然沉思。[62]

一位專欄作家,能獲得評論家普遍的肯定,確實並不多見。一個有 1960 年
代感性和熱情的作者,時至 21 世紀依舊興味盎然地觀察、體會與批判這個
世界,而他散文中諷世而不憤世、品味而不排拒的人生態度,正是一個知
識分子的寫照。[63]

---

[59]吳明益,〈造心景,抑或安天命?──論劉大任《園林內外》中的園林觀與書寫特質〉,《臺灣
文學學報》第 15 期,頁 231。
[60]〔劉思坊記錄整理〕,〈知識分子的自我定位──尉天驄對談劉大任〉,《回首我們的時代》,
頁 426。
[61]張瑞芬,〈秋陽冬語──讀劉大任《冬之物語》〉,《狩獵月光──當代文學及散文論評》(臺北:
聯合文學出版社,2007 年 4 月),頁 71~74。
[62]徐國能,〈一個靜謐黃昏裡無限的悠長──評《晚晴》〉,《聯合報》,2007 年 4 月 8 日,E5 版。
[63]黃碧端,〈政治・體育・園藝《無夢時代》〉,《聯合報》,1996 年 10 月 14 日,43 版。

伍、結語

在臺灣文學典律化的過程中，劉大任海外作家與政治立場的鮮明，未必能獲得教科書或公家機關的青睞，但在出版市場上，他的作品能獲得多家出版社的重視，在不同時代，以不同編選的形式重新問世，也一直受到評論家與研究者的重視，在文學市場日漸蕭條的今日，雖然劉大任總在悲觀中有所堅持：「創作對我來說，基本上是生命歷程的反射。讀者的選擇與投入，反映讀者生命歷程中的需要。這種互動關係，我認為，是文學生存下去的重要條件。如果沒有了這個，現代媒體和各種消閒產品的飛躍發展，早就取代了文學。從事文學創作與閱讀文學作品的人，不可能也不需要追求文學的『偉大』影響力，如 19 世紀的歐洲與 1930 年代的中國。守住我們的營壘，自耕自食，我們便無可取代。」[64]也就是這一份堅持，劉大任的創作進程隨著苦悶青年、保釣運動、回歸祖國、黑色大陸、神話國破滅到文學創作不輟，他循著是現代生活演化，維持著探索與批判力，以及細緻的文學心靈開發，也使得他能進入臺灣文學經典的殿堂。

劉大任的小說創作，有著濃厚情迷家國的抒情意涵，誠如林俊穎的分析：「劉大任小說的核心，是在過去一百年翻天覆地的革命與中國人集體遷徙、花果飄零（抑或開枝散葉？）的壯闊時空座標，其中一個個在『中國』重壓下或苦撐或扭曲、沉鬱的知識分子靈魂。」[65]在小說寫成與發表的時代，他與眾不同的主題、風格與藝術技巧引發了不同意見的爭議，隨著政治風潮的幾度跌宕轉折，各式各樣前衛的小說實驗，劉大任開闊的視野，詩意的語言，把亂世中的理想性格與亡靈收攝在文字中，使他們趨向永恆，這是他作品跨越時代的重要精神。

在散文的書寫與發表上，劉大任能以大量的專欄寫作，長期展現他的

---

[64]劉大任，〈艱難苦恨繁霜鬢（總序）〉，《我的中國》，頁 4～5。
[65]林俊穎，〈燈火闌珊，暗香浮動──讀劉大任《殘照》〉，《文訊》第 287 期（2009 年 9 月），頁 118～119。

政治、園林、運動與文化的觀察與熱情。政治與社會的批評，呈現在他為
數眾多的評論與雜文中，固然容易隨著時事的變遷，失去讀者的關注。但
他的抒情小品、運動散文、園林書寫等主題，展現出他對於嗜好的專注與
專業，能集知識與情感與文字中，隨著年歲的增長，評論界更肯認他的晚
期風格。

　　目前劉大任的文學評論與研究，過於集中在他與保釣運動之間的關連，
相信假以時日，下列議題都有研究與深入的必要：劉大任曾參與 1960 年代
臺灣現代派文學社團的歷史，1970 年代文革前後留學生文學的轉折，劉大
任在 1980 年代香港雜誌上的文學發表，劉大任對於左翼運動小組活動的文
學書寫，以及劉大任在專欄寫作、自然書寫與小品文的經營等議題，都仍有
待更多文學研究者，以更淵博的知識與巨大的感性，與劉大任對陣與思辨。

輯四◎
重要評論文章選刊

赤道歸來

◎劉大任

　　1976 年春，由於特殊的機緣，曾在赤道南北的東非滯留兩年。那是什麼樣的兩年呢？如今，在塞滿了疲倦的稱之為人的面孔的紐約地下鐵裡，我每每問自己。是洗盡了鉛華的兩年，洗盡了汗染的兩年，人事的鉛華和政治的汗染，大抵就是這樣吧。喜悅是解凍後第一股汩汩冒出的泉水，我塵封已久的文學細胞竟而有了一線生機，在自己渾然不覺的時刻，撥開霉苔，向外張望了。那雲，波特萊爾的雲，不可思議的南緯 4 度某一條子午線上空的雲，熱帶稀樹乾草原的雲，那白雲，竟又一次來到我胸中的閒庭散步。且待我摸出鏽跡斑斑的一枝鈍筆，記錄下這些年來流盪胸次的小小翻覆。

　　飛機滑過赤道的時候，恰好看見生平第一個南半球的日出。從機艙的小窗口看日出，有一種奇怪的感覺，彷彿等待的不是那個光芒萬丈的東西從灰濛濛的山影後或海天相接的看不見的線上躍出來，帶給自己一份肅穆的驚愕。反而覺得在腳下，視線所及的遠方，有什麼按捺不下的生物，被無形強大的力量推湧，開始掙扎茁長，顫微微，然而無可抗拒。同時，潛意識的某處，正拉開一幅萬里蠻荒的不可知世界，依然沒在沉沉黑夜裡。一股膜拜的意念，油然而生。

　　對我而言，「膜拜」二字，總是伴隨某種具體可觸的圖象。像圖騰、十字架上青筋暴露的流血胸膛、像萬丈飛瀑摔碎眼前。我喜歡這兩個字的造形，喜歡它縈迴有餘的聲音，尤其喜歡這兩個字無端引起的聯想──在心思空靈不著邊際的時刻。然而，我始終無法準確地抓住這兩個字的意義。有人說：如果你去朝拜龍門石窟的釋迦牟尼立像，如果你背對金陽，一步步循階登上四大金剛和托塔天王捍衛下的如來窟，如果你胸中還能湧現大唐武后專權時代的歷史

風雲，你凝視那一雙送走了千年洛河東流水的沉靜無比的眼睛（傳說那雙眼正是唐代藝匠模仿武則天的眼睛雕刻的），你的胸中自會感到一股迎面而來的莫名威懾，雙膝自然虛軟，向「祂」頂禮膜拜。據說西安的碑林中有武則天的浮雕刻像，足以證明那傳說的根據。然而，從照片上看來，今天，曾經香煙繚繞的古殿已蕩然無存。可以想像，暴露在雨侵風蝕下的群像，陰側面裡或早已生就了一層薄薄苔綠，花崗岩屏風般的山下，絡繹瀏覽的灰衣人群中，還有人懷念樓臺煙雨嗎？丘陵起伏的古老大地上，懷古幽情恐怕已是面臨絕種的恐龍情緒吧！

　　東非原屬英殖民地，1960 年代中期先後經過短期流血革命而建國。由今天的肯亞、烏干達和坦桑尼亞組成東非共同體。原意是由分途發展而最終建立東非聯邦。不到十五年這個構想便在現實面前低了頭，分久而必不合了。

　　我到達的城市是肯亞首都內羅畢（Nairobi），我的譯法是「那籮碧」，簡稱碧城。據說是撒哈拉沙漠以南非洲最美麗的城市。建築現代，繁花似錦，雖在赤道邊緣，但四季如春，溫度恆在華氏 60 至 90 度之間。這裡的老華僑說像昆明，我卻想起鳳凰木遮空的臺中。不同於臺中的是，每到十月中旬，滿城楹樹（Jacaranda）頂端，堆滿了紫雲英色的花叢，而且因為是南半球的關係，氣溫從此逐日上升，而在聖誕節前後，進入夏季。當然，所謂夏季，在碧城，不過是更蔚藍的晴空罷了。

　　還記得剛來到這海拔五千呎的都市，每天清晨，日出之前，便被一種奇異的聲音喚醒，再也無法入睡。第一次聽見這聲音的那天夜裡，我睡得不很沉，許是旅途勞頓的影響，但也有人說這是高山病，剛來到高海拔地帶的人常發生的生理現象。高地空氣稀薄，入睡每不易深，彷彿閉著眼在燈光裡假寐。到了天亮前後，靈魂出竅了一般，隱約飄在身體上面的某處浮游，在半虛脫狀態下，我的無法睜開的眼睛，似乎感覺到窗外有一種朦朧的光線，我意識到我的軀體躺在一個完全陌生的世界裡，距我熟習的環境不知幾千萬里，腦際似乎還滯留著「非洲」兩個字。我意識到距我睡床十英里外的「薩王納」（Savanna）上，或許就有貼地潛行的食肉獸，掩伏

在蒺藜樹叢中，向草原上的羚羊群窺視。或許不過是前晚入睡前腦神經活動的殘留，然而我確實是睡著的，我感覺呼吸平勻，眼瞼鬆弛，毫無張開的意志。我的睡房，我的周圍，實際是一片漆黑、一片寂靜。蟲鳴已止，鳥聲未起。就在這時，好像從地平線的遙遠處，傳來了那聲音。那聲音初聽不很清晰，幾乎以為是發自自己腫脹的腦內，混沌模糊而低沉，這樣延續了大概幾分鐘，像潮水在深海裡積聚著力量，按照大海活動的脈搏，堆聚起小小的山丘，一座座向著沙灘蠕動，然後，漸漸發出威力，緩慢、沉著、固執而無可挽回地吞噬一切，那聲音一下子奔騰過我的腦際，埋我在浪濤下，越我而去，向遠方，向東北，澎湃而去。就在我捲入浪頭越帶越遠而不能自己的時刻，那聲音彷彿在遠方某處吸取了什麼精氣，開始慢慢回收，一層層浪頭退下，攜我翻滾回到原處，一片漆黑一片寂靜的非洲睡鄉。過了片刻，窗外恍惚顯現一層青白幽明，來自冥間的沒有紫外線的光。那聲音又從遙遠的地平線外襲來，如此往復不已。

差不多是兩個禮拜以後的一個早晨。醒來頓覺異常噪鬧，滿耳朵各種不知名鳥雀的喧譁。窗外一碧如洗，早已是個大好晴日，但我卻悵然若有所失。披上外衣信步出門往西南行去，拐彎抹角約走了一英里的距離，才找到那座清真寺。寺院左右兩邊矗立兩座尖塔，朝東北方麥加的方向開著窗洞。從那天以後，也許是度過了那段生理上的適應期，肺臟習慣了高原的稀薄空氣；也許是俗務纏身，心理上習慣了這個環境。總之，我再也沒聽見那地平線外傳來的奔濤一般朝著麥加呼喚的聲音。然而，心中留下的這個經驗，彷彿是第一次發生在我身上的另一種膜拜的感覺──非具象的純粹聲浪構成的膜拜。

翻看歷史，我知道穆罕默德的戰馬從來沒有馳騁在這片熱帶大草原上。然而，早在歐洲白人高舉耶和華的福音手提十字架來到這塊黑色大陸以前，甚至在三保太監的龍舟登陸在今日東非印度洋畔的馬林迪以前，阿拉伯的獨桅三角帆船（dhows），已經滿載著犀角、獸皮、象牙、香料、龜甲和龍涎香，等待著阿拉伯海灣的貿易風，停泊在丁香飄浮的桑給巴爾港

灣裡。19 世紀中葉以前，東非沿海數千里，桑給巴爾是與外界通航的最大貿易港，島上的十萬人口之中，大約有五千名阿拉伯人，他們是主宰一切的統治者。一直到今天，通行東非的官定語言斯瓦希里語，實際上就是阿拉伯文化與尼格魯黑人的混血產品。

　　膜拜真神阿拉的阿拉伯民族，卻是有兩千年蓄奴販奴歷史的民族。蓄奴成了他們生活中不可缺少的制度，幾乎是他們血液的必要成分。根據記載，19 世紀中葉以前，他們開闢了大規模的莊園，蓄奴多者達兩千名，家奴還不在內。不用說，輸往北美洲的大宗黑奴買賣，自然操縱在他們手裡。1811 年，一位英國船長湯馬斯・斯密易（Thomas Smee）訪問桑給巴爾的奴隸市場後，有過這麼一段記載：

　　這場戲從下午四點開始。黑奴們給打扮得漂亮整齊，皮膚洗乾淨，用椰子油擦得發亮……鼻子、耳朵和手腳戴上一串串金銀珠寶，按照他們身材和年齡的大小，排成直行，黑奴主人站在隊伍最前面，左右兩翼和隊伍後面，由主人的家奴數人看守，手裡持著槍矛刀劍。

　　隊伍開始行進，穿過市集和熱鬧的大街；主人大聲的吆喝歌唱，誇耀著他的奴隸們價廉物美。

　　只要有人注意，隊伍便停下來，開始一系列的檢查工作，其中細節的繁瑣仔細，遠超過歐洲任何一個牲口市場。買主必須確定這些商品有沒有喪失說話的機能，聽覺是否正常，有沒有疾病等等。重要的是，他們睡覺時會不會打鼾，有鼾聲的奴隸是嚴重的缺點。然後，他開始檢查他們的身體，首先看嘴巴和牙齒，依次檢查全身的每一個部分，女奴的胸部自然也不例外，我多次看到買主用最猥褻的動作檢查。完全可以相信，販奴商在出售女性奴隸以前，一無例外地強迫她們滿足他的獸慾。

　　然後，叫他們走一走或跑一跑，斷定腿腳沒有問題，才開始談價錢。交貨以前，他們身上的金鍊銀鐲和珍寶首飾，自然也一一剝除，交回賣貨的主人……

　　在碧城的烏呼盧公園（Uhuru Park，斯瓦西里語的意思是「自由」）
裡，湖邊矗天立著幾株高大的旅人木，花圃裡，「天堂之鳥」（Bird of
Paradise，一種熱帶植物）仰頭承受清澈如晶體的陽光。一到週末假日，公
園的草地上，黑奴的子孫們在他們新建立的共和國裡仰首闊步。一個不知
道為什麼漂流得這麼遙遠的生著懷鄉病的黃皮膚「臺北人」禁不住深深納
悶：為什麼常常是那麼美麗的諾言，那麼動聽的真理，那麼高遠的理想，
經過也許始終懷抱善意的人的手中，會變得如此鄙汙、如此醜陋？像產生
在風沙遍野、乾旱缺水、生活艱辛的兩千年前阿拉伯世界裡的伊斯蘭教，
像我們更熟習的一些近代宣言和神話……

　　然而，南半球十月的陽光是美好的，成群結隊的金翅雀流星一般在淡
紫、殷紅、金黃色的九重葛花叢裡鳴喚穿梭，紫楹花像皇族出巡的羅傘寶
蓋，靜靜升起，佇立半空，在烏呼盧大道的兩旁輕輕顫動，接受微小溫柔
的春風撫摸。鳳凰木一樣細碎瀟灑的葉片陰影中，枝丫上，一種叫
Aërangis Flabellifolia 的氣生蘭，正吐出一串串乳白花朵，盛滿花蜜的長尾
裊裊下墜，像一群流蘇……

　　只不過，鳥語花香底下，還冷冷舖著灰暗醜惡的現實。

　　根據專家調查，東非的生態環境，由於人口繁衍和現代化的需要，早
已無可挽回地失去了原始狀態的自然平衡。草原變成半乾旱地，半乾旱地
變成乾旱地，乾旱地變成沙漠，其發展的速度，聽說如果再不採取斷然措
施，四分之一世紀以後，相當於臺灣六倍面積的肯亞共和國，就將出現五
倍於臺灣的不毛之地。這是冷酷現實的一面。

　　現實的另一面呢？一千五百萬人所賴以生存的這塊土地，在 1960 年代
獨立建國以前，只有兩種畸形的農牧業：以英國人為主的大農場，開闢了
咖啡、茶、劍蔴一類經濟作物的現代農業和少數畜牧事業；還有就是以當
地人為主的有的仍然停留在刀耕火種階段的小農經濟和原始游牧。這兩種
相隔若干世紀的生活方式，在 1970 年代中期，仍然是新共和國餬口經濟的
兩大支柱。同時，隨著現代工商業的興起和觀光事業的引入，都市形成

了，人口湧入霓虹燈下，失業率升到百分之四十左右，搶劫、殺人、形形色色的犯罪以及傳統的部落傾軋滋生糾纏，現代無神論的神話也開始暗暗傳播……這個一度曾經是海明威一類「失落的一代」視為獵人樂園的黑暗心臟，也像一切古老而又落伍的文明一樣，換上了新款的筆挺西裝，卻也在人造纖維的漂亮掩蓋下，偷偷地治療著楊梅毒瘡……

　　儘管是走著同死神競賽的道路，肯亞在同時起步的東非三國之中，經過十幾年的實踐，仍然遙遙領先。兩年漂泊生涯，我開車跑了不下五萬哩，但從來也不敢輕易駛過西部邊界，到那位特大號酋長阿敏先生鐵腕統治下的山明水秀、有「非洲瑞士」之稱的烏干達境內去過。理由倒也簡單，除了公路上強盜出沒，生命堪慮，通貨膨脹也達到恐怖的程度，外國人要買一瓶飲料，就得花 20 美元！南方的坦桑尼亞，天然資源本遠勝肯亞，據說是在一位小學教師出身的理想主義者的領導下，大力推動烏加馬社會主義，終於整到破產的邊緣。1977 年春天，我們一家人驅車從非洲第一高峰乞力馬札羅山腳下進入坦桑尼亞，剛剛入境，就給邊防警衛攔住了。倒不是為了查護照，搜私貨，他只是坦然要求我們換美金。原來，社會主義制度下的黑市兌換率，一轉手便利市十倍。

　　寫到這裡，不免停下筆來。絮絮叨叨地談著這些，跟文學，跟寫小說，跟出一本書，究竟有什麼關係呢？是的，膜拜的情切，也許在嚴酷的現實面前，捧碎了；那詭譎奇幻而不可思議的白雲，或許也悠悠來歸，然而，這也並不一定就能保證，心田裡從此便安然湧現汨汨水泉。可是，從1978 年到現在，算起來，若斷若續，拼拼湊湊，大概也寫了三十萬字了。是什麼力量，推擁著我，重新歪歪斜斜走上這條寂寞辛苦路呢？

　　請讓我再為你說一段小小的故事。

　　碧城的近郊，有一座山巒，當地人稱為 Ngong Hills，就音譯成翁岡山吧。有一個禮拜天，我們一家四口到那裡去踏青。野餐半途，忽然，兩個兒子同時手抱下體大跳大叫。到附近的林子裡脫下他們的短褲，發現兩人的小雞雞上，埋頭死死咬住，是當地人叫做瑪薩依的一種黑蟻。那昆蟲的

固執確實驚人，身體拔了下來，斷裂的口器還鐵箍一樣釘住不放！就在那經常給上升的氣流吹得分外疏朗的林子裡，我發現了一株火焰樹，樹頂一片火燒，樹皮卻粗糙如象腿。在粗皮的皺褶裡，扒著綠糊糊一團髮菜也似的根鬚，橫寬攀緣的面積，卻不下一呎。我從這一堆亂繩般的植物體的中央，找到了繩頭。因為，正是在那無從稱之為莖端的地方，居然有十幾枝清秀挺立的青梗，上面螺旋狀綴附著，上百朵爆米花大小的星星蓓蕾，通體透明，雪一樣白。

後來翻著資料，知道這稀有的蘭科植物叫做 Microcoelia Smithii。在日益險惡的生存環境中，它的適應手段便是將負責爭奪空間的莖和行光合作用的葉片，完全淘汰，只留下它們的功能，統統收進根鬚裡。這樣一來，不僅大大減少了自己所需要的生存空間，此外，由保留了葉綠素的根代行光合作用，既縮短輸送距離，又可以減少蒸發，成為抵禦乾旱的有效手段。只每年短暫的雨季過後，把所有的生活積累，全部投入，拼出幾朵小花。如果因緣際會，或許也結成若干蒴果，好在隨後降臨的旱季裡，向飄盪無定的風中，灑出真菌般肉眼難覓的微細種子。

赤道歸來後，這幾年裡，我開始有意識地調整自己的基本生活型態。從一個政治的血性參與者，變為一個冷眼的觀察者；從一個文學上的逃兵，先逐步恢復文學散兵游勇的地位，再繼續向前……1978 年以來，我寫了一個長篇《浮游群落》和若干短篇。在我醞釀這些東西或駐筆沉思的時候，眼前出現的，往往便是這奇異而謙卑的小小蘭科植物，以及它那無莖無葉只餘根的常存與花的偶現的荒謬生命。

此外，行走在跨越兩座險峰的鋼索之上，這重新起步的文學生涯，總難免不被人讀成某種不相干的政治信號。舉例說，《浮游群落》裡出現了抓人的場面，〈故國神遊〉裡也有抓人坑人的情節，便有人據此斷定了劉某人忽而左了忽而右了的議論。有時候，我也在考慮：要不要換一個筆名，從頭來過？然而，我終於還是執著於這個戴過各種帽子的真名實姓。理由也很單純：第一，我想，這些無謂的干擾，終歸是暫時的。無論小說人物出

現在任何特定的時空環境，將來，總有一天，都將還原為他們的本質——人；第二，我也要賭一賭氣，看看糾纏在這裡的人、事、情、景，究竟有沒有超脫他們所在的具體時空的造化？這大概也將成為今後鞭策自己繼續堅持的一股動力吧！

其實，回顧一下自己摸索著走過來的這條路，雖然好像沒有什麼一定的軌道，但隱隱約約，還是有一點知覺。對於藉小說的形體傳布某種「福音」的做法，我始終抱著很大的懷疑，創作之所以吸引我，與其說是傳道解惑，不如說更在於那種起自凡庸平常而又有所超越飛升的非世間的奇譎之美！我深信，特別是做了十幾年文學散兵游勇的自己，我們這一代的文學事業，目今大抵還在蹣跚學步的階段。若有人發著諸如：「世界文學的高峰而今就在『第三世界』，而某某某即是當代『第三世界』的文學代表人物」一類的偉論，那可以無須診斷，必然是吃錯了藥以後，見樹而不見林的高燒狀態下發出的狂妄囈語。

在萬木蕭疏、雪擁前窗的一個有月亮的異國冬晚，整理完畢集結在這裡的十幾個不成形狀的短篇，心中忽有所感，湧現的卻是瞿秋白臨刑前集唐人的一首絕命詩：

夕陽明滅亂山中，落葉寒泉聽不同；
已忍伶俜十年事，心持半偈萬緣空。

這樣鬼氣森然的寧靜是好的，正是我追尋已久的「再出發」所需要的完美心境！

是為序

——1984 年 2 月 25 日　改定

——選自劉大任《杜鵑啼血》
臺北：洪範書店，1990 年 1 月

五種意識形態

《走過蛻變的中國》序

◎劉大任

關於中國近代與當代歷史發展的論述，從意在傳世的學術著作，到僅供消費的評論雜文，在策略選擇上，往往涉及四套模式：1.民族共和；2.階級鬥爭；3.發展理論；4.集體記憶。前兩種論述，早已漸趨式微；後兩種則依然活躍，特別是最後一種，似乎方興未艾。最近一、二年，討論「大中華經濟圈」的文章，越來越多了。

從表面上看，論述方式也許只是一種策略選擇，可以視為工具，但它的背後卻都有一套所謂的哲學基礎。這個領域裡，我不相信有任何完全脫除價值色彩的論述。

就這個意義言，我寧願選擇意識形態興替這個角度，來觀察中國近、當代史的發展。

我對「意識形態」的理解，也很單純，可以說相當常識。跟一般人稍有不同的是，我有一個過程觀念。我認為意識形態跟肉身的人一樣，免不了生老病死。

新意識形態往往誕生於舊意識形態的老病死亡。當舊意識形態失去調適能力，無法在組織上、行動上適當控制政治經濟社會的合理發展而逐漸沒有說服力時，其虛構性日益暴露，新的意識形態便生長壯大，最終並可能取而代之。

中國近一百五十年的歷史，可以說是一部意識形態興亡交替的歷史。所有的仁人志士、革命者與改良派以至於當前統獨兩方的活動家與理論大師們，其思想活動基本上都離不開這個舞臺。

　　意識形態必須通過有組織的行動來改造政治、社會和經濟秩序；新秩序的建制過程中，必然又掉轉頭來重塑意識形態的骨架肌理。這個新陳代謝的「過程」，就是所謂「事事關心」的中國知識分子所看到的「世界」。

　　民族共和論與階級鬥爭說主控了近代中國一百多年的命運，國民黨和共產黨是這兩種意識形態的創造者兼執行人；前者發軔於 19 世紀末，功成於 1927 年，衰亡於 1949 年。1949 年以後的國民黨實際上已經不是以民族共和論為基本意識形態的組織。國共鬥爭失敗後的國民黨，意識形態方面起了劇烈變化，逐步吸收了西方學院（特別是美國）裡為解釋第二次大戰後世界新經濟秩序而產生的發展理論，作為在臺灣創造所謂經濟奇蹟的理論依據和引動指南。階級鬥爭說孕育於「五四」之後，成長於抗戰救亡，功成於 1949 年。「六四」以後，這個意識形態也已不可挽回地走向消亡。今天的所謂「改革開放大潮」，是國民黨吸收發展理論重新取得生命這個過程在大陸的翻版，只不過主體換了共產黨，規模大上幾十倍而已。

　　「集體記憶」是臺獨運動擷取西方文化人類學的一些觀念並結合本身經驗所創造的一種意識形態，起源於「二二八」，到現在，可以說只取得事實上的成功。法理上，由於它在國際政治和兩岸經濟關係上遭遇難以克服甚至無法克服的困難，民進黨即使取得政權，能否如國民黨與共產黨一樣完成「建國大業」，是很可以懷疑的。

　　兩岸經濟交流的開展，由於它的內在動力與外觀前景，很快帶動了一種新思潮，這就是所謂的「大中華經濟圈」。目前，這種新意識形態，還停留在思潮階段，也就是說，它還沒有產生政治上的代言人，更不必提實際的組織和行動了。不過，我相信，在兩岸未來的政治生態裡，遲早會出現類似聯邦主義的運動。

　　如前所述，意識形態沒有金剛不壞之身，它有一個生老病死的過程。民族共和論用於解決實際問題而遭遇不可克服的困難時，階級鬥爭說便在其腐肉裡孕育了活力；同理，發展理論與集體記憶說也都有它們的大限。從中國近一百五十年的歷史看，每一種意識形態，從誕生到成長到死亡，

大概都在五十年左右，當然，軌跡有時交疊，有時錯開，但總的方向不離開我們這個文明系統所選擇的獨特求生方法。雖然西方早有人提出意識形態終結的觀點，反觀我們自己的經驗，如果把這個過程從一百五十年的歷史裡抽掉，剩下的恐怕只是一堆殘破零碎的屍骨。

這一百五十年的中國，包括臺灣在內，是一個沒有精神史的族群意識大拼盤。五種意識形態，是我們自覺的唯一符號。

前面這一大段分析，用意不在於提出一種理論或主張，只是一種觀察。去年應《中國時報·人間副刊》主編楊澤的邀約，承他們支持，到中國大陸跑了將近一萬公里，回來後寫成這本小書《走過蛻變的中國》。這裡所談的，可以作為這本小書的思想背景來看。

在文化出版業不景氣的臺灣，「麥田」還願意冒險出這種注定賠本的書，實在勇氣可嘉。對於蘇拾平、陳雨航、謝材俊這樣的青壯年文化工作者，我只能套用美國運動圈的一句術語表示敬意："I tip my hat !"

——1993 年 5 月 24 日　於臺北

——選自劉大任《走過蛻變的中國》
臺北：麥田出版公司，1993 年 7 月

雪恥

◎劉大任

　　事隔多年，如今回想，1966 年決定到加州大學柏克萊去讀書，事實上等於救了我一條命。然而，這個目前看來生死交關的大決定，當時雖然也牽涉到很多相關的因素，影響最大的，卻是一個朋友完全無心的一句話。

　　1962 年，我考取了教育部主辦的夏威夷大學東西文化中心兩年全額獎學金，在相當於「逃亡」的心情下，出了國。這個獎學金，按那個時代的標準算，是非常優厚的。除了來回飛機票和兩年的生活和學雜費，每個月還發 50 美元零用錢，外加買書開支。可是，條件固然優渥，卻也有個限制：接受獎學金待遇的人，由美國大使館發給交換學生的 J 簽證（留學生通常拿的是 F 簽證）。J 簽證有嚴格的規定：第一，持此簽證者，在美不得打工賺錢；第二，兩年期滿必須回本國服務兩年，才能取得再度來美的資格。

　　第一項規定對我影響不大，因為獎學金絕對夠用。第二項規定就比較麻煩，首先兩年期限內，尤其對於文法科的學生，不要說修完博士，連英文都可能弄不通。就算勉強拿個碩士，文法科的碩士，上不上下不下，頂什麼用？

　　不過，這項規定涉及美國當年的外交政策。加在我們頭上的這個緊箍咒，目的是貫徹出錢老闆美國國務院培養亞洲各國親美派實力的構想。

　　1950、1960 年代是所謂的冷戰時期，美國的亞洲（尤其是東亞）策略以圍堵中國大陸的共產政權為核心。我們這批被國人和親友視為天之驕子的留學生，不過是帝國心態的美國政客用來打擊中共的棋子罷了。

當然，興沖沖踏上留洋鍍金大道的我，初期毫無自覺。

東西文化中心的獎學金大致分為學位和非學位兩類方案，前者要求兩年內修完碩士學位，後者則可任意選課。我挑定了非學位方案，雖然看起來有點浪費時光，但覺得對自己比較適合，因為興趣正向社會科學轉移，又考慮到我的本業，夏大哲學系的師資底子單薄，索性把大部分課選在政治系。

這個選擇所釋放的大把自由時間，加上那時不過 23 歲的我，剛從慘綠苦戀的病態心情中跳出來，造就了我這一輩子最放浪形骸的兩年。

跟新交的一批同樣放浪形骸的各國朋友，喝酒辯論往往通宵達旦，賭牌下棋也可以通宵達旦，猛啃「閒書」也一樣通宵達旦。上午不必選課，也不必起床。下午可以上圖書館，也可以上 Waikiki 海灘曬太陽。

我的成績單，自然慘不忍睹。

獎學金還有一項優待。第一年讀完，如果成績好，保送你到美國大陸本土任何一家大學去讀暑期班。我有自知之明，連申請表都沒填。

比我早一屆的同學中，有一位法商學院（中興大學前身）的高材生姓黃。此君不是好學深思那一類型，卻精明強幹、聰明外露。那句救命的話，就是他讀完柏克萊加大暑期班回來後趾高氣揚當眾對著我虛心求教的臉說出來的，大概是 1963 年的春夏之交。

「你省省吧！」他的眼睛煥發著異樣的光彩，「柏克萊可不是夏威夷，哪那麼好混！」

一年後，我帶著滿腦子中國現代革命的「真理」，回到了臺北。

「真理」是我的課外活動帶來的成果，猛啃的那批「閒書」，給了我一些「真知灼見」。

1964 年到 1966 年，我跟陳映真同時參與了邱剛健（也是東西文化獎學金同學）創辦並主持的《劇場》雜誌。這些「真知灼見」於是成為我批評《劇場》無保留投入現代主義的主要思想依據，與陳映真轉折期的文學思想不謀而合。在《劇場》不定期而頗為頻繁的聚會中，兩人因意見相

近，彷彿結了盟。

有些朋友認為，甚至文學界也有人流傳，小說《浮游群落》的人物都可以對號入座，小說人物林盛隆就是寫陳映真，這真是一筆糊塗帳。林盛隆其實是個相當概念化的人物，小說的細節當然免不了取自這裡或那裡，有些地方也確實來自我跟映真之間的一段交往，但映真這個人，比起林盛隆，何止於飽滿、敏感、複雜千百倍。小說人物是為整部小說的概念服務並受其制約，我只能要求自己，在小說描寫的那個臺北 1960 年代知識分子圈中，林盛隆這樣人物的存在，是可能的。這是創作時的唯一指標。

記得 1966 年 9 月中旬離開臺北赴柏克萊的前幾天，映真一大早跑來找我，要我跟他到外面走走。我們在那時尚未拓寬的南京東路一個公共汽車站牌下佯裝等車聊了半天。他告訴我，他剛從警備總部問完話放出來，並提到李作成家裡上禮拜來了一批穿制服的人，所幸李藏在床底下的上百本禁書沒給搜出來，現在都已轉移到一個日本外交官朋友家裡去了。他告訴我小心。

老實說，我那時並沒有太緊張，也許因為知道自己再過幾天就要出國，也許因為那時太天真，以為朋友們聚會發發牢騷沒什麼大不了，反而覺得映真大驚小怪。

映真的緊張是有原故的，他和李作成、丘延亮、陳述孔、吳耀忠等搞了一個地下讀書會，我雖曾被邀參加過一次他們的「擴大」會議，但覺得跟夏威夷大學上課的那種 seminar 沒什麼兩樣，甚至還用我的 50 西西本田機車順便約了陳耀圻同車赴會，害陳耀圻後來為此坐了兩個禮拜大牢。

1968 年 7 月，映真和他的地下小組被「破獲」，依《懲治叛亂條例》第十條後段和軍事審判法第 145 條第一項提起公訴，分別判刑。

如果不是聶華苓和她後來的夫婿保羅・安格爾絞盡腦汁，用盡一切辦法透過美國政府的關係施壓，這個冤案所牽涉的人可能早已全部槍斃。這一段往事，以後有機會再談。

在這篇文章的有限篇幅裡，我必須再回到夏威夷東西文化中心放浪形

骸那個時代我無端受辱卻又因此撿回一條命的那一句話。

那句話一直耿耿於懷，讓我覺得這輩子如果不去柏克萊至少拿它一個碩士，便無臉好好做人。

1968 年映真出事後，消息輾轉通過一位在臺的美國朋友傳到我那裡時，我正忙著寫我的碩士論文。國民政府駐舊金山總領事館有一位政冶參事，此君的職務雖與國安有關，卻是文化人出身，曾經翻譯過書，搞過創作。也許是因為這種性情的影響，也許因為在海外終究沒什麼辦法將我逮捕歸案，竟將警備總部寄發給他的文書複印了一份寄給我，要我主動向他自首報備。

這份《清查要點》一共十項，內容可以想像，完全捕風捉影，我也就置之不理。他後來怎麼結案，我當然無從知道。

1964 到 1966 那兩年，我在臺北的新興文藝小圈子裡活得開開心心，每天有忙不完的事，如果沒有黃君一句目中無人的話，我不可能念茲在茲闖往柏克萊雪恥。如果到 1968 年 7 月我還在臺北無憂無慮地參與新文學運動的創造，百分之百，肯定成為「叛亂案」的被告。我深信，以我當年的身體和心理素質，我不可能活過黑牢的折磨和拷打。

1969 年某日，黃君因公過舊金山，請我吃飯敘舊，並祝賀我得到柏克萊的學位。席間並無旁人，雖相談甚歡，但從頭到尾，關於他一語救我一命的因緣，我一字未提。

——選自劉大任《冬之物語》
臺北：印刻文學出版公司，2004 年 12 月

無果之園

◎劉大任

　　把近年來陸續寫的這批文字集合起來，選了一個整數（50篇），書名就定為《園林內外》，因為書的內容，除園林外，還涉及直接或間接相關的物與情。讀者也許感覺，園林內的物與情，跟園林外的物與情，事實上是相通的。通在什麼地方？正是讀完後供反芻與回味的材料。

　　還有一些細節，應向讀者說明。

　　第一，這批文字的寫作，先後時間跨度差不多二十年，早期與晚期，風格略異，編排上，大致是從晚到早，希望讀的時候，也越來越感覺年輕；

　　第二，文字的篇幅，大致有兩種，短小者一千五百字左右，長的也許接近三千字。這是因為寫作主要為了兩個專欄，《中國時報‧人間副刊》的「三少四壯集」和《壹週刊》的「紐約眼」。

　　在此應向楊澤與董成瑜兩位編輯致謝，沒有他們的督促與鼓勵，我這個懶人是不會動筆的。

　　還應該談談與寫作本身有關的一些問題。

　　所謂「園林寫作」（Horticultural Writing），在我知道的中文世界裡，多少是個「新文類」。中國人文傳統中，確有些類似的東西，但各走極端。一種是有關植物藥用價值的研究，如李時珍（1518～1593）著《本草綱目》；另一種是文人騷客賞花玩石的酬興之作，如歐陽脩寫的《洛陽牡丹記》。臺、港和大陸一些提倡園藝的雜誌，接觸面還算廣，但水平不高。專業的植物誌一類著作，當然比較科學，比較深入，但也不是「園林寫作」。

　　近代也有人承續歐陽脩的做法，蘇州人周瘦鵑即其一例。我仔細讀過

周前輩的《拈花集》和《花木叢中》，稱得上見聞廣博、意趣盎然，但本質上應歸於抒情小品散文，只不過取材集中於園林花事而已。

西方人由於有自然史、植物分類學與美學的基礎，近兩百年來，園林寫作領域，分工細膩，名家輩出。試看一下當代，像劍橋大學出身的格拉漢・湯瑪斯（Graham Stuart Thomas）這一級的作家，中文世界裡不但找不到，連做他學生資格的也一個都沒有，包括我自己在內。

嚴格說，我的園林寫作，只能算是兩個半調子合成的怪胎。自評一下，傳統文人的品味與情趣，約莫一半；另一半是「自然論」（naturalism）的哲學觀點。兩個一半，都只有半調子的水準。

這個奇怪的半半結合，造成了困局：既不能於純粹的品味情趣中安身立命；又無法全心全意做個自然學者。唯一的出路，只好從理論中找知識，實踐中找感覺，成品當然只宜拋磚引玉。

品味與情趣，首先來自遺傳基因。

每個人，甚至每一通過有性生殖繁衍後代的物種，身體裡面都有兩套不同而並存的密碼，一套來自父親，一套來自母親。我也不例外。

父親一系的血脈裡，有終生在土地裡討生活的農民天性。我的祖先來自中原（河南），據說五胡亂華時向南方逃亡，落戶在湘贛邊界的山區，從此「耕讀傳家」，上千年的休養生息，離不開土地。

童年時代，有兩個重要發現。

第一，手腳一接觸泥土與植物，心便快樂，不由自主。種子發芽生長，開花結果，快樂程度必隨之倍增，屢試不爽；第二，似有一種辨認植物特徵的天賦本能。凡經手的植物，舉凡形態、組織與生長方式，以至於根、幹、莖、葉、花、實的紋理、外形與細節，多能明察秋毫。纖微之差，過目不忘。

若不是代代相傳的農民本能在血液裡起著作用，何能致此？

母親一系，世代讀書做官，士大夫階級的生活方式，少不了怡情悅性的審美習慣。可惜外祖父過世太早，只從母親的回憶中知道一些他種花養

魚的故事。他的獨子，也就是我的舅父，是個不事生產的名士派，一輩子的愛好，不外骨董字畫、戲曲文學。我九歲以前曾跟舅父一家共同生活過兩、三年，顯然耳濡目染，受了教育。記憶中，他的庭園裡，只見花木，不種蔬果。

我細胞裡攜帶的母系基因，在父系農民根性之外，增添了一種從植物的欣賞中取得心境平和寧靜的因素。這種近乎病態的纖細審美觀，跟西方崇尚的健康型自然論者的審美態度，很不一樣。不過，我至今不覺得兩者之間有任何高下之別。橘子與蘋果，不能比較，也毋庸比較。

因此，西方理性主義的科學精神與審美觀點，我也從不排斥。

這方面，初中博物課是我的啟蒙。不久前去世的唐玉鳳老師，傳播了一套基本理念。雖未及於孟德爾的遺傳律與達爾文的演化論，但唐老師的課，完全建立在理性科學的基礎上，既幫助了我的思維方式，也開啟了以後自修學習的大門。

要談這兩個「半調子」的結合經驗，不能不涉及自己下海動手的過程。

我的「園林事業」，是從一盆簡單的非洲菫開始的。

1975 年春的一個禮拜天，在唐人街買菜，心情有點鬱悶，突然在肉舖附近的花店窗臺上，看見一盆紫花白邊非洲菫。眼光一接觸，居然無法脫身。

一沾手便一發不可收拾。

立刻上圖書館找有關非洲菫的專著，又因為當時住在公寓裡，盆花搜集過快過多，不得已，只得自己動手設計，製造了有人工光照配備的多層花架。架上植物，也從非洲菫擴大到各種熱帶室內植物，不久就進入蘭花的王國。

一年後，調差到非洲的肯亞。其後三年，算是我「園林事業」的第一次「大躍進」。

我租住的那幢住宅，原主人英國老太太，是個道地的英式園藝家，親手設計布置，經營了 30 年的庭園，讓我三年於茲，無論陰明晨昏，等於實地上課，隨時都有發現和收穫。雖然地處赤道邊緣，選用的植物不能不就

地取材，因此園中多為沙漠乾旱地生存的仙人掌屬和多肉汁植物，但由於她的學養和文化傳統，這些植物的安排，依然遵照英式庭園的法則，植株的高矮大小，莖葉的色調配置，花期的掌握調節……，都可以看出力求符合大自然生態環境的要求。而花圃中的群植法（mass planting）應用，明顯承繼了多年生草花圃（perennial border）的規律。

更有趣的是，園中不少樹上，馴養了多種肯亞原生種的蘭科植物，引發了我主動參加當地蘭協的動機。

參加肯亞蘭花協會，除有助於增進現代蘭學（Orchidology）的知識，更接受機會教育，親赴原始生境探索，了解人類活動對生態環境的惡性破壞。肯亞蘭協每兩個月開會一次，多在熱心的會員庭園中舉行。會員們將自己培養的珍貴品種帶來展覽，並邀專家講評。

我的「園林事業」第二次大躍進，發生在紐約。這方面，書中寫得較多，不再重複，只需談一下幾個重點。

做一名半調子的園丁，紙上談兵是不夠的，一定要下地接觸泥土，因此，得有一片供施展的空間。這在我，要等到不惑之年以後，才有條件。

利用肯亞生活指數低因此而有的積蓄，加上我的園林戰友傑英的私房錢，終於在紐約北郊丘陵地上購置了接近一英畝的土地。這是塊幾乎可稱之為白紙一張的處女地，除了後山原始林，只有幾塊草坪，一切都得從頭做起。於是產生了兩個問題：第一，怎麼規畫；第二，用什麼材料。

對付第一個問題，我採取「土法煉鋼」與「書生問政」相結合的辦法。所謂「土法煉鋼」，不外是一有空就在地上到處走到處看，逐漸把感覺「擠」出來。所謂「書生問政」，倒是從小便有的習慣，凡有問題，便跑書店、圖書館。當然，過程最重要，即如何將書中提供的「答案」與實地走出來的「感覺」，進行心安理得的完美結合。

用材又是個全新的課題。此間為北溫帶，植物材料、氣候與土壤條件，對我來說，都是以前不曾碰過的。實踐起來，倒也不難，大抵是學習、觀察、試誤、調整而已。屢敗屢戰之餘，終歸還是會出來一個自覺差

強人意的「樣子」。

　　二十餘年如一夢，是不是到了可以賣門票供人參觀遊覽的境界呢？

　　那就想錯了。

　　有時，我把這塊夫妻兩人共耕的土地稱為「無果園」，除了地上確無一棵果樹，也無非是說：這是座看不見「果」的「園」，除了自己，誰都無法真正欣賞。

　　所有的果實，都在過程中，包括這裡編集的幾十篇文字。

──2006 年 3 月 7 日

──選自劉大任《園林內外》
臺北：時報文化出版公司，2006 年 4 月

二流小說家的自白

◎劉大任

現在，我們的小說，是極其自由的，其解放程度，可能遠超前人想像。魯迅和沈從文一輩先行者，如果活在今天，親眼目睹他們的後代，在文字、意象、技巧、形式以至於基本假設等各方面高度「放縱」的創新，想像無窮的變化，恐怕免不了瞠目結舌，無言以對。我相信，這個判斷，不算大膽。因為，我自己，雖然也在小說創作這條路上，蹣跚學步多年，讀到同代尤其是晚一輩的作品，往往也會感覺，我堅持的這種寫法，是不是過於墨守成規？甚至落伍了？

平心而論，我的挫折感，並不太嚴重。難道，之所以能夠不為所動，若非懶惰遲鈍，便是頑固驕傲？似乎也不太像。再深挖，發現自己原來早就有一套防震裝置。

我始終相信，我這一輩子，最多只能做一個二流小說家。「二流」？乍聽有點洩氣，然而，「不求聞達於亂世」，自然淘汰了與人競爭之類的閒雜意氣，心安理得便也不太困難。

不妨分成三點，談談我這個二流小說家的信念。

第一，我一向以為，第一流的小說家，在以中國文字作為傳播媒介的歷史文化範疇內，必須寫出「大小說」。那麼，什麼叫作「大小說」？

英文世界，尤其是美國的文學界，有所謂「美國大小說」（The Great American Novel）的傳統，孕育了一代又一代的作家。可見，這個「大小說」的主張，不是我異想天開杜撰出來的。什麼樣的作品，才符合「大小說」的條件呢？各派評論家自有標準，我只提出最能立竿見影也最簡單

的。「大小說」流傳久遠，必須化為基本生活信念，融入一個民族或文明系統的血肉靈魂。也就是說，它必須達到接近永恆的「國族寓言或神話」的高度。

白話文運動以來，直到今天，兩岸三地，海內海外，我們的「大小說」出現了嗎？很抱歉，我只能看見一些「元素」，看不到「整體」。作品生命維持幾個月的，兩、三年的，甚至十年以上的，不能說完全沒有。然而，活進我們內面的，只是一些意念和圖象，真正系統性的制訂價值、校對行為的思想藍圖，尚未出現。

視野上推千年，中國人引以自豪的「大小說」，還是那幾部，其中三部是集體創作，一部則殘缺不全。

第二，「大小說」在一個獨特文明系統的歷史長流中，必須具有繼承融會和發明開拓的斷代意義。就這一點而言，我深信，它的最終出現，不能不等待它所屬的文明系統，耐心走完由發生到成熟的曲折痛苦歷程。

現代中文小說，雖然距離誕生期的「五四運動」已接近百年，本質上，仍在幼年階段，原因很單純，我們的文明系統，還沒有走出調整重生的陰影。這個論斷，不免有些爭議。一種觀點認為：中文小說世界，光是「文學大系」一類的產品，就不知多少套了，作家和作品，更是成千上萬，無法計數。量之外，還有質，不是連國際公認的諾貝爾獎都得了嗎！另一種觀點，剛好相反，基本邏輯是：電影削弱小說，電視削弱電影，網路削弱電視。結論很簡單，小說過時了，滅亡之期，指日可待！

上述兩種觀點，似是而非。

量大質精的說法，相當脆弱。小說又不是人海戰術，諾貝爾獎更不能代表什麼，你只需問，得獎作品有幾個人讀？又對我們的文化價值和生活智慧，產生過什麼影響？

循環削弱觀念，也是以現象代替本質的論點。現代傳播媒介的推陳出新，不能取代人類精神生活的根本需求。縱然有一天，作為溝通媒介的文字完全淘汰，「大小說」還是不能沒有，因為，所謂「大小說」，其實是精

神生活的總體表現，沒有精神生活，人類不成人類。淘汰了文字的「大小說」，不過是通過另外的媒介傳遞罷了。

第三，我們所屬的文明系統，通過對集體記憶的詮釋和現代考古學的發掘推證，可以追溯到五千至五千五百年前。考古學現在的論據，大概以龍山文化後期，作為中國文明的發軔，相當於古代經典記載的炎黃爭霸前後。這個獨特的文明系統，從它的原始國家形成，直到今天，百分之八十的時間，都處於人類文明的領先地位（漢武帝時代，中國的人口和財富，都占世界三分之一）。兩河流域和埃及，起源更早，成就相當燦爛，但後繼無力。印度文明也有它的獨特性，但在影響擴散的程度上，無法與希臘、羅馬、西歐這個輾轉承續的文明系統分庭抗禮。中國在明代中葉以後，閉門鎖國，故步自封，失去了生命力，前後將近六百年。

從清末康梁變法，到現在，一百多年了。這一百多年，一代又一代的民族菁英，所作所為，不過是為這個面臨衰亡的文明系統，在世界上重新尋找它應有的位置。

我相信，這個探索翻身的過程，雖然犧牲重大，艱難漫長，距離終點也還早，成果卻逐漸顯露出來了。

我認為，我們這個文明系統的重生，已經快要摸到「文藝復興」的門檻。

「大小說」與「文藝復興」是相輔相成、互為表裡的。兩者同時出現，符合邏輯，卻有一個不能或缺的前提條件，必須有文化創新的長期經驗積澱。

二流小說家的終生任務，就在於提供積澱素材。

我們先天所屬的文明系統既然還在陣痛難產的階段，「大小說家」就不可能順利出生。1920、1930 年代到現在，包括海峽兩岸，表面人才濟濟，仔細看，每一個都有點營養偏枯，多少暴露了學養單薄、感性理性失調和毅力魄力不足的弱點。偉大而獨特的文明系統，必然要求掌握核心精神命脈的全面體現，具有這種條件的人才，我感覺，恐怕至少還要等待一、兩代。

大前提說清楚了，接下來，可以談一談自己。

　　前面已經聲明，我給自己的定位是「二流小說家」，其實，我連「小說家」這個稱號都覺得十分汗顏，一向只自命為「知識分子」。然而，由於剛懂事那一陣子，恰好是個不怎麼開放的社會，「知識分子」的一些感情、理想和作為，便只能曲曲折折通過文學形式傳達，就這麼寫起小說來了。日子一久，慢慢形成一種思想和表達的習慣，居然累積了若干篇幅。事實上，這些年來，用力多在散文、隨筆和評論（不妨總稱之為「文章」），總量約三倍於小說，應該算是安身立命的本業。何況，我們的傳統早就認定，「文章」乃「經國之大業」，「不朽之盛事」，小說不過「旁門左道」，得等梁任公先生大聲疾呼，魯迅身體力行，才爭得一席之地。無論如何，當今世界，「大業盛事」和「旁門左道」都成了商場上的滯銷品。歸根結柢，既然對「大小說」仍有待焉，二流小說家又有貢獻文化積澱的義務，就必須將所有產品整理出來，接受公眾檢驗。

　　快要到鞠躬下臺的時刻了。我遂將歷年所寫全部小說作品收齊，按性質重編，輯成五部，分別題名為：《晚風細雨》、《羊齒》、《殘照》、《浮沉》和《浮游群落》，交由聯合文學出版社陸續出版。

　　張寶琴女士，在市場萎縮、文學暗淡的環境下決定出這套書，表現了出版家的魄力。雷驤兄特允配製插畫，杜晴惠、蔡佩錦費心編輯作業，在此表示感謝。

　　還有話要說，2008 年是我停寫小說多年後重新執筆的一年，寫了一個中篇〈細雨霏霏〉，兩個短篇〈蓮霧妹妹〉和〈火熱身子滾燙的臉〉，忍不住希望，這是新的開始。

——2008 年 12 月 12 日

——選自劉大任《晚風細雨》

臺北：聯合文學出版社，2009 年 1 月

閱世如看花
劉大任

◎楊渡*
◎劉大任

楊渡（以下簡稱「楊」）：今天很高興邀請到我從年輕就心儀的小說家劉大任先生，記得 1980 年代初的時候，我曾經拜託朋友到香港買了一本他的小說集《浮游群落》，這本書當時臺灣還是禁書。今天我為了訪問他，還特地把這本書找出來。劉大任老師不僅是一個非常好的小說家，他與邱剛健一起開創臺灣現代戲劇的開端，也參與了尉天驄《筆匯》、《文學季刊》的創作，可說是臺灣現代主義文學開創時期的健將。

劉大任（以下簡稱「劉」）：《現代文學》我也投過稿。我寫了一篇〈大落袋〉發表在《現代文學》第 2 期。當時《現代文學》竟然還有稿費，真是想像不到，而且那筆稿費發揮了很大的作用。有一天我一批朋友，秀陶、商禽、陳振煌到新店去玩，陳振煌住在新店，我們到他家翻箱倒櫃，什麼吃的都沒有，就想說到街上買點東西回來吃，大家一搜口袋統統沒有錢，就派我從新店到臺大。我走路到臺大找到孟祥柯。老孟孟祥柯當時在臺大文學院圖書館裡面做圖書管理員，《現代文學》就是委託他發稿費，所以我去找孟祥柯拿到稿費，回到新店請大家好好吃了一頓飯。

楊：劉老師不僅是一個好的文學作家，也是一個好的社會觀察者，對臺灣

---

*作家。發表文章時為中華文化總會祕書長，現專事寫作。

社會最近的觀察很有意思。

劉：剛剛我提到一些，我最近回來這幾次注意到一個現象，臺灣的餐飲業發展得非常快，而且零碎化，各種各樣、南腔北調的東西、自己帶創意的東西，統統在發展。最近在美很流行一個風格叫做「fushion」，就是融合，核融合叫 nuclear fusion。餐飲裡面的 fushion，就是結合東西方的餐飲好的方法、好的材料，創造一種新的美食。這個在臺灣也有發展，臺灣從一開始就有一點得天獨厚，日本的、美國的、中國大陸各省各地帶來的不同的美食方法，統統結合在一起，所以有一個雛形。我覺得現在更是飛躍發展，我最近兩次回來都覺得，永康街上面餐飲服務業的密度是全世界第一的。法國人做過一個調查，他們認為永康街這個地方，大概是全世界單位面積生產價值最高的地方。永康街那個圈圈很小，地方不大，可是每一個單位、每個小店，都有它自己獨特的創意，在布置櫥窗、選擇產品，還有經營上都有它的方法。因為那邊競爭太激烈了，處理的不好就會失敗。久而久之就形成優勝劣敗，就剩下最好的才能夠生存，也可以說全世界單位面積生產價值最高的地方，這是法國人的研究結果。

楊：臺灣為什麼變成這樣一個現象也很好玩，好像很多年輕人喜歡來開這種小店，用這種小店來建立他自己的空間，建立他自己的 life style。

劉：幾次回來都聽到朋友談論，其中一個意見我覺得很有意思是，近年來，臺灣因為政治上面的藍綠惡鬥，久而久之大家都很厭煩了，有的朋友告訴我說，他再也不能忍受電視上的 call in 節目，他說一打開聽見某個人的聲音，他就要吐。

楊：像我的話，我就連第四臺都把它關了，不接第四臺了。

劉：臺灣因為內外的壓力都很大，國家前途上面很難產生一個共識，沒有一個共同的想法，既然意見不交集，互相又要通過選舉來爭取選票，所以外部的壓力又一天一天增加，中國大陸的崛起已經是個明顯的事實，對臺關係也在變化之中。在這個內外交戰之下，年輕人比較有理

想的從事政治、社會、文化方面的改革，他們比較失望，失去了動力，特別是年輕的知識分子，不像我們在 1960、1970 年代的時候，那時候膽大包天，雖然當時年輕人也是走投無路，可是就是敢想很大的事情，有一種關懷全人類、全世界的胸懷，雖然是有點不自量力，但是精神可嘉。當代的知識分子呢？他們對這些大的問題失望以後，就好像要完成小我——小確幸，就開個咖啡館、酒吧，在裡面投注他的心思、努力、智慧，成就一個小我，一個比較完美，可以控制的一個境界。我還聽說臺中開過一個酒吧就叫「浮游群落」，我聽說的時候覺得應該要求他給我一點版權費，或者至少到那邊去照個相，或者請我喝杯酒才對，不過始終沒那個機緣。

楊：我前段時間看到您在「人間副刊」談《劇場》季刊的文章，剛創辦的時候，您與邱剛健兩位就為了翻譯《等待果陀》花盡了力氣。你們這整個世代跟後來的年輕世代很不一樣，一個是一開始就反叛，但那個反叛也是很少數人，從很少數人而且在極大的高壓下，跟那種全球性的茫然完全是不一樣的。但是在極大性的高壓底下，反而充滿理想主義，而且回過頭看，你們那一個世代是從文化開始，但是後來都走過了社會實踐，陳映真也好、或者您後來參與的保釣，……陳映真後來也入獄。到 1980 年代的社會運動，陳映真再用《人間雜誌》來參與臺灣社會的變化，也就是對這個社會還是有理念的。

劉：當時我的同輩朋友們，他們基本上比我大個幾歲，就是當年搞現代詩、現代繪畫的那批朋友，或者辦雜誌。他們叫我慘綠少年，這個慘綠少年是紀弦創造出來的一個用語，我覺得很傳神，我覺得把我們那個時代的年輕文藝青年的容貌抓得很準確。

楊：陳映真小說裡面說的，「悽慘的無言的嘴」嗎？

劉：我們當年大概都是這一類的人，有點病態又有點憤怒，又有點不知道該走到什麼地方去，可是又想走全世界最偉大、最重要的事業，所以是這樣一個也空洞也實在的世界觀。那個時代會產生這樣的結果，實

在是也蠻奇怪的，因為臺灣當年是相當孤單的地方，經濟上還沒有發展，全世界共產主義的力量還在上升起來，臺灣基本上是靠第七艦隊協防，才能夠生存下來，大概最幸運的是，發生了韓戰，如果韓戰不發生的話，臺灣當年會是怎麼樣的一個情況也很難說。因為當時林彪的大軍已經集結在福建、浙江的沿海，把整個中國海上的漁船全部徵集，然後裝上了一個馬達，叫做機帆船，準備萬船齊發要解放臺灣，林彪的部隊裡面有很多是北方人，一上船就暈船，所以林彪就在海灘上面打了很多鞦韆架，讓這些沒有水戰經驗的北兵在上面練習，然後突然發生韓戰，第七艦隊協防臺灣，當時局勢就穩定下來。這樣的一個形勢裡面的臺灣，會產生一種新的文化運動，那是相當奇特的一個經驗。

楊：訪問洛夫老師的時候，談到一個很有意思的事，洛夫老師在寫《石室之死亡》的時候，八二三砲戰在坑道上面打，就是人的生命在極端的壓抑底下不知道自己的生命意義何在，可是又不能直白的講說沒有意義，所以就採用了西方的現代主義，蒼白的、慘綠的語言。

劉：講到這個就提醒我，我為什麼把 *Waiting for Godot* 翻譯成《等待果陀》，因為按照音翻的話，像大陸就有一個譯本叫《等待戈多》，那才比較符合它原來的發音。但我把他翻成果陀，是想寄託那時候年輕人空虛、迷茫的心情。果是因果的意思，陀從佛陀那邊借過來，用這兩個字就有一點象徵、暗示最後救贖。當初邱剛健是要我把貝克特的劇本兩幕全部翻譯出來，他的劇本基本上都是兩幕，我動作比較慢，為什麼慢呢？因為腦筋就動著要怎麼把我們當時的，我自己用過這樣一個講法——當時臺灣年輕知識分子的苦哈哈形象，要把它塞到《等待果陀》裡，所以就弄得慢一點。邱剛健等不及了，他個性比較急，非常嚴肅、非常性急的一個人，他就把第二幕拿去翻，後來才變成我們兩人合譯。

楊：那時候在耕莘文教院演出，聽說陳映真拿了一個石膏做的鑼上去敲。

劉：那是當時另外一個黃華成創作的反劇，叫做《先知》。《先知》一開幕就有一個大漢拿著一面銅鑼，他一敲銅鑼就整個碎掉了，這就是典型黃華成的顛覆，他搞顛覆藝術。1960 年代的時候，英國蘭克公司出的一些電影在臺灣很叫座，有部電影一開始就有一個大漢拿一面銅鑼，「咚！」的一敲聲音很響，《先知》剛好是相反，大漢拿著一面銅鑼，這個銅鑼一敲就碎掉了，所以是一種小小的顛覆在裡面。那面鑼我記得是師大藝術系的顧重光用石膏做的，因為是石膏做的所以表面就把它上了古銅色，噹啷一敲就碎了，臺下的觀眾竟然沒有一個人笑，沒有反應，大家不知道陳映真在那邊幹什麼。《等待果陀》開演前我們做了很多宣傳，臺大、師大、政大校園裡到處都去貼廣告，一開始的時候有很多人，耕莘文教院差不多都坐滿了，第一幕演完以後就走了很多人，只剩 30% 左右的人，不知道我們在搞什麼鬼。

楊：隔年黃華成辦了「大臺北畫派 1966 秋展」，應該是臺灣第一個前衛裝置藝術展。

劉：我可以藉這個事情提一提，當時臺灣小小的文壇上面發生的一些事情，現在回想起來蠻重要的一個觀點。《劇場》辦到第五期前後，《等待果陀》演出之後，編輯部同仁的內部就發生激烈的爭辯，這個爭辯不是什麼爭權奪利的問題，而是路線的問題。因為《劇場》有兩個靈魂人物，一個是邱剛健，沒有邱剛健就沒有《劇場》，他是我在夏威夷大學的同學，我念哲學、他念戲劇，他要演出所以找我去幫他搞後臺，我就跟他比較熟。那時候我離開夏威夷到香港鬼混，他到香港來找我勸我回臺灣，後來我受他影響才會回臺灣。《劇場》因為是他的理念、他的想法，主要是他跟黃華成有這樣的想法，他們認為臺灣的戲劇、電影太落後了，落後於西方不知道多少年，他認為至少要做十年、二十年的介紹工作，那就是大量的翻譯，每一期的內容 90% 以上都是翻譯，包括理論和劇本，這樣做了三、四期。《等待果陀》演出之後，我跟陳映真就有一個比較不同的想法，當時我們認為辦這樣一個

雜誌,除了要顛覆傳統,除了介紹西方,我們還應該反映現實的生活。因為有這樣的想法,所以就吵得很厲害,現在這方面的紀錄很少了,但是有一個地方算是留下一點點蛛絲馬跡,就是你剛提到黃華成開的「大臺北畫會」。一進門一個草墊,是讓人家擦腳用的,但上面就是一張〈蒙娜麗莎的微笑〉,你一進門就要把你的髒腳在〈蒙娜麗莎的微笑〉上擦乾淨,進去以後就在當時中華商場,他租了一個地方在那邊,旁邊就是豆漿店、一些亂七八糟的商店,而且在二樓,租金便宜一點,作品就是掛一條曬衣繩,上面有月經帶、女人的內衣褲、奶罩什麼的,就這些東西。所以我覺得黃華成是當年 1965 年左右,臺灣第一個觀念藝術家。所以黃華成跟邱剛健是代表一種意見,我跟陳映真是代表另外一種意見,後來就分裂了,我離開《劇場》之前介紹陳耀圻進去,所以陳耀圻後來接著幫忙,雖然我們意見上分裂,但還是好朋友。邱剛健 1966 年到香港邵氏公司去當編劇,我 1966 年到加州柏克萊去念書前夕,陪邱剛健一起去見鄒文懷,鄒文懷是當時邵氏公司駐臺灣的總經理,他面試我們,談了一個下午,他最後說劉大任你也來吧。但是我當時已經拿到柏克萊的入學許可,所以我就說以後再說吧。當時他們是希望從臺灣招聘人才到那邊去。

劉:因為意見不一樣,所以我跟陳映真就找到尉天驄、姚一葦先生他們,後來就辦《文學季刊》。現在看《文學季刊》,我第一期就發表了小說〈落日照大旗〉、陳映真發表了〈最後的夏日〉,跟我們以前的作風都有很大的變化,跟慘綠時期不太一樣,有一點憤怒有一點諷刺,但基本上是根據我們觀察到的社會現實,所熟悉的社會現實的一種反映。我覺得到了那個時候,現代主義就有了一個新的芽,這個新芽應該是以《文學季刊》為代表,就是比較關懷現實生活,什麼都可以寫,從總統到妓女都可以寫,但一定要很誠實,根據我們生活上比較熟悉的東西來寫,而不是說憑空胡亂捏造,基本上是這一類的想法在產生作用。

楊：這個新芽後來也在 1970 年代繼續成長。很有意思，您也好，陳映真也好，經過這個階段就開始走上更強烈的，想要參與到現實、改變現實的使命。

劉：我離開臺北是 1966 年的 9 月，那時候到美國去，一開始我是沒有獎學金的，我父親給我買了一張飛機票，當時記得是美金 500 元，坐的是留學生的包機，那個包機是飛虎航空公司跟美國五角大樓有合約，運了軍用物資到越南去打仗，回程是空機，就彎到臺北接留學生，一個人 500 塊，那是貨機，後面一個大的貨艙，就在裡面弄了一些臨時的位置，蠻驚險的，如果遇到雲層不穩上下顛簸，那個椅子還會翻過來，就這樣跑到美國去。我到美國的時候，口袋裡只剩下 50 塊美金，所以當天晚上就去餐館打工。那是 1966 年，1968 年就發生了陳映真的那個政治案件，我也在美國設法援救他，但是那個營救基本效力不大，當時想我一個小留學生有什麼辦法？唯一的辦法就是讓這個事件曝光，事件曝光以後可能就引起注意，陳映真就比較有倖存的機會。

（劉大任朗誦〈西湖〉）

楊：我要特別談到在《浮游群落》新出的版本裡面，劉大任老師談到幾句話，我覺得這些話對臺灣的文化發展有很重要的總結，也是我在研究臺灣文化時候的一個參考。很少有人把臺灣社會的文化發展，做這麼凝練的總結。「幾十年來，臺灣始終存在著一種屬於年輕人的『次文化』，本應是人類學的豐富園地，卻好像很少看見我們的學者專家討論研究。1960 年代的『反叛』，1970 年代的『出走』，1980 年代的『創業』，1990 年代以來的『從政』，不論是威權體制下的『潛流』，還是目前已成氣候的『顯學』，這種『次文化』，表現了臺灣一代又一代的生命力。這種『潛流』或『顯學』，絕不是普通的社會現象，而是推動臺灣歷史向前摸索前進的基本力量，說它是臺灣的命脈，也不為

過。」這一段中我覺得很有意思的是，從 1960 年代開始老師都經歷了，您剛談到的這些，應該把它寫成更細緻的回顧，因為在歷史裡面，如同您作為小說家，會知道裡面有許多細節，那時候年輕人的一種文化，而那個文化是在什麼樣的一種背景下被養成。

劉：我個人的力量非常有限，我今年已經 75 歲了，所以我對我個人沒有太高的期望，前年 12 月初出版一本書叫《枯山水》，裡面多少碰到一些帶禪宗意味的生命問題。去年我開始寫一個新的系列，叫做「當下系列」，活在當下，我現在是一個老年人，但是應該說體力、精神比較健康，所以我就寫當下系列。當下系列就是寫老年人生活，當然老年生活裡面，我要求自己要比較不留情的看待自己的作為。不少朋友勸我，年紀大了應該寫一種史詩型的作品，例如所謂大河小說。但我自己在審美、美學的觀點上，都覺得自己現在不想寫這種大河小說，大河小說在這個時代跟人間的相關性，沒有像 19、20 世紀，1920、1930 年代那麼重要、那麼密切，所以我現在的想法是做一種盆栽小品，盆栽這門學問裡有一個用語很有意思，叫做「縮龍成寸」，就是要把一條巨龍縮小成一寸大小。「縮龍成寸」現在是我在美學上、人生的感受方面覺得比較有挑戰、比較好玩，所以想做這方面的東西。

楊：像鍾肇政、李喬他們寫過臺灣早期歷史的大河小說，但是 1960 到 1980 年代的發展缺少一個大河小說，而且後來一些年輕的小說，我看起來都有點瑣碎，因為好像對於整體的歷史脈絡掌握沒有那麼清晰。

劉：大概十幾年前我還有想寫一部大河小說，反映一個中國現代史裡面國共兩黨的鬥爭，這個鬥爭是相當慘烈的，犧牲的人非常多，它所波及的社會面，在中國，包括臺灣在內。二二八事件之所以發生，跟國共鬥爭有一點關係，因為國民黨當時是驚惶失措，處理失當，和那種心態是有一點關係，所以當時有一句話「寧可錯殺一百，不可放過一個」，就是驚弓之鳥的心態。所以我在十幾年前還有這個想法，收集了不少材料，但是現在每天含飴弄孫，我自己又在經營種菜、種果樹，

我覺得可以讓年輕人來做。就像《戰爭與和平》那樣的小說，是拿破崙打俄國那次戰役幾十年以後的事情，當托爾斯泰寫的時候，他已經是第二代、第三代，可能時間拖得更久一點，關照會更清楚一點。現在我們的生命、生活都攪在這裡面，我是可以這樣講，只要在中國大陸、臺灣，甚至於香港，生活於此的每一個華人，大概他的生活和生命不可能不受到國共兩黨激烈鬥爭的影響，都是這激烈鬥爭下的產物，我們很難做到客觀性，也許至少還需要一代，寄望於後人。

楊：我會寄望由老師來寫大河小說，是因為看了《浮游群落》、《遠方有風雷》，是有企圖去整理 1960、1970 年代以降的整個時局大的變化，尤其那一時代的知識分子，但我要特別跟聽眾說的是，劉大任老師寫的還不只是那些，因為他風格太多變了，從早期的寫實小說到後來寫大河、運動，我常跟好朋友說，運動的新聞比較好寫，但要寫成優美的散文真難，高爾夫、乒乓、跑步等等。後來我看到他寫《枯山水》的心境，也是我在其他的散文裡面很少看到的，創造了一種風格。《枯山水》之後，您繼續想寫的是？

劉：大概就是寫當下的系列，總結就是「當下」，大概準備寫二十五篇到三十篇，每篇大概三千字到五千字，多多少少有點夫子自道，但是是虛構的，會反映一些老年期碰到的問題，心境、家庭、社會、觀念上的，準備朝這方面做。打算花兩年的時間，把它做出來，那個之後還沒有計畫。大河小說這東西需要體魄，體魄不夠做不出來。

楊：前一段時間，有個朋友過了七十幾歲，聊到他未來應該安排比較休閒的生活，後來我一問之下，他媽媽活到一百歲。於是我告訴他，你未來還有三十年，怎麼辦？您會不會有這個問題？

劉：我自己的經驗，是六十到七十歲這個階段還不錯，很多東西慢慢比較淡定，比較穩下來，不會像四十到五十歲內心還有很多騷亂，但過了五十歲就開始慢慢沉澱，像水一樣；六十到七十歲之間，因為經常運動的關係所以體力還可以，我覺得這段還不錯；七十到八十歲我現在

正在經驗，已經過了四年了，還可以，不過我保持我的體力活動，我現在搬新家，是一片空白，我特別選了一個一片空白的地方，這樣我好自己來造園，這次我自己造的園是以某林、菜園、花圃三個東西結合起來，都需要大量的勞動力。我今年春天買了兩卡車的腐質土，運到園子裡去做菜園、花圃的土，要換掉原來的土，就要用手車去推，我要用圓鍬去鏟土，要裝滿一個手車大概要三十鏟，裝滿以後再推過去，我這樣差不多推了一千車。推這個就是手腳都動到了，腰也動到了，做的時候要小心一點，手腿用力但腰不要太用力，免得傷到腰，所以我吃得好、睡得好，算是一種鍛鍊。

楊：很期待看到老師下個階段的新作品，因為您在每個階段都會創造一種新文體。

劉：想辦法求新。

楊：保持 1960 年代的叛逆然後一直往前走，老師太謙虛了，說您在小說師法的是魯迅，散文上師法的是周作人，但其實我覺得您一直在開創新文體，這是在臺灣文壇很少見到的寫作風格。謝謝劉老師。

——選自《遠行與回歸的長路》

臺北：中華文化總會，2015 年 6 月

慘綠，1960
劉大任文學的最初面貌

◎李瑞騰[*]

一

　　根據方美芬所編〈劉大任生平寫作年表〉[1]的記載，劉大任最早的作品發表在 1960 年，包括兩個短篇小說（〈逃亡〉、〈大落袋〉）、一篇散文（〈月亮烘著寂寞的夜〉）和一首新詩（〈溶〉），發表在革新號《筆匯》和甫創刊的《現代文學》。這年他 21 歲，六月畢業於臺大哲學系，七月入伍服役。

　　這個由劉大任自己審訂的年表，遺落了一篇發表於《文學雜誌》第 8 卷第 3 期的〈關於一個朋友的死〉。在此之前，他已和同輩文友相互往來[2]，自有其文學情愫之萌生與文學道路之摸索；在此之後，他在寫作上多方嘗試，在文壇人際關係上有所開拓，在人生旅途上勇於探尋，終形成一己的文學風格。因此，這具有文學史意義的 1960 年[3]，當然就是劉大任文學歷程的起點了。

　　1970 年 10 月，劉大任第一本作品集《紅土印象》出版。[4]書凡四輯，第一輯以「慘綠」為名，收入〈大落袋〉、〈月亮烘著寂寞的夜〉（改題〈月

[*]中央大學中國文學系教授兼文學院院長，曾任臺灣文學館館長。
[1]《劉大任集》（臺北：前衛出版社，1993 年 12 月），頁 247～252。
[2]根據〈魚香〉（刊白先勇等著《現文因緣》，臺北：現文出版社，1991 年 12 月）所記，這些友人包括秀陶、羅馬（商禽）、德星（楚戈）、辛鬱等。
[3]由白先勇擔任發行人的《現代文學》創刊（3 月）、夏濟安主編的《文學雜誌》停刊（8 月）、雷震被捕、所辦的《自由中國》停刊（9 月），對文學的發展影響甚大。
[4]志文出版社在「新潮文庫」之外另闢「新潮叢書」，書系一號是劉述先《文化哲學的試探》，劉大任《紅土印象》是第二號，接著是鍾玲《赤足在草地上》、王文興《玩具手槍》、杜維明《三年的蓄艾》。

夜〉)、〈關於一個朋友的死〉(改題〈輾〉)及寫於 1960 年代中期、出書前才發表於《文學季刊》第 10 期的〈刀之祭〉。[5]而〈逃亡〉和〈溶〉並未收入,1990 年代整理舊作出版「劉大任作品集」[6]時,也未蒙眷顧,算是完全被作者遺棄了。

我指導的博士生曾萍萍在她甫完成的博士論文〈「文季」文學集團研究——以系列刊物為觀察對象〉[7]中,認為劉大任發表於革新號《筆匯》中的作品,「都還是習作階段」(頁 43),而在稍後的《文學季刊》中,即已「急躍為大家」(頁 103)。1966 年,劉大任有小說〈落日照大旗〉之作,姚一葦讀後對他說:「大任,文學菩薩收你做徒弟了!」[8]等於間接否定了劉大任前此之作。然而,一個重要文學作家的寫作史,即便是「習作」,亦有可觀者。本文擬考察劉大任於 1960 年的這些作品,描繪他文學的最初面貌。

二

〈逃亡〉是劉大任正式問世的第一個短篇小說,發表在革新號《筆匯》第 1 卷第 10 期(1960 年 2 月),寫第三人稱「他」——一個公認為有前途的人,不知為什麼出了門,不知為什麼擠上開往鬧區的巴士,「沒有理由」地在巴士上,在街上閒見形形色色,其所接遇者包括年輕的司機、車掌、乘客、小嘴巴高鼻子的女人、女店員、賣獎券的小女孩、廣告看板上兩個擁抱的人、香氣撲鼻的女人等。小說充滿疑惑,不是自找「藉口」,就是「發現」什麼,反映出他的無厘頭及頗具怪誕的思考。

這怎麼會是一種「逃亡」?我們姑且作這樣的解釋:它是因一己之

---

[5]劉大任自己很重視〈刀之祭〉,但此篇曾遭《文學季刊》同仁退稿,詳見劉大任,〈井底(代序)〉,《落日照大旗》(臺北:皇冠文化出版公司,1999 年 12 月),頁 15。
[6]從 1996 年 2 月起至 2002 年 9 月,計出 12 冊,包括《無夢時代》、《劉大任袖珍小說選》、《走出神話國》、《浮游群落》、《赤道歸來》、《神話的破滅》、《晚風習習》、《強悍而美麗》、《落日照大旗》、《杜鵑啼血》、《我的中國》、《果嶺上下》。有總序〈艱難苦恨繁霜鬢〉。
[7]曾萍萍,〈「文季」文學集團研究——以系列刊物為觀察對象〉(中央大學中國語文學系博士論文,2008 年 6 月)。本文有關《筆匯》資料,由曾萍萍提供影本。
[8]劉大任,〈井底(代序)〉,《落日照大旗》,頁 16。

「執著」，犯了「一點小過失」而「出了門」的，「往鬧區」、「怕車上太空」、「儘揀人堆裡鑽」，「而且人多的地方總安全些，女人的胸脯也高些，頭髮裡的香水也具體些」等，都和結筆處之「在週末的時候不敢停留在人少的地方」相互證成他之所怕是孤獨，是欠缺安全感，是「怕失去了存在，化為烏有」。

隔一個月，《筆匯》第 1 卷第 12 期（4 月）發表劉大任〈月亮烘著寂寞的夜〉。〈年表〉說這是「散文」，其實是非常「小說」的，和〈逃亡〉正好相反，說是「小說」，實際上卻是散文筆法，這和他下一篇發表於《現代文學》第 2 期的〈大落袋〉（5 月）相類（他自己說是「以散文筆法創作」），凡此都顯示在這個階段裡，或由於執意表達某種人生理念，文類規範反倒成了次要了。

這篇大約兩千字的文章，寫「我」在朋友陪同下，於月夜「去看看她住的地方」，從動念翻牆窺看，到半途而廢而折返原地，終至於循原碎石子路回來的過程。其中的關鍵在於他在牆頭時「發現一扇亮著的窗」，發現她沒睡，發現窗內擺設，「發現惟一幸福的可能是徹底的遺忘」。這裡有悟，鬆手放棄，與此有關，以致來去之間，雖然仍是一條碎石子路，已然不覺其「顛簸」了。

〈大落袋〉寫「我」和朋友「當了手錶去玩大落袋」，但整晚都打不好，球落不了袋。彈子房老闆說：「瞄得倒很準，只是用力過猛，性急了些。」計分小姐說：「開始的時候還好，怎麼現在連桿子都拿不穩了？」最後卻萌生「為什麼一定要打落它」以及連串的提問和解釋，擴及到時空及人生的諸多議題。

〈關於一個朋友的死〉寫「我」之於車禍喪生的友人的追憶。小說有三個場景，一是現在坐在窗前之執筆寫作；一是時常相聚、消磨時間的咖啡館，那裡有茶和音樂，有生與死之對話；一是朋友喪生的街上現場，有血漬，有幻覺，以及過去有關自殺的對話。

在「我」的追憶中，死於車禍的朋友有一套屬於自己的死亡哲學，明顯把

死美化，於是他「忽然想到」朋友或許是自殺的，下面是「我」的想像：

> 於是他突然狂奔，以一種無所為而為的熱誠，以一種犧牲的冷靜奔向滾
> 動著的輾著青黑色的瀝青路面的車輪下。他的嘴角正綻放一朵微笑，像
> 霧中飛升的燈火般展現⋯⋯。

革新號《筆匯》第 2 卷第 1 期的詩創作〈溶〉如下：

> 在渴望被消溶的黃昏
> 尋薄薄的貼於草葉的風來作伴
>   　　貼於黃昏的額際　有寂寞的風
>   　　　　尋不著自己
>
> 在渴望被攜走的風中
> 化不去久應化去的重量
>
> 在偶然抬起的眼中
> 送一隻漸漸淡去的灰雁
>   　飛入韻律

「渴望」與「尋」皆不得，無疑是人生的挫折，但「在偶然抬起的眼
中／送一隻漸漸淡去的灰雁／飛入韻律」則是「溶」，是得。在不得與得之
間，如何能有明確的驗證？是否只是一種偶然的發現？⋯⋯看來一切都繫
乎主體的感受，這其中顯然有「啟悟」，一如前述〈月亮烘著寂寞的夜〉及
〈大落袋〉，皆在踐履行動中翻轉原意圖，關鍵乃在於「發現」。

三

　　劉大任在《紅土印象・自序》中提及他「慘綠」年代之作，有「嚴重

的嚴肅面孔」，但他否認有所謂「為賦新詞強說愁」的現象。他的好友楊牧在為《秋陽似酒》作序時說：「那時劉大任兀自少年，為了哲學上的『存在』，便將自己鬃漆了一層慘綠色的顏色。」[9]二十歲左右的劉大任，讀哲學，在現代主義的時潮之中，能寫出什麼經國濟民的大敘述？他反身向內，虛構些故事，探討行為之所以發生、在實際踐履中有所發現，啟悟一些道理，這毋寧說是他在那當下最理所當然的表現了。

接著他去服役了，退役後去了夏威夷和香港；參加了《劇場》的創辦，又退出了《劇場》；參與了尉天驄和陳映真等人辦的《文學季刊》；然後，他赴美留學去了；1971 年，他參與了如革命般的保釣運動。

劉大任自承〈刀之祭〉是他「自覺地回歸現實的第一步」，接著就「把自己拉回歷史與空間的定位」，以「斜陽」與「昆蟲」二系列面對「遺老遺少的社會格局」[10]，一篇篇皆刊布於《文學季刊》和《現代文學》，形塑他優秀作家的品牌形象。

保釣運動於他而言，不啻一次政治文化的大洗禮，使他重新「認識新中國」[11]；一趟赤道之旅，使他「從一個政治的血性參與者，變為一個冷眼的觀察者」[12]；停筆六年之後，又重回文學園地，因此而有了《浮游群落》（1983 年）、《秋陽似酒》（1986 年）、《晚風習習》（1990 年）及大量的雜感短論。

最近這幾年，他寫《園林內外》（2006 年）、《果嶺春秋》（2007 年）等，則又是另種文學風華了。此際，回望他 1960 年的少作，是「免不了有些慘綠色」，不過那面孔是「嚴肅」的，態度是認真的。

——選自《聯合文學》第 286 期，2008 年 8 月

9見楊牧，〈《秋陽似酒》序〉，《劉大任集》，頁 242。
10《紅土印象・自序》，頁 2。「斜陽」系列包括〈落日照大旗〉、〈前團總龍公家一日記〉、〈盆景〉、〈紅土印象〉；「昆蟲」系列包括〈蜩〉、〈蝶〉、〈蛹〉等。即本書之第二、第三輯。
11見〈天邊（代序）〉，《杜鵑啼血》（臺北：皇冠文化出版公司，2000 年 4 月），頁 13。
12見〈赤道歸來——代序〉，《杜鵑啼血》（臺北：洪範書店，1990 年 1 月），頁 11。

在枯山水的樹下遇見劉大任

◎李時雍*

> 愛斯特拉公：我們走吧。
>
> 佛拉底米爾：不能走。
>
> 愛斯特拉公：為什麼不能？
>
> 佛拉底米爾：我們在等待果陀。
>
> ——貝克特《等待果陀》

壓抑與暗湧的年代

午後的光，稀微透進木造古房邸之中，將室內物景，描畫出暗暗靜靜的輪廓；陷落在桌的中央，擱放燒煮的水業已串升細煙，壺底茶葉緩緩甦醒舒展，在視線凝注裡，慢緩翻轉了一圈。光影、滾沸的水、煙與葉，世事恆在動與不動之間，我們卻幾時靜佇，閱世、或者看花。

猶記得二十初歲，在父親蕪亂的書架上，無意翻找到一本斑黃的貝克特《等待果陀》，民國58年、仙人掌出版社版本。

在那劇作譯介尚未普遍如今日之時，被我視作珍藏，隨身，一遍一遍悉心地翻讀。十年之後，才曉知翻譯者之一，即是著有《浮游群落》、《晚風習習》，近幾年撰寫、結集多部「紐約眼」系列散文的劉大任先生。

茶館裡再見到旅居美國多年的劉大任，這次帶回來的，是近年鍾於園藝、勤「做院子」，或於古城之間行走思索，而寫成的散文集《閱世如看

---

*發表文章時為《人間福報・副刊》主編，現為臺灣大學臺灣文學研究所博士候選人。

花》。甫讀，令人喟嘆，卻也不禁令人好奇，序文中自陳，已邁入「初老」心境的小說家，目光之間，究竟有何不同？

舊劇本擱在茶桌。劉大任笑說，「這本好久了，比你年紀大了。」1965年，一群文藝界友人共同創辦了《劇場》雜誌；其中一期，即以《等待果陀》同年九月的搬演以及此文化事件的邊際效應為題。囿於學生們資源不足，當時在臺大外文系兼課的傅良圃神父協助下，《等待果陀》終得在耕莘文教院首演；而事前宣傳也不過僅臺大、師大校園內張貼的廣告。當晚，四五百個座位，三分之二滿座，「只不過演完一場，走了剩下不到一半。」

我思忖著，今日我們如何想像，那樣一個壓抑復暗湧的年代。

小小的文化圈，出現有諸如藝術家黃華成，標舉「大臺北畫派」之名，舉辦一人畫展，大膽革新顛覆，將《蒙娜麗莎的微笑》權充展場門口的墊腳布；或在《劇場》上，發表畫派宣言，積極創造各型態的觀念藝術。

也有後來，針對西方文化思潮輸入的論爭、矛盾。主張全盤西化的黃華成、《等待果陀》另一譯者電影人邱剛健，與持相對立場的小說家陳映真，或劉大任自己：「我們是主張《劇場》雜誌可以搞顛覆、也可以搞現代主義，但同時也要注重臺灣本地的文化發展。」公開在刊物上論戰，戰火愈熾，終致《劇場》分道揚鑣。

劉大任回憶當時，在「造反」的 1960 年代，黃華成曾是很重要的角色，「他有一篇小說〈青石〉，我記得很清楚，發表在《現代文學》上。很顛覆，文字很好，非常簡潔有力量，整篇虛無到底。可惜五十幾歲就過世了，現在大家都將他忘記了。」

以苦悶之名

多少蒼白虛無的身影，在時間裡拭除隱去。

無法想像，近四、五十年前，是什麼樣的影像，或文字景觀，誕生了《劇場》或《現代文學》上，那些頻於思索、叩問，「存在與虛無」的青年藝術家們。

　　大學三年級，劉大任寫了小說〈大落袋〉，反映當時年輕人的心靈和精神狀態，「我們好好的在學校念書，怎麼會寫出那一種完全在街頭流浪，不知往哪個地方去的感覺？」

　　回顧當時，臺灣對外文資訊非常渴望，了解的管道卻很少，只能透過如僑生的渠道，帶進 1950 年代後期，由香港作家劉以鬯、王無邪等人創辦，充滿西方現代主義色彩的《文藝新潮》，私底下傳閱；透過牯嶺街舊書攤，接觸到舊俄、日本或東歐的小說；或萌發於學院，如任教臺大外文系的夏濟安先生，課堂上，開始談論現代主義文學。

　　從學院汲取資源的，產生創作、翻譯或評介活動，如小說家白先勇和王文興等人，後來便聚集於《現代文學》雜誌；另外的渠徑也有一群人，則集中在尉天驄主編的《筆匯》。

　　同樣現代主義之路，不同渠徑，便形成不同的文學圈子。

　　當時《筆匯》與《創世紀》、《現代詩》等詩刊，也與五月畫會、東方畫會，或是《劇場》往來密切，這便是後來劉大任和陳映真離開《劇場》之後，參與《筆匯》的活動，繼而與其他同仁，另創辦《文學季刊》的緣故：「期待以創作為主，創作主題，盡量反映臺灣的現實面。現在回頭去看，都是走現代主義，《文學季刊》裡，隱隱埋藏對當年臺灣社會、政治現狀的反省。進而後來醞釀出鄉土文學的脈絡。」

　　重新思考現代主義的影響，劉大任說：「現代主義對我有很大的啟蒙作用。我們那時候，心情很苦悶，但不知是什麼讓你那麼苦悶，這個原因，不是每個人能分析出來。我雖然主修哲學，但一開始念哲學，就好像投入汪洋大海裡，對自己生命和生活前途的思考，還是抓不出主脈。」

　　此外，對當時文學現狀不滿，在《文藝新潮》等刊物相繼出現後，令「苦悶的」他們一新耳目，同時發覺，「很多人都在探索同樣的問題。」

　　如果不是私底下流傳的一本本手抄本，如紀德的《地糧》，法國象徵派主義的詩歌，劉大任說，或許不會出現像是詩人商禽那樣風格的詩作吧。

　　「現代主義文學開啟了新的方向。」一種，能說出苦悶之名的方式。

行動與思辨的徘徊

劉大任在經歷過 1960 年代現代主義思潮的洗禮，重視內心世界追索，養成個人自由的信念，卻在赴美國柏克萊攻讀政治學博士學位期間，積極投身公民社會，參與保釣運動，既而放棄了學院生活。在知識分子做為思辨和行動者的角色之間，他並不是不曾遭遇自我的徘徊。

兩三年涉入公領域議題期間，親睹政治衝突中，人性的弱點，經過反反覆覆、複雜的思辨過程，最終，又回到文學，或許正如他所言：「從思辨，你會走入具體的社會生活、行動；從行動，再走回自己的內在生活，兩者之間，互相循環。」

因此，40 歲在聯合國工作時，自願前赴非洲，一個很大的動機，便是脫離過往曾涉身其中的政治社會活動，一待，就待了三年：「直到那時，文學細胞才又比較復活，第一次動心要再寫一部長篇作品。」

一個行動人或組織人，和一個文化人、從事思想創作的人，中間存在很多矛盾。

回頭再看，投身政治工作的那三年，執筆信函、報導的結果，致使文字不自覺地充滿戰鬥宣言的風格，後來自己重讀也觸目驚心：「到了非洲以後，不但社會政治環境完全不同，自然環境也完全改變，我可以比較清楚地看見自己，到底想要什麼。後來決定先以回憶作為素材，寫一個長篇小說，希望能夠追憶，距離當時已 15 年，在臺灣活動的經過，於是就寫成《浮游群落》。」

然而遠離後復回歸文學的路，並不如想像中容易。最大的困難，莫過於難以進入寫作的情緒。加上離開臺灣十幾年，記憶上的模糊，致使許多細節，徒剩下輪廓。劉大任舉出，《浮游群落》第一章描寫一個政治犯，從獄中逃出來，逃到中山堂前的孫中山銅像。追兵進逼，主角於是想爬高一點，張望從哪個地方脫困；然而執筆之際，他卻猶豫起：「孫中山的銅像到底是站著，還是坐著？」憑殘存印象推論：「如果他要登高望遠，坐著的銅

像似乎比較容易上去。」

　　隔了十幾年後得以回到臺灣，劉大任第一件事，就是跑回中山堂前確認，一看，竟是站著的銅像。

　　有意思的是，為了進入寫作的情境，劉大任將那時令他感染鄉愁，歌手胡美紅演唱版本的〈港都夜雨〉，從少數存留的 33 轉唱片上，翻錄進卡帶裡，讓一首歌重複 90 分鐘。他說：「胡美紅唱的很 sentimental，如今回頭再看《浮游群落》，也是很 sentimental、很充滿著鄉愁。」

　　從行動走回創作，經歷一番過程。再回到美國，自然和過去的社會聯繫減少，開始讀書、開始安靜寫作。

局外，及其所創造的

　　閒暇之際所培養出的一些興趣，無意間也拓展了劉大任創作的內容。因為園藝，寫出了一部《園林內外》，從花草蟲魚的相處間，試圖呈現、結合英國式的園林哲學和美感經驗；因為高爾夫，寫成《果嶺春秋》。

　　後來有很多年，累積了不少雜文、評論。在週刊上寫「紐約眼」專欄，八年半，寫了四百五十篇左右，前後結集了七本書。直到專欄暫停後，劉大任表示，要再回過頭寫小說了，未來也會暫時以寫小說為主，目前計畫完成 30 個短篇的「枯山水」系列：「寫老年生活，及其喜怒哀樂。」

　　從早期的《浮游群落》到《閱世如看花》，劉大任始終在思考的是，知識分子如何面對文明、文化的課題。然而長期旅居國外，置身局外的經驗，如何內化，或轉化至創作之中？

　　政治學的養成，及具體實踐的經驗，造就劉大任個人的歷史、文化觀。他認為，歷史不是由法統、也不是文化共同體的想像所構成；而需以「系統」的方式理解：「中國人的美感經驗，為什麼跟西方人不一樣？為什麼我們看到山水畫會感動？為什麼中國人的文字，會形成書法藝術？中國的技術，和西方人發展的技術有什麼不一樣？是因為文明『系統』的差異。相對於埃及的兩河流域，或西方主流文化從希臘羅馬到西歐，再到宗

教革命、工業革命、政治民主化、自由化至今，是屬於另外一個系統。」

劉大任相信，中國的文明系統正經歷轉折，將來有一天，或許會進入另一段的「文藝復興」，屬於中國文化上的「創造力的大爆發」。

旅居海外的經驗，在不同的文明系統裡生活，自然產生雙重、對照的觀點。

同時期王文興的小說《家變》，以父親的出走為故事起點，充滿「弒父情結」（Oedipus complex），及反中國儒家傳統的哲學意味；然而對劉大任來說，在紀念父親的中篇小說〈晚風習習〉中，父親的離去，卻是海外無法歸返的留學生們始終很深的內疚。

每一個青年都曾有反叛的年代，但四十多歲寫〈晚風習習〉，卻已呈現了與《家變》之間「逆勢」的對照；即使也有提到跟父親的矛盾，但更重要的問題卻是，「衝突之後，怎麼能夠和解。」

《家變》對應著西方現代小說，如屠格涅夫《父與子》中，即已常見的「弒父」的母題（motif），但到了劉大任，卻走了相反方向。西方的精神，弒父才是獨立精神的表現；中國的文化精神恰恰相反，是調和的、倫理的，「中國人的中心思想，基本在人間，在人跟人之間；而不在人跟人的內心之間的矛盾。」美國經驗，讓他看的更清楚，屬於人跟人之間，怎麼達到更和諧的關係。

更枯、更乾、更寂滅

「初老」是成長歷程的一個位置，但對於作家而言，回顧過往的目光如何改變？經過很多年的反反覆覆，「自己才願意寫出『初老』這兩個字，所以才有『枯山水』系列。」

枯山水的思想和靈感，來源於日本禪宗的庭園布置，比如京都的許多庭園裡，既沒有水，也沒有植物，只以沙跟石頭布置成山水，是為了傳達它的禪宗的意境。老年的生活，雖然已逐漸失去過往那些很滋潤的東西，但並非意味著枯山水的小說必須「寫得非常枯、非常寂滅、非常乾。而是

喜怒哀樂都寫，人生的變化都存在裡面，差別是現在遠遠看，自己不再投入在裡面，熱血沸騰。」

　　如同明末清初的一些畫家，已不像范寬畫《谿山行旅圖》那樣壯闊，而是「殘山剩水」，有時畫裡好像只是對角線的一個角、一道線，卻在一個角裡照見了全部。

　　那令我不禁想起〈柏克萊那幾年〉一文的最後，作家以「初老」之姿，對著年輕人如此寫下：「任何機緣，烏托邦出現在你的人生軌道，即使玉石俱焚，千萬不要放棄。因為，人活著，不為這個，為了什麼？」

　　屬於青春的，追求夢的力量，在商業大潮襲捲而來中浮蕩。劉大任追問：「一個作夢的年輕人到哪去了？」

　　「我記得年輕時到碧潭遊玩，常可以看見一個年輕人，自己租了一條小船，在那晃、在那想。純粹以精神思想、內心生活的要求，所產生的互動連繫、創造，彷彿愈來愈少。」

　　所以劉大任持續寫下了一篇篇文章。

　　那身影，好像，即使烏托邦或下一輪文藝盛世遲遲未見，依然有些人，仍選擇佇候在枯山水的樹下，看花、冥思、寫作。

　　等待，果陀的來到。

——選自《人間福報》，2011 年 4 月 6〜7 日，15 版

知識分子的自我定位
尉天驄對談劉大任

◎劉思坊記錄整理[*]

劉大任（以下簡稱「劉」）： 我這次的小說[1]，一般人讀起來一定會覺得比較硬。

尉天驄（以下簡稱「尉」）： 你這是夫子自道，算是自己的回憶錄嗎？

劉： 不是。是我對海峽兩岸六十年來歷史的回顧，但我選擇的是被人遺忘的這一部分。我寧願大家在閱讀這部小說時，將此看成是歷史的敘述，而非只是文學的。

尉： 這兩者不能分開啊！

劉： 的確。但我自己寫的時候，心中設定的主角並非雷霆、亦非母親、更不是雷霆的兒子雷立工。我心目中的主角是所謂的「小組」。我覺得中國共產黨的革命，跟俄國布爾什維克的革命有很大的不同。「小組」是中國共產黨的發明，這是《共產黨宣言》裡面沒有的，同樣的，馬克思主義裡面也沒有這個東西，即使列寧說的職業革命小組或祕密細胞，都和中國革命自己創造的「小組」很不一樣。列寧的組織非常嚴密，講究紀律。但中國共產黨從一開始也有這種形式，之後又有新發展。尤其到了延安以後，這套「小組文化」發展得更加完整，戰後只有幾十萬人的共產黨能夠打敗八百萬的國民黨軍隊，甚至在四年之後把歷史完全倒轉過來，真正致勝的關鍵就是「小組」。後來的「小組」在中國究竟發展到什麼地步呢？中共中央政治局的組織方式和工作方

[*]發表文章時為政治大學臺灣文學研究所碩士生，現為加州大學爾灣分校東亞文學博士候選人。
[1]劉大任，〈遠方有風雷〉，《印刻文學生活誌》第 74 期（2009 年 10 月），頁 30～83。

式就是通過「小組」的形式進行。從中央開始算下來，黨的每個階層都是靠「小組」作為最基本的 operation unit，既是「行動」單位，也是「思想統一」的單位。這套東西一直發展到社會的每個角落，機關、工廠、學校、農村……甚至街坊里弄，到處都有「小組」。年紀稍大的中國人的記憶裡，每個人都有在「小組」裡的生活經驗。

尉：雖然我承認這部小說的確是有一點硬，但有一樣東西卻可以在小說裡感覺到。那些人在所謂的「小組」裡面，表面上好像一起讀書一起討論，但是背後卻有一隻看不到的手控制著他們，即使在睡眠中、在夢裡面似乎都有人悄悄地監視與控制著他們。這本小說把這樣的情形描寫出來了。朋友之間的關係、夫妻之間的關係，都隱隱然被這樣黑暗的手所操縱著，這就是最可怕的地方。

劉：如果不是過來人，未必能看出小說中藏著這一點，你的確是看出來了。我寫這些東西，其實蘊含著反諷的意味。題目選擇「遠方有風雷」，意義在於，不管是臺灣或是海外，這套革命組織系統仍然可以影響到遙遠的他方，一旦「小組」運作起來，非常強大的社會行動力量也產生了，那是無遠弗屆的。遠在海外的「小組」，其實是 copycat，不過是模仿中國內部的小組，但當一個模仿的制度都可以產生如此龐大力量的時候，真正小組的力量必更難以想像，所以小說的反諷是這樣出來的。也因為這樣的考慮，所以我的角色面目比較模糊，只有雷霆的外形稍微清楚，其他人的形象都不清楚，但有一個人連名字都沒有，就叫「母親」，母親是人間角色的一個通稱，然而，小組的力量碰到母親就不太靈光了，其實這個母親在組織態度一直比較模糊，一開始是因為一見鍾情的愛情力量讓她進入這個環境，但她最後把兒子搶回來，背叛了這個革命小組。

小說設計是採倒敘回顧式的，用第二代來回顧父親的歷史，因此我用了相當多的社會科學與歷史分析，看起來是有點硬的。其實西方的文化圈早就對他們自己的文化現況有所批評與討論，四十幾年前，英國

人 C. P. Snow 提出了「兩種文化」（The Two Cultures）的觀念。他提到西方社會發展到了現代，每當一個事件發生時，社會上往往產生兩種不同的觀點，一種是出自科學家的理科文化，另一種就是文學家或藝術家所產生的觀點。兩者對社會有著完全不同的理解與觀察，彼此的路越走越遠，現代西方社會，科學家完全不懂莎士比亞，而從事文學創作的人則對現代物理一竅不通。兩種不同的人生活在同樣的社會裡，彼此不相往來，卻各自發生自己的影響力，永遠南轅北轍。於是他呼籲世界應該要有「第三種文化」，所謂的「第三種文化」就是通才的教育，科學家對文化藝術及精神生活要有所了解；同樣的從事文學藝術的人，也要對自然科學有一番理解。我覺得臺灣文學界很遺憾的一件事就是走了張愛玲這條路，而把魯迅忘了。張愛玲也許結合了心理學的某些觀察角度，將她對人性的敏感度發揮得淋漓盡致，然而，魯迅以學醫的背景，用解剖分析的頭腦寫作，對整體人類文明和中國社會歷史，有一個「總」的觀照，卻因特殊歷史原因，沒有被臺灣人所普遍接受。所以即使臺灣的新文學創作緊跟西方的寫作思潮，普魯斯特、喬哀思、馬奎斯等等，早已登堂入室，象徵派、超現實、黑色幽默等等，也已司空見慣，就是對自己精神文明的歷史脈絡，不怎麼關心。魯迅的這條路，試圖把社會科學融入文學創作的思想體系之中。這篇小說如果有任何創意的話，或許就在嘗試做這樣的事吧。

尉：我就是在想，到底這種組織它是從蘇聯傳播而來，還是通過本土的方式自己產生的？當年中國的局勢是走投無路的，突然毛澤東說了：「俄國的革命成功了」，一聲砲響之後在中國的影響力是相當巨大的。即使當時在俄國已經有人開始反省布爾什維克的革命中不合常理與恐怖的地方，如第二國際的考茨基的《恐怖主義和共產主義》，在民國十幾年的時候，已經有人翻譯成中文了。但那時候接受共產新思潮的中國人就像追女孩子一樣，一開始都只看到她的美，其他什麼都不管。如果當時冷靜一下，仔細想想《恐怖主義和共產主義》當中的討論，作者

對羅馬帝國、法國大革命一直到俄國的革命，所有的集體主義都做了歷史性的追蹤與調查。甚至在魯迅還沒有死以前，蘇聯的大審判就已經出來了，但那時候中國卻沒有人去理會啊。魯迅自己對布爾什維克就都沒有任何批評，全盤接受，很多知識分子也都是這樣認為的。所以我覺得大任你寫得很好啊，一個團體裡面所有的成員會因為追求整體的理想和目標，而不去思考裡面的矛盾。所以我想多了解你在海外那麼多年，對於組織的觀察的情況是怎麼樣的？其間的來龍去脈又是如何？

劉：小組會造成的就是「一元論」的恐怖，即「世界只有一個真理」。這最終會造成非常大的恐怖。我太太是我的第一個讀者，她不懂文學，她是學電腦數學的，她看完的第一個反應是：「為什麼那個母親要把小孩偷偷地帶回臺灣，為什麼不找 FBI、找警察呢？有很多方式可以解決嘛！她究竟在怕什麼呢？」其實我想表達的就是這種無形的恐懼，對「一元真理觀」的恐懼。「一元真理觀」的魔咒最後在文革的時候被砸爛了，當時林彪搞「個人崇拜」運動，幾乎弄到全國瘋狂的地步，但林彪竟然突然死掉了，這種極度一元的統治力量就忽然崩潰掉，所以那時中國從中共建黨就整肅起的絕對控制力量也慢慢跟著崩盤，甚至影響到整個海外，於是在中央的控制力量失去後，海外的小組也分解。我沒有辦法寫得很明白，因為如果再明白一點就變成論文了，所以我只能利用人物的心理變化和行為等做安排。我有自知之明的地方是：「這是一本大家看到都不會高興的小說」，共產黨不會高興，國民黨也不會高興，臺獨也不會高興。

尉：中國從漢唐開始一直到近代社會都有所謂的幫派組織。幫派組織是很可怕的，當他們要殺一個人的時候，即使是政府的力量也不敢干預。當年國民黨一個元老曾經和我說過，幫會的規矩很嚴，其中有一點是：「不可以調戲自己幫派兄弟的妻子。」當時有人犯了規，他們就把門板拆下來，活活地把人釘在門板上，然後順著長江流下去。沿岸的

人都看見了，但沒人敢救。同樣的，曾經也有個姓錢的朋友，他的父親曾經說過自己為什麼想盡辦法要脫離共產黨，就是因為那時候親眼目睹共產黨在他身邊殺人，先用一條繩子活活把人勒死，過程毫無人性，那時他躲在棉被裡，一句話也不敢說，因為只要吭上一句，自己的老婆孩子可能也會慘遭毒手。我們常說中國人講仁慈，但殺起人來一點也不仁慈。《水滸傳》裡的武松大口喝酒、大塊吃肉，但一次殺兩百多個人毫不手軟。中國的幫會傳統是存在著如此殘酷的文化的。即使鄭成功來臺灣也推行這套幫會傳統，每個黑社會也是如此。老蔣同樣把黑社會結構組織以及那種狠勁全部吸收。

劉：你講這個還不是最恐怖。蔣介石再怎樣威權統治，再怎樣法西斯，他的威權統治都畢竟落於外在的統治。最厲害的還是這種「小組」，如何把列寧的細胞組織中國化是一個重要的步驟，例如馬克思、列寧的真理和中國的具體現實產生了結合，在這個過程中儒家的精神被吸納與利用了。儒家強調「修身齊家治國平天下」，當這種精神被收進來之後，小組的每個人都要掏心挖肝，把自己的良知和心理層面的細節都要公開與暴露，並接受大家的檢查與批判，這是最厲害的東西。最後每個人都是百分之百且自願自發地參與小組的任何決策。一個人把自己內心最隱密的部分交給大家討論和批判的過程是非常痛苦的。那比去基督教受洗，比去剃度的過程還要痛苦與嚴厲。所以我覺得這真的是人類世界非常「偉大」的發明。

尉：我個人感覺到，譚嗣同可能當年就已經感覺到這點。中國人說的儒家其實已經法家化，忠孝節義把法家的文化融入。明朝的很多案子，如東廠西廠等，對人的箝制是相當絕對化的。

劉：但那些算是個案，並沒有把它發展到全中國每一個角落每一個階層，變成全民化的瘋狂。

尉：姜貴的小說《旋風》，也寫到這個。到今天為止，臺灣社會中對宗教的整體狂熱依然是非常具體的，例如我們絕對無法忽視「一貫道」的力

量。不管是菜市場門口賣麵條的、賣餛飩皮的都擁有對宗教同樣的信念，國民黨不敢查禁它，遂跟它合作。日本同樣也有這樣的宗教文化，東方社會皆有。我就覺得共產黨「木馬屠城記」的辦法實在太成功了。我現在手上保留的舊書中，有一批廣州的大學訓導處的教材，表面上是走國民黨的文化教材，但裡面訓導學生的條目啊、組織啊，全部都是共產黨的思考模式。

劉：但也不得不承認，這套東西是非常有效的，在改造一個舊社會時將發揮它的力量。在小說的尾端，我曾經提到在社會面臨毀滅的危機意識底下，往往會有一群人開始運作「社會工程」（social engineering）。比如現在歐巴馬便是在搞社會工程，當年的羅斯福也是，共產黨在中國的革命也是搞社會工程，可是中國的工程比起前兩者還要深入得多、規模也大得多。這當中，成功的如羅斯福的新政，但在學術上仍有不少人會批評他，畢竟會有許多個人的自由和私營部門的利益要被犧牲。甚至如布希的反恐戰爭，竟可以通過國會立法開始竊聽，無形中迫害了個人的隱私自由。大的社會工程更是不得了，有可能帶來更大的災難性，但如果實施得好，社會又可以在短時間內完全改變面貌。所以我覺得中國的歷史，是很難批判的，比如說我們知道中國現在崛起了，但這崛起是否算是共產黨的功勞呢？有人說和共產黨完全無關，它只是運氣好，30 年前改革開放，剛好全世界都在找廉價勞工，很多資金沒有地方跑，中國剛好提供了這樣的機會然後就趁勢而起。我覺得這樣說是不全面的。共產黨有很多毛病，對社會造成很大的損害，可是它也把中國的面貌完全改變。魯迅時代看到的中國老百姓跟今天看見的中國大陸老百姓完全不同，尤其是現在到大陸去看中國這二、三十年成長的那一代，完全不同了，連經歷過文革的那一代都無法相信他們現在新的一代是如此現實，如此理性，如此懂得功利計算。共產黨把理性主義通過意識形態的方式貫徹到國民教育系統之中，才能造成新的國民。當這些國民碰觸到新的現實的世界，就懂得

怎樣自處。國民性的改造於是產生了。國民黨培養出來的國民和共產黨培養出來的國民就是完全不一樣。

尉：這種功利性的教育當然有它的效果。問題是拉長時間來看，是好是壞我卻非常懷疑。臺灣最近翻譯了一本書，德國哲學家洛維特的《一九三三》，說到大國崛起之後帶給德國多大的傷害。所以我認為大陸的大國崛起，以炫耀航空母艦、潛水艇等軍事武器的姿態出現，完全是一副中國帝國主義的模式。如果他們不能從人的根本反省著，一直要維持黨的特權，遲早還是要失敗的。

劉：但我想的卻不太一樣。因為如果真是這樣，就不會有胡錦濤「和諧社會」的觀念。和諧社會的觀念是從新儒家這邊來的，講起來很矛盾。按照毛澤東、周恩來那一代的思想是不可能接受新儒家的。

尉：你說它搞和諧，但共產黨搞了 50 年還是逃不出一黨專政的格局。黨在國家之上，他們的貪汙是制度性的，比如像劉少奇，他的子女都變成特權了，都變成大資本家了。共產黨保護自己是很厲害的，專保護他們自己的幹部利益。這哪會有真正的和諧？中國的希望在人民身上，不在任何黨身上。一個國家如果仍然像你前面所說以「小組」那樣的方式對待人，即使強大有力，仍然是一個非人道的國家，沒有人忍受得了。

劉：耶魯有個法律學者 Amy Chua，寫過一本書 *World On Fire*，介紹美國這二、三十年對外的態度，其實就是把兩種政策往外推，一套是所謂代議制民主政治，另一套是放任的自由市場經濟。受到影響最鉅的往往是第三世界的國家，亞非拉都有，Amy Chua 跑到印尼、南美洲等國家去做實地研究，發現了原來美國這兩種思想中所挾帶的意識形態，在發展中國家造就了兩種現象的發生，第一是譁眾取寵的政客，口號喊得越響的越容易搶到選票。另一個最直接的受益者是那些有大資本的財團，因為馬上可以獲得暴利。美國式的民主與當地官商勾結的結果造成那些國家在政治上既沒有優秀的人才，在經濟上也是貧富不均

　　的。美國本身也是經過兩百年來的試驗、磨合與改善之後，才慢慢地
　　找出兩者制衡的方式，因此才行得通。我看海峽兩岸即使救國救了半
　　天，還是脫不了這些影響而產生很多弊病。

尉：所以張君勱在 1949 年說中國面臨的是「百年戰爭」。前五十年是走出
　　共產黨的過程，後五十年是走出美國影響的過程，必須通過兩番痛苦
　　的經驗後，才有新的局面。

劉：我卻認為新的局面很快就要來了。中國在漢武帝時代的財富和人口都
　　占全世界三分之一，到了明朝中葉就開始垮了，鎖國政策是很大的原
　　因。我在美國生活很無聊，就看了一些亂七八糟的怪書，從中國文明
　　的發展歷程看起來，中國人要起來不是虛幻的事情。中國的文藝復興
　　快要到來了，我們這一代可能還不夠，但我們的下一代和下下一代都
　　有可能。

尉：我的意見跟你是一樣的，我覺得若回到自己的路上，中國是有希望
　　的，但我指的文化，而對那些官方可是一點也不抱希望。我現在常常
　　買些哲學、神學、宗教的書來看，發現中國大陸每個月他們出版的書
　　的數量是很驚人的。許多西方的書，不但被翻譯出來，而且還有好幾
　　種翻譯本、注解本等。但那些書的內容其實是反馬克思的，從這些書
　　出版的大量與便宜的情況看來，根本不用上大學，那裡的人自己就可
　　以培養自己成為很好的知識分子。但我知道大陸有個在美國的金融學
　　者叫陳志武，他的理論認為中國要成為大國，就必須全部拋棄儒家的
　　東西，和外人比陰險比滑頭。此外，第二個現象是最近出了本小說
　　《狼圖騰》，在大陸非常暢銷。那就是宣揚「你咬我一口、我咬你十
　　口」的精神，這樣搞下去的話，下一代的人是聰明，是能幹，但品格
　　卻會徹底敗壞。

劉：有錢才會知禮義嘛，應該是很正常的現象。

尉：但有沒有可能「人窮志短，有錢之後飽暖思淫慾」呢？

劉：當然有可能。但還是要看一個文化的主流。

尉：大任就多寫一些好的小說來影響下一代吧。

劉：說到這個，你對我這篇小說有什麼看法？

尉：我和大任是很老的朋友了，這個月初清華大學有個保釣的籌備會，我和他們的館長說怎麼樣都要找劉大任，可惜你有事情不能參加。我一上臺說的就是兩件事，第一是：你們諸位我都久仰大名，很多人沒見過面，但現在見了很高興。第二是我很遺憾當年的幾個好朋友都沒有見到，比如說郭松棻、唐文標和大任。我講著講著忽然很激動，眼淚就掉下來了。我那時候說如果大任他也在這裡，面對一生的過程，不知道他做何感想？

劉：我就想問問你，1966 年 5、6 月間我們正在醞釀《文學季刊》，在出國前大家在碧潭歡送我。當時我交了一篇稿子〈落日照大旗〉給你，不知道我從〈落日照大旗〉或更早、更慘綠的時代到現在，你覺得有什麼不同嗎？

尉：大任當年出來寫東西的時候，正好是我們一個老朋友陳映真〈我的弟弟康雄〉影響大家最劇烈的時侯。那是一篇激進、理想、浪漫的作品，是很虛無主義的。但在國民黨的極權統治下，以及臺灣在戰亂後又貧窮又落後中，虛無是一種啟蒙。也許我們的反抗很幼稚，但陳映真的確給我們很大的啟蒙，劉大任也是個集浪漫、現代與激進於一身的人，所以我看你那時候的作品多多少少都受到映真的影響吧。但後來在保釣時候的熱情被激起了，大任的小說裡呈現出不被綑綁的、真誠的、發自內心的熱情。我想大任作品中最大的特色就是「真誠」。保釣是一個轉變，即使後來的「紐約客」隨筆寫起了在香港時代的荒唐，但我們仍然在其中看見一種「真誠」，沒有掩飾自己。那時候聶華苓來我家，我跟她說：「大姊，妳來看看大任的文章，他寫得真好。」站在歷史之前，真誠地將自己的墮落寫入文章，生命交關，理想破敗、生活經歷到痛苦的這些過程，大任不去迴避。相反的，在文革垮了以後，我遇見陳映真時曾問他怎麼不寫些東西？他說：「我寫什麼，

我被打垮了。」我說：「打垮了就寫打垮後的感覺。」但他沒有反省，沒有改變。然而大任不然，我看見到他人生態度的轉變，後來開始養花、寫家庭生活。我發現大任的小品，真的有了劉家的風格，我跟大家都說，臺灣這幾年最好的散文就是劉大任那篇〈下午茶〉。

劉：我可以來分享一個小故事。其實我兒子一直都不知道我在寫作，他在普林斯頓大學念書時，選了中文。有一天上課，老師發講義，就是〈下午茶〉，他才驚覺，這不是我爸爸嗎？老師也問他：這真的是你爸爸嗎？然後他才知道原來他爸爸業餘是個作家。

尉：另一位好友松菜曾經把到紐約的那種寂寞寫得淋漓盡致。其實在大任你新的小說中也可以看得到這點，你把身在「小組」中人性被壓抑的無奈寫了出來，又把生活中那種細微的東西也寫出來。我記得《文學季刊》剛改成大本的時候，你寫了一篇東西，裡面描述著有一次一群人從美國的西岸開車到東岸，大家在車上睡著了，沒想到一醒來，拉開窗子居然下雪了。就是在這些細微的片段裡，驚見大任敏銳的觀察力，這方面沒有別人可以寫得比你更好。大任已經從政治的大環境回到細微的生活之中。我要強調的是，那樣的轉折絕非逃避，而是從細微之中感受到人生的哲理。那天有人問我：「你覺得劉大任將來還能不能寫啊？」我說：「當然可以啊。」他又問：「那會寫成什麼樣子啊？」我說：「那要看他自己啊。」前大半輩子如此的追求又如此的幻滅，但這些年他整個活過來了，你看這幾年他寫那些微小的東西，越是細微越是清明，感情變得很溫柔很細膩。比如像寫和媽媽之間的情感，我都覺得非常感人。雖然現在強調的是科技社會，但我卻認為一切都要回到人的根本。

劉：我自己對給自己的定位，大概和陳映真給他自己的定位不太一樣。陳映真是要改造世界的，而我給自己的定位是一個知識分子。知識分子觀察世界的任務或許要比親自捲起袖子來改造世界的任務還要大一點，因此也就多一些退路。我了解陳映真晚年心境的苦悶，那種熱情

還在但卻無能為力的感覺是很痛苦的，我也聽說過陳映真對中共官僚主義的腐化是深惡痛絕的。但基本而言，在對待文學、對待人生的態度方面，我們雖然是那麼好的朋友，從二十幾歲開始交往到現在，但每個人的命運卻不一樣，映真是更不幸一點，我相信如果我沒有出國的話，也許沒有映真那麼堅強，可能活不過牢獄之災，就會被摧毀掉了。也因為大家的命運不一樣，我選擇維持知識分子的自我定位，除了保釣那段時間。但說真的，那也是硬被人家拱上檯面的，那時候胡秋原的兒子胡卜凱從普林斯頓大學到柏克萊做客，然後到了我家，接著把那些印出來的宣傳品給我們看。我們當時也是認為應該要行動，但是不想自己出頭，推了半天。當時在我們家的那些朋友當中有一部分是香港人，他們說：「你們臺灣的事情自己卻不出頭，要我們香港人出頭，太不像話了吧。」所以就硬被拱出來了。除了這件事以外，我一直維持知識分子的自我定位。到了 1976 年，我就調差到非洲去，脫離直接參與政治的環境。從非洲回來以後，社會的公開活動與政治活動也不太參加了。不參加不代表自己變成一個對政治冷漠的人，相反的，我非常關注政治的情勢，每天都會閱讀報紙和重要的雜誌，前些年也學會上網，通過網路也可以了解世界的發展。這些年來從來也沒脫離這個關係，在《壹週刊》寫專欄時也有這樣的需要。雖然也可以寫非政治的文章，但我還是不時會發表和兩岸時局有關的文章，臺灣內部的問題也還是會拿出來討論。從我退休以後的這些年來，評論和雜文類寫了將近五百篇，「印刻」也出了六本。我給自己認定的道路是「兩周之間」的：一個是周樹人（魯迅），另一個則是周作人。周作人是寫散文的，我也寫散文也寫小說，從他們身上我學到滿多的。

尉：其實大任你的身體很好，我覺得你應該來嘗試個大一點的小說，《齊瓦哥醫生》那種東西你寫不出來嗎？我不相信。

劉：光寫這篇小說我就四個月不出門了啊。嘔心瀝血大概就是這樣吧。

尉：但你的身體好。

劉：這真的是內行人的話。真的要寫長篇的話，是需要體力的。

尉：還要有歷史思考的深度。我們這一代，到現在都七十多了，有人風光一陣子，像彗星閃爍一下就過去了，你看我們這些老朋友到老年之後一個一個垮掉了，有的人寫的詩連句子都不是句子，但報紙還不能不發表，因為有名啊。但是自己通常都有自知之明，寫得是好還是壞，活到這個年紀難道自己還不知道，拿出去反而突顯了老年的醜陋。有的是窮，生活就挫敗了，有的則是富裕了，生活都很好，但是還是垮掉了。所以也印證了我們這個老朋友大任啊，你是真的能寫的。

劉：我曾經發過謬論，人生的黃金時代是從 60 歲到 90 歲。從出生到 30 歲當中，有幾個人能知道一輩子要做什麼嗎？大概也都是胡打亂撞。30歲到 60 歲追求的是功名利祿，60 歲到 90 歲，上面的一輩差不多過去了，下面的一代也差不多獨立成長，生活也差不多輕鬆了。唯一要注意的就是自己身體的健康，還有容易犯的毛病就是「憶舊」。所以我覺得還是要不停地為自己增加燃料與資源，往前看，至少就還可以製造一些東西。如果 60 歲到 90 歲時可以做到「不追悼過去也不寄望來生」的話，那大概就是你的黃金時代。

尉：我沒有大任那麼絕頂聰明。也是到 60 歲才開始找到自己讀書的路。以前不懂的現在懂了，我現在比以前還用功。很多問題以前都糊裡糊塗的，像我常常問學生：「什麼是愛情？」學生也都糊裡糊塗地回答不出來，很多關於人生的大問題都要等到 60 歲之後才慢慢開始了解。我跟我的小孩說，大任叔叔沒問題，他的名字叫大任，天將降大任於斯人也。當初幫我兒子取名的時候，我的姑父姑母說叫「大任」好了。我說不行啊，大任是我的好朋友怎麼變成我兒子，怎麼可以呢？後來取名「任之」，希望他任由自己發展。

劉：我一直對國共鬥爭的歷史很有興趣，也覺得中國近代歷史上面最典型的悲劇人物是瞿秋白，我是非常喜歡他的。魯迅的很多雜文可能是他寫的，他是戴金絲眼鏡的標準白面書生，死前寫的〈多餘的話〉讓我

感觸良多。他被時勢莫名其妙地趕到政治這條路上，原本他只是想要在學院裡當個教授，但在那時候得到機會到俄國去留學，剛好接受到那邊的思想教育，〈國際歌〉就是他翻譯出來的。我記得臺灣的野百合運動也唱了〈國際歌〉。他死前在牆壁上寫的那首集句詩：「夕陽明滅亂山中，落葉寒泉聽不同。已忍伶俜十年事，心持半偈萬緣空。」是很感人的。他的死至今還是個懸案，他從上海被調到贛南去，原本他在于右任辦的上海大學社會系教書，後來中共把他調到瑞金的蘇維埃政府，去作個閒差事。中共在第五次圍剿開始撤退準備長征之時，奇怪的是瞿秋白夫婦並沒有跟著長征的隊伍走，中共只派了十幾個人跟隨他往福建那個方向走，最後被國民黨抓到。抓到的時候是用化名，但在監牢裡面被另外的俘虜認出來，身分也就暴露，1937 年被槍斃。國共鬥爭的歷史裡面，戲劇的張力和殘酷的程度，遠遠超過托爾斯泰的《戰爭與和平》。

尉：寫《瞿秋白傳》的司馬璐認為當時瞿秋白本來應該往另外的路走，但是共產黨有意借國民黨的手槍斃他。這應該是很有可能的，不管是老蔣、老毛都很會這一套。那時候有人批判他的左傾盲動路線，但也有人專對他的〈多餘的話〉批評，因為他們認為這些文字太軟弱了。

劉：但那卻是有「人」的面孔和味道的共產主義。接觸到國共內戰中人性和戲劇張力議題的作家並不多，茅盾是一個，他的三部曲中，中間的那部《動搖》寫的還不錯。

尉：無名氏，你知道嗎？

劉：寫《北極風情畫》的嗎？

尉：對，但除了《北極風情畫》、《塔裡的女人》之外，要注意的是他後來寫了一套《無名書》，第一部《野獸‧野獸‧野獸》寫參加左派的運動，非常像你說的茅盾的背景。但後來幻滅了，開始寫到上海的墮落，就是另外一部小說《金色的蛇夜》，最後寫道：「今天我們只有兩條路可走，不是腐爛就是死亡。」寫到那麼絕望。這兩部小說把派系

間的惡鬥等寫得很詳細，但寫完了，共產黨來了，共產黨找到他就開始被關，一關之後才體認到真正的共產黨生活，後來他就偷偷地寫，寫完後用複寫紙郵寄到香港，而後被發表出來。政治理想絕望以後，他到了南洋把精力投注到寫愛情，於是寫了《海豔》，之後開始接觸宗教而寫了《死的巖層》，他的小說人物常常在遇到問題時就到山裡去反省。再下一部是《開花在星雲之外》，最後是《創世紀大菩提》。這六部小說，每一部兩本，12 大本我都把它仔細讀完了，我想看完的人一定不多，沒人知道實在很可惜。後來我請政大幫他辦了個文學會議，自己寫了一篇兩萬多字的論文介紹他。他的背景和巴金、茅盾的背景類似，剛開始的《北極風情畫》還有點濫情，但到後來死裡逃生逃到臺灣，經驗了很多，風格也不一樣了。

劉：我想，到我這個年紀，「大河小說」可能不太實際，而且，我現在的藝術觀，也不太允許，也許是動腦筋寫點「枯山水」的時候了。

——2009 年 10 月《印刻文學生活誌》

——選自尉天驄《回首我們的時代》

臺北：印刻文學出版公司，2011 年 11 月

《秋陽似酒》序

◎楊牧[*]

　　劉大任少年時代寫詩。或者這樣說：劉大任少年時代自覺地寫著一種他和我們都認為是詩的東西，篇幅一概不長，充滿了感性和情緒，意象鮮明，卻往往有點脫節，好像隨時都要散開的樣子，但如果我們專心去追尋，又彷彿是堅實地聯絡著的，一個環結勾住另外一個環結，次第鋪陳，頭頭是道。我記得他寫的東西都是這樣一類的，尖銳地、有意地布置著個個不同的小世界，其中氣候冷熱無常，飄浮著炫耀的思考點滴，形上的概念和最最形而下的慾望穿插進行，快速地轉動，有時終於使我們措手不及，不知道那小世界的主人去了哪裡，失去蹤跡了，但聞人語響，在偶發的彩色閃光裡窸窣宛然。等我們似乎找到他的時候，戛然，詩也完了。

　　他寫了不少這樣的詩，應該就是散文詩之類的，接近魯迅〈影的告別〉那傳統，和 1960 年代商禽用功的散文詩不太一樣，可是又好像比魯迅他們要飄搖些，總是靈性十足。無論如何劉大任的散文詩從來不缺乏一個事件，某種情節；每當我們調整角度觀看的時候，都會發覺那散文詩其實駸駸然有短篇小說的意思。他的人物能思維，敢突破，其實是血氣旺盛的人物，其實都是他自己；但那時劉大任兀自少年，為了哲學上的「存在」，便將自己鬃漆了一層慘綠色的顏色。

　　我認識劉大任的時候，已經過了《筆匯》、《劇場》、《文學雜誌》的時代，甚至《文星》也停了，而《現代文學》正呈第一度疲憊虛脫的現象。

*本名王靖獻。詩人、散文家、評論家、翻譯家。發表文章時為美國華盛頓大學比較文學系教授，現已退休專事寫作。

劉大任專心學院課業，卻落拓地談論著慘綠少年的見聞：田園咖啡館的夏士達克維基，臺南鄉下旅棧裡嘓嘓喧噪的蛙鳴。他終於放開篇幅寫了一些線索分明的小說，常常將他的人物比做昆蟲——那些人物顯然不是他自己，又好像是，至少是他心中害怕自己有一天會變成的人物，或者冥冥然預言自己可能就要變成那種人物，也未可知。有時他緬懷著一些什麼，批判地回憶著，鞭笞曩昔的形象，包括別人和他自己。他的小說意識強烈，主題撼人，而文筆風格卻始終維持著散文詩的密度，濃郁處有一種鄉愁的醇味，輕淡時獨見淺淺的懊悔——也不知道為什麼。我讀他的小說，覺得劉大任心裡很苦，因為愛所以苦，因為恨也苦，那時他除了讀書和寫作以外，最熱衷的是在玻璃缸裡養熱帶魚。

　　不久釣運起，大家心情為之一變，劉大任的參與投入不但使他束書輟學，甚至使他完全放棄了文學創作，進入另外一個理論和行動的世界。他曾經為此意興風發，也曾經為此憂傷頹唐。他終於告別了少年慘綠的時代，整個精神曝曬在猛烈的驕陽下，遂遠走非洲，脫胎換骨。等到赤道歸來以後，劉大任不再飼金魚了，開始養蘭花。「世界上最好的蘭花，」他對我說：「長在臺灣深山的幽谷裡。不知道哪一天我還能回去，親自入山尋覓？」他重拾小說，寫了一部長篇。長篇完成後，幡然改變，乃回頭創造了一系列精緻結實的作品，從〈鶴頂紅〉經〈草原狼〉，一直到〈秋陽似酒〉和〈四合如意〉等等。這些是最具備劉大任一貫關懷風格的短篇小說。

　　風雲際會，滄海桑田，可是就文學的路數看，劉大任今天的心胸和當年並沒有什麼不同。基本上，我敢大膽地說，是完全一樣的。當年他的詩採取散文的形式，肆意規畫著情節，悲歡離合的事件在他特定的天地裡發生著，雖然欲言又止，終於揮之不去。歲月令人老，我們各自在天涯海角獨力抵抗著層出不窮的誘惑、恫嚇、收買、打擊，穿過繽紛的掌聲和洶湧的嘲笑；我們也曾那樣枯坐斗室面對自己的懷疑，除了挫折，還有寂寞。這一切很實在，劉大任懂，我也懂，我們同時代以文學為社會教化的朋友

伙伴，無論他選擇的是溫和的還是劇烈的手段，無論他活在紐約或是臺北，摩天樓下，老榕蔭裡，我們不會不懂。是的，工作的慰藉往往並不來自「現實的真」，反而來自「文學的假」。白頭以後才發現，我們發現，原來所謂現實的真竟充滿了虛偽和欺凌，而文學的假在沉靜處檢視反省，燦然是我們值得獻身追求的教化理想，直接，有效──只是因為這條路太難走了，我們竟錯以為它是假的。當年劉大任的詩勾畫著小說的情節，如今他的小說為我們兌現了詩的承諾，雋永綿密，有餘不盡。他的天地擴大了，往返無非千里，出入便是十年，而那些小說裡的人物不再是他，說不定不是他，說不定也正是他，正是我，正是你。

　　我和劉大任相知二十餘年，想起昔日相與飲酒詰難的，座中不乏豪英，「杏花疏影裡，吹笛到天明」。南宋陳簡齋憶洛中舊遊曰：「二十餘年如一夢，此身雖在堪驚！」約莫如此。

──1985 年 11 月西雅圖

──選自劉大任《秋陽似酒》
臺北：洪範書店，1986 年 1 月

「知識分子」的文學
《劉大任集》序

◎鍾肇政[*]

「我不以為自己是專業作家，也不以為是公務員、政治家或者社會運動家。姑不論是好是壞，我一直自認是個知識分子。既是知識分子，那就必須堅持兩件事：其一是不管什麼場合，都應該站在民間這一邊；另一是絕不使自己成為一名政客。我以為這樣才能當一個批評家，並且從事著述時，也才能經常保持客觀的心情。但是，我想陳映真大概是不一樣的吧。他好像是把自己當做是政治人物、社會革命家。故此，如果他要去中國，那麼他會考慮在那邊可以會見階層有多高的、多重要的人士，並為有利於自己未來在臺灣的政治地位而苦思焦慮，這一點大概錯不了。至於知識分子如何，農民、勞動者又怎樣等等，他恐怕不會想知道的吧。我想，這就是我和他不同之處。」

以上這段話，是將劉大任的長篇小說《浮游群落》翻譯成日文（研文出版，1991 年）的日本學者岡崎郁子為此書所寫的〈解說——劉大任和他的時代〉裡的一段話。這篇洋洋達兩萬數千言的長文裡就只有這幾行字用括弧括起來，並言明是 1989 年她在臺北訪問劉大任時，劉氏所說的話。而這話大概也可以看做劉大任做為一名作家的基本態度，也透露出他的文學（應該也包含他的社會批評文字在內）的精神基礎。

此處忍不住地要順便提提文中所言及的有關陳映真的事。劉陳兩人曾經有過共同的「理想」，是此間許多人所熟知的，在經過二、三十年之後，

---

*小說家、翻譯家、評論家。發表文章時為臺灣客家公共事務協會會長，現已退休。

他們之間終究有了「不同之處」，這恐怕不僅僅是人間滄桑、白雲蒼狗等說法所能解釋的吧。可異的是劉君在那一番話裡所預言的，竟然在兩年多之後成為事實。陳君在 1992 年初，以「中國統一聯盟主席」身分赴中訪問，會見了江澤民，彷彿一夕之間成了在臺灣的「政治要員」。在這套「臺灣作家全集」裡劉陳兩君一出席一缺席，恰巧也透露了兩君的「不同之處」。

　　筆者對劉大任所知恐怕只能說是有限的。譬如早期（1960 年代），他有若干作品在《筆匯》、《現代文學》等刊物上發表，並且還是小說、詩、散文樣樣來，其後則有《劇場》與《文學季刊》之創辦，劉君均為原始合作者之一，故而如果說臺灣文壇亦曾有過「派別」，則劉君的派別屬性應是相當鮮明的。而他的作品，也正是當年所謂「現代派」的那一類，新銳、尖銳兼而有之，深受矚目，自是不待言宣的。

　　1960 年代後期，他有赴美留學之舉，不過仍有作品寄回來，發表於《文學》；入了 1970 年代，他一頭栽進「保釣運動」，甚至學業也不惜為此而放棄，並且還有第一本作品集《紅土印象》被查禁的事故發生，人也登上了黑名單，從此無能再回來，連作品也被禁止在臺灣發表，只好暫時放棄了他那枝犀利的筆。幸好在聯合國謀得了譯員的職位，不僅生活得以安定，還於 1974 年有了「回歸」的機會。這一趟「祖國之旅」，時間雖然不長，然而卻給劉大任帶來了極大的轉變。有關這一趟旅行的見聞以及之所以給了他那麼大的衝擊的經過，前述岡崎郁子的「解說」裡有頗為生動的描述——不如說：劉大任有生動的現身說法，可惜此處限於篇幅，無法引用。總之，他的「理想」某程度地破滅了，使他有其後的自我放逐到非洲的三年沉潛歲月，乃有這篇《浮游群落》的醞釀及執筆，並且也為他帶來在創作方面東山再起的契機。約從進了 1980 年代之後，他的文筆活動頓然活絡起來，臺灣方面好像也不再有發表的禁忌，連同香港文壇，都可看到他為量相當可觀的創作與論評發表，著作也在兩地相繼印行。

　　本集裡所收錄的短篇小說，從早期的，到近期的都有，約略地也可以窺出作者做為一名文學家成長的軌跡。做為創作的背景，有臺灣的、美國

的，也有以「回歸」的見聞為主的中國，但都有一個共通的特色，即以知識階級為人物構成、塑造的藍本。不用說，這些知識分子都是「臺灣的」，而觀照的坐標卻似乎是「中國的」。這樣的創作模式，或者說做為一名中國的知識分子，一種政治的思惟，總似乎無可避免，從而做為中國知識分子的使命感，便也無從擺脫。劉大任自己即曾有過述懷：「中日戰爭時期，日本的作家谷崎潤一郎何以能夠那樣地靜下心來寫《細雪》呢？」他還坦率地表明，這個謎他恐怕是無法解開的。在他內心深處存在的這個謎，以及他站在民間立場與不做政客的兩項堅持，似乎就是了解劉大任這位作家，和披讀他的作品時，吾人所不可不放在心頭的。

——選自林瑞明、陳萬益編《劉大任集》

臺北：前衛出版社，1993 年 12 月

政治的假，文學的真

劉大任小說論

◎李進益*

一

目前評論劉大任小說的文章，不管是從小說人物的省籍觀點加以探討「外省人重返家園的主題」[1]，或是由小說中不同世代不同地域的中國人作為分析重點[2]，甚至直呼為「知識分子小說」[3]，劉大任為數頗多的作品的確是呈現出上述指陳的傾向，而且，顯然政治關懷是創作者樂此不疲的題材，本文論述重點之一，即在探究作者與作品之間若即若離，密不可分的政治意識的生成。再者，劉大任有些小說語言敘事的特殊手法，曾引起論者嚴苛的指責，當然，整體而言，讚賞者居多，不過限於種種因素，尚未見有較深入的探討，本文另一重點即欲就小說的藝術手法做一析論。

二

劉大任生於大陸，長於臺灣，赴美留學專攻政治學，卻因參與海外保釣運動，政治立場被視為左傾而列入政府黑名單，這一特殊背景造成他在

---

*發表文章時為東華大學華文文學系助理教授，現為東華大學華文文學系教授。

[1] 呂正惠，〈論四位外省籍小說家——白先勇、劉大任、張大春與朱天心〉，《文化、認同、社會變遷：戰後五十年臺灣文學國際學術研討會》（臺灣大學主辦，1999 年 11 月 12～14 日）。

[2] 龍應台，〈劉大任的中國人——評《杜鵑啼血》〉，《龍應台評小說》（臺北：爾雅出版社，1985 年 6 月），頁 141～142。

[3] 鍾肇政，〈「知識分子」的文學——《劉大任集》序〉，《劉大任集》（臺北：前衛出版社，1994 年 6 月初版第二刷）。另外，日本學者岡崎郁子亦持相同的評論，參見《臺灣文學——異端的系譜》（臺北：前衛出版社，1997 年 1 月），第四章。

創作過程離不了自身對中國前途探索、追求、期許與批評，亦即，他常以身為一位民間的知識分子應要有尊嚴，要有勇氣，不左不右，不偏不倚，就事論事，直言無諱：

> 我要求自己的是站在民間的立場，就事論事。但當今中國的政治現實，卻逼迫一切懷有這種心志的人走鋼索，非敵即友非友即敵這樣的邏輯，充滿在掌權者和他們支持者的腦子裡，但是，看一看中國的歷史，看一看中國的現實和前途，一個稍有自尊的知識分子，能夠不鼓起勇氣走這條鋼索嗎？[4]

他可說是揹著政治十字架在寫作的，因此，除了評論文章外，在他的成名小說中，不管是長達十餘萬字的《浮游群落》，或是短至一兩千字的〈四合如意〉、〈女兒紅〉等作品，或隱隱約約地透露出政治硝煙味，或直接描寫砲聲隆隆，慘無人性的鬥爭場面，論者在評論他的小說時總會把焦點投注於此，「知識分子小說」、「政治小說」之稱，確能指出劉大任小說特色所在。

其實，早在劉大任第一部出版後卻被禁的作品集《紅土印象‧自序》裡，透過夫子自道的隱晦陳說，稍微注意一下序言即可讀出他日後長期以知識分子立場對政治題材重視的端倪，他說：

> 是的，當代知識人的心態，是我關切的問題。任何細心的讀者都可以發現，搜集在這裡的每篇小說裡面，都或隱或現地有一個知識人的影子。只不過出場的角度不同，有時我們只看出他們的側影，有時甚至只是背影。[5]

---

[4] 劉大任，〈知識分子的窄門〉，原刊《新土》第 34 期（1981 年 11 月），今收入《神話的破滅》（臺北：洪範書店，1992 年 9 月），頁 156。
[5] 劉大任，〈自序〉，《紅土印象》（臺北：志文出版社，1970 年 10 月），頁 3。

向來知識分子對政治的關心是不令人意外的，特別是劉大任，因此他的小說裡的政治氣味可說相當濃厚，如 1960 年代臺灣整肅異己的白色恐怖氛圍在《浮游群落》一書著墨甚多，他在一定程度上反映了那一代知識分子關心國事及欲對政治發表意見的心路歷程，給後人留下寶貴的見證。1970 年代海外保釣運動風起雲湧，當時國內文壇對這一段歷史的書寫不多見，張系國與劉大任則都有作品刊行，尤其是劉大任熱衷其中，所以運動前後種種理想與幻滅的經歷都入小說中，〈唐努烏梁海〉、〈草原狼〉、〈且林市果〉都是膾炙人口的佳篇，文中對政治場面的敘述生動傳神，小說人物的心理刻畫深刻逼真；至於〈杜鵑啼血〉描摹大陸文革鬥爭淒厲慘烈之景象，讀之令人毛骨悚然，掩卷三嘆。

劉大任以小說創作來對中國政治有所關切，一如前述，《紅土印象・自序》有一段話則道出他青年時期早已對現實中國的政治興致勃勃，語氣雖流露些許不滿，可是仍充滿諸多期許：

> 我至今欲望著雕塑一個這一代知識人的典型造像，然而我至今不能。無他，我至今見不到一個虎虎生動的角色，令我震戰搖蕩，而不得不真心嚴肅起來。悲哀，見到的盡是彎腰駝背或者剛一抬頭便一悶棍打得血流滿地的慘象，奈何！然而，中國，終歸是要矗立起來的，而中國新一代的知識人形象，亦將矗立起來，像一株漂亮挺拔的白樺木，深深地紮根在中國廣垠深厚的地層下。[6]

這篇序文是寫於書成付梓時，由題記可知他當時身在美國柏克萊，文章可說充分反映了那時身處自由民主世界，政治不再像烏雲籠罩、灰暗不堪的禁忌臺北般碰觸不得，也因此《紅土印象》一書所收寫於威權統治的 1960 年代第一輯「慘綠」、第二輯「斜陽」作品中並無明顯的政治題材或描摹，

---

[6] 劉大任，〈自序〉，《紅土印象》，頁 3。

第三輯「昆蟲」寫於柏克萊，作品中已或隱或現涉及中國政治的議題，然而尚未出現像寫於 1980 年代〈故國神遊〉、〈清秀可喜〉等具有強烈的政治性場面鋪述。這之間的差別，由〈六松山莊〉這一篇回憶性的散文可窺得一、二。簡言之，1970 年代鋪天蓋地的學生運動，柏克萊校園三天兩頭罷課，每天中午都有群眾大會和形形色色的街頭活動[7]，劉大任從百般禁忌威權統治的封閉臺灣社會來到開放自由的美國民主社會，並且可以無所拘束地廣泛閱讀 1930、1940 年代中國現代文學作品當作啃「閒書」，這種種的不同境遇對他的政治行為和思考都起了一定程度的影響，自不在話下。另據作者在〈天邊〉此篇回憶文中，提及柏克萊求學期間開啟了他對中國政治研究興趣的指導老師以及他個人內在思想情感的變化，最後終至投入政治運動行列的點滴往事[8]，都可回頭來證明《紅土印象・自序》一文可作為了解劉大任政治意識的確立及走向實際行動應是在留美期間。同時，這一段參與保釣運動的熱情化為灰燼之後，他的政治激情並未從此澆熄，《劉大任集》後面收錄〈劉大任生平寫作年表〉雖然提及 1974 年寫作情形，但是根據書前序以及許素蘭〈流亡的父親・奔跑的母親〉一文，則知 1974 年他與郭松棻等人前往中國大陸，並會見了周恩來[9]，這種情形可視為民族情感化為政治行動的表現。在此之前，《紅土印象・自序》其實即已呈現出他不甘苟且不願懦弱，為了中國的前途而欲有所作為的狂熱民族情感。他對自我期許甚高，他怕淪為與上一代一樣，一輩子只不過做些瑣碎猥雜，徒然無聊的「蠅蠅狗狗的勾當」，此即劉大任藉由創作小說〈落日照大旗〉、〈前團總龍公家一日記〉來表達內心對世俗的不滿，尤其是一灘死水般毫無生氣的中國人，這應是他投入保釣運動，終至日後甘冒禁忌回去中國的理

---

[7]劉大任，〈六松山莊〉，《中國時報・人間副刊》，1999 年 10 月 6 日，37 版。
[8]劉大任，〈天邊〉，《中國時報・人間副刊》，1999 年 8 月 23 日，37 版。
[9]許素蘭，〈流亡的父親・奔跑的母親──郭松棻小說中性／別烏托邦的矛盾與背離〉，《文學臺灣》第 32 期（1999 年 10 月），頁 209。劉大任本人曾在《走過蛻變的中國》這本遊記書中提及他近二十年一共去了大陸四次，第一次即為 1974 年。見劉大任《走過蛻變的中國》（臺北：麥田出版公司，1993 年 7 月），頁 20～21。

由。弔詭的是，隨著他個人在政治活動的挫敗，理想追求的破滅，並親見大陸文革泯滅人性殘暴與落後破敗的慘狀，這其間他個人經歷了高昂與興奮、震驚與失望，成為日後他重返文學陣營之後，這些經驗反而豐富了創作題材與內涵，數年內，佳作連出，1982 年出版長篇小說《浮游群落》，往後並陸續寫出《杜鵑啼血》、《秋陽似酒》等短篇小說集，上述作品可說是作者政治坎坷歷程的心血結晶。大體上，作品底蘊深厚，人物形象生動，故事性強，然而字裡行間不時流露出一股淡淡哀傷的氛圍，也許這就是「過盡千帆皆不是，斜暉脈脈水悠悠，腸斷白蘋洲」的況味。

　　1980 年代後期作品〈晚風習習〉以及 1990 年代刊行的〈散形〉，仍呈現作者一貫關注的「中國」題材，不過描寫技巧已入純青火候，作者仍憂慮現實政治問題，青年時期那般激情吶喊和任情咆嘯的筆調卻已不復見，取而代之的是溫吞收斂，含蓄樸實的洗鍊風格。如〈晚風習習〉以第一人稱我及因國共內戰而流亡至臺灣的父親一生作為題材[10]，描寫父子兩代之間的糾葛，進而對照出一群渺小卑微外省族群如何在歷史洪流裡殘喘生息，也突顯出海峽兩岸複雜的政治關係。表面上以返鄉所見所聞作為父子之間的代溝與情感的分合，實則乃欲對近五十年來兩岸變化作一概括的描述，創作野心可謂不小，全文已不見血淚控訴如《杜鵑啼血》，縱有批評或總結歷史教訓，仍只是以客觀清澈之詞為之。分為 50 小節的中篇小說，節節串連而成晶瑩閃爍的頸鍊，閃耀奪目，父子之情涵攝於激動撼人的中國現代史，糅合家國，突出父權中落與國族衰敗，令人為之喟嘆。小說最後以父親死於臺灣，葬身於下半輩子所在的臺北，墓碑上鐫刻「神州天河鎮厚溪村／遷臺第一代開山祖」，似乎意味著這一群 1949 年前後來臺的外省族群唯一的最後選擇，也彷彿在說他鄉已成故鄉，其中寓意頗令人深思。

　　至於〈散形〉的場景則轉至美國，而且是以發生在 1989 年的天安門事件作為背景，一樣是寫父子兩代之情，不過此文的「我」，則轉變為父，全

---

[10] 劉大任，〈晚風習習〉，《聯合文學》第 57 期（1989 年 7 月），頁 138～165。

文以「我」對自己半生徒然，一事無成的無奈，每日過著生不如死的單調日子為主線，藉著在家全心全力營造一片「江山」——花園水池——來取代對現實世界，尤其是中國的關注。然而天安門事件的發生，「我」被女兒強迫發表對事件的看法，結尾則從「我」所欲精心營建的王國假山上，清晰地分辨出七、八種鳥的不同鳴叫，或是「尋得食物的勝利鳴聲」，或是「勾引配偶的發情聲」，或是「爭奪地盤的嘶咬聲」，其中，關於爭奪失利的鳥類的鳴叫引發「我」聯想到天安門事件背後的那群統治者有朝一日會像敗陣脫逃的鳥——「潰敗者的逃亡聲，像失落的箭矢。」全文最後以「我」一年多之前寫在稿紙上的唯一一句話——「我們絕不忘記」作為結束，意指作者無法接受天安門廣場上的屠殺與鎮壓。此文看似在描寫一位中年人對累積了幾十年的生活經驗所做的反芻，以及刻畫其身心枯槁已幾近「散形」——母雞孵小雞，雞蛋裡沒有成形的小雞，即被稱為散形，然而細讀之後，則會發現作者安排情節之高妙在於如何將「散形」蛻變為「有形」，快近結尾時才點出反義，藉鳥鳴意有所指，直接展現內心長期隱藏不露，對生命熱烈歌頌、對民主自由中國建立的期望，以及表達「有良知的中國人再不能置身事外，再不能沉默」[11]，小說技巧純熟高妙，而對政治關懷之意至為明顯。

　　總結上述，劉大任從《浮游群落》主角之一陶柱國（逃祖國？）出國留學，遠離一樁號召罷工的政治逮捕，到「我」違反自己「宣布從此不過問國事」（〈散形〉），積極走入抗議六四屠城的示威遊行隊伍裡，中國與臺灣，知識分子與政治的辯證關係，的確是劉大任小說作品中很重要的主題。

---

[11]劉大任，〈散形〉，《晚風習習》（臺北：皇冠文化出版公司，1998 年 7 月），頁 188～189。劉大任早年寫作〈散形〉之前，已有撰文就天安門事件，對中共政權發出強烈的譴責與批評。見〈神話的破滅〉、〈屠城〉、〈傳單〉、〈國殤紀念音樂會獻辭〉等文，均收入《神話的破滅》書中，頁 95～134。

三

　　小說作為一種藝術樣式，小說語言顯然是無法忽略的，分析小說藝術特色時，除了故事情節與人物要注意外，小說語言的深入討論，不但可以幫助了解小說家思維活動，也可標誌出小說家獨特的語言風格。劉大任小說的語言，在眾多現代作家裡，算是頗具風采的，楊牧曾經評論說：「他的小說意識強烈，主題撼人，而文筆風格卻始終維持著散文詩的密度」。[12]顯然地，劉大任小說獲得好評，並不只因故事內容動人，他的溫柔委婉、如詩如歌的語言敘述，也是令人激賞之因。至於技巧表現方面，康來新也曾經有書評論之。[13]不過，龍應台對劉大任某些作品的語言文字表達持著嚴苛的評論，她在〈劉大任的中國人──評《杜鵑啼血》〉文中，對於〈金邊魚〉人物身分與語言刻畫的不一致，評以「劉大任經常有疊層架構的句子」、「他常在一個名詞前面冠上一長串沒完沒了的形容詞與片語」；評〈蜩〉一文，則說「有時候，作者的文字又顯得疏忽輕率」，「另外，從『何況是』以下那個冗長的句子也有問題」；至於〈長廊三號〉也有苛責。[14]個人倒認為，上述評論文章所點出的這些段落及語言文字修辭，無寧是一種功力，正見劉大任有心營造與眾不同的敘事風格，並且展現作者追求小說美學至高境界的努力。這種刻意不加句讀標點的句子，被視為破壞了傳統語法，「冗長」、「沒完沒了」、「彆扭或不通」，反過來說，不也反證了作者亟欲跳脫傳統，積極尋找另一新的敘事技巧及風格？

　　早於 1959 年發表的短篇小說〈大落袋〉一文裡，我們已見劉大任在追求語言敘事的多樣化，特別是藉由「沒完沒了」的句子來呈現小說人物的緊張或鬆弛情緒：

---

[12]楊牧序文見劉大任《秋陽似酒》（臺北：洪範書店，1986 年 1 月），頁 23。
[13]康來新，〈有酒無鄉，有鄉無土〉，《聯合文學》第 20 期（1986 年 6 月），頁 210。
[14]龍應台，〈劉大任的中國人──評《杜鵑啼血》〉，《龍應台評小說》，頁 141～156。

瞄準好，輕輕一推，我感覺滾圓細瘦打了滑粉的桿子在我左手大拇指與
食指做成的優美的凹槽中一溜溜出去，桿端的橡皮頭輕輕地觸著那冷凝
的球體而微微地反彈了回來，甚至那大理石琢成的冰冷的球體沉重地開
始滾動的感覺也從渾圓細瘦的白漆桿子傳到了我握著的右手。我急切地
凝視那黑球，它確實是夠冷靜的。[15]

　　這一段撞球檯面風景的描寫，作者刻意不加標點的手法，小說美學上
稱之為「切分途徑」[16]，由推桿撞球的外在鋪序來反襯人物內面隱藏不露的
高昂鬥志與輸不起的愛面子心理。焦躁不安地想急切將球撞入球袋的
「我」，面對的卻是微微慢彈冷凝的球體，此時的「我」已微受酒力作怪，
而且硬要展現力能從心的頑強心態，作者以拉長的句子來突顯一冷一熱的
物我對比，正見作者別出心裁的創意。
　　不過，「切分途徑」被劉大任廣泛使用可能要到 1980 年代了，除了龍
應台所列舉的那幾篇外，寫於龍文發表隔年的〈下沉與昇起〉，不但通篇是
「疊層架構的句子」，而且還意猶未盡，一句話長達 93 個字，卻連一個標
點符號也不肯用，就不知是否含有對批評家的回應？[17]試看這一段句子：

慧珠把他拉到書房裡坐下跟他說三哥在他們臥室裡靜坐養神她還說她明
天一早要跟三哥飛西部夏威夷她說她決定跟三哥走短則兩三個禮拜長則
一兩個月她說三哥說這是緣緣定在三世以前她修到這個緣她不能放棄。

　　小說男女主角婚姻生活陷入暗礁，女主角慧珠沉迷於烈酒痲醉及宗教

---

[15]劉大任，〈大落袋〉，《紅土印象》，頁 3。

[16]唐躍、譚學純，《小說語言美學》（合肥：安徽教育出版社，1995 年 1 月），第二章第四節，頁 59
　～67。

[17]龍應台在〈劉大任的中國人──評《杜鵑啼血》〉文末結語說：「至於他冗長、堆砌、笨重的句
　子，可惜每篇小說都沒有註明發表或著作日期，看不出他藝術發展的方向──不知他是愈來愈傾
　向這種彆扭的句構，還是愈來愈遠離它。」，頁 156。

狂熱之中，一者逃避枯燥無味的蒼白生活，一者又想尋找宗教刺激以求拯救與重生。某日，慧珠引入自稱具有慧眼可看透陰陽的大師「三哥」，來家中作法以祛除夫妻之間的魔障，這一段 93 字長長的描寫，就在敘述慧珠走火入魔，神智不清像幽魂又像女鬼的情狀，幽幽淒淒、如哭如訴，沒有分段句讀反更加強了夫妻兩人若即若離，將斷不斷的一觸即發的緊張局面。當代普通小說無外乎是以斷續和伏應為主，類似劉大任這種刻意走向截然相反的路途，盡情延宕，無限拉長，句法的主語、謂語、賓語顯然已無界限，放著既有的現成的語法不用，偏偏要造一生僻且違背尋常讀者的閱讀習慣，劉大任探索小說語言的長度及種種敘事可能性，應是值得肯定的。

　　劉大任 1980 年代著墨甚多於自命名為「袖珍小說」一系列的創作，除了嘗試延伸句子的長度和彈性外，他同時也進行另一反向的操作——縮短句子。現代漢語以標點符號如逗號、句號等等，作為切分斷句的依據，明確指出語鏈的停頓位置。然而小說家卻有意將不該分割的句子切成若干獨立的句子，按照標準常規用法，這種切分句子該用逗頓句號，而不用者被稱為「升格切分」[18]，〈下午茶〉小說一開端敘述為：

　　晴。鳥語花香。禮拜天下午。不能比這更美滿了：兩個兒子不約而同回
　　了家。

　　作者以三個句號隔開十個字，簡明地標誌出時間與氣候，所欲表達的無外乎是在極其平常的假日，兩個兒子難得地都回了家，全家可以舒舒服服地享用下午茶的愉悅心情。「鳥語花香」熟套用語，在這兒反而襯托出「我」內心充滿與春天輕快旋律的互動，音節短促、節奏明快，不正鮮明地傳達出人物內蘊的情感與思緒？

　　至於「彆扭或不通的文字」，前舉龍文則間有欣賞之評。劉大任小說語

---

[18] 唐躍、譚學純，《小說語言美學》，頁 61〜62。

言技巧特色之一，或可說正在於他時而會用些「不太通順」的修辭，如〈重金屬〉這篇描寫父子之間的隔閡、疏離與形同陌路的景狀，作者以富有形而上的哲理語言來表達，令人耳目一新，且能於了解文意後產生具體意象和聯想：

> 我的喜悅，渡不過去。非但渡不過去，且隱隱有下墜之勢。我必須走出我的世界，他必須走出他的世界。就這麼簡單，像初中解幾何題一樣。

喜悅怎麼可以用「渡」來形容呢？可是作者用「渡」欲說明父子兩人的無形鴻溝早已形成，而且深不可渡，「渡」字用得很貼切。其他如形容兒子冷漠拒絕接受父愛的閉鎖心態為一輪高掛天際月亮「像一面赤銅色的巨鑼，彷彿等待敲響」，形容貨櫃車以「我數了數，足足有 18 個輪胎。爬——蟲。緩緩蠕動」，形容兒子鬧彆扭不吭聲，假裝以傾聽重金屬搖滾音樂來逃避僵硬對峙局面為「他始終用重金屬敲打自己」等，都可看出劉大任故造奇句，欲在攀登小說語言的高峰，高處或許真是不勝寒。

劉大任為什麼會想經營這些短小精悍的短篇小說呢？根據《劉大任袖珍小說選・後記》作者自云，他在寫就《杜鵑啼血》之後有一吐為快之感，然而重讀己作，卻又對自己曾經得意的「洋洋灑灑大文」產生厭膩，「於是自然有了削、刪、減、縮的要求」。我們探索自白的話外之音，唯一得到的答案可能是作者想改變一下寫作的結構與技巧，拿他之後的創作來對照這一段話，作者的確做到短小精悍的簡潔風格，於是「有人提到川端康成的掌小說」對他有影響。作者自承不懂日文，而且對於東洋那種纖巧白皙的風味不太能「吸納」，因此，他選擇篇幅和技巧在《史記》、《聊齋》之間徘徊。[19]

按川端康成（1899～1972）是日本名小說家，1971 年獲得諾貝爾文學

---

[19]劉大任，〈後記〉，《劉大任袖珍小說選》（臺北：皇冠文化出版公司，1996 年 8 月），頁 251～253。

獎，雖然是以《雪國》、《千羽鶴》、《山音》等長篇小說為世人所熟知，他個人卻對「掌之小說」情有獨鍾，他共寫了一百多篇掌小說，曾自言最懷念和最喜歡的舊作，而且還願意送給更多人看的就是這些掌小說，川端康成還說很多作家在年輕的時候寫詩，我寫的這些掌小說就代替我的詩吧。[20]這些掌小說流自他內心的作品不少，而且頗富反映新時代的敏銳觸覺，因而被冠以「新感覺派」，然而評論家吉村貞司撰文指出「新感覺派不是單為形容詞，裝飾性的問題，具有比現實新鮮敏銳的觀察，發現至今所無的意義」。[21]

我們將劉大任袖珍小說作品與川端康成作品做一對照，會發現兩者有些類似的地方，譬如兩人都會重視流動不居的內心情感的微妙變化，且以詩般的意象來描摹，如〈重金屬〉、〈下午茶〉均是。再者，兩人都非常重視精簡卻又不失深度的字句剪裁，出以詩般的婉約綺麗之修辭，呈現顯著個人風格。如要說兩者最大不同點，那或許是劉大任對於民族國家的使命感與抱負方面較強烈些。

當然，作者本人自述啟蒙期受魯迅、谷崎潤一郎等作家影響，研讀川端康成作品也只是靠日文以外的翻譯生吞活剝，因而兩者之間並不存有密切關連，只是偶然巧似罷了。上述粗淺比較也無外乎想說明並強調，劉大任短篇小說的藝術技巧與風格的確與眾不同，且值得肯定。特別是以文學作品來抵抗政治的威脅與壓迫，誠如金恆煒所言，劉大任 1990 年代以前的作品，尤其是反映作者對政治關切的那些小說，將會是日後讀者所重視的，且為劉大任可能流傳於後世的作品，「我們也如是期待劉大任的小說」。[22]

——選自《中國文化大學中文學報》第 5 期，2000 年 3 月

[20] 川端康成，《川端康成選集・第一卷》，轉引自喬遷《川端康成研究》（上海：上海社科院出版社，1997 年 3 月），頁 141～142。另參見柏谷譯，〈川端文學的故鄉——關於川端康成極短篇〉，《極短篇（五）：川端康成卷》（臺北：聯經出版公司，1996 年 6 月），頁 17。
[21] 吉村貞司，〈解說〉，《掌の小說》（東京：新潮社，1989 年 6 月 50 刷），頁 557。
[22] 金恆煒，〈劉大任的十字架——政治〉，《聯合文學》第 57 期（1989 年 7 月），頁 168。

歷史困境裡的現實突圍

「釣運」影響下劉大任的文學敘事

◎周之涵[*]

◎朱雙一[**]

　　1960 年代末 1970 年代初，美日將中國固有領土釣魚島私相授受，這一行徑嚴重侵犯了中國的領土主權，引起了港澳臺及全球華人社會的強烈不滿。臺灣當局由於政治和經濟高度依賴美日，採取消極容忍，息事寧人的態度。然而，相對於官方的無所作為，由一群海外旅美華人知識分子自發組織的「保衛釣魚臺」民間運動（簡稱「釣運」）卻得以迅速展開，形成激盪之勢，影響深遠。

　　然而，與歷史上其他所有社會運動一樣，這場群眾性的愛國運動經由醞釀發動，達到高潮頂峰，然後不可避免地走向了衰頹息落。撥開歷史迷霧，以今人眼光來檢視那段春雷聲聲的歲月，這種社會人事嬗變的自然定律，並不能成為我們抹滅其歷史價值，阻隔探尋其時代意義的理由藉口。因為就其當時意義而言，它擊碎了日本吞併釣魚島，使其成為囊中之物的美夢。另外，它還促使人們從政治上附美，經濟上依日的「臺灣式」民主繁榮的神話中甦醒過來。時過境遷，「釣運」距今已近半世紀之久，社會歷史結構已發生巨大改變。世易時移，當結構改變，「釣運」所壓抑的歷史解釋空間不斷擴大，這就有了「第二個五四運動」的歷史命名[1]，也形成了

---

[*]發表文章時為廈門大學人文學院博士生，現為重慶工商大學文學與新聞學院講師。

[**]本名朱二。廈門大學臺灣研究中心研究員、《臺灣研究集刊》副主編。

[1]郭松棻，〈「五四」運動的意義〉，《春雷聲聲——保釣運動三十週年文獻選輯》（臺北：人間出版社，2001 年），頁 317。

「海外華人文化思想運動」的思想史定位。[2]而這些闡釋除了由運動本身的社會學釋義引起以外，當然還包括那些終其一生受「釣運」影響的知識分子的文學投入，劉大任的文學敘事即是其中之一。

一、書寫知識分子的左翼臺灣經驗

　　「釣運」影響下的劉大任文學敘事，首先表現為知識分子對左翼臺灣經驗的記憶和捕捉。光復初期，作為臺灣文學史上一股重要的社會思潮，左翼文學曾在臺灣社會扮演著民族救亡和思想啟蒙的角色，出現了楊逵、呂赫若等左翼作家及〈送報夫〉、〈冬夜〉等反映社會問題和時代癥結的作品。然而，由於國民黨政權威權體制下意識形態鬥爭的嚴峻，臺灣左翼並沒有像在中國大陸那樣得到充分發展。但壓制威脅的結果不必然是屈服，左翼運動和思潮始終作為一股潛流，影響著臺灣社會的方方面面。劉大任個人經歷就是很好的明證。早在中學時代，他就閱讀了屠格涅夫反映俄國知識分子革命前夕心理狀態的小說《前夜》，並在美國夏威夷大學留學期間廣泛接觸馬列經典理論著作，閱讀魯迅、茅盾、巴金等左翼文學作品。1964 到 1966 年，他又與陳映真同時參加了邱剛健創辦主持的《劇場》雜誌。與陳映真一樣，他毫無保留地批判《劇場》脫離臺灣現實的傾向。另外，他還受邀參加陳映真、李作成、丘延亮、陳述孔、吳耀忠組織的地下讀書會「擴大」會議。可以發現開始嶄露頭角的劉大任，在這個時期基本保持與陳映真一致的步調。此後他自陳：「與陳映真轉折期的文學思想不謀而合。在《劇場》不定期而頗為頻繁的聚會中，兩人因意見相近，彷彿結了盟。」[3]

　　這些左翼經歷成為日後他創作長篇小說《浮游群落》的生活素材。《浮游群落》創作於 1970 年代中後期，小說圍繞兩份同人刊物《布穀》和《新

---

[2]龔忠武，〈哈佛的激情歲月——釣運與我，我與釣運（1971～1975）〉，《春雷之後——保釣運動三十五週年文獻選輯（壹）》（臺北：人間出版社，2006 年），頁 646。

[3]劉大任，〈雪恥〉，《冬之物語》（臺北：印刻文學出版公司，2004 年），頁 19。

潮》雜誌的數次論爭，以左翼知識分子社會活動為主線，串聯起臺灣 1960 年代青年知識分子的心路歷程和思想軌跡，表達在臺灣社會異常嚴酷的思想氛圍中，風起雲湧的文化思潮對一代青年知識分子內心所造成的衝擊。小說雖然是對 1960 年代臺灣社會的觀察，但從小說人物刻畫、情節設計、主旨意蘊來看，明顯有一個「釣運」的視角作參照。因為時間上，這篇小說創作於 1976 年至 1978 年，是劉大任從「釣運」抽身後，前往非洲任職期間的產物。此時，大規模的「釣運」已經基本結束，他「從一個政治的血性參與者，變為一個冷眼的觀察者。」[4]聯繫他在青年時代的左翼經驗以及留美參加「釣運」，「冷眼」所觀很大程度上是左翼社會實踐的成敗得失。對此，小說有詳細交代。

　　《浮游群落》要探索的第一個問題，也是最重要的問題是知識分子在中國近現代史困境裡的精神狀態和思想軌跡。小說概括了三類知識分子：第一類是受西方現代主義觀念影響的知識分子，以《新潮》雜誌柯因等人為代表，他們主張「橫的移植」，認為永遠存在一個用什麼形式來表現什麼內容的問題，強調現代主義理論是詮釋臺灣文學創作的不二法門，只有放眼世界，向外汲取思想資源才是解決社會問題的合理途徑；第二類是將知識視為商業盈利工具的知識分子，這是臺灣 1960 年代新興社會勢力，他們具有商業頭腦，擁有廣泛社會資源的羅雲星是其代表人物；第三類是堅持「階級」、「反抗」、「人道主義」立場的左翼知識分子，主要以林盛隆及《布穀》雜誌負責人胡浩、呂聰明等人為代表，他們以左翼現實主義思想觀察臺灣社會，思考文藝的立足點與臺灣現實之間的關係。小說在謀篇布局上，左翼知識分子的社會運動和思想狀態，無疑是作者言說和關注的重點，表現有三：

　　第一是兩份同人雜誌《布穀》與《新潮》的三次思想交鋒。第一次交鋒是由林盛隆發表在《布穀》的一篇論文引發，以現代主義為旨歸的《新

---

[4]劉大任，〈赤道歸來〉，《赤道歸來》（臺北：皇冠文化出版公司，1997 年），頁 25。

潮》主將柯因批判林盛隆「用 1930 年代的 solution 來解決 1960 年代的問題，這就是一個時代錯誤，不可原諒。」[5]認為現實主義文學觀刻意強調「現實」和「道德」，與反共八股、軍中文藝同流合汙，這對於突破國民黨官方意識形態的鉗制來說，無異於走回頭路，開歷史倒車。面對指責，具有現實主義傾向的雜誌──《布穀》的代言人胡浩則指出，現代主義在臺灣難以形成氣候的根源在於它沉迷於形式、技巧，而不去探討文藝背後的社會政治背景，不思考民族綿延的歷史，承擔必要的社會責任。第二次思想交鋒聚焦於「為什麼而創作」的問題。《新潮》主將柯因擔心一旦回到「為什麼而創作」的思路上，便有可能被官方文藝政策中「為民族立場而寫作」、「用現實的形式」等口號收編。林盛隆則認為，現代主義的反理性源於西方文明的衰微，如果臺灣文學盲目照搬西方，就等同於犯別人的精神分裂症。第三次思想交鋒由討論羅雲星的紀錄電影而引起。林盛隆堅持認為題材是衡量文藝作品優劣得失的關鍵，藝術工作者應該思考在具體的年代地域為具體的人寫具體的問題，而不是去關注形式上的「怎樣寫」、「如何寫」。小說中以《新潮》為代表的現代主義文化思潮因為主張「橫的移植」，摒棄傳統歷史文化，缺乏現實生命力，最終為代表市場商業邏輯的企業文化所吞併。而具有現實主義傾向的《布穀》雜誌因為扎根現實、聯繫歷史，走人民群眾路線，作者對此傾注了大量的同情和關懷，這與「釣運」的歷史關懷、立足現實、強調社會參與意識具有一致性，因為「釣運」「形成回歸民族與關懷現實相結合的文藝觀念，……啟發了青年知識分子的現實關懷和社會參與意識。」[6]

　　第二是左翼知識分子的地下活動。這一左翼經驗的起點是對廖新土的人道主義救援。廖新土因為「臺獨」勢力無辜受牽連，《布穀》雜誌負責人胡浩因此事看清了國民黨白色恐怖的真面目，促使他從自由主義轉向左翼

---

[5]劉大任，《浮游群落》（臺北：三三書坊，1990 年），頁 48。
[6]劉小新、朱立立，〈當代臺灣文化思潮觀察之一──「傳統左翼」的聲音〉，《福建師範大學學報》（社會科學版）（2009 年第 1 期），頁 76。

人道主義立場，明白「應該為這塊地方做一點事，不能讓那些不講理的惡勢力橫行無忌，不能讓老廖這樣的人在暗無天日的牢獄裡蒼白、發狂。」[7]通過林盛隆的推薦，胡浩有機會接觸到其他左翼人士，並參加了他們組織的地下小組會議，匯報思想，批評與自我批評，分析革命工作重心及部署當前任務，從《布穀》雜誌辦刊的思想路線到團結左翼人士，都提出了明確的計畫。隨著形勢發展，左翼知識分子的地下活動也從地下走到街頭。按照林盛隆的意見，他們先是積極拉攏徘徊在虛無主義邊緣的陶柱國，致使他發現理想對於精神的拯救功能。《布穀》雜誌也重新調整辦刊思路，刊發了林盛隆對羅雲星紀錄電影《墳》具有左翼色彩詮釋的文章，並在革新號宣言中強調文藝工作者的歷史使命與社會責任。另外，日資工廠將造成環境汙染的企業轉移到臺灣，造成工人中毒事件，引發工人階級的罷工潮，林盛隆與地下小組成員也積極投入到這次工潮的組織當中去。

第三是林盛隆對臺灣社會性質的分析。「臺獨」觀念認為，國民黨政權是外來政權，在權力分配上外省人與本省人所占比例相差懸殊，應當反抗這一外來政權。因此，他們主張脫離中國，建立獨立的政治實體，培育獨立的「臺灣意識」。但是林盛隆認為他們並沒有看清臺灣社會的真相，主張不應把焦點集中在政權的合法性和有效性上，造成臺灣人與人的內鬥和無休止的糾纏，而更應該關注公正、公平屬於哪個群體，體現哪些人的利益。「臺獨」不可避免地會走向失敗，是因為它改變不了底層人民的苦難和弱勢地位，它只是一個階層取代另一個階層，循環統治的問題。

小說中這三個左翼經驗所呈現出的意志和力量，固然可歌可頌，但其失敗的教訓卻更值得記取。小說結尾反映出劉大任對這一左翼群體命運的擔憂：由於余廣立告密，林盛隆和胡浩被當局逮捕，左翼小組煙消雲散。劉大任在近年專欄寫作中回顧「釣運」，提到各種社會勢力滲透「釣運」，包括「臺獨」勢力、國民黨革新保臺派。「臺獨」勢力抱著分離意識見機行

---

[7]劉大任，《浮游群落》，頁48。

事，革新保臺派威脅、恐嚇、造謠，試圖打擊「釣運」的愛國主義傳統。由於這些影響，運動最終走向分化、衰頹、息落，這不正是余廣立式的人物，人前光明磊落，背後卻陰私偏狹，滲透左翼組織而造成運動受挫的寫照嗎？

二、反思「釣運」與文革扭曲變相的歷史

1970 年代中後期，「釣運」由於內部勢力逐漸分化，外部勢力威脅利誘，由高潮轉向了低谷，文革也因為極端左傾化路線，表現出荒誕的性質，投身於「釣運」的多數人不得不質疑這些運動的正當性和合理性。運動左統派代表人物郭松棻便在「釣運」後不久宣稱「對政府壟斷的宣傳永遠要採取質疑的態度」。[8]張系國、李雅明等保釣右派「甚至不無帶有懷疑與嘲諷的觀點，去強調『保釣』的亂象。」[9]可以看到，「釣運」由當初蘊含理想主義色彩的愛國運動，到這一時期卻變得問題重重，成為一個極需反省和批判的對象。劉大任也不例外，反思質疑「釣運」與文革成為他在1970～1980 年代文學敘事的一個重點。

首先，他將視角聚焦在文革風暴中知識分子的悲劇性命運。以此為題材的文學反思主要集中在小說〈風景舊曾諳〉、〈杜鵑啼血〉、〈故國神遊〉、〈清秀可喜〉中。〈風景舊曾諳〉寫「我」記憶中的四舅，是一個與文字打交道的知識分子，熱愛生活，興趣廣泛，但歷經文革風暴後卻與之前判若兩人，變得自閉、膽小、憂鬱，人格被木質化。文革結束後，「我」將他接到美國，讓他忘記文革那段悲苦的記憶，他卻說：「老在這裡這麼過下去，將來要挨人家批鬥的。我看還是趁天冷下雪以前，讓我回去吧。」[10]可見文革對知識分子的心靈創傷之深。〈杜鵑啼血〉是「我」回大陸探望「細姨」

---

[8]李怡，〈昨日之路：七位留美左翼知識分子的人生歷程〉，《春雷聲聲——保釣運動三十週年文獻選輯》，頁 755。

[9]南方朔，〈「保釣」的新解釋——歷史沒有被浪費掉的熱情〉，《遠方有風雷》（臺北：聯合文學出版社，2010 年），頁 230。

[10]劉大任，〈風景舊曾諳〉，《浮沉》（臺北：聯合文學出版社，2009 年），頁 125。

的一段經歷。小說講述「細姨」在早年游擊隊生涯中，因愛人移情別戀生吃其心肝，因這一段歷史，「細姨」在文革中被批鬥而精神失常的故事。〈故國神遊〉寫歸國華僑曲漢生在北京丟失了護照和身分證，而被視為反革命分子被拘留的故事，反映了文革風暴中知識分子對個體身分的恐懼和擔憂。〈清秀可喜〉藉小田這個人物，描寫了紅衛兵對知識分子思想和身體的雙重摧殘，以及這種情勢下被極度扭曲的師生關係。因此，這一時期劉大任的文學敘事，整個基調「顯得意外的淒厲與激切」。[11]

其次，走出政治迷思後闡發自由主義觀念，也是劉大任反思「釣運」與文革的重要組成部分。這一時期有關「釣運」的奇聞軼事他寫過不少，不僅有對運動走向息落的無可奈何，還有帶著自嘲意味的戲謔。如〈密會〉裡提到為避免國民黨特務和聯邦調查局竊聽，在寒風刺骨、空曠寂寥的公園裡召開祕密小組會議，討論如何將革命的熱潮帶回臺灣。劉大任回憶起當時的場面「像貝克特的荒誕劇」，唯一作用「大概只是徹底透露人性中深藏著的對神祕事物無法抗拒的傾向罷了」。[12]甚至他還提到在「釣運」中以團結、集體、組織等革命名義，大義滅親將自己的親生骨肉贈送與人的事情。由於看到「釣運」存在的種種流弊，並親歷資本主義社會虛假的民主自由，這直接影響到他的自由主義觀念的產生。表現在他的文學敘事領域，就有了人事回憶、談園藝、說山水的散文雜文創作，以及對運動文學的身體力行。《園林內外》和兩本運動文集《強悍而美麗》、《果嶺上下》就是這種心境的產物。《園林內外》一書收錄 50 篇劉大任二十年間各篇以花草園林為題材的作品，從一株非洲堇寫到一片家人共同栽植的紐約州園林，從寄情花木的文人墨客心境到以自然為師的哲學境界。《強悍而美麗》與《果嶺上下》則是劉大任運動天賦在文學領域的延伸，從 NBA、乒乓球、棒球、網球到高爾夫，這些運動在某種意義上可以視為劉大任企圖擺

[11]呂正惠，〈論四位外省籍小說家——白先勇、劉大任、張大春與朱天心〉，《戰後臺灣文學經驗》（北京：生活・讀書・新知三聯書店，2010 年 4 月），頁 279。
[12]劉大任，〈密會〉，《冬之物語》，頁 30。

脫政治運動的齟齬，尋求精神棲息的嘗試。唐諾甚至認為劉大任的園林寫作和運動文學，是「釣運」熱情過去，新觀念尚未確立之前的「一心一意，集義養氣」。[13]

　　第三，在「無夢時代」思考知識分子的精神「散形」，無不具有反思「釣運」與文革的意蘊。劉大任將人們對集團、黨派、國族政治、極權主義的崇拜稱為「神話」，宣稱每個人的生長過程中，都應該有一個神話時代。但是走出「神話」國度，進入理想熄滅主義蕩然不存的「無夢時代」，知識分子精神的「散形」狀態也一併潛滋暗長。在這種知識分子精神「散形」陰影的籠罩下，劉大任的文學敘事可以用「灰色」來形容。小說〈下沉與昇起〉描寫一位青年時期靠著堅強意志打拼出事業，建立家庭的知識分子，因為美國的安逸環境而逐漸失去往日「不服輸」的性格，只能終日徘徊在肉慾、家庭瑣事以及「太平洋盆區研究計畫」之間。小說曲折隱晦地表達了因理想淪喪後，知識分子精神的虛腫狀態。〈散形〉則以在美教授中國語言和文化的講師秦川為主角，敘述了他的三個重要生命片段：一個是現實生活的困局感，在這個困局裡充斥著他的性冷淡與乏味的社交生活；另一個是他的家庭生活的半枯乾狀態，雖然小說安排了一個第三者的「她」作為救贖，但最終仍挽不回他的精神大潰散；第三個是「釣運」激情過後，他試圖以園藝山水建構其精神王國的虛妄。通過這三個片段，小說展現了知識分子在生命枯竭狀態中的精神掙扎。〈長廊三號〉接過陳映真〈我的弟弟康雄〉，描寫了康雄姊姊的畫家情人俊彥離開臺灣，流浪到巴黎，最後因理想幻滅，精神潰散，失去生存意義在異國他鄉瘋狂自殺的故事。〈草原狼〉寫當年參加過「釣運」，熱情擁抱理想的一群左翼知識分子，而今都各奔東西，或糾纏於俗世，或鑽營於生意，或將全部精力放在了「猛鑽學問」上，他們年輕時的理想、衝動、激情在時間的衝擊下節節敗退，顯得物是人非。

[13] 唐諾，〈序：溯河迴游的桑提阿哥〉，《強悍而美麗》（臺北：皇冠文化出版公司，1998 年），頁15。

三、重估「釣運」價值及中國視角的調整

　　1990 年代以來，尤其是進入新世紀後，中國改革開放取得了舉世矚目的成就，官定意識形態逐漸退潮，市民社會全面復活，民主法治進程步入正軌，這一全然改觀的社會文化氛圍為海外知識分子重估「釣運」提供了新的歷史機遇。與揭露反思「釣運」和文革陰暗面不同的是，隨著「釣運」可供闡釋的空間不斷拉大，客觀的理性認知和情感上的頌揚成為重估「釣運」的主流。近年來，劉大任的文學敘事就是這一語境下的產物。

　　2009 年創作的〈遠方有風雷〉可以看成是劉大任重估「釣運」歷史價值的集大成之作。小說寫一個美國西岸大學的保釣青年雷霆，他在南京時期就已參加帶有左翼色彩的讀書會。國民政府遷臺後，隨其姑父抵臺，並在臺讀了大學，大學期間因為在大陸的左翼經歷，受到白色恐怖的迫害坐了黑牢。出獄後赴美留學，此時正值「釣運」風起雲湧，他也成了激進的左翼成員。他在美娶妻生子，後因為革命需要，將親生女兒送給另一對不孕的革命同志，其妻一氣之下遂偕同長子返臺，家庭名存實亡。多年後，其子雷立工成為一名歷史學研究者，對父親的「失敗」人生展開了尋根的旅程，要探索出父親那一代人生的真相，為他「失敗」的人生還一個公道。小說主要以「我的故事」、「母親的故事」、「父親的故事」三個章節展開，通過我、母親、父親三個彼此不同的觀點試圖對「釣運」進行真實還原。小說中「父親」、「母親」一生，象徵著在「釣運」中奉獻青春，投身理想主義的堅定戰士，他們的生命歷程可以說是中國近現代知識分子的縮影，而「我」則代表對「釣運」進行歷史解剖和真相還原的後輩，即現時代的我們和社會。

　　由於「釣運」雜糅了各派社會勢力，當今活躍在臺灣的知識分子，很多人都是從「釣運」嶄露頭角，思想主張也在這個運動中出現或成形，因此對「釣運」的歷史功過和看法不同，其立場也就迥異。例如以「釣運」為題材的，張系國 1978 年創作的《昨日之怒》和李雅明 1986 年所寫的

《惑》具有代表性。張系國和李雅明都參與了「釣運」，但在思想譜系上屬於「保釣右派」，在他們的作品裡，都以多少帶有犬儒色彩的筆法去敘述「釣運」的進程，主要以紀實的方式來敘述運動的內鬥特性，因此他們無法從「釣運」裡抽離出正面的訊息，只能以表面現象敘述「釣運」的過程，甚至不無懷疑與嘲諷的觀點。但作為「保釣左派」的劉大任，在〈遠方有風雷〉中的敘事筆法、情感取向以及題旨意涵，所傳達的信息卻是積極、正面氣象。在小說第四個章節「我的總結」裡，我以一名社會學者的身分，通過父親雷霆的一生總結出三個法則。在「屬於我個人的法則」裡，我直截了當地闡明了對於「釣運」的積極看法：「……他們不是俘虜。而且，終其一生，沒有退縮，沒有放棄，包括母親在內。老兵不死，他們只是在越來越遠、越來越弱的風雷聲中，漸漸消失。請問，我能不為他們感到自豪嗎？」[14]

　　這種還原「釣運」歷史真相，追討公道的文學敘事，還可以從劉大任不同時期兩篇專欄文章看出其觀念的嬗變。1980 年代的〈又是保釣〉與2008 年左右的〈保釣長期抗戰〉都以「釣運」為題材，但〈又是保釣〉雖然肯定保釣的成績不可抹殺，但作者的行文落筆明顯集中在批判運動的內鬥、分裂和自毀僵局上。而〈保釣長期抗戰〉不僅提出留學生需要在運動中具備「國家統一的歷史勇氣」，還強調運動的「這股氣不能斷了，後來者必須接過香火，傳遞下去！」[15]

　　這種價值重估之所以能夠順利進行，當然還要以調整觀測中國的視角為前提。粗略地看，劉大任的中國視角經歷了從形成到否定再到重新肯定的過程。

　　1960 年代是劉大任中國視角的形成階段。這一時期，他在臺灣、夏威夷、香港的生活經歷，使他得以閱讀到大陸 1930 年代魯迅、茅盾、巴金等人的左翼作品，並接觸到中共革命建國的全套理論，從劉少奇、毛澤東一

---

[14] 劉大任，〈遠方有風雷〉，《遠方有風雷》，頁 162～163。
[15] 劉大任，〈保釣長期抗戰〉，《憂樂》（臺北：印刻文學出版公司，2008 年），頁 177。

路讀到史達林、列寧以及馬恩，在香港還觀看了《馬路天使》、《一江春水向東流》等 1940 年代左翼老電影，回到臺灣又與陳映真等人創辦《劇場》雜誌，參加讀書會，組織批判現代主義，等等。這些經歷直接刺激了青年劉大任左翼觀念的形成，從情感上影響到他對左翼中國的態度，這也為他日後以左翼立場投身「釣運」埋下了伏筆。當運動發生後，他組織過遊行示威，也串連美國各州保釣小組，統一行動，還創辦《戰報》，積極參加各種讀書討論會，並最終將「釣運」推向了統運。可以說 1960、1970 年代初的劉大任，對新中國是理想主義的，這成為他觀測中國的主要視角。

對中國社會的否定發生在 1974 年，劉大任懷著「朝聖」心態首次訪問大陸，然而這次訪問卻使他親眼目睹了「文革」、「林彪事件」、「四人幫」對中國社會造成的戕害，觸目所及讓他「坐立難安」，心理上產生了強烈震撼，返美後公開宣稱：「那裡的人，活得不像人！」[16] 這些因素導致其理想主義破滅，並在 1970 年代中後期、1980 年代陸續對集體、組織、主義、極權展開了批判。這一時期，他處在一個神話破滅，走出神話國度後，進入無夢時代的狀態。

對中國社會的重新肯定是在近年。隨著中國大陸改革開放，兩岸的敵對情緒逐漸消散，以及經貿文化互動往來頻繁，劉大任曾數次遊訪大陸，其視角和觀念又有了新變化。他坦承「每次旅行後，便發現心目中的那個『中國』形象，產生了或大或小的調整」。1992 年劉大任在三峽之旅後得出兩個結論：「作為中共革命以來統治基礎的官定意識形態全面退潮；中共建國以來全力壓制務求消滅的市民文化全面復活。」[17] 進入新世紀以來，劉大任多次遊訪上海、杭州、中西部等地，「直覺」到上海正經歷著人類有史以來最大規模的世紀大翻騰，西部大開發的開展，使得中國下一代的精神面貌開始發生了很大變化，務實精神盛行，市民文化全面繁榮。在四談「中國崛起」的專欄文章裡，劉大任從中國大陸的政治體制、經濟形勢、

---

[16] 劉大任，〈直觀中國〉，《晚晴》（臺北：印刻文學出版公司，2007 年），頁 218～222。
[17] 劉大任，〈直觀中國〉，《晚晴》，頁 218～222。

社會文化思潮、民族心理狀態等多個方面，論及中國大陸改革開放前後今非昔比的局面，認為在今天，如果全世界無視中國崛起這一事實，還停留在冷戰思維階段，這就無異於坐井觀天。

從參照「釣運」描繪臺灣知識分子的紅色經驗，到反思「釣運」與文革中扭曲變相的歷史，再到重估「釣運」的歷史價值，以及在實踐的基礎上不斷調整和修正自身的觀念，我們看到一個在歷史困境中不斷尋求現實突圍的劉大任，其文學敘事布置的空間可以是他長於斯的臺灣，也可以是他想像中的彼岸大陸，還可以是他海外寓居之地，在時間上也貫穿了自國共內戰以來的所有年代。通過文學的描繪、反思與重估，他源源不斷地向我們展示了知識分子在中國近現代歷史困境裡的精神狀態和思想軌跡，發人深省！

——選自《華文文學》第 121 期，2014 年 2 月

「保釣」運動對劉大任文學創作的影響

◎姚嘉為[*]

一、為「保釣」狂飆的歲月

　　1970 年，美國宣布將釣魚島作為琉球行政管轄權的一部分歸還日本，引發了海內外的保衛釣魚島運動（以下簡稱「釣運」或「保釣」），尤以北美地區為烈。這一愛國運動如野火燎原，燃燒各校園，留學生們組織讀書會、舉辦國是座談會、在六大城市同步舉行示威遊行，刻鋼板油印的「保釣」刊物如雨後春筍般出現。1971 年 3 月，五百多位學人與留學生上書總統；4 月 10 日四千餘人在華盛頓舉行的總示威把「釣運」推向了最高潮；5 月 4 日前後，各校園舉辦「五四」紀念活動，留學生把「釣運」稱為「海外的五四運動」。

　　1971 年 9 月在密西根安娜堡舉行的第二次全美國是大會[1]上，通過了一項五點聲明，承認「中華人民共和國是代表全體中國人唯一合法的政府」。左右派正式分裂，中間派退出，右派另組「全美中國同學反共愛國聯盟」，左派轉為統一中國運動。此後隨著政治環境的急遽變化——大陸進入聯合國、尼克松訪問大陸等，保釣運動逐漸煙消雲散。

[*]發表文章時為北美華文作家協會副會長暨網站主編，現為海外華文女作家協會副會長。
[1]安娜堡全美國是大會是北美保釣運動左右派分裂之始，自此保釣運動轉向中國統一運動。大會於 1971 年 9 月 3 日至 5 日在密西根安娜堡舉行，由密西根大學保釣分會主辦。美、加兩地 437 人與會，半數為臺灣留學生，餘為香港與東南亞留學生。大會通過五項決議：1.反對任何「兩個中國」及「一中一臺」的陰謀；2.外國勢力必須從中國領土（包括釣魚島）及領海撤出；3.臺灣是中國領土的一部分，臺灣問題是中國的內政問題，應由中國人民（包括臺灣人民）自行解決；4.反對出賣中國領土主權的任何集團；5.承認中華人民共和國為唯一合法代表中國人民的政府。

　　「釣運」發生前，劉大任是加州大學柏克萊分校（以下簡稱「柏克萊」）的政治學博士生，正埋首圖書館研究 1940 年代的香港《華商報》，準備以中國民主同盟中知識分子參政的慘敗經驗為題，寫博士論文。「釣運」來了，他的研究室成了「保釣」總部，他從文學青年變成「保釣」領袖。

　　1970 年 8 月，「釣運」萌芽之初，劉大任、郭松棻、唐文標等人在柏克萊組織讀書會，關心釣魚島問題。同年 12 月召開第一次「保釣」座談，由劉大任主持；次年 1 月 29 日舊金山的「保釣」示威，由他帶頭；3 月間，學人與留學生聯名上書總統的請願信，由劉大任起草；4 月 10 日華盛頓的總示威，劉大任代表柏克萊，專程前往參加。

　　當年在柏克萊的一位友人這樣描述當時的劉大任：「他是第二度出國，年紀比我們大幾歲，主修政治，政治理論的素養比我們高，文筆好，充滿愛國的熱情，很容易就成了領袖人物、柏克萊的對外聯絡中心。他的政治意識高於社會意識，思想覺悟高。早年在臺灣時，和一群有理想，有強烈民族感情，對現實不滿，對前途感到彷徨苦悶的年輕人，包括陳映真在內，一起辦讀書會，辦《筆匯》、《劇場》、《文學季刊》等雜誌。他對於當時的白色恐怖早有認識，來到柏克萊，目睹美國校園的反戰活動，『釣運』一來，苦悶便找到了出口。」[2]

　　「保釣」風流雲散後，一百多位「釣運」人士進入聯合國，擔任翻譯的人最多，也有在其他部門服務的。後來有些人進入香港科技大學執教，但絕大部分留在海外，自找生路。有些人生活安定後，到大陸去振興教育、濟貧，如滋根基金會。劉大任感嘆道：「受『釣運』影響的只有一點力量在臺灣，從事社運，辦社會大學，從事社會工作，還有工運。但是影響力非常微弱，只回去了十幾二十人，其他的力量都沒回去。」[3]

---

[2] 筆者 2008 年對當年的保釣人士劉虛心的訪談。
[3] 筆者 2008 年在紐約州劉大任府上的專訪。

二、進入聯合國工作

投入「釣運」後，劉大任七、八個月沒去見指導教授，獎學金被取消了，馬上面臨學業難以為繼的現實問題，這時傳來了聯合國招考外語翻譯人才的消息。

1972 年中共代表團進入聯合國，由於第一代的外交官不諳外文——當時在「文革」期間，外語人才都被打入了「牛棚」，於是由聯合國出面在歐美招考中國代表團的翻譯人員。由於不希望招進國民黨的人，周恩來便找「保釣」分子幫忙，說：「國際鬥爭的第一線，愛國學生一定要去！」劉大任當時沒有獎學金，但仍在柏克萊當講師，生活勉強過得去。中共代表團到紐約後，找「保釣」分子通過私人關係找人報考。按照聯合國的規定，職員必須持有會員國的有效護照，臺灣已非聯合國會員國，臺灣來的人本沒有資格應考，但中共代表團幫助他們通過各大學「保釣」行動委員會徵召和推薦報名應考，劉大任覺得不支持就是不愛國，便去報考。

他說，「講師不當了，博士也不要了，去聯合國做翻譯，都是為了國際鬥爭第一線！」[4]

1974 年他到大陸參觀訪問，感覺到了與自己想像的差距。1976 年聯合國在非洲成立環境規畫署，他申請外放非洲，開始考慮安身立命的問題。

三、文學青年時期

劉大任於 1956 年考進臺灣大學法律系，兩年後轉哲學系，比白先勇高一級，彼此並不熟。1960 年左右，他替尉天驄的《筆匯》寫譯介文章，同時開始創作，發表短篇〈大落袋〉、〈逃亡〉，散文〈月亮烘著寂寞的夜〉，新詩〈溶〉，作品風格虛無、前衛。

1962 年他到夏威夷大學擔任研究員，結識邱剛健。回臺後，與邱剛

---

[4] 筆者 2008 年在紐約州劉大任府上的專訪。

健、黃華成、陳映真、陳耀圻、莊靈等合辦《劇場》雜誌。他與邱合譯的
劇本《等待果陀》在耕莘文教院演出，**轟**動一時。後來他和陳映真離開
《劇場》，與尉天驄合辦《文學季刊》，主張創作應與臺灣現實生活結合。
在《文學季刊》發表「斜陽」系列第一篇短篇小說〈落日照大旗〉後，劉
大任前往柏克萊留學，繼續寫表現臺灣社會各階層的「斜陽」系列，以及
開始寫海外華人的「昆蟲」系列，繼續在《文學季刊》發表作品。1970 年
結集出版第一本作品集《紅土印象》。[5]

　　楊牧評論劉大任這時期的作品充滿感性和情緒，人物有思想，敢突
破，血氣旺，隱約有作者本人的身影，「為了哲學上的『存在』，便將自己
髹漆了一層慘綠色的顏色」。[6]小說主題撼人，風格有詩的密度，「濃郁處有
一種鄉愁的醇味，輕淡時獨見淺淺的懊悔」。[7]

　　好友尉天驄說，1960 年代的劉大任聰明浪漫，思想前衛，有點衝動，
有點苦悶。沒料到，他到柏克萊留學，「釣運」一來，脫胎換骨，成了領袖
人物，也因此身列黑名單，十餘年不能回臺灣。[8]

四、回歸文學大豐收

　　1970 年代末，劉大任決定回歸文學。在〈赤道歸來〉[9]一文中，他自述心
路歷程。非洲兩年，洗盡人事鉛華、政治汙染，塵封已久的文學細胞又復活
了。他調整生活狀態，「從一個政治的血性參與者，變成一個冷眼的觀察者；
從一個文學上的逃兵，先逐步恢復文學散兵游勇的地位，再繼續向前」。[10]

　　1980 年代起，劉大任迸發了驚人的創作能量，以一年至少一本書的速度，
出版長篇小說《浮游群落》，短篇小說集《晚風習習》、《杜鵑啼血》、《秋陽似

---

[5]劉大任，《紅土印象》（臺北：志文出版社，1970 年）。
[6]楊牧，〈《秋陽似酒》序〉，《劉大任集》（臺北：前衛出版社，1993 年），頁 242。
[7]楊牧，〈《秋陽似酒》序〉，《劉大任集》，頁 242。
[8]筆者 2009 年在臺北對尉天驄的訪問。
[9]此文收入同名文集《赤道歸來》。
[10]劉大任，〈赤道歸來〉，《赤道歸來》（臺北：皇冠文化出版公司，1997 年），頁 15。

酒〉、《落日照大旗》，運動文學《果嶺上下》、《強悍而美麗》，園林文學《園林內外》，散文與雜文集《無夢時代》、《走出神話國》、《赤道歸來》、《神話的破滅》、《紐約眼》等。

最初，劉大任的作品遭人議論，說他忽左忽右。劉大任便想換個筆名，後來他覺得這些無謂的干擾終歸是暫時的。無論小說人物出現在何種特定的時空環境中，將來總有一天，都將還原為他們的本質──人。

長篇小說《浮游群落》，寫 1960 年代中期臺灣一個知識分子圈的故事，他們的騷動不安和理想是苦悶的時代環境的縮影。[11]短篇小說《杜鵑啼血》，反映原本來自兩岸四地參加「釣運」的人在「保釣」之後的處境。作品層次繁複，文筆銳利，有歷史的感喟、理論的思辯、輕微的嘲諷。劉大任通過細節描寫，刻畫人物內心的掙扎。[12]

1990 年，〈晚風習習〉獲「時報文學獎」海外地區「推薦獎」。劉大任以半寫實半小說的拼圖方式，還原父親為一個平凡的、有七情六慾、不完美卻真實的形象，雖不言情而親情躍然紙上。「很多人以為是我的自傳，其實不是，主要是寫我看到的父親那一代。」[13]2008 年他重拾小說之筆，創作中篇〈細雨霏霏〉[14]，是〈晚風習習〉的姊妹篇，寫上一代的女性，用到他母親的一些故事。[15]

王德威在這兩部作品中看到了罪與贖，父母之間無情卻更有情的擔待和義氣。藉著悼念父母親，在理性的窮途末路與超理性的雷殛電閃間的曖昧領域，對上一代有了更包容的觀察。〈細雨霏霏〉沒有〈晚風習習〉的凌厲，但創痛仍在，冷冽的風格依舊，字裡行間的深情依舊。[16]

---

[11]劉大任，《浮游群落》（臺北：聯合文學出版社，2009 年）。
[12]劉大任，《杜鵑啼血》（臺北；洪範書店，1990 年）。
[13]劉大任，〈晚風習習〉（臺北：洪範書店，1990 年）。
[14]劉大任，〈細雨霏霏〉，《晚風細雨》（臺北：聯合文學出版社，2009 年）。
[15]〈晚風習習〉與〈細雨霏霏〉兩個中篇一併收入 2009 年出版的《晚風細雨》一書中。
[16]王德威，〈我的父親母親──〈晚風習習〉,〈細雨霏霏〉〉,《聯合文學》第 286 期（2008 年 8 月），頁 70～73。

五、不談玄，不抒情

　　近年來，劉大任的寫作以雜文為主，自謂寫雜文是「不想深入小說世界又不願在世態的表層淺嘗即止的情境下寫出來的東西」[17]，題材寬廣，園林、運動、環境、文化、歷史、政治，無所不談。他的寫作基本信條是「不談玄，不妄想前身後世，不抒情，不高雅」。[18]他的雜文有獨立見解，不媚俗，富於批判精神，學養豐富，在被他稱為「情愫關愛的天下」[19]的當今散文世界中，獨樹一幟。字裡行間的家國情懷、對歷史真相的追求、理想主義的色彩，隱然上承「五四」。他說自已走的路是「兩周之間，散文受周作人啟發，小說受周樹人（魯迅）影響」。[20]

　　他的園林文學與運動文學開啟了臺灣文壇的新文類。張讓讀《園林內外》，謂處處可見作者深厚的園藝修養，但真正讓她心動的卻在花草之外，「當他以宏觀的角度直述自己的園藝哲學，或意外飛來一個有如鋒刃出鞘的神句時……多少透露了美學品味和人生滄桑」。[21]

　　劉大任擅長運動，喜看體育節目。從〈江嘉良臨陣〉開始，他寫了一系列運動文學作品，結集出版《強悍而美麗》，開啟了臺灣運動文學的先河。

六、報刊專欄寫作

　　劉大任是全方位的作家，曾辦雜誌和報紙，在 21 世紀之交一度有機會回臺灣媒體工作，卻放棄了。

　　《蘋果日報》在臺灣創刊時，需要一位總主筆，董橋問劉大任的意願。劉大任覺得擔任總主筆能站在臺灣新聞媒體的第一線，但又不是總編輯或採訪主任，可以保持自由之身。他的想法是組織一個筆桿團，負責社

---

[17]劉大任，《薩伐旅》（臺北：麥田出版公司，1992 年），頁 8。
[18]劉大任，《薩伐旅》，頁 8。
[19]劉大任，《薩伐旅》，頁 7。
[20]筆者 2008 年在紐約州劉大任府上的專訪。
[21]張讓，〈美麗而不強悍〉，《聯合報》，2006 年 5 月 14 日，E5 版。

論與專論，找學有專長的人寫政治與經濟，每星期上兩三次班，平日在家寫稿。試刊時，他去參加流水作業，發現沒有社論和專論，只有幾個專欄，和他想像的不同，他認為不適合，就退出了。此事反映了 1980 年代以來臺港報業生態的劇烈變化。

《壹週刊》的專欄，劉大任堅持寫下來了，從創刊號起，每週寫一篇，從未間斷，無論寫什麼，都很受尊重，一字不改。他每天第一件事是去買一份《世界日報》，然後上網。電視他看臺灣的 TVBS 和大陸的 CCTV—4，關心兩岸的發展，也看很多相關的書籍。

七、「保釣」小說問世

「釣運」發生近四十年後，劉大任終於在 2009 年發表「保釣」小說〈遠方有風雷〉。[22]從第二代的角度切入，追溯「保釣」的歷史、左翼小組的運作，呈現兩者間千絲萬縷的關係。讀者或可從中看到劉大任的「保釣」身影，但他並非在寫自己，而是回顧海峽兩岸六十年來被人遺忘的一段歷史。書中的主角不是「我」，不是「母親」，也不是「父親」，而是「小組」。多年來他鑽研國共歷史，得出的結論是：「小組」是共產黨打敗國民黨致勝的關鍵。書名「遠方有風雷」即指這種系統的影響力之大，無遠弗屆。

他說這部小說讀起來「可能硬了一點」，希望讀者看成是歷史的敘述，而非只是文學。[23]這本小說的敘述方式，反映了他的文學主張——作家要在小說中呈現社會歷史的脈絡。文化評論家南方朔說，劉大任從左翼寫「保釣」，拉高到更具歷史普遍性的角度，是一種境界上的新探索，也是肯定每個人一步一腳印的痕跡。小說裡的「公道」是隱喻，要還保釣一個公道。[24]

---

[22]劉大任，《遠方有風雷》（臺北：聯合文學出版社，2010 年）。
[23]筆者 2008 年在紐約州劉大任府上的專訪。
[24]劉大任，《遠方有風雷》，頁 225～235。

八、作品與時空

1960 年代劉大任在臺灣，主修哲學，寫小說，辦雜誌，私下看左派禁書，是苦悶的文學青年，作品受到現代主義和存在主義的影響，充滿虛無前衛的色彩。

他在柏克萊念書時，成為「釣運」左翼代表人物，專寫政治文章。「釣運」結束後，人生改道，列身黑名單，到聯合國當翻譯，十餘年回不了臺灣，小說被禁。外放非洲後，決定回歸文學。

最受評家青睞的小說《浮游群落》是他在非洲時寫的。最初構想的是三部曲：第一部寫 1960 年代臺北一群年輕人的騷動和迷惘，第二部寫「保釣」。後來因許多當事人還在，便擱下了。

2009 年的《浮游群落》新版後記中，劉大任說，他在非洲寫第一部曲，不但無法準確回憶 1960 年代的臺北，更難培養情緒，寫作過程中，不斷播放臺語歌曲〈港都夜雨〉營造氣氛[25]，讀來有一種飄泊無奈的感傷。《浮游群落》的命運頗為坎坷，最初在香港左派雜誌和紐約華文刊物上連載，後來在臺灣冒著被查禁的危險，在黨外刊物《亞洲人》刊出。在臺灣第一次出版劉大任的書時，出版社負責人還被警備總部約談。

劉大任寫了不少雜文回憶「保釣」，但「保釣」小說到 2009 年才問世。〈遠方有風雷〉和當初《浮游群落》第二部曲的構想完全不同，人物也不一樣。他以偵探推理的手法，抽絲剝繭，從三個角度，還原四十年前的歷史，橫跨六十年的歷史時空。這部冷凝嚴肅的作品，讀來不會令人熱血沸騰，倒像冷眼看政治與歷史。

四十年的時空變化，激情不再，文學的表現手法也變了。劉大任以歷史長河的文學觀建構小說，展現了國共對立造成的國家分裂及其深遠影響。他曾有機會回臺灣擔任媒體總主筆，卻因媒體生態與他的理念不同而

---

[25]劉大任，《浮游群落》，頁 382。

作罷，寧可守著北美的園林寫文章。這是否意味著，幾十年長居他鄉，他終究落地生根了？

　　對政治沒興趣，只對政治理想有興趣的劉大任，為民族主義的理想投身「釣運」，這個運動卻讓他失去了實現理想的機會。熱血青年的愛國夢、社會改革的抱負，俱往矣。他退隱園林，以文學之筆誠實批判，關心故國。他的文學園圃，如同他的園林一樣，優美深邃，生機無限。

——選自《蘇州教育學院學報》第 33 卷第 2 期，2016 年 4 月

劉大任的中國人

評《杜鵑啼血》

◎龍應台[*]

　　以主題來看，這 14 篇長短不齊的小說大致可以分為四類。第一類描寫年輕人啟蒙的經驗，用英文的術語來說，是所謂的「成長小說」（initiation）；包括〈四合如意〉、〈來去尋金邊魚〉、〈刀之祭〉、〈大落袋〉，及〈紅土印象〉。與這個主題相對的，是〈蛹〉、〈前團總龍公家一日記〉、〈落日照大旗〉的三篇，以「過氣」的老人為題，寫他們豪情的湮沒或落日的無奈。第三類包括〈杜鵑啼血〉、〈故國神遊〉、〈風景舊曾諳〉三篇較長的作品，如題目所透露，寫大陸極權制度對個人的殘害。與這個主題相對照、相輔成的第四類——〈蝸〉、〈蝶〉與〈長廊三號〉——則從悲慘的中國大陸轉移到殘酷的美國大陸，描繪「二等」公民的中國人在美國如何懸在夢想與現實中浮沉掙扎。貫穿這貌似不同的四個類型其實有一個中心的主題：中國人的過去與現在；中國人的面面觀。

　　先挑剔缺點。

　　〈四合如意〉大概是全書最弱的一篇，寫一個少不更事的小兵第一次槍決犯人的經過。這篇小說壞在作者「經營」的痕跡太明顯：犯人是個細皮白肉的年輕姑娘，旨在使讀者覺得憐惜；姑娘一身「愛國布」，暗示她之為「思想犯」實為荒謬；「如意」的笛音對比不如意的槍決；本是神槍手的老顧出了錯，表示他心理不安。作者故意寫行雲流水般平淡的笛聲，藉以襯托不平淡的槍決思想犯事件，但是每一個「平淡」的安排都是雕琢出來

作家、文學評論家。發表文章時為淡江大學美國研究所研究員，曾任文化部部長，現為龍應台文
　化基金會董事長。

的平淡，顯得做作。

〈來去尋金邊魚〉以一個十來歲小孩的觀點看成人的世界。他原以為芹姊和鄰家的「孩子頭」五哥要好，卻發覺使芹姊懷孕的居然是自己老病無能的父親，於是離家出走，不久又發現芹姊和五哥如願以償的共奔前途，所以他帶著諒解的心情回家。

基本上，作者對這個不大不小的主角的刻畫算是成功的。在田裡摸泥鰍，在暗裡偷窺芹姊洗浴，都是貼切而生動的鏡頭。可是作者對「成長」這個主題的掌握不夠牢固。

男孩的離家出走是很重要的一個情節，因為這一步代表他對成人的醜陋的驚訝與抗拒。可惜的是，作者給予他離家出走的動機不夠充分。如果男孩的父親一向以清高的正人君子姿態出現，母親也一向慈愛素雅，那麼這件醜事的暴露——父親偷情，母親反目——把他原來所認同的世界粉碎了，對他造成極大的震撼，他的離家就很自然。然而事實上，父親一向昏庸無用，母親更是凶狠霸道——芹姊粥煮得不夠稠，「媽媽就把沒吃完的半碗粥向洗碗槽前……的芹姊甩去」。[1]父母之間的感情也從來不見融洽。在這種情況之下，這件醜事似乎不應該對他有那麼大的震撼，因為原來的世界就不那麼純潔美好。作者有心把「發現醜事」這個經驗作為主角成長過程中一個重要的轉捩點，可是這個轉捩點前後的世界對照的層次不夠鮮明，沒有達到作者預期的效果。

〈來去尋金邊魚〉的結尾也嫌軟弱。

主角帶著小包袱，睡在水泥筒裡，一抬眼，竟看見五哥和芹姊相倚在前駛的三輪車中：

> 他們的臉那麼白，緊緊貼在一起，遠看像晴空飄著的雲絮，那麼潔淨那麼柔嫩……乳白色的霧裡，芹姊的手和五哥的手，緊緊絞在一起……[2]

---

[1]劉大任，〈來去尋金邊魚〉，《杜鵑啼血》（臺北：遠景出版公司，1984 年 10 月），頁 14。
[2]劉大任，〈來去尋金邊魚〉，《杜鵑啼血》，頁 29。

才幾個小時前，父親、母親、芹姊還鬧得天翻地覆，打胎的打胎，上吊的上吊，這麼一轉眼，小兩口居然就像「交頸鴛鴦」似的，快快樂樂過一生去了。雨過天青得這麼輕易、這麼神奇、這麼不費筆墨，使小說結尾染上「言情」的色彩，顯得輕浮。

而剛剛還覺得「這個家不能待了」的男孩突然回心轉意，想回家為媽媽生火煮粥。小說開始時，他不會吹口哨，現在，他「毫沒費勁」的就吹起「一聲結實漂亮的嗯哨」。換句話說，他長大了。但他長大的過程實在不怎麼合理。假如說，他突然的成長來自他對混亂的大人世界那一瞥，那麼，他對於醜惡的體認並不能因為五哥和芹姊的「終成眷屬」而一筆勾銷；小兩口結局再美好，父親仍舊偷了情，母親仍舊撒了潑，他實在沒有理由因為芹姊自由了，拍拍屁股，又回到從前的心智狀態，好像在此以前所學的，全不算數。

事實上，這篇小說進行到第四節——男孩離家出走——就可以悠然而止。整個第五節卻是畫蛇添足。

〈來去尋金邊魚〉另一個缺點，是它語言的不一致。一方面，作者為達到傳真的目的，讓主角用屬於他年齡的童稚的語言：

> 五哥……成年人管他叫孩子王，他母親卻叫他老五，（還好他不姓王，嘻嘻！）[3]

另一方面，作者卻又捨不得放棄一些優美的辭句，於是，有時候主角就很不合身分的作起散文詩來：

> 我分明看見了那一道黃金色帶，水上月光織成的流蘇一般，那麼柔和那麼優美那麼文雅地沒入水中……[4]

---

[3] 劉大任，〈來去尋金邊魚〉，《杜鵑啼血》，頁8～9。
[4] 劉大任，〈來去尋金邊魚〉，《杜鵑啼血》，頁17。

> 我從短褲口袋裡掏出彈弓，把一粒粒蠶豆大小的石子射向滿天晚霞。[5]

　　整篇作品以第一人稱的「我」來敘述，但這個「我」一時用自然生動的俚語，一時用複雜而優雅的造句，後者就顯得造作。

　　劉大任經常有疊層架構的句子。或許是受西文的影響，他常在一個名詞前面冠上一長串沒完沒了的形容詞與片語。譬如這一句描寫金邊魚的色彩：

> 那一脈從腮邊開始沿著流線形的身體背脊曲線直拉到尾部的若隱若現地浮漾閃耀在鱗片上的黃金色帶……[6]

　　粗略的分一下，就有九個單元的形容詞組來修飾「色帶」這個名詞，讀來頗為辛苦。再譬如：

> 父親的朋友……是一個娶了日本妻子，為當時社會所另眼相看而多少抱著遺世的心情在山村的水源地當著自來水廠管理之職的文學的有志者。[7]

　　再譬如：

> 麥克唐納先生是政治底關心者。[8]

　　為什麼不簡單明快的說，「麥克唐納先生關心政治」？
　　有時候，作者的文字又顯得疏忽輕率。細讀這個片段：

---

[5]劉大任，〈來去尋金邊魚〉，《杜鵑啼血》，頁 6。
[6]劉大任，〈來去尋金邊魚〉，《杜鵑啼血》，頁 12。
[7]劉大任，〈長廊三號〉，《杜鵑啼血》，頁 73。
[8]劉大任，〈蝶〉，《杜鵑啼血》，頁 44。

> 車子過了內華達州，視野裡就展現了綠色。雖然並不很鮮，而且路沿、
> 丘巒、樹巔，處處還沾著些白意，半溶的殘雪有時反射著 9 點鐘冬日北
> 美洲軟弱無力的晨陽。就這，也已很醒目了，何況是行車已經二十小
> 時，笨重單調地在昏黃與暗夜中穿過了數百里的黃色沙漠，偎在不通氣
> 的煙霧瀰漫的灰狗巴士裡，從裹著的冬大衣與灰格呢毛氈裡爬出來。
> 「看哪！有雪。」[9]

　　這一段文字中有兩個嚴重的缺陷。基本上，作者在說：過了內華達州，即使還有點殘雪，「綠色」已經很突出了，尤其是人已經在車廂裡悶了許久之後。整段所強調的重心是那份顯目的「綠色」。但是，出人意料的，從毛毯中探出頭來的人居然說：「看哪！有雪。」若要和前段的敘述一致，他豈不該說：「看哪！有綠的！雪化了！」在這裡，作者好像一時糊塗了。

　　另外，從「何況是」以下那個冗長的句子也有問題。基本的句構是：雪化了，綠色很顯目，何況是從毛氈下爬出來看。但他在「何況是」與「從冬大衣」之間插進去三個頗長的子句，糟糕的是，這三個子句中，每一個子句所暗示的主詞都不一樣：第一個是「行車」，第二個是「巴士」本身，第三個，當然是「人」偎在車裡。主詞不一樣，觀察的角度就不一樣。說「笨重單調地在昏黃與暗夜中穿過了數百里的黃沙」，觀點必須在遠距離的車外；說「偎在不通氣」的煙霧裡，觀點則在行駛的車內。也就是說，從「何況是」以下的一個句子中，作者搖搖擺擺換了三、四個角度。嚴格的來看，這是個完全不通的句子，可以用在作文範本中當壞例觀摩。

　　彆扭或不通的文字在創作上當然也可以用，但必須用得有目的、有意義。福克納就是一個大家熟知的例子，他善用莫名其妙的語言來表達一個白癡的內心世界。有時候，不知是湊巧還是有心，劉大任堆金字塔似的句子就運作得恰到好處。譬如在〈蝶〉裡：

---

[9] 劉大任，〈蛹〉，《杜鵑啼血》，頁31。

他對於格里哥里先生的名言之有效精簡而又具體化的演繹……象徵著某
種微妙的階層結構系統在這 24 層大廈的宇宙中活潑有機的運作生命……
這是五年前被編入×單位×大隊×中隊×連第 97 號受訓學員之被剪成三公
分長平頭的魏耀華准陸軍少尉所未曾夢想過的愉悅。[10]

　　仍舊是很令人招架不住的句子，可是魏耀華是一個相信秩序、效率、
計畫的人，他冷靜的、處心積慮的，在美國的商業鷹架上一格一格往上
爬。作者層層疊構的語言例子很貼切的吻合了主角的個性與心態。

　　寫過氣人物的幾篇當中，〈前團總龍公家一日記〉是最活潑的一篇。不
但語言生動自然，而且節奏緊湊，一點不拖泥帶水。平淡的一天中，女兒
的花俏，妻子的精幹，鄰家小兒的童言，在在襯托出當年威武風光的龍團
總今日落寞困乏的景況。但是龍公的寂寞止於一種朦朧的心境，而不是哀
怨的自憐情緒，劉大任分寸抓得很好，使這個角色令人愛惜。

　　三篇以中國大陸為題的小說也很稱職，但也止於稱職而已。

　　〈風景〉寫一個在美頗有成就的腫瘤專家如何找到多年不見的四舅，
卻發覺四舅已經被那個制度「木質化」到無可挽回的地步。〈故國神遊〉是
個諷刺性的題目：愛國情深的華僑，不顧一切，回到祖國，卻發現所謂
「新」中國是個大騙局。〈杜鵑啼血〉則以偵探懸疑的方式，追溯細姨從革
命狂熱到精神崩潰的經過。作者基本上想表達一個訊息：極權制度如何像
庖丁解牛一樣，有效的使個人意志解體，精神木化。

　　這三篇在布局，與文字、象徵的運用上，都稱緊密勻當。但我說它們
止於「稱職」，有一個特別的原因。

　　大部分所謂「傷痕文學」或「抗議文學」往往帶點報導文學的色彩，
以現實的政治或社會制度為小說的架構。這一類的作品在當時或許能造成
極大的震撼，但當事過境遷，讀者對書中的「現實」架構或因印象模糊而

---

[10]劉大任，〈蝶〉，《杜鵑啼血》，頁 40。

不關心，或因同性質的報導太多而麻木時，作品也就淪為歷史，失去了藝術上的意義。換句話說，記錄或反應現實的文學作品若要歷久而彌新，就必得掙脫現實的五花大綁，提升到超現實的層次。陳若曦近期的作品，譬如說，讀來就像未經過濾的記錄文字，藝術生命極為短暫。劉大任這三篇批判大陸制度的作品寫得其實頗為紮實，但並沒有越過記錄現實的那個層面。

14 篇當中最傑出的是〈長廊三號〉，非常值得細讀玩味。

「我」是一個頗能忘懷過去的紐約建築師。受二姊之託，展開偵查俊彥——二姊的情人、兒時的玩伴、紐約淪落的畫家——跳樓自殺的前因後果。由死者的日記及其與二姊的情書中，敘述者逐漸揭開了連二姊及俊彥自己都不能理解的真象世界。

在臺灣的二姊一直以為俊彥是個傑出的畫家，她因此不解他為何自殺：

為什麼在他享著盛名的時候，突然以頑強的意志親手奪去自己的生命？[11]

她因此費盡心思想為死者開回顧展，要求弟弟不計代價把畫評所盛讚的「長廊」系列找出來。

《長廊三號》，在破敗骯髒的公寓中，找到了。原來是一面十呎長六呎高的巨幅，上面爬滿了「幾百隻大小不同、姿態各異的蟑螂」。是「蟑螂三號」，不是「長廊三號」。

作者賦予蟑螂這個意象極為豐富的涵意。這幅蟑螂畫勾勒出三個假象與真象，或者說，夢幻與現實，之間的對比。

第一個是二姊本身的自欺欺人。俊彥已經淪落到在巴黎畫女用皮包、在紐約畫人像的地步，但二姊熱中的、堅持的，相信俊彥是一流的人才，而她以《珍妮的畫像》中珍妮的角色與俊彥魚雁傳情，為他定期的注射「希望」。二姊對他不著邊際的寄望期許，其實是她自身受挫的欲望的投

---

[11]劉大任，〈長廊三號〉，《杜鵑啼血》，頁 72。

射。當年她為了現實而嫁為商人婦，現在受空虛感的驅使，回過頭來為自己建築一個用虛幻的靈感與美感搭成的海市蜃樓，來彌補過去，滿足現在。她滿心虔誠的信仰著一個假象世界。

第二個是俊彥的分裂世界。他或許毫無才氣（儘管他曾經誇口：「兩年之後，征服巴黎。」），但他一廂情願的接受二姊給他的「注射」，並加以回報：

> 俊彥的信……不厭其煩地追憶著往日的生活……好像說著另外一個世界的故事一樣說給二姊聽……[12]

他的心理當然不難理解：正如他是二姊的止痛丸，二姊所代表的——過去的信心與當年海闊天空的可能性——就是他的療傷劑。他擁抱著情書中的海市蜃樓，當作生命中唯一的真象，和他作畫時猛吃迷幻藥是同一個精神。

俊彥開始時以蟑螂為畫題，動機似乎純粹為美：

> 一匹六腳的小生物，全身彷彿琥珀玉雕，兩尾觸鬚顫顫微微，好像……歌仔戲裡武將頭盔上的美麗雉尾……[13]

但是逐漸的，他為蟑螂所魔：

> 他餵養著這批晝伏夜行的動物，看他們生息、繁殖。他常常半夜三更，獨自服下迷幻藥……欣賞牠們「挺著巨大到與身體不成比例的生殖器官，進行交配」[14]

---

[12]劉大任，〈長廊三號〉，《杜鵑啼血》，頁91。
[13]劉大任，〈長廊三號〉，《杜鵑啼血》，頁90。
[14]劉大任，〈長廊三號〉，《杜鵑啼血》，頁90。

　　讀者不能不注意到，在這個時候，俊彥本身的生活狀態已與一隻蟑螂無異：他日夜不分的潛伏在封閉的陋室裡，完全與人的世界隔離。這是劉大任蓄墨最濃最沉的一筆。

　　在《蛻變》中，卡夫卡使葛瑞格一覺醒來發覺自己是一隻蟑螂似的爬蟲，作者很有自嘲自虐的意思。卡夫卡一生在對父親的畏懼與掙扎中長大，父親有一次聲色俱厲的對「沒有用」的兒子說：你根本就是條蟲！《蛻變》自傳的成分很重；卡夫卡把懦弱柔順的葛瑞格乾脆變成一隻蟑螂，其實是對自己的一種鞭笞與鄙視。

　　俊彥當年的豪情壯志與他後來的潦倒末路，以及不能面對現實而求諸幻覺近乎垂死的掙扎，使他對蟑螂的認同與入魔有了卡夫卡《蛻變》的意義，也是一種對自我的鄙視與鞭笞。至於到最後以蟑螂為神：

> 你們是我的神，你們，人類祖先出現幾萬年以前就已成為化石的族類，有著無比巨大的生殖器的神……永不滅亡的神……[15]

　　劉大任所寫的就不只是一個精神分裂病人，而是一個淒苦的靈魂最深沉、最徹底的痛苦了。唯有在對整個「人」的世界都看穿、看破、看空，對任何信仰與神祇都絕望、放棄之後，才能甘心情願的去擁抱、膜拜這「有著無比巨大的生殖器的神」吧！

　　第三個對比是敘述者自己的假象與真象。

　　在表面上，二姊與俊彥是主角，「我」只是個框框，事實上，作者一點都沒有把他當配角的意思。開始的「我」，有意無意的要把屬於中國的過去一把拋開，然後卻逐漸走進二姊和俊彥的幽靈世界，到最後，眼望著蟑螂爬過俊彥的墳頭卻不能一腳踩下；作者想表達的是：自以為有能力「切斷臍帶」的「我」，畢竟和二姊與俊彥一樣，也在假象與真象、夢幻與現實的

---

[15]劉大任，〈長廊三號〉，《杜鵑啼血》，頁93。

夾縫中不自覺的生存吧？！歸根究柢，表面上是配角的「我」反而是主
角，二姊與俊彥的故事只是一個催化劑，促使「我」心中所封鎖的、不敢
面對的意念滋長起來。這或許是作者本身的反省吧？！

　　可惜這個「我」著墨不足。他心靈的空虛、價值結構的脆弱、自欺欺
人的思維方式、對「懷鄉症」的排拒等等，劉大任並沒有用戲劇的手法把
它「演」出來，而只是用解釋的方式訴說出來：

> 多年來我自以為隨著二姊的出嫁而一併死去的那種莫名其所以的一點東
> 西……所謂「鄉愁」，那種我曾以傲岸的姿態所斬絕的……終究還是一廂
> 情願的自欺欺人的騙局吧？[16]

　　這麼一訴說解釋，戲劇效果就軟弱了，而且很明顯的露出作者「努
力」的痕跡。

　　整體來看，〈長廊三號〉是篇不容易看到的好作品。

　　劉大任是個非常用心的作者。他在幾個較長的短篇小說中所作的情節
的鋪排、象徵的運用（蝶、杜鵑花、蟑螂）、以及個性的刻畫，在彰顯出他
的用心與細心。他成功的時候，小說就自然無縫，不露操作的痕跡；不成
功的時候，也就是他顯得雕琢做作的時候。至於他冗長、堆砌、笨重的句
子，可惜每篇小說都沒有註明發表或著作日期，看不出他藝術發展的方
向——不知他是愈來愈傾向這種彆扭的句構，還是愈來愈遠離它。無論如
何，〈長廊三號〉這一篇就抵得過其他的 13 篇。

——原載民國 74 年 4 月《新書月刊》第 19 期

——選自龍應台《龍應台評小說》
臺北：爾雅出版社，2000 年 4 月

---

[16]劉大任，〈長廊三號〉，《杜鵑啼血》，頁 92。

黑暗的心
評劉大任著《杜鵑啼血》

◎李奭學[*]

　　前一陣子，臺灣社會瀰漫著一股向上「提升」或往下「沉淪」的焦慮，有如現實在寓言化劉大任新出的舊著《杜鵑啼血》裡的一篇小說：〈下沉與昇起〉。這篇小說筆底功夫絕佳，講的是一位留學生刻苦惕勵，在美奮鬥有成。然而美眷與佳業俱得後，留學生卻發現攻堅目標盡失，於是婚姻出軌不提，太太居然也沉迷杯中之物，魂魄又為星相與靈異所奪，全家因此陷入慘澹愁雲之中。這個故事雖然是個案，寓意卻像極了臺灣拚鬥多年的政治亂象。錢是淹到腳目，社會卻未必等量「提升」。政界黑金充斥，似有不可收拾的「沉淪」趨勢。一言以蔽之，臺灣失去或遺忘了曾經攻堅的目標。

　　我借臺灣反襯〈下沉與昇起〉，實因《杜鵑啼血》篇篇幾乎都和政治有關所致，不過重心較偏中國。劉大任嘗為釣運左派，馬列與紅朝要員對他頗有影響，故而就像陳映真，一向便認為「政治」係知識分子的文學天職。1974 年劉大任回歸精神原鄉，文革已近尾聲，所見所聞卻是人間地獄。這一來他有如自蘇聯歸來後的奧維爾（George Orwell）一般。大夢方醒，於是振筆疾書，《杜鵑啼血》一一成篇，或從臺灣，或從美國檢視浩劫十年。筆下或許是虛構，感懷卻是假作不得的時局。從那個年頭起，中國社會也瀰漫著一股若非向上「提升」便是往下「沉淪」的氛圍。和臺灣略有不同的是：對中國而言，「沉淪」不是奮鬥有成後的社會異化，而是打一

[*]發表文章時為中央研究院中國文哲研究所籌備處助研究員，現為中央研究院中國文哲研究所研究員。

開頭就迷失方向,自掘墳墓。

「自掘墳墓」固然是喻詞,在《杜鵑啼血》裡可有兩個實指。文革過後,書內各篇的角色多半不堪回首前塵,一個個顯然身染歷史的失憶症。他們之所以陷身危邦,倘非因循自誤使然,就是心懷不軌,公報私仇,乃至自貽伊戚。〈風景舊曾諳〉裡的敘述者係美國醫界權威,偶然的機緣下,返回老家西子湖畔探親,對象是久失音信的「四舅」。大陸變色前夕,這位「四舅」對外甥照顧得無微不至,幾乎是他知識上的啟蒙師。時局譁變,「四舅」一度攜眷離鄉避秦。才走到半路,卻因測字先生一個字拆得前景堪慮,逕自折返故居。「四舅」自此銷聲匿跡,和海外親人完全失聯。待敘述者訪查得人,「四舅」已經變成歷史盲聾,神情漠然。敘述者用盡關係,迎得「四舅」赴美團聚,無意間才探悉文革十年,「四舅」閱盡人間苦難,自此遺忘身分,自絕於人。劉大任彷彿在說:歷史失憶,不過是千萬文革受難者共同的心理症候。話是沒錯,但「四舅」自討苦吃,確因一時因循而致貽誤一生。

歷史失憶的另一個極端例子,是書題篇〈杜鵑啼血〉裡的冷峰。篇中的敘述者和她誼屬甥姨,同「四舅」一樣都是母系親人。九一八事變前後,冷峰就讀於左翼雲集的上海大學,在此結識南洋僑生羅德昌。羅氏身懷強烈的革命理想,和冷峰曾經激盪出一段革命兒女情,轟轟烈烈。大陸易幟,冷峰固守老家,海外親戚都以為是為情而獻身紅旗。敘述者在美國教書,因為一份文革戰訊而輾轉得悉姨媽尚存人世,一度還曾貴為省委書記。敘述者是史學專家,於是細針密線明查暗訪,終於找到此時在療養院中蒔茹杜鵑的失憶老人冷峰。姨媽和「四舅」一樣抗拒外界,問起往事,茫然中閃現畏葸之狀,敘述者以為係文革沉冤致生抗拒意識,哪知國共內戰期間,冷峰嘗因羅德昌背叛私情而剜其心臟,吞食下腹。她行徑瘋狂,殘暴已極,1950 年代中期還羅織罪名,嫁禍於人。然而文革開鑼,冷峰事發,紅衛兵把她鬥倒鬥臭,終於精神崩潰。冷峰的歷史失憶因公報私仇而起,人性原形,一覽無遺。

劉大任寫冷峰或四舅，動機在勾勒歷史，有著陳若曦一般的精神意緒。不過我覺得文革何其不幸，只是劉大任筆下共產中國的一扇窗簾。而共產中國又何其無辜，只是人類眾多醜態的一面鏡子。從《杜鵑啼血》的整體關懷看來，劉大任的觀照其實更大。這點可由書中多數篇什共同的敘述模式窺知。劉大任的敘述者都有如辦案偵探，對象各個過去成謎，甚至忘卻身分。敘述者抽絲剝繭，真相最後水落石出。〈長廊三號〉「訪查」一位臺灣留美的青年藝術家之死，筆法神似，頂多外加一絲陳映真式的文風，多點康雄的蒼白而已。〈故國神遊〉寫海外歸僑在中國「遺失」身分，劉大任用公權力反面探索敘述者的歷史，通篇所寄卻是一切集權政治的本質。是以他的敘述者訪舊或任人探訪，表面上是在揭露某特定的歷史，到頭來我們卻發現他們一鋤鋤挖掘出來的都是人心共相，一筆筆記下的無非又是人類鏡鑑。

從這個角度來看，《杜鵑啼血》多數故事都可謂中文版的《黑暗的心》。劉大任縮龍成寸，康拉德的小說化為短篇佳構。他又一步一錘，把政治錘進心理與社會的複雜網絡裡。臺灣也好，中國故事也罷，劉大任再三致意者遂經擴大：向上提升或往下沉淪，對他而言，這其實是人類社會的共同問題。〈下沉與昇起〉結局明亮，然而這似乎不是問題答案的唯一寓言。從〈風景舊曾諳〉到〈故國神遊〉，我想《杜鵑啼血》其他篇什的暗示性更強。

——2000 年 6 月《誠品好讀》第 3 期

——選自李奭學《書話臺灣 1991—2003 文學印象》
臺北：九歌出版社，2004 年 5 月

劉大任的《浮游群落》

◎王德威*

　　《浮游群落》以 1960 年代中期為背景，描寫一群青年知識分子參與政治運作，在情感與理念、喧囂與行動間，相互依違聚散的歷程。面對目前方興未艾的政局變遷，本書為有心的讀者，尤其是大學生，提供了頗具歷史意義的省思角度。

　　知識分子在擾攘紛亂的政治巨流中如何自處、以及如何超拔現實的問題，素來是現代中國小說家所關心的題材。但處理不當，常易流入自憐或憤世的偏鋒。《浮》書的可貴處，即在於作者能正面探討知識分子的憧憬與激情、妥協與悵惘，同情之餘，仍保持自省批判的聲音。劉大任毫不諱言1960 年代大學生輾轉於感時憂國的情懷及存在主義式的個人理想間，尋找出路的艱辛，筆觸綿密婉轉，令人低迴不已。全書的格局其實不大，卻能細膩的捕捉一個逝去時代的片段光影，以及政治活動的變幻游離。

　　《浮》書之所以動人，和劉大任的文字經營極有關係。放眼目前小說創作，我們很少看到如劉般大量鋪陳各種文化記號及理念而不顯沉悶的例子。書報影劇的名目，清談辯論的內容，乃至感情交往的方式及過程似乎都活動起來，凝聚成主要角色的生活重心。緩慢迂迴的寫實敘述形式一逕成為遙擬當年社會風貌的符號，而非只是存真求證的媒介。作為一本政治小說而言，與其說劉大任要伸張什麼意識形態，不如說他更熱中描摹一種蟄伏騷動，蓄勢待發的情緒，一種名喚「政治」的氛圍。也因此，比起多

* 發表文章時為美國哈佛大學東亞語言與文明系助理教授，現為美國哈佛大學東亞語言文明系 Edward C. Henderson 講座教授、中央研究院院士。

數同類作品,《浮游群落》別具一種印象式的風格,值得注意。至於書中人物可信與否,反成次要話題。

　　劉大任原是海外學運的健將,《浮》書若展現若干自傳式痕跡,不會讓人覺得意外。只是當年于役陣仗的期許與挫折,似皆已化作魂牽夢縈的追憶。他筆下的角色貌似青年,卻總有一抹滄桑的顏色。政治活動揮之不去的魅力與玩忽,恰為書末那庸俗的影片名字所暗示:「我得不到你的愛情!」在目前部分作家與讀者競以喧囂濫情的政治作品是尚的情形下,《浮游群落》憑藉過來人的眼光,觀照一群知識分子徵逐意識形態間的悲喜劇,跌宕流轉,非歷經大風浪者,不足以有此胸襟。劉大任另一作品名,《杜鵑啼血》,恰可為其創作心情的寫照。

從劉大任《浮游群落》探討 1960 年代臺灣青年的思想及行動

◎岡崎郁子*

緣起

　　劉大任（1939～）是 1966 年離開臺灣飛往美國，目前住在紐約的作家。歐陽子（1939～）、白先勇（1937～）、王文興（1939～）、張系國（1944～）等許多外省籍的作家都一致選擇以美國為目標的 1960 年代裡，劉大任也是其中之一。其後，前述所提的年輕人因作家而開花結果，受到重視。回到臺灣也好，長居於美國也好，彼此的立場雖然不同，卻都是以中文發表作品。他們均在 1950 年代的赤色狩獵、白色恐怖中度過了青少年時期。1950 年代末到 1960 年代初，在大學生活的年輕人，他們於一黨獨裁政權下窒息的臺灣社會摸索著，試圖從事改革，卻嚐到挫折、絕望；其中一些年輕人便把希望寄於美國這個新天地，決心離開臺灣。

　　在這一群年輕人裡，有人參加地下組織的讀書會，有人投入臺灣獨立運動，長年身繫囹圄因而喪命者，也大有人在。曾參加讀書會之劉大任的朋友陳映真（1937～〔2016〕）[1]，以政治犯為由而被關了七年。想寫下屬於自己的年代，這就是劉大任執筆《浮游群落》[2]的動機。在臺灣文學裡，能站在年輕

*日本吉備國際大學社會科學部教授。

[1]陳映真，1937 年竹南出生。臺灣作家。本名陳永善，曾以許南村等名評論文章。作品集：《第一件差事》、《將軍族》、《夜行貨車》、《華盛頓大樓──雲》、《山路》等。評論集：《孤兒的歷史、歷史的孤兒》及其他。筆者〈山路〉的日譯「山道」，『三本足の馬──台湾現代小說選Ⅲ』（東京：研文出版，1985 年 4 月）。有關陳映真的評論，見岡崎郁子，「陳映真──中国革命に希望を抱つづける政治作家」，『台湾文学──異端の系譜』（東京：田佃書店，1996 年 4 月）。

[2]劉大任《浮游群落》之初出，香港《七十年代》第 141 期（1981 年 10 月）～第 152 期（1982 年

人的立場，且如此活生活現地描寫 1960 年代的作品，可說是非常稀少的。

在這個暗黑的 1960 年代，探索知識分子的年輕人是怎樣的想法、行動是本稿的目的。首先以《浮游群落》探究 1960 年代的政治及社會情勢，其中以各自信念為本，追溯當時年輕人的思想及行動。然後從《浮游群落》，探索劉大任認為在 1960 年代裡，知識分子之間沒有所謂的省籍矛盾及對立的問題存在。最後探討劉大任對其昔日盟友陳映真的想法，兩人思想對立無法相容的一面。在這裡可窺見那些飛往美國和臺灣現實社會脫離的作家，與局限於臺灣內部現實而執筆的作家，彼此之間的相異點及隔閡感。

一、《浮游群落》：1960 年代臺灣年輕人的思想與行動

首先《浮游群落》以「自由中國事件」揭幕。1960 年代的年輕人為什麼對這個有興趣，則必須追溯到日本戰敗後，臺灣政治的情況。在中國大陸和共產黨內戰敗北，1949 年由蔣介石率領的國民黨撤退到臺灣，雖然把中華民國政府遷移到臺灣來，卻對來自人民解放軍的「解放臺灣」深具危機感。翌年六月韓戰爆發，這對國民黨而言，不啻是救世主。美國第七艦隊出動到臺灣海峽，對中華民國重新展開大規模的援助，以建設對中共的前線基地為目標。在全世界蔓延著東西冷戰中，臺灣被擺到美國一邊，兩個中國，亦即中共的中國大陸和國民黨的臺灣之對峙呈現長期化。於是為繼續獲得美國的支持，對外宣稱謂「自由中國」，其實內部政治是實行和民主主義無緣，道地的獨裁體制。

1949 年 5 月 20 日臺灣實施戒嚴令，到 1987 年 7 月 15 日解除，整整持續了 38 年之久。這期間，不承認新黨的結社、對共產黨的共鳴、報紙的增頁等，箝制著政治活動及言論自由。如對國民黨提出異議，則在戒嚴的名目下軍事審判，其行動目的被斷定為將推翻政府，刑處叛亂罪。國民政府通過 1950 年代，清除了臺灣島內的共產勢力，把認為具威脅的軍人和國

---

9 月）。（臺北：遠景出版公司，1985 年 6 月）。《浮游群落》的拙譯『ディゴ燃ゆ』（東京：研文出版，1991 年 1 月）。拙譯以臺灣出版為底本。

民黨員構罪陷害，逮捕了認為可疑的一般市民。臺灣變成了恐怖之島。這種情況一直到 1960 年代始終沒變。

《浮游群落》所登場的「自由中國事件」就是批判政府獨裁體制的政治事件。其中心人物雷震（1897～1979）、呼籲五四新文化運動推動者之一的胡適（1891～1962），於 1949 年創刊《自由中國》。他們藉這個雜誌主張確立憲政、言論自由、司法獨立、地方自治、反對黨的結社等。1960 年 6 月，原本企畫要成立反對黨中國民主黨的，國民黨以窩藏中共的罪嫌逮捕了雷震，使得新黨的創立遭受到挫折。小說中陶柱國在大學三年級時，有一天，突然整個校園到處貼滿了標語海報；翌日，全被撕得七零八落。空氣瀰漫著緊張的氣氛，學生之間謠言滿天飛。有人說「是同情當年《自由中國》和反對黨的漏網地下小組的行動。」還有人甚至聯想起 1957 年 5 月 24 日發生的所謂「五二四事件」的事情。這是美國將校殺害國府軍將校，美方判無罪，引起臺灣民眾抗議，襲擊美國大使館的事件。事實上林盛隆也是參加襲擊的其中之一，他甚至把那時撕扯下來的星條旗的一顆星帶回家。

因大學校園的標語海報事件，與陶柱國同寢室的廖新土從校園內失蹤。廖新土和臺灣獨立運動有關被捕，在獄中自殺身亡。這些都是陶柱國後來才知道的。

臺灣島內一掃共產勢力之事，1960 年代、1970 年代，事實上文藝上無法反映出當時現實的臺灣社會。1960 年代中葉，與劉大任同編輯同人雜誌《劇場》的陳映真，因為參加學習毛澤東的書籍和共產主義思想的讀書會而被捕。1968 年至 1975 年七年間都在牢中度過。《浮游群落》的林盛隆是以陳映真當模特兒而描寫的。林盛隆以參加讀書會，在工廠煽動勞動爭議、欲散播罷工傳單而被逮捕。在國民政府的戒嚴令的體制下，民眾的言論、行動均被視為政治活動。然而民眾有民眾的欲求，即使在獨裁的體制下，也無法完全遏止其活動及抵抗。

從上述的政治背景，再來看《浮游群落》的年輕群像。小說裡所描寫的登場人物每一位年輕主角都與上述的事件、運動、活動等有很深的關聯而展開故事。

　　對反傳統、想要創新的 1960 年代的年輕人,《布穀》、《新潮》的同人雜誌社提供了幾個可聚集的場所。如最近在臺北開張的聽古典音樂喝茶的「夜鶯」,便是一個很好的聚集場所。

　　《布穀》的中心人物有中學教師的林盛隆和大學助教胡浩、在同人有寫詩的陶柱國、超現實詩人的圖騰、以及研究日本文學的葉羽。林盛隆因為傾心共產主義,所以《布穀》被認為是左派雜誌,其實骨子尚未成形。特別是精神狀況一直處於不安狀態下的陶柱國,與明確的政治思想無緣,他以最接近作者的分身存在而被描繪著。還有十三、十四歲時,隨著革命遺族子弟學校,從南京來到臺灣的天涯孤獨客胡浩,彷彿被林盛隆的行動牽著走的模樣。不,胡浩也是暗地讀著從舊書店得手的蘇聯馬克思主義的先驅者普列漢諾夫(1856~1918)、中國馬克思主義理論家陳伯達(1904~1989)等人寫的書籍,所以對林盛隆的心情他深切了解。不過,由於胡浩的經歷,使得他的立場有著微妙的出入,這些容後再敘。

　　至於《新潮》,它把西洋的藝術理論帶入臺灣,聚集著受到西洋影響的一夥人。他們強調著「橫之移植」,以新潮社的社長楊浦與理論家柯因為中心人物。他們的角色還有詩人洛加、大學助教許英才、學音樂的方曉雲學生等。柯因常批評道:「用 1930 年代的辦法,解決 1960 年代問題的林盛隆是錯的」,對什麼事都要議論一番。他認為我等是學過西洋理論的,當然想法也必須有所改變。

　　在這兩種的同人雜誌社裡像這樣的理論不斷地重複上演著。乍看之下彷彿是對立,其實並非如此。對他們來說與其說是對立不如說是彼此之間互相競爭,看誰是最先進、文化思想的先鋒者,這才是他們所要論爭的。誰都認為自己才是時代的菁英,每個人都抱著很強自負心,這正是屬於年輕人的特權時代。不管議論什麼,再怎麼說都是二十來歲的年輕小夥子,彼此都是同年級、朋友的關係。再者,對當時的文壇、保守的思想界來說,可以想像這兩種的同人雜誌社彼此有著命運共同體連帶感的存在感覺。

　　名曲喫茶店「夜鶯」便是這些年輕人聚集的地方。柴可夫斯基、貝多

芬、蕭邦、帕格尼尼等於流行的古典音樂裡，他們白熱化地議論著，從不
感到煩厭。其他如在胡浩的家裡、一夜繼一夜地友人聚集談論著，有時論
到後來變成口舌之爭，這樣不斷地反覆著。這些的議論也只是所謂的紙上
談兵，可說是年輕血氣方剛。然而把這些轉為行動，實際上祕密存在著蠢
蠢欲動的集團，則逐漸明朗化。

這個集團的成員，以《布穀》的陶柱國為始，有工廠技師蘇鴻勳、小
學教師王燦雄、與教會有關的吳大姐、醫學生呂聰明等，為學習毛澤東的
理論而開啟了讀書會。他們認真地思考著結合無產階級，在臺灣發起革命
的問題。首先以暴力奪取政權、發動民主革命，由人民樹立政權，接著甚
至往社會主義革命前進，也被納入考量的範圍。為了革命，考慮臺灣獨立
運動的人也是同盟軍的一分子。林盛隆想把胡浩拉進這個集團，所以邀他
參加讀書會、與他議論，想動搖他的思想。

在暗黑的 1960 年代裡，彼此之間為了生存，各自掙扎著想找出一條屬於
自己的道路出來。在這之中，只有作者的分身陶柱國患了精神流浪症，不知道
自己該如何走才好。他父親是大學教授，已為兒子的將來鋪好了路，可是陶柱
國對什麼都提不起勁來，跟情人何燕青也相處不好。何燕青不久和胡浩的感情
越線，與陶柱國之間陷入三角關係。陶柱國從懂事的時候，便過著渾渾噩噩、
毫無邊際的生活。他彷彿陷入深邃原始幽暗世界般，明知不能這樣下去，卻毫
無辦法。如失去阿青（何燕青的暱稱）便活不成，卻也無法發展成熟的愛。當
阿青把懷他的小生命墮胎後，遂成了他倆分手的關鍵所在。

終於另一個異軍突起的集團出現了，它的出現使得年輕人有了分歧
點。與其說這個集團不如說是從美國回來的羅雲星這一個人，他提出了現
代藝術企業化的構思方案，吸引了大量年輕人的群聚。羅雲星有一位銀行
家──叔父羅俊卿（其背後有半退休狀態的政黨大人物勤老撐腰）──有雄
厚的資金，當羅雲星的後盾。在他的麾下有故作深思玄奧的影藝評論家余廣
立、劉洛（攝影家）、刑峰（版畫家）、陸明聲（作曲家）、羅沙玲（搞實驗電
影）等，其他如《新潮》的楊浦、何燕青也加入他們的行列。阿青是廣告公

司的行家，偶爾拍廣告也湊上一腳。對於勤老的孫女蘭西，因當羅雲星的祕書常與他接近，使得對羅雲星懷好感曾與他有一夜情的阿青內心感到不安。這裡孕育著新的三角戀情的發展。安排蘭西上場，便是有這樣的意思在。

想將商業電影發展成為巨大夢的製造廠，羅雲星的計畫多少帶有現實味。在他的主催下，包含余廣立、楊浦、阿青等四人合夥，終於成立了「現代傳播企業公司」。楊浦本意圖以《新潮》為出版部當前衛雜誌讓它復甦、重新出發，然而為了企業的成立，他不得不刊登暢銷女作家的作品來，雖然這並非他本意。

《浮游群落》的主要登場人物為陶柱國、胡浩、林盛隆三人。陶柱國是外省人，大學主修哲學，畢業後當了二年兵，沒有固定的職業而游蕩著。由於深陷於自我喪失感的苦惱，再加上十二指腸入院，致自殺未遂。胡浩是臺灣 1950 年代到 1960 年代代表著特殊人物存在著。這些人是指由於受到大陸內戰的影響，因各種理由而來到臺灣的年輕人。有的人是跟從大陸的學校轉到臺灣而來，有的是因國民黨軍強制徵發而來，還有的是隨長輩、機關團體而來的。他們屬於社會的底層，似無根般地存在著。為此，在外省籍裡也有著像他們一樣，屬於愛臺灣這塊土地的同伴。因為對於他們而言，他們需要「家」，需要「土地」。天涯孤獨客胡浩便是屬於這一集團的成員之一。這也就是作者沒有給予胡浩抱著特定政治思想的角色之故。胡浩只是想要朋友，想獲得愛而已。他奪取了好友陶柱國的情人，這是因為他敗給了阿青的積極性的緣故，他為此後悔不已，這件事始終纏繞著他。他被林盛隆牽著走，跟林盛隆一起行動，也只不過是他不想喪失朋友而已。最後因影評人余廣立的出賣，與林盛隆一同被捕。胡浩成政治犯失去自由，最壞的結果可能喪失生命。他因無辜卻被陷害，很值得同情。作者是以這樣的角度去描寫胡浩的。

林盛隆對現實的政治情勢感到很憂慮，他積極地與地下反體制運動結合，在還沒有具體行動之前就被當局因密報而逮捕，運動也因此無疾而終。這一集體的命運最苛酷悲慘。作者的朋友陳映真，在現實上便是落入

被逮捕、入獄，陷入悲慘命運的一個人。

　　作者的分身罹患精神流浪症的陶柱國，他與女朋友分手，以飛往美國作為小說的終結。即使捨棄臺灣不管到那兒內部的問題仍存在，這些並不能全部解決，這是後來他發覺的。

　　在《浮游群落》這部小說裡，象徵 1960 年代的西洋音樂、繪畫、電影、哲學、文學等到處可見。隨著這些藝術氣氛把場面的緊迫感、絕望感、喪失感等，很深切且具效果地傳到讀者的內心深處。說是暗黑的 1960 年代，特別是以音樂、電影為首的藝術，對當時正值青春年華的年輕人而言，是一生烙刻於心底、不斷地牽引著鄉愁的存在底夢吧。

二、如何描述省籍矛盾

　　直至迄今論起戰後的臺灣文學，把二二八事件及其前後本省人、外省人之間的對立、糾葛抽掉不談，是無法論述的。這是筆者的看法，筆者認為省籍矛盾確實存在著。

　　但是，《浮游群落》的兩個同人雜誌，以及想與地下運動結合的集團來看，感覺不出省籍矛盾的情節。這也可以說作者並不想構思、描述本省人與外省人之間的糾葛。劉大任本人這樣論述著：

　　【《浮游群落》筆者補足。以下同】我寫作時並沒有本省 vs.外省這種意識。事實上，1960 年代前後的臺灣年輕一代知識界當中，本省人與外省人之間的隔閡對立不是那麼嚴重。省籍矛盾在「二二八」之後也確實存在，但沒有表面化。使之表面化的有兩個重要原因：1.政治人物利用文化上的本土主義運動作為政治鬥爭的資本；2.臺獨運動從地下的非法地位轉為地上的合法身分。這兩個原因都是 1990 年代初李登輝主政時代發生的。[3]

---

[3]劉大任給筆者之書簡（2006 年 7 月 7 日）。

　　劉大任的分析如下：1987 年 7 月解除戒嚴令，李登輝首先以本省籍就任總統掌握實權，這是 1990 年代初的一個轉換期。二二八事件當然彼此之間都有傷痕在，這是無可否認的。然而在戒嚴令下 1950 年代到 1980 年代中葉，所謂省籍矛盾根本是連提都不能自由提的。直到 1990 年代初，政治人物時常把它置於腋下，使得臺灣意識的芽更高漲，本省人對外省人的圖式便浮上檯面上了。這是劉大任的看法。在此，不妨翻閱一下以 1960 年代為舞臺的《浮游群落》裡所表現出的有關省籍問題，有如下的解說：

> 1960 年代時【指省籍矛盾】雖未表面化，但我確實憑直覺看到這個問題。因此，在某些地方，是有意識地安排了部分人物的省籍。但安排時具有抹消「省籍矛盾」的用心。舉例說：林盛隆明顯是本省人（連名字都像），但他的思想核心卻認定「臺灣為中國革命未完成的部分」。我寫他參與活動的方式，完全是中共地下黨的作法。另外，《新潮》是比較崇美的團體，但它的頭腦人物柯因，卻明顯是本省人。也帶有排除並批部分外省人認為本省人「土頭土腦」的用意。[4]

　　再次地，不妨再檢視《布穀》、《新潮》這兩個同人雜誌、學共產主義思想的讀書會、策畫藝術企業化集團各自構成的省籍成員，筆者將相關人物以圖表（見文末）來表示、做一個整理。由此，可以從文脈、發言，劃分出登場人物的省籍來。有些小說家積極地論述著省籍矛盾，表達他的意圖所在。相反的，也有小說家刻意遠離省籍矛盾，避開不談。如是這樣，即使不想描寫捕捉本省人與外省人的對立關係，設定林盛隆、柯因是本省籍，也可以反映出、窺知劉大任的想法。

　　在大陸歷經悲慘經驗的二人胡浩與余廣立的末路，特意表明了是外省人。胡浩只是想要一個安定的家及可以談心的朋友，卻因與林盛隆的行動

---

[4]劉大任給筆者之書簡（2006 年 7 月 7 日）。

有關，被槍擊傷、逮捕入獄，可以猜想他最後死於獄中。作者以最值得同情的角度來描寫他。余廣立於民國 38 年（1949）前，在北平曾參加「反飢餓，反迫害」運動因而被關了十年。由於拷打使得手臂成畸形。備嚐辛酸極苦的他選擇的路，便是出賣同伴的特務。最後他本人則是持著外交官的護照偕妻、子同往美國。

另外，同樣是外省人，自政界退休的大人物勤老、銀行家叔父、本身也是從美國留學回來的羅雲星，與胡浩、余廣立的立場、想法，完全不同。事實上參加藝術企業化的成員，全都是外省人。甚至連特務余廣立，在公司草創時也來插一腳。這可以視為在 1960 年代的年輕人中，似乎唯一可以找出一條出路，在政治上畫上等線的集團。尹教授是外省人，很清楚的，他代表著從大陸來臺灣的最高層次的知識分子，他傳授著知識，視為一種使命感。在這裡，作者認為登場人物不需要一個個地區分外省人、本省人，不過本省人就本省人，外省人就外省人，各自有其扮演的角色。再者，各自所走的命運，這命運也象徵著因省籍而有不同。

其次，廖新土誓死所追求的臺灣獨立運動，與省籍是不能切割不分的。在胡浩及陶柱國的面前被當局逮捕的廖新土的省籍，不用說是本省，也就是臺灣。廖新土本身和臺獨運動有多少的關聯，而且在思想上是否真的是臺獨派也沒詳細說明。被逮捕、入獄的原因之一是，叔父在日本展開臺獨運動——這一點是錯不了的。察覺在臺灣難以展開運動的廖文毅（1910～1986），經香港、往日本繼續他的臺獨運動。接著又有 1960 年創設「臺灣青年社」的王育德（1924～1985），他也是 1949 年經香港、往日本亡命，其後的生涯完全奉獻臺獨運動的人物之一。像這樣的臺獨運動不止在日本點滴繼續著，在臺灣聲音也變大了，卻到現在尚未實現。入獄後的廖新土最後似乎發瘋，不斷高喊著：「總統萬歲」，遂至自我了斷而終。

不過，對正值 1960 年代青春最盛期的年輕人來說，在本省人與外省人之間的架構上，問題的處理是否得當，也許無法切身的體驗也說不定。特別是知識分子，全面致力推動蔣政權不歡迎西洋現代主義之風的文化思

潮，提倡蔣政權所鎮壓的社會主義革命而感到自負、沾沾自喜；在當時如局限於所謂的省籍問題那種微不足道的事，可能認為那是很愚蠢的。對這群時代菁英的年輕人來說，他們的理想，終極是踮高更往上看。不管怎樣說，如果《浮游群落》把主角人物全都設定成本省人或外省人，那麼就失去這部小說的存在意義了。1960 年代臺灣的特殊性也消失無遺。筆者一方面尊重作者的想法，一方面斗膽地把小說中的人物列圖表、劃分省籍。

下定決心追求新天地脫離臺灣、飛往美國，可說是作者分身的陶柱國、崇拜西洋文化的許英才、方曉雲等，想從暗黑、閉塞令人窒息的地方奮力掙脫出來的心情，想與省籍是沒有直接關聯的吧！

三、對陳映真的心情

陶柱國追求新天地飛往美國、脫離臺灣，林盛隆身繫囹圄，是這部《浮游群落》的結尾。其實，這也就是昔日盟友劉大任與陳映真之間發生的真實故事。他們兩人之間彼此不能相容的思想對立、以及其後的人生又發生了什麼，年輕時如何相識、繼而相惜為友，兩人的交流在劉大任的創作上有什麼影響？這是本文想探討的。

劉大任將自 2003 年 5 月一年間，在臺北《壹週刊》雜誌連載刊登的「紐約眼」集成冊，取名為《冬之物語》。此書於 2004 年 12 月由印刻文學出版。「紐約眼」是從 2001 年每週一回連載的專欄。1999 年劉大任自任職 27 年的聯合國祕書處退休後，專心從事著作。《冬之物語》內分五輯，共收入 37 篇的隨筆。〈白色恐怖〉收入七篇。這七篇全都是寫 1968 年 6 月，因叛亂罪被捕入獄有關舊友陳映真的文章。劉大任認為陳映真被捕說不定與他有些關聯。這件事他詳細地寫在〈白色恐怖〉七篇上。而後，他作了這樣的總結：

> 三十五年來【從陳映真逮捕以來之意】，除了至親好友，我很少談這件
> 事，更沒有形諸文字。（中略）這一系列七篇文章之後，我不會再寫文章

談這個案件。[5]

　　筆者慶幸他把筆者劃入至親好友之列。事實上《浮游群落》譯成日文時，1989 年 8 月在臺北劉大任曾接受筆者的採訪，那時他如上述所言，詳細地告訴筆者。《浮游群落》日譯名為『ディゴ燃ゆ』，在解說〈劉大任及其時代〉[6]，便這麼寫著。筆者比作者早一步公開出來。

　　陳映真的政治迫害事件使得劉大任的一生有很大的轉變，劉大任本人也這麼說。那麼這事件是如何影響作品的？《浮游群落》的登場人物裡，林盛隆便是以陳映真當模特兒而描繪的。這點筆者也寫過，作者、友人、文學界的人也都這麼認為。單是這點對劉大任來說，林盛隆（臺灣人）是 1960 年代知識分子裡真實的人物，小說只是把他概念、具體化而已。還有他本人也如此介紹說：「有些地方也確實來自我跟陳映真之間的一段交往，但映真這個人，比起林盛隆，何止於飽滿、敏感、複雜千百倍。」[7]

　　這個以林盛隆為中心的讀書會，在《浮游群落》裡也寫著所謂開祕密會議的小組。在筆者的訪談中，劉大任說沒參加過陳映真召集的祕密會議。數年後，他說其實他參加過一次。以下便是他的告白：

　　　如果說我是陳映真案的漏網之魚，我唯一的「罪證」就是參加過陳召集的一次祕密會議。這是什麼樣的祕密會議呢？小說《浮游群落》中寫過一個性質類似的祕密會議，其中一些細節確實取材於我那一次的經驗，但又不完全相同，不少地方摻雜了自己的保釣活動，歷年來雜亂讀過的舊俄和 1930 年代中國小說留下的一些印象，自然也混在裡面。[8]

[5]劉大任，《冬之物語》（臺北：印刻文學出版公司，2004 年 12 月），頁 57。
[6]岡崎郁子，「劉大任とその時代」，『ディゴ燃ゆ』（東京：研文出版，1991 年 1 月）。其後增筆改為「劉大任──求新天地於美國的知識分子作家」，『台湾文学──異端の系譜』。
[7]劉大任，《冬之物語》，頁 20。
[8]劉大任，《冬之物語》，頁 29。

　　那麼，與陳映真相識之前的劉大任是怎樣的經歷，陳映真被捕之後，他又是如何走過他的人生的？在此介紹一下他的生平。

　　劉大任，1939 年 2 月 5 日生於江西省永新縣縣城。他是土木工程師父親劉定志和母親胡怡三男四女中的長子。小學三年級就讀南昌市的實驗小學。四年級時上天后宮國民小學。第二次世界大戰後，於聯合國機關工作的「戰後救濟復興總署」江西分署的父親，在戰後工作處理大致告一段落而面臨失業的 1947 年，時值劉大任八歲。翌年 1948 年 7 月，他跟隨著父母來到臺灣。父親在水利局覓得一職，劉大任編入東門國民小學五年級。六年級時轉到臺北女子師範學院附屬小學就讀。

　　小學畢業後，進入臺灣省立師範學院（現為師範大學）附屬中學。在那學校認識了像胡浩般，革命遺族子弟學校的學生而成了朋友。所謂革命子弟學校，原本在南京，隸屬國民黨軍隊及其他機關的人，因戰爭或殉職，其弟子入學的學校。該校隨著國民黨撤退而遷來臺灣。雖然遷移卻沒有校舍，由於政府也沒有建設校舍的錢，便和臺灣省立師範學院附屬中學合併。學生的年齡參差不齊，但到 1949、1950 年入學的學生一畢業，這個革命遺族子弟學校自然也就消失了。

　　1956 年劉大任進入臺灣大學法律系就讀。熱中於俄羅斯、日本文學以及中國 1930 年代的文學作品，開始對寫作感到興趣。其後他轉入哲學系。大學畢業後服了兩年的兵役。後來他申請到 1963 年 9 月到 1964 年的夏威夷大學東西文化中心的獎學金。為此他在夏威夷度過近兩年的生活。在夏威夷大學他認識了讀戲劇科的邱剛健。回臺灣後，與陳映真參加邱剛健主持的《劇場》雜誌。就這樣劉大任與陳映真的感情日增。這時他終於發現自己真正要學的是中國近代史，1966 年 9 月進入加州大學柏克萊分校，離開臺灣。

　　當他決定前往美國之數日後，一天早上，陳映真來訪，告訴他：「我剛從警備總部那兒約談回來，你也要小心。」可能因為陳映真參加地下組織讀書會，所以感覺到害怕，只有參加過一次的劉大任，也可能幾天後就要離開臺灣的這種心情幫了他，所以劉大任並沒放在心上。他在加州大學柏

克萊分校獲得碩士學位，1968 年進入博士課程。不久，他全身投入保釣運動的政治活動。為了活動他放棄了學籍。其後 1972 年，於聯合國覓得翻譯一職，一直任職至 1999 年計 27 年才退休。

　　當 1968 年 6 月劉大任正忙著寫碩士論文時，這一年陳映真與同夥被逮捕。事實上，由於劉大任的關係，在愛荷華大學每年舉辦國際作家講習會上（International Writers Workshop）已聘請陳映真來。在飛往美國之前數月，陳映真便被逮捕。這如在 1950 年代是死刑，由於愛荷華大學保羅・恩格爾教授及聶華苓的奔走，陳映真被判十年。1975 年蔣介石逝世，大赦，陳映真才被釋放，共服刑七年。

　　陳映真被釋放的消息傳到劉大任的耳裡，他想同樣是抱著理想的友人，他覺得有責任把他的心情說出，讓他知道。於是他以〈長廊三號〉[9]的小說為名獻給陳映真。讀了這篇小說，陳映真藉友人表達他的反應只是說道：「太悲觀了。」兩人曾在臺北見了幾次面，對於劉大任來說，他親眼見過中國的真實社會，再加上在美國參加保釣運動的結果，跟 1960 年代的思想有很大的轉變，這與釋放後完全沒有變的陳映真，兩人感情已經沒有像以前那麼地溫馨了。

　　對於保釣運動覺得疲憊的劉大任，他決心投入一個未知的世界。剛好聯合國打算在非洲的肯亞設置環境企畫署，知道正在招募中文人才的他，馬上就去應徵。自 1976 年 3 月，他與妻、兩個兒子在首都內羅畢（碧城）度過了兩年半。對於政治鬥爭已經不懷希望的他，再度湧起創作的欲望，可能是因他遠在非洲生活，想念家鄉的緣故。逐漸地他想要把 1960 年代的年輕人，也就是說他與朋友之間的人生遭遇寫出來，這個構思已成熟，於是便動手著筆寫《浮游群落》。無可置疑的，他很細心地描繪讓登場的人物彷彿陳映真的影子般。以 21 世紀的現在來看，作者認為，林盛隆跟他朋友之間的地下組織和祕密集會場面的描寫，並不怎麼成功。不成功的理由有

---

[9] 劉大任，〈長廊三號〉，初出《現代文學》復刊號第 4 期（1978 年 6 月）。

幾點，據他自己分析，是與那時的心理因素有關。

> 小說【《浮游群落》】寫作時是 1978 年，距離事件的發生已經 12 年，映
> 真那時已經出獄，我自己也已經歷過左翼青年從空想到實際和從熱情獻
> 身到挫折破滅的全套過程。寫作時因此猶豫不定，熱情與幻滅在頭腦裡
> 交戰，結果成了既不熱情又無幻滅反而帶點嘲諷意味的文字。然而，這
> 嘲諷確實是極為清淡，跟姜貴的《旋風》與《重陽》完全不同。姜貴的
> 立場是清清楚楚反共，我不反共，我只是因為共產黨沒有走出我想像中
> 應有的道路而覺得遺憾可惜罷了。[10]

　　由此可知，劉大任雖然沒有參加陳映真等人的地下組織，但對於把理
想寄託於共產主義，與陳映真的想法是相同的。所以劉大任深信，如果他
留在臺灣沒有去美國的話，自己一定和陳映真一樣遭受到逮捕、入獄的命
運，從這一點來看他對陳映真的感受也比一般人來得強烈。劉大任說，發
生陳映真事件後近四十年來，他一直注意著陳映真的活動、消息，對於陳
映真堅定自己的立場和在文學方面開拓自己的新領域，他表示敬意。對於
彼此之間，由於經驗不同而使得想法大異其趣的現在而言，只有遵從自己
的知識和良心，走自己的道路。這就是劉大任目前的心情吧。

結論

　　國民政府撤退到臺灣，從 1940 年代末開始一黨獨裁政權以來，赤色狩
獵、白色恐怖，經過 1950 年代即至 1960 年代也繼續威脅著臺灣的住民。
對於 1960 年代的年輕人而言，在這窒息的年代裡，如何的思考、如何的行
動，可以從劉大任的《浮游群落》這部小說窺知。不只是思想和行動而
已，年輕人在彼此互相共鳴、反抗中，各自摸索著自己的道路前進。也許

---

[10]劉大任，《冬之物語》，頁 29～30。

他們所追求的只有一個目的，那就是：

> 那個你慌亂他不慌亂，你迷失他不迷失，那個從不潰散、從不逃亡，那個你茫然他不茫然，你怔忡他不怔忡。[11]

　　憑著那個「不動的東西」而追求的陶柱國，所謂「不動的東西」，不就是與信仰類似的思想及信念吧。《浮游群落》的陶柱國，因得不到「那個」而飛往美國。實際上，追求「不動的東西」，不只限於陶柱國，1960 年的年輕人不都是這樣的吧。即使離開了臺灣，讀者也不禁納悶著，陶柱國就停止了精神流浪了嗎？劉大任本身說，這與他親眼見到了中國大陸的現實社會，以及在美國發起的保釣運動有很深的關聯。他的心情宛如當時飛往美國時，凝視著從地平線升起的光芒般，起了變化。特別是他在美國是保釣運動的領導者，其後遭受到無數的挫折，深嘗敗北的滋味，這些都使他的心境漸漸趨於平穩。

　　劉大任《浮游群落》之後的作品內容的主題可以很清楚地看出他的心境，卻沒有以小說形式來發表。他是否憂慮著跟《浮游群落》一樣，被人認為某某是小說裡登場人物的影子，造成朋友及他人的困擾。或者是自己注入心血所懷抱的理想因被背叛而遭受打擊，迄今仍無法站起來。他以隨筆批判中國，也寫著陳映真及運動的事件，對於寫小說他卻尚未準備好。以 1960 年代為題寫《浮游群落》的劉大任，筆者認為，未來包含他自己為小說創作的題材，實在有必要提供給讀者知的義務在。

---

[11]劉大任，《浮游群落》，頁 212。

【人物相關圖表】

布穀

共產主義

{
胡　浩（外省人）大學助教、天涯孤獨客、入獄

林盛隆（本省人）中學教員、已婚

陶柱國（外省人）詩人、政治思想並不明確、往美國

圖　騰（外省人）超現實詩人

葉　羽（外省人）研究日本文學
}

說是對立也不完全是對立

新潮

崇拜西洋

{
楊　浦（外省人）《新潮社》社長

柯　因（本省人）《新潮社》中心人物

洛　加（外省人）詩人

許英才（本省人）大學助教、往美國

方曉雲（外省人）音樂系學生、往美國
}

其他登場人物

{
何燕青（外省人）陶柱國的女友、在廣告公司工作

廖新土（本省人）疑似搞臺灣獨立運動遭逮捕、自殺

尹教授（外省人）大陸來的屬最高層次知識分子

羅俊卿（外省人）銀行家、羅雲星的叔父

勤　老（外省人）從政治界退出、黨政元老

蘭　西（外省人）勤老的孫女、羅雲星的祕書
}

讀書會　⇩　勞動革命　⇩　失　敗　⇩　逮　捕

{
林盛隆（本省人）《布穀》中心人物

蘇鴻勳（外省人）技師

王燦雄（本省人）小學教員、廖新土的表弟

吳大姐（外省人）教會工作者

呂聰明（本省人）醫學生、「夜鶯」老闆
}

藝術的企業化　⇩　有將來性

{
羅雲星（外省人）從美國回來、企圖藝術企業化

余廣立（外省人）記者兼影藝評論家、間諜

劉　洛　攝影家

邢　峰　版畫家

陸明聲　作曲家

羅沙玲　製作實驗電影
}

並非重要人物

大部分是外省人

其他如楊浦、何燕青、蘭西也都在羅雲星的麾下工作

——選自「苦悶與蛻變——60、70 年代臺灣文學與社會國際學術研討會」

臺中：東海大學中國文學系、國家臺灣文學館主辦，2006 年 11 月 11～12 日

誰來喚醒你？

從《浮游群落》探討 1960 年代知識青年的思想歷程

◎李孟舜*

　　閱讀 1960 年代是一件頗為不易的事。誠然，人們對 1960 年代戰後世代的觀感仍多停留在「無根的一代」、「消極冷漠」的印象中，然而不可否認的是，在 1960 年代各種風起雲湧的文化思潮的衝擊下，安分守己的表面與逐漸蛻變的內心確實以矛盾的方式糾結地深植於一代知識青年的生命中。與 1970 年代如火如荼的社會運動相比，感應著整個社會苦悶氣氛的臺灣知識青年則是以一種曲折潛隱的思考方式默默求索。如果今天對 1960 年代進行反思的話，這種上下求索的過程所透露出的思想信息也許應該得到更加細緻地解讀。

　　《浮游群落》的故事背景設置在那個知識青年表面安分守己、內心離經叛道的 1960 年代。以《新潮》、《布穀》兩份同人刊物為中心，聚集了一群急於從苦悶壓抑的社會環境中破繭而出的青年。這些年輕人或憑藉現代主義理論，或仰賴社會主義思想，在不斷地激辯論戰中尋找著志同道合的同路人，也探問著社會困境的根源。《新潮》的主將柯因以現代主義理論詮釋 1960 年代文學創作，認為放眼世界，向外汲取思想養分才是解決社會問題之道。而《布穀》的林盛隆則以社會主義思想觀察臺灣社會的性質，進而思考文藝的立足點與臺灣社會現實的關係。這一觀念分歧也造成了雙方多次針鋒相對的爭論。通過參加林盛隆組織的讀書小組，同屬《布穀》陣

*發表文章時為中國社會科學院研究生院文學系博士生，現為河南省社會科學院中原文化研究雜誌社副研究員。

營的大學助教胡浩也逐漸被社會主義思想所感染。經歷順遂的小陶,於無數次逃避感情與個人困境失敗之後,終於明白「直面」才是唯一的解脫。然而血氣方剛的青春理想終逃不脫資本主義社會的現實原則,同人刊物若不妥協於市場規律進行轉型,便無法逃避無以為繼的停刊結局。當留美導演羅雲星成功利用《新潮》的影評為他的電影事業打造出「新銳」的企業形象時,也同時淡化了刊物原本的批判性。關於當初寫作《浮游群落》的心志,小說家劉大任在廖玉蕙的訪談〈往小裡看,往淡裡看〉[1]中清晰表明,「開始寫《浮游群落》的時候,心中是有一個物件,我想把我們那一代的故事,寫給當代的大學知識青年、或者是文藝青年看,就好像跟他們講話一樣,跟他們吐露心聲。」閱畢全書,生於 1980 年代的筆者恍然生出時空穿梭之感,回到半個世紀前經歷了一場「激情催促下的漂泊與動蕩」。因此,本文亦將焦點投注於 1960 年代臺灣知識青年在高壓政治的夾縫中以怎樣的思考方式介入社會現實的過程。

一、精神流亡症

當陶柱國的大學室友廖新土在多年後重新出現時,猶如他當年的消失一樣突然。在荒涼與壓抑的夜臺北,廖新土被警察從熱鬧熙攘的衡陽路帶走,再次從陶柱國的生活中一閃而逝。《浮游群落》便以這樣具有衝擊性的事件展開,從而引發出不同人物對廖新土被捕的反應。雖然小陶與廖新土曾有過直接接觸(大學室友),然而當胡浩和呂聰明談論廖的被捕時,他卻努力地用柴可夫斯基的〈慢板〉塞進耳朵來抵抗二人的爭論。至於為什麼不願捲入爭論,因為「像以往多少次的爭辯一樣,除了把捲入的人弄得稍稍興奮之外,不會有一絲一毫的結果」。[2]在此,小陶與廖新土呈現出一種奇異的對比──隱匿與逃逸。從小陶的記憶裡,我們知道廖新土是因為撕了校園裡的宣傳標語,神祕失蹤⋯⋯多年後倏然出現在衡陽路街頭的混亂

---

[1] 廖玉蕙,〈往小裡看,往淡裡看──訪小說家劉大任〉,《聯合報》,2002 年 1 月 9~11 日,37 版。
[2] 劉大任,《浮游群落》(臺北:遠景出版公司,1985 年 6 月),頁 17。

中。而從呂聰明與胡浩的談話中，似乎廖的被捕又糾纏著臺獨力量的某種策略。至於廖為什麼採取如此激烈的方式反抗當局，林盛隆在「同溫層」與胡浩的爭論中流露出臺灣人關於二二八的共同記憶。敢於「幹點什麼」的廖新土成為當局搜捕的對象，進而在獄中遭迫害以致瘋癲。相較於廖的被迫噤聲，沒有經歷多少風雨與太多歷史記憶重負的小陶選擇主動緘默的原因則多出自於個人的逃避。

　　於是，這樣的小陶與別人遭遇時，總會淡化為淺灰的背景色。對於小陶的心理活動，作家不吝筆墨。小陶的逃避姿態也讓人聯想到劉大任 1959 年發表在革新號《筆匯》的第一個短篇小說〈逃亡〉。〈逃亡〉中的「他」的逃亡沒有明確的緣由，給讀者留下清晰印象的是他不斷鑽進人群的努力，那種彷彿只有置身於人群的包圍中才有踏實的安全感與小陶如出一轍，「怕失去了存在，化為烏有。」〈逃亡〉中的「他」畢竟是劉大任早期小說習作中一個比較模糊的「逃亡者」形象，到了《浮游群落》的階段，「精神流亡症」已經成為群體的共性之一，小陶就是其中的典型。小陶並非先天上就是個逃避者，他不願爭論，因為太多次毫無結果的口舌之爭令他心灰。他也並非不想擺脫被動的生活狀態，大病初癒的小陶開始思考自己的生活，「心裡那一團紊亂無底的黑暗，多少是咎由自取，跟生理循環、大氣氣壓，跟月亮的陰晴、綿綿的雨季甚至跟阿青，都扯不上什麼的關係」。[3]波德萊爾的憂鬱不是他的憂鬱，柴可夫斯基的悲愴也不是他的悲愴。生活的意義踏實地猶如初癒之時可以沾到的唯一的人間煙火——一碗蒸蛋羹。

　　原來迫使他永遠被動的原因並不是那一方令人氣悶的「原始黑暗」。雖然「原始黑暗」在小說中彷彿是一個意象，沒有得到清晰的呈現。但我們並不難理解懸宕在小陶心頭的那團黑暗的來源。至於他自己對過去生活思考的結果則是——自溺，「他任由統治，偶爾無謂地掙扎、逃亡，向音樂、

[3]劉大任，《浮游群落》，頁149。

向詩、向虛無飄渺的哲思、向自以為是的美;日復一日,他醒來又面對一
片空虛,他用用朋友,用生活中偶然布成的事件、牽掛,用突發的衝動與依
循慣例的動作來填補這些空虛;然後,自從阿青進入自己的生命,那一切
偶然的、無謂的、零亂的、可有可無而又不知何處來也不知何處去的對付
生命的手段,便全由阿青代替。」[4]小說中意識流的呈現著中山堂的那個夜
晚廖新土淒愴慘白的臉、面孔後穿制服的人群、鐵硬皮靴、尖銳警笛,以
及那之後的紀律、等級、組織和秩序。[5]蒼白細瘦的靈魂如何承擔現實的重
負?或許只有等待。「我這虛無者,卻沒有雪萊那樣狂飆般的生命。雪萊活
在他的夢裡,而我只能等待一如先知者。一個虛無的先知者是很有趣
的。」[6]等待著,等待也成為弟弟康雄死前凝固的姿態。影響一代知識青年
的早夭才子王尚義在〈孤寂的光亮〉中也曾這樣寫道「在有信仰的年代,
可以藉著上帝……但在失去信仰,價值破產,英雄不再出現的時候,自我
失去了一切可資超越的憑藉。思想上的困擾、矛盾和否定逼著他退縮回
來,退到感覺的圈子裡,但感覺除了給人暫時的滿足與麻痺之外,它也同
時帶來失落、孤獨和恐懼。」[7]

　　另一個簡單的事實是:感官世界的「阿青併發症」並不只在小陶身上
有所表現。當七等生筆下「隱遁者」們不能被女性所青睞時,自己便也遁
入了沉迷的自憐。因此呂正惠觀察到自由戀愛的不順利成為 1950、1960 年
代知識青年「存在困境」三大因素之一。但與擁有病弱軀體與高貴靈魂的
亞茲別(〈隱遁的小角色〉)不同,亞茲別不驚於日常生活的寵辱,而小陶
卻每每被阿青抑或別的事物攪亂心思。然而小陶的現實生活實在是順遂
的,這一點他又不同於亞茲別們在現實中的屢屢挫敗。也許小陶是最接近
那個 1960 年代的慘綠少年劉大任的。楊牧在〈《秋陽似酒》序〉中回憶劉
大任少年時代的詩作「充滿了感性和情緒,意象鮮明,卻往往有點脫節,

---

[4]劉大任,《浮游群落》,頁 152。
[5]劉大任,《浮游群落》,頁 154。
[6]陳映真,〈我的弟弟康雄〉,《陳映真小說選》,(福州:福建人民出版社,1983 年),頁 11。
[7]王尚義,《從異鄉人到失落的一代》(臺北:水牛出版社,2004 年 8 月),頁 63。

好像隨時要散開的樣子。……形上的概念和最最形而下的欲望穿插進行，快速地轉動，有時終於使我們措手不及。」[8]在內心原始黑暗壓迫下浮游擺盪的小陶與林盛隆思想交鋒之後，卻終於形成了出國的想法，他也明白了林所謂的意圖——反抗。「用憤怒代替痛苦，而培養憤怒的竅門，其實沒有什麼別的複雜、精微的程序。閉上向內張望的眼睛，鑽進屈辱的人間去。如此而已。」[9]1971 年，臺灣退出聯合國，釣運起，劉大任放棄學業與創作，全身心地投入到「另一個理論和行動的世界」。

小陶最終從一個被動的參與者，變成冷眼的旁觀者，以別樣的方式鑽進人間。

二、「向後」還是「向外」？

小說中的同人刊物之一《新潮》以現代主義理論為支撐，刊物傾向於對西方理論的介紹。雜誌的創辦人之一是楊浦，出身官宦之家，是《新潮》雜誌中出錢出力最多的人。而刊物「頭腦」則是柯因，除此之外還有詩人洛加、擅寫意識流小說的音樂系女生方曉雲等人；《布穀》社本是超現實詩人圖騰、葉羽等人發起，但明史專業的大學助教胡浩、本省籍的中學老師林盛隆卻逐漸成為刊物的核心人物。不同於《新潮》鮮明的現代主義立場，《布穀》的辦刊理念顯得比較模糊。

那麼，1960 年代同人刊物的辦刊理念究竟是如何形成的？或許，在《文學雜誌》與《現代文學》的關係時，可以找到些許蛛絲馬跡。「自1956 年《文學雜誌》面世之後，一種新的創作精神開始出現，這本雜誌主張小說必須寫實，開啟了臺灣小說一個新紀元。」[10]白先勇所說的「新的創作精神」是什麼？1950 年代反共懷鄉文學成為文壇主流，雖然遷臺初期的反共文學一定程度上體現了漂泊離散的人生憂患，但無法面對現實的心境

---

[8]林瑞明、陳萬益編，《劉大任集》（臺北：前衛出版社，1993 年 12 月），頁 241。
[9]劉大任，《浮游群落》，頁 225。
[10]白先勇，〈流浪的中國人——臺灣小說的放逐主題〉，《第六隻手指》（臺北：爾雅出版社，1995 年 11 月）。

使得反共文學迅速淪為「八股」之作。戰後成長的世代亦不可能切身體會
到父輩所經歷的戰爭與離散的創痛，面對小說中了無新意的悲傷與千篇一
律的團圓，青年們渴望在文學上走出自己的路。為了形成新的文學品格，
首先要走出反共懷鄉的窠臼。所幸《現代文學》諸君在《文學雜誌》的影
響下，主動追求文學的獨立性。並且由於王文興等具有理論敏感性的編
輯，方始在創刊之初便定下了鮮明的理論基調。然而，這一路徑並不是同
人刊物的唯一摸索道路。

　　對比同時期現實中的同人刊物革新號《筆匯》，似乎可以發現其較接近
於小說中《布穀》的編刊傾向。革新號《筆匯》在創刊語〈獻給讀者〉中
表明看刊物的三大宗旨：「反對極端西化」、「促進文化交流」、「以介紹與批
評為進路」。第 1 卷第 8 期的〈編後手記〉更明確其獎掖新人的態度「文藝
作品方面，我們每期都換新人，我們並不以登『老作家』的作品為
榮……」。當然，拔擢新秀的原則也說明同人刊物多以文藝青年為後盾和讀
者群的小眾境況。小說同時暗示了這樣的基進態度所帶來的現實問題，首
先是稿源的不穩定，編輯有時要化名在同一期雜誌發表數篇文章；其次，
缺乏名家供稿的年輕刊物，稿件質量也比較參差不齊，難以形成統一的風
格；最後，同人刊物共同的命運就是銷路不暢導致的經濟拮据，時常面臨
隨時停刊的危險。

　　同人刊物的維持雖舉步維艱，但成員創作與討論的態度卻是嚴肅而認
真的。小說中涉及的幾次重要討論值得詳加分析。兩份雜誌間屢次出現的
爭論是：到底是向 1930 年代看齊，還是向外看？在尹老家的聚會中《新
潮》的柯因質疑了林盛隆文章中「植根於現實」的觀點，「用 1930 年代的
solution 來解決 1960 年代的問題，這就是個時代錯誤，不可原諒。第二，
1960 年代的起步點是什麼？在座的每個人都知道，我們反對的、揚棄的恰
好就是 1930 年代的浪漫夢囈」。[11]柯因的觀點中涉及「1930 年代的方法」

---

[11]劉大任，《浮游群落》，頁 38。

恰恰有進一步明確的必要。從傳統的角度來看，1930 年代文學多元共生，除了關懷社會現實的左翼文學，還有「京派文學」、「現代派」文學、甚至鴛鴦蝴蝶派市民通俗文學等。所以，1930 年代的方法究竟是什麼樣的方法？從文學技巧上看，現代派文學與柯因提倡的現代主義理論存在某種關聯，然而不能忽略的事實是，現代派文學的出現與上海都會文化的發展密切相關。1930 年代的現代派文學的文化性格是一種先鋒性、並具有主動迎合讀者市場的趨勢。從這一角度來看，1960 年代的臺灣現代文學雖然在形式上借鑑了現代主義的表現手法，但與 1930 年代的現代派文學並不具有沿承性的精神血緣關係。反而強調個體精神的自由主義文學與 1960 年代現代主義文學聲氣相通，但後文中柯因明確指出沈從文、端木蕻良、徐志摩、朱自清都不是值得繼承的思想資源，新月社與創造社的「浪漫夢囈」也是 1960 年代文學首先反對與揚棄的對象。至於左翼文學更是當時的臺灣社會中不可碰觸的思想禁區。這樣，柯因們所理解的 1930 年代文學資源由於政治層面的人為切割造成了思想體系的支離破碎，喪失了批判性的社會功能，也就不再具有拯救 1960 年代文學的效力。

關於這一點，胡浩的回應從另一個角度暗示了現代文學在移植西方理論面臨的問題，「無論我們怎麼看，搞創作的人沉迷於形式、技巧而不去探討西方現代文藝後面的社會政治背景，我以為不是一條健康的路。……我們自己的立足點在哪裡？……健康的民族文化，應該有一種綿延性。」[12]這句話引發出兩派論爭的另一個關鍵問題——文藝的立足點是什麼？雖然柯因不能同意林盛隆帶有普羅色彩的「文學植根於現實」的說法，但他也在討論中思考著關於當時臺灣社會性質的一些基本認知。柯因與林盛隆第二次的短兵相接中，柯因所擔心的是，一旦回到「為什麼而創作」的思路上，便有可能被官方文藝政策中「為民族立場而寫作」、「用現實的形式」[13]等口號所收編。林盛隆認為臺灣的現代主義不啻於是盲目抄襲別人的精神

[12]劉大任，《浮游群落》，頁 39。
[13]張道藩，〈我們所需要的文藝政策〉，《張道藩先生紀念文集》（臺北：九歌出版社，2001 年）。

分裂症,現代主義的反理性來源於西方文明的衰微。「向後」還是「向外」的問題癥結,終究還伴隨著貫穿近代以來現代化進程的中西文化孰優孰劣的討論。1960 年代深刻影響臺灣社會的中西文化論戰,雙方觀點與演繹的方式基本仍延續著五四時期的觀念脈絡。1961 年王洪鈞發表〈如何使青年接上這一棒〉分析了年輕人在教育、就業等方面面對的困境,認為社會力量的更替無法進入良性循環的有序狀態,才導致「今天最嚴重的問題,便是青年們與時代脫了節,與責任脫了節」。[14]文章刊出後,李敖發表回應文章〈老年人與棒子〉,批評老年人在面對現實利益時阻礙青年人向上流動的保守心態。因此中西文化論戰除了文化層面的討論,在 1960 年代的時空下還另有一層「新舊更替」的社會涵義。雖然在討論深度上依然沒有超越五四時期的範疇,但「中西文化論戰」在 1960 年代的再次重演仍是當時特殊社會背景的反映。

三、現代化的兩種道路

「現代化」是 1960 年代臺灣重要的社會背景,但這一背景乃是全球「現代化」歷史語境的共享。無論是臺灣,還是大陸,甚而是正遭遇自由主義政治制度走向衰微的西方世界,「現代化」在不同社會環境下以形態各異的實踐方式表現出來。循著「現代化」的線索理解臺灣知識青年的社會實踐與文學主張,清晰呈現出社會主義和資本主義現代化兩種思考軌跡。

關於 1960 年代知識分子之間進行思想交流的主要途徑,可以從作家對林盛隆等人參加的讀書小組的描寫窺得一二。雖然國民黨政府遷臺之後,全面禁絕留在大陸的作家之作品,但從小說中胡浩、小陶等人從二手書店遍尋被禁的書籍,說明大陸作家作品在臺灣並非處於完全空白的狀態,只是這種影響只能以極為隱蔽的方式進行地下傳播。蕭阿勤認為「1960 年代戰後世代對自身困境與社會公共議題的公開討論,可以說是比較個人的、

---

[14]王洪鈞,〈如何使青年接上這一棒〉,《自由青年》第 25 卷第 7 期(1961 年 4 月),頁 7。

零星而短暫的，未曾激發這個世代的政治社會行動。」[15]這種潛隱的思想活動與當時發生的一系列社會政治事件存在一定的關聯。1960 年 9 月雷震案爆發，《自由中國》遭到查禁，這本 1950 年代最有影響力的政論雜誌的停刊無形中宣告了政治討論空間的再次封閉。與此同時，文藝創作與出版業的勃興取而代之提供了 1960 年代影響知識青年的重要思想資源。老牌出版社大量翻印他們 1920、1930 年代在大陸出版的老書，如商務的「人人文庫」，而新生出版社如文星、水牛則選擇大量出版文壇新人的作品，譯介西方理論，「這些書都是以成熟了的現代白話中文在論述辯駁，構成臺灣戰後新生代的思想資源，本省子弟在這段期間藉著大量閱讀這些作品，培養出更上一層的現代中文的語言、思考、論述與創作能力」[16]1968 年 7 月臺灣當局以「組織聚讀馬列共黨主義、魯迅等左翼書冊及為共產黨宣傳等罪名」，逮捕包括陳映真、李作成、吳耀忠、丘延亮、陳述禮等「民主臺灣聯盟」成員共 36 人，其中陳映真被判處十年有期徒刑並移送綠島。作家鄭鴻生回憶自己曾在高二時（1968 年）參加地下讀書會，閱讀陳映真的短篇小說〈我的弟弟康雄〉和張愛玲的〈留情〉。他指出舊俄小說在 1960 年代的臺灣風行一時，「從 19 世紀末的舊俄知青，到 1930 年代的大陸知青，最後是 1960 年代面對威權體制的臺灣知青，那種心境竟然可以一脈相承」。[17]

　　在林盛隆的家，胡浩第一次參加了社會主義讀書小組的活動。這個時常被「無可奈何」的情緒所包圍的青年即使在懵懂地接受中，也能感覺到一種被激勵的暖流。這個讀書小組的存在不僅解釋了林盛隆之前在文章觀點上與胡浩產生分歧的原因，甚至也成為改變小說中幾個青年人命運的主因之一。不過在讀書小組的活動中，我們可以觀察到的是，雖然其活動以

---

[15]蕭阿勤，《回歸現實——臺灣 1970 年代的戰後世代與文化政治變遷》（臺北：中央研究院社會所，2008 年 6 月）。

[16]鄭鴻生，〈陳映真與臺灣的六十年代——試論臺灣戰後新生代的自我實現〉，《陳映真：思想與文學學術會議論文集》（新竹：交通大學出版，2009 年 11 月），頁 187。

[17]鄭鴻生，〈陳映真與臺灣的六十年代——試論臺灣戰後新生代的自我實現〉，《陳映真：思想與文學學術會議論文集》，頁 189。

明確的社會主義理論為宗旨，但潛在地論述中卻至少蘊含了社會主義與分離主義兩個層面的問題。醫生世家出身的本省知識分子呂聰明具有外省青年少有的政治敏感，他分析廖新土被捕事件的背後隱藏著臺獨力量的政治策略。同時，他也坦承如果沒有進入林盛隆的社會主義活動小組，自己很有可能被臺獨勢力所拉攏。呂聰明的經驗說明了 1950、1960 年代的社會主義與分離主義思想作為意識形態的潛流存在彼此交匯的部分。從社會主義階級理論的角度來看，胡浩和林盛隆先天地具有先進的階級屬性，林盛隆用社會主義的理論分析臺灣社會的性質，其結論頗似毛澤東在 1939 年對中國革命性質的分析，「農民與城市小資產階級是無產階級的同盟軍」以及中國革命兩步走的認識。如要理解左翼論述架構中所處理的「本土」意識形態，便不得不對中國革命中社會主義與民族主義的關係有所認識。首先，五四時期的知識分子將資本主義與社會主義圖景下的現代化過程視為「救亡圖存」方向上的必由之路，因此關於社會性質的論辯成為選擇哪一種現代化道路的前提條件。我們不難從林盛隆的分析中看到，近代以來中國知識分子從救亡圖存到建立現代化國家構想的影子。或者說，林盛隆的理論軌跡延續的是五四以來左翼知識分子在馬克思主義方法論指導下完成現代化藍圖的「革命」譜系。而 1960 年代的臺灣社會已不再具備進行社會性質討論的公共空間，因此資本主義現代化便成為了唯一合理且合法的實踐途徑。

　　這一理論在近代以來的實踐經驗也說明社會主義與民族主義並非兩條並行不悖的平行線，相反，無論從毛澤東還是孫中山的論述中，民族主義與階級意識形態往往在中國革命的各個階段發生了不同程度的碰撞。孫中山對民族主義的強調，乃是以救亡國家為前提，絕非主要是為解決國內民族平等問題。[18]救亡國家的重要標準之一，便是完成現代化的進程，實現中國的自立自強。這種「國家」與「民族」觀念的複雜關係，某種程度上也

---

[18]劉青峰，《民族主義與中國現代化》（香港：中文大學出版社，1984 年），頁 453。

造成了孫中山後期民族主義思想向國族思想的轉型。至於毛澤東的社會主義思想，汪暉曾將其定義為「一種反資本主義現代化的現代性理論」，乃是「基於革命的意識形態和民族主義的立場而產生的對於現代化的資本主義形式或階段的批判」。[19]這一判斷亦強調了社會主義現代化與民族主義在特定階段的交匯。國民黨在臺灣的統治思想延續的是孫中山的「三民主義」，所以 1950、1960 年代臺灣社會的主流論述除了在冷戰結構下為區別於大陸而標榜的自由民主，更重要的文化政策仍落實在民族主義的框架內。由此可見，無論是社會主義還是資本主義現代化在中國的傳播，都無法擺脫民族主義思想的羈絆。

　　與小說中大多數青年沉浸在抽象理論與愛情的苦惱中相比，永遠「游刃有餘」的留美導演羅雲星代表了另一種生存與選擇的方式。呂正惠分析認為 1950、1960 年代現代主義產生的社會基礎是 1950、1960 年代的現代化。[20]而臺灣社會現代化程度的唯一判斷標準則是與美國保持一致的資本主義商品經濟原則。正是在這樣一種唯西方馬首是瞻的現代化準則下，青年導演羅雲星擁有著從內到外的全套「現代化」外衣。值得注意的是，「現代化」程度極高的羅雲星本人並不是現代主義的擁護者，甚而刻意保持著與同人刊物的知識分子之間的距離。當老謀深算的評論家兼記者余廣立提醒他「前鋒」的帽子在臺灣有可能是把雙刃劍時，羅雲星很快清醒地意識到，這條在美國可能走向成功的捷徑，必須「因地制宜」地使用。他的目的是讓這些在臺灣社會被視為「前鋒」標誌的文學青年為他的現代化電影事業打造出同樣具有「先鋒」、「時髦」效果的企業形象，卻不希望他本人也被同行用「前衛」的有色眼鏡來看待。因此，羅雲星拍攝的反映在美華工生存境遇的紀錄片《墳》原本有著社會關懷的積極意義，卻在宣傳中極力避免透露出現實批判的含義。從這種商業效果大於藝術追求的目的考

---

[19]汪暉，〈當前中國的思想狀況與現代性問題〉，《臺灣社會研究季刊》第 37 期（2000 年 3 月），頁 9。

[20]呂正惠，《戰後臺灣文學經驗》（北京：生活・讀書・新知三聯書店，2010 年 4 月），頁 22。

慮，他的矛盾舉動也是不難理解的了。

在羅雲星的小聚會中，反映馬丁路德金在林肯紀念堂前的演講紀錄片《進軍》引發了大家的爭論。羅雲星刻意談到《進軍》的出資方是美國新聞處，並且是無限量地供應膠片。根據曾虛白對美國新聞局的實地探訪，可知只管對外宣傳、直接向總統和國會負責的新聞局，其設置目的在於附和美國當時的「反共」的外交政策。[21]出資方的特殊身分也為小說的討論展開了另一個思路，這也是左翼青年林盛隆所疑惑的問題之一。不難想見，美新處願意為反映爭取人權鬥爭的紀錄片《進軍》傾力投資，主要在於該片與美國向外宣傳民主與人權的政策一致。同時，如果觀察美國對第三世界冷戰意識形態外交政策，會發現「反共」與「民主」是對應出現的宣傳目標。然而在實踐層面，二者卻可能存在彼此衝突的內在矛盾。小說中，雖然林盛隆對「美新處」支持《進軍》拍攝的動機充滿質疑，但即使心懷社會主義理想的他也依然會被馬丁路德金的演講所撼動，也說明對自由平等的追求並不是某一特定政治制度的產物。反觀之，美式文化的傳播必然帶來除了物質現代化美景之外的自由平等的人權思想，但在追求現代化的道路上，資本主義並不能成為知識青年在理論思考層面的唯一選項。

「如何以現代企業的創業精神和管理方法，把新一代的文化力量集中起來，在盡量不傷感情的形勢下，把老一輩文化人的棒子接過來」[22]是羅雲星聚會中原計畫的主題。但由於各方的意見分歧而沒有繼續。這個在小說中沒被展開的話題，在此仍具有一定的討論空間。在羅雲星的表述中，現代企業所代表的現代化經驗結合的對象自然是新一代的社會力量，以至於「現代化」與「新人」隱含了組合的對等意義。相對的，「傳統文化」的代表自然是需要被接棒的「老一輩」。在二元對立的結構下進行思考的結果就是「資本主義的現代化」理所應當地占據了可以批判「封建」的傳統文化、「獨裁」的政治制度和「落後」的經濟制度的文化制高點。資本主義現

---

[21]參見曾虛白，《美游散記》（臺北：臺灣商務印書館，1977 年 6 月），頁 150～151。
[22]劉大任，《浮游群落》，頁 71。

代化的主張由於面對明確的批判對象，光明正大地成為 1960 年代知識青年反省臺灣社會現狀的利器。遺憾的是，資本主義社會的「現代化」進程已經顯現的局限性卻沒有得到充分的認識和討論。

從 1970 年代的熱帶草原，回首那個充滿壓抑與反抗的躁動時期。經歷了保釣運動的意氣風發與憂傷頹唐的劉大任選擇怎樣的位置看待著在 1960 年代現代主義時潮中翻滾的文藝青年。劉大任在多年後直言「生活在非洲南緯 4 度的熱帶稀樹乾草原環境，如何想像 1960 年代的臺北？成了當時最大的難題。」[23]可以確定的是，冷眼旁觀的作家多出了現實主義的觀照角度，那本是 1970 年代後才開始的社會思考進路。《文季》在 1973 年的發刊詞中說「我們認為文學不但應該是生活的反映，更重要的還是如何透過這些反映在現實中教育自己。因為唯有一個作家能夠把自己的命運與人類共同的命運結合在一起，他才能在不斷地反照出個人的愚昧與自私中，領略生命的喜悅。也只有這樣，他所創造出來的藝術品才會真正對人類產生虔敬和愛心，形成一種前進的力量。」[24]比較《筆匯》革新號中處處閃現「現代主義」精神的發刊詞「做一個現代的人，必具有現代人的思想，如果每個人都把自己圍於『過去』的時代裡，沉醉於舊的迷夢中，無疑地是走著衰微的道路。我們主張要現代化。」[25]這一思想轉變的過程離不開臺灣 1970 年代政經危機的影響，現實環境的驟變也使得 1970 年代的知識分子亦不能再沉迷於 1960 年代舊的迷夢中。

1960 年代在臺灣是一個理念到實踐的歷史轉折點。當臺灣知識青年在彎彎曲曲的時代不斷向內思考著個體存在的意義，希冀從西方的文化思潮中找到解決現實社會問題的方法時，許許多多的大陸知識分子被光明宏大的理想所吸引，奔跑著尋找一條畢其功於一役的康莊大道。1960 年代臺灣文學創作以個人生活的境遇探問人類整體的「存在」困境，其面貌亦迥異

[23]劉大任，《浮游群落》（臺北：聯合文學出版社，2009 年 10 月），頁 382。
[24]〈我們的努力和方向〉，《文季》第 1 期（1973 年 8 月），頁 1。
[25]〈獻給讀者〉，《筆匯（革新號）》第 1 期（1959 年 5 月）。

於同一時期大陸文學作品中著力傳達的「國家」體系中的個人形象。儘管
如此,兩岸的知識青年所背負與承繼的確是百年來一個共同的中華民族救
亡史。這一點也許在劉大任顛簸半生後的感喟中表達得更為清晰:「雖然這
批知識分子生活在臺灣,而且,由於近代中國史的發展,處境更為複雜,
但他們的探索與追求,與五四以來的中國民族復興運動,是一脈相承
的。」[26]

——選自《華文文學》第 99 期,2010 年 4 月

---

[26]劉大任,〈中日不再戰——《浮游群落》日文版序〉,《九十年代》第 247 期(1990 年 8 月)。

「臨陣」的姿勢

評劉大任的《晚風習習》

◎王德威

〈江嘉良臨陣〉是劉大任最新小說集《晚風習習》中的一個短篇。江嘉良是大陸桌球國手，廣東中山人，22 歲登上世界男子單打冠軍的寶座，且是 1985 年到 1989 年排名第一的種子球員。但 1987 年蟬聯世界冠軍後，江的表現即現疲態。強敵環伺、新人輩出，他的奇招頻遭拆解。1989 年的世界大賽，江是否能重振雄風，尚未可知。江嘉良參賽，氣勢一向懾人。此番臨陣，自是有備而來。但叱咤之間，已多少有時不我予、孤注一擲的氣息了。

〈江嘉良臨陣〉是篇新聞體的小說，與劉大任過去的風格顯有不同。劉穿插各種事實與數據，兼寫中國桌球史的一頁滄桑。全作望之短小，揮灑起來，卻大氣磅礴。劉儼然將桌球快短準狠的精神，帶入他的寫作風格了。〈江嘉良臨陣〉也是一篇寓言小說。江的球技固然精湛，但對手藉錄影、專業報導之便，早把他「研究得通體透明」。所可賴者，唯有他綿密的毅力及捨命般的臨陣架式。勝負如何，猶未可知。這間不容髮的臨陣時分，是蓄勢待發，也是困獸猶鬥。球場之上，竟透著絲絲悲劇終場前的殺機：詭譎卻寧靜。而劉大任的寫作狀態，也莫非如是？他的序自述創作感懷，只得「掙扎」二字。信然！

《晚風習習》的另九篇小說裡，最引人注意的應推中篇〈晚風習習〉。劉以此作，追憶他父親生前的種種，以及逝前返鄉探親的悲喜遭遇。這篇作品共分 50 節，所暗含年齡的玄機，暫且不表。全文娓娓敘述父子之間半世紀的分合因緣，最是可感。劉有意將父親的形象，擴充為一代渡海來臺

的知識分子的寫照。他們的家國糾結、他們的潛存欲望，遠比想像複雜。〈晚風習習〉一作，因不止於悼亡而已，也透露劉上溯歷史、鑽研父親一代人內心境界的企圖。

筆者在另一篇文字中，曾提及劉大任作品習見的兩種模式：詮釋式（hermeneutic）的，以偵探小說的興味，藉物觀象，抽絲剝繭，推衍事件的真相；寓意式（allegorical）的，以物托喻，不再窮究本源，只求反襯事件所喚起的氛圍，以及隨之而來的感喟（見〈追尋歷史的欲望〉）。兩者隱含銘記、理解歷史的不同策略，暫可以《杜鵑啼血》及《秋陽似酒》作代表。在〈晚風習習〉一作中，則可見劉交錯運用此二模式，一方面由回憶與遺物串聯父親的生平，解答往日的懵昧；一方面藉眼前的景物，投射時移事往的悲愴。於是，在重臨父親「洋房」後山的小徑時，劉終於解開了其間風景之謎。而在吉光片羽的隨想與印象中，他也一再體認追尋時間與生命意義的無償銷磨。

劉大任的作品素來強調感官意象，《晚風習習》亦不例外。他藉性及身體的隱喻，揭露人間風景的齟齬，值得有心人繼續研究。〈下沉與昇起〉、〈白髮的白〉，與〈重金屬〉等作寫異鄉的孤絕、人事的不可恃，內裡皆是欲感十足。尤其〈下沉與昇起〉所述婚姻的蕭索，外遇的罪咎，原是習見的題材。但劉大任以詩般的性意象渲染欲望的壓抑與恣肆、「下沉與昇起」，輾轉蠢動，百難發洩；由自溺到自毀，俱足令人心驚。這也使該作脫離婚變小說的框框，而成為一篇有強烈寓言傾向的自剖。小說最後，男主角逐漸意識自己劫數未了，反生另一種從容姿態。當他緩步跑回家，重新面對婚姻枷鎖時，何嘗不是一種「臨陣」的姿態？〈晚風習習〉中，年少的兒子因撞見父親亢奮的裸體，還有父親某夜旅宿的一度春風，而認識生命最大的誘惑。這一誘惑，微妙的支持也威脅著父子間的關係，甚至不因父親的死亡而稍減。劉寫父親所遺歡喜佛及雞血石給他的震撼，複雜感人。是王文興《家變》以來，寫父子關係少見的佳作。

在劉大任 1960 年的「少作」〈溶〉中，有如下的一段話：

> 我不知道我要划向何處，而前面確有什麼在期待著似的。我的雙臂畫著
> 弧，接近橢圓的弧，一道又一道，它們好似彼此割離而確實相連，那裡
> 面隱藏著我的力量，我清晰地感覺出新的秩序悠然展開，而力量便油然
> 湧出。必然會有新的局面，必然地，我將被影響，被吸取，被毀滅⋯⋯
> 我緊握著這種力，我不得不這樣，因為這是唯一放在我手中的事物，沒
> 有什麼可資選擇。

　　這段話，應是劉大任「臨陣」哲學的早期寫照。在 1986 年的〈下沉與
昇起〉中，劉大任藉主角之口寫下一個夢。在夢中，他與一頭大肚大頭的怪
獸，共囚於一黑牢中。怪獸隨時欺身欲吞噬他的身體。而他迫得以一叉叉乾
草暫緩怪獸的威脅。乾草用盡，他只有「一叉擲去同時自己已經連人帶叉統
統吸進了怪獸肚中。然後是一片昏黑。然後他發現根本沒有自己，只有怪
獸。」這是「臨陣」者最奇詭的夢魘，最無奈的結局麼？徘徊在世紀末的歲
月裡，在「流水」與「怪獸」的挑戰中，劉大任寫著他的「下沉」與「昇
起」。未來的他何去何從？劉大任「臨陣」，萬千讀者正屏息看著。

——選自王德威《閱讀當代小說——臺灣・大陸・香港・海外》

臺北：遠流出版公司，1991 年 9 月

詩意的布局

讀《劉大任袖珍小說選》

◎張春榮*

　　劉大任《劉大任袖珍小說選》主要以《秋陽似酒》（洪範版）23 篇為主，再加《晚風習習》（洪範版）四篇，以及〈下午茶〉、〈蟹爪蓮〉、〈魚缸裡的蜻蜓〉、〈俄羅斯鼠尾草〉，共計 31 篇。書名取為「袖珍小說」，作者謂「這個題裁，臺灣慣用『極短篇』，大陸叫做『小小說』，我還是喜歡自撰的『袖珍』二字，它反映的不是編輯人的要求，而是創作者的歡喜。」（〈後記〉），誠屬個人趣味所致。唯喬遷在序《川端康成袖珍小說選》（民國 61 年，幼獅期刊叢書）時，即取名「袖珍小說」，可見早已有之，不免雷同。

　　劉大任袖珍小說，其特色有三：第一、題材為兩岸三地，充滿錯位的飄泊情調，如〈羊齒〉、〈草原狼〉、〈且林市果〉、〈女兒紅〉等，相較局限於一事一地的極短篇，顯得寬廣新穎，較能有新的視野與立意。第二，濃縮一生為極短篇，充滿縱深的深層意蘊。如〈清秀可喜〉、〈秋陽似酒〉、〈白樺林〉等，相較僅限於一時的極短篇，更能出入於今昔回憶與時間對比，衍生出更豐富的蓄勢與張力。第三、溶意外於自然流轉，充滿無意相涉的變化。如〈鶴頂紅〉、〈王紫萁〉、〈冬日即景〉等，相較於刻意結尾戲劇性的逆轉，更能突破「偶然」意外，直指「偶然的必然」之底蘊，留給讀者更多回味的空間與意旨。

　　讀劉大任袖珍小說，最宜掌握其「思路、筆意」（〈後記〉）的藝術經

---

*發表文章時為臺北師範學院語文系教授，現為臺北教育大學語文與創作學系教授、臺灣師範大學國文系兼任教授。

營；篇中意象形成的氣氛情境，極其蘊藉委婉。如〈鶴頂紅〉結尾，水族箱的螢光燈一滅，父親稀疏的銀髮剎那閃爍！「我躺在魚缸前面的沙發上。黑暗中，閉上眼。奇怪的是，居然聽不到任何嘆聲，卻分明看見一群丹頂素衣的鶴頂紅，優游嬉戲，翻沙弄藻，擺尾而去。耳朵裡，正響起一片清脆樂音，好像交互撚攏挑抹的纖纖十指，在金黃色的豎琴上飛舞著一般。」（頁 27），是虛寫的懸想，是美感心靈的捕捉，亦是對父親培育鶴頂紅魚的肯定。又〈王紫萁〉結尾，兒子指出「什麼都不信」是我們的信仰，父親（「我」）並不確定。而後「兒子沉默下來，我立刻後悔了。我望著身旁破紙袋裡的野花，我看見自己笨拙的身影塞在一個灰暗教堂的布道臺裡，我看見地面上升起一莖莖王紫萁新芽，芽端捲曲成拳，輕風拂過，就微微搖晃起來，竟像是無端萌生著一地烏青淡紫的問號。」（頁 58），於是文中父子採集王紫萁蕨類「那紫色的維管束，尤其是新芽萌生時期，卻不全然是紫，遍體顏色，似乎介於青紫之間，只能說是烏青淡紫，像嬰兒受凍的小手」（頁 53），至此形成關連的喻意，也留下沒有結局的空白。其次，善用畫面與關鍵字的重出，藉以統一事件，開展情節。如〈秋陽似酒〉一開始：「秋陽似酒，他們在午後四時左右進入州立公園，遊人已漸見寥落，孩子們興高采烈，忙著張羅布置，鄰近的野餐烤爐上，已飄著肉香了。他一向不習慣指揮，也不想加入，便自行尋得一塊略略隆起的高地，且放懷眺望。」（頁 149），由此帶出思緒，帶出回憶，帶出女兒誕生防空洞（躲抗戰空襲警報），妻子難產而死，女兒長大嫁人，結婚出國；小外孫女出生，他退休後來美國，與之相聚。結尾：「五點鐘左右，秋陽依然似酒，只不過毫芒盡撤，已經沒有辛辣」（頁 155），全篇以「秋陽似酒」（共七次）貫串，結合苦難酸楚與外在詩意美景，濃縮今生於一小時中，實為珠圓玉潤的袖珍佳品。另如〈冬日即景〉以「站起來了……站起來了……」（頁 110、111）推移轉圜，〈夜螢飛舞〉以「死神的眼睛」（頁 135、148）前後對比，均為作者「思路、筆意」所繫。

基本上，劉大任袖珍小說，有一千五百字為界者，有二千五百字左右

者，亦有高達四、五千字者（如〈唐努烏梁海〉、〈草原狼〉等）；可見作者寫作旨趣，不在篇幅長短的限制，於是袖珍小說便游走在極短篇與短篇之間。而作者在享有絕對書寫的自由時，也留給我們對「袖珍小說」定義的困惑。

——選自《文訊》第 140 期，1997 年 6 月

燈火闌珊，暗香浮動
讀劉大任《殘照》

　　記得是楊照的慨言，臺灣文學一直缺乏正典化的系統處理。所謂正典化，我個人的理解，肯定不是公家機構如圖書館、私營企業如傳媒或民間非營利組織一年一度大拜拜式遴選年度優良讀物、若干大好書。沒有立竿見影實用價值的文學書閱讀，大抵是個人、私密且散漫、緩慢的放牧景象。因此，正典化之書單，是閱讀者夢幻書籍的最大公約數，是文字理想國殿堂的迴廊立柱。

　　卡爾維諾在《為什麼讀經典》提出了經典的 13 項定義，第一條是：「你經常聽到人家說：『我正在重讀……』，而從不是『我正在讀……』的作品。」重讀之「重」，當然就是返回，再重新閱讀的溯迴之旅。

　　正典化的落實，現階段似乎只有零星打游擊，出版社與作者偶爾媒合，舊作換新封面裝幀，內容目次重新排列組合，這似乎是必然的市場邏輯？

　　皇冠在十幾年前出版過劉大任先生的作品集，此次聯合文學接棒再次奮起，《殘照》是為編號 2，收輯小說 19 篇，奇怪的是，博客來網路書店反而有著詳細的脈絡指引，將此書分為兩大部分：

　　一、1967 年至 1971 年，於加州柏克萊攻讀研究所創作的七篇作品，殘陽系列的〈落日照大旗〉、〈前團總龍公家一日記〉、〈盆景〉，昆蟲系列的〈蝸〉、〈蛹〉、〈蝶〉，以及成長啟蒙系列的〈刀之祭〉。

---

*作家。曾任報社、電視臺、廣告公司、東華大學華文文學系駐校作家，現專事寫作。

二、1978 年，二次赴紐約定居，並於 1984 年展開創作的高峰期，分別是成長系列的〈四合如意〉，昆蟲系列〈夜螢飛舞〉，社運系列〈且林市果〉、〈草原狼〉、〈女兒紅〉、〈唐努烏梁海〉、〈照水〉，家庭系列〈鶴頂紅〉、〈火龍〉、〈結瓜〉，移民系列〈冬日即景〉、〈秋陽似酒〉。

我珍藏有劉大任先生第一本小說集《紅土印象》（志文，民國 59 年），對比之下，《殘照》只收了其中三分之二作品。因為熟悉，觸動我個人視此如同正典化、全景化整理一重要小說家全作品的疑問，為什麼編輯過程要將 19 篇小說大半的創作年分付之闕如、形同去除歷史脈絡？

我清楚記得中學時首次讀到《紅土印象》的悸動，彼時劉列為海外黑名單人士，總是禁忌，但較諸我輩凡文藝青年皆朗朗上口的林懷民先生的《蟬》，白先勇先生的《臺北人》，朱天心目光獨到，直言同樣是寫青年人，〈大落袋〉更廣大深厚，同樣是寫遺老，〈落日照大旗〉更冷靜。

我必須直言的是，同樣是自我交代，《紅土印象》的自序比諸《殘照》的自序更是一篇理解劉大任小說的重要文章。「我至今欲望著雕塑一個這一代知識人的典型造像，然而我至今不能。無他，我至今見不到一個虎虎生動的角色，令我震戰搖蕩……見到的盡是彎腰駝背或者剛一抬頭便悶棍打得血流滿地的慘象，奈何！」

何止是《殘照》，劉大任小說的核心，是在過去一百年翻天覆地的革命與中國人集體遷徙、花果飄零（抑或開枝散葉？）的壯闊時空座標，其中一個個在「中國」重壓下或苦撐或扭曲、沉鬱的知識分子靈魂。對曾經髮鬍墨黑酷似魯迅然的劉大任，中國、臺灣、美國，三點成一平面，寬弧地拉開他的取樣視野。如此，《殘照》不可能是一本輕省的小說，讀者必須有備而來，否則難免迷陷於片面風景。劉大任念茲在茲苦心經營的知識分子典型，我們是否得建立一系譜至少上溯郁達夫的「祖國啊祖國你快富強起來」、魯迅的鐵皮屋吶喊與之對應？

做為劉大任先生的書迷，捧讀《殘照》既美好又感傷，第二次閱讀，我終於看懂這是時間之書，悼亡之書，也是自奮之書，它特意（？）逆時

間編排 19 篇文本次序，以「五點鐘左右，秋陽依然似酒，只不過毫芒盡撤，已經沒有了辛辣」的〈秋陽似酒〉開場，殿後更有於今看來未免太露的〈蝻〉、〈蝶〉、〈蛹〉，而以〈刀之祭〉壓尾。22 歲生日當天的胡本傑見習軍官，執行劊子手任務，刺死（共產黨員？）人犯，完成他的成人禮儀式。那樣滿溢近乎法西斯的血氣、盲目青春的罡風獵獵吹著，預言要摧枯拉朽其後一代人。

　　順時間之流而老去的劉大任，如何回首看待他那一整代人？最近的一篇文章，他自述新近喜愛兩句宋詞，「燈火闌珊處」，「暗香浮動時」，果然已是豁達若此？我依然嚮往極未收入此書的〈紅土印象〉，寫準知識分子前的預官軍旅歲月，那裡微縮了中國現代苦難，也是淤塞的困頓場域，只得以性與精液驗證死亡，「是夏天，那房間雖然臨河，還是像蒸籠一樣……只記得醒來睜開眼，看見那女人雪白的胸脯上，有幾粒米樣大小的蚊屍，混在凝固的血跡裡面，已經乾硬得用指甲輕輕一撥就掉了。」

——選自《文訊》第 287 期，2009 年 9 月

懸崖邊的樹
劉大任《當下四重奏》

◎王德威

　　劉大任是海外左翼現代主義最重要的作家之一。1960 年，還在臺大哲學系就讀的劉大任在《筆匯》發表〈逃亡〉，加入臺灣現代文學界，並且參與如《劇場》、《文學季刊》編務。1966 年他赴美深造，轉攻現代中國政治史，甚至「學以致用」，成為保衛釣魚臺運動的關鍵人物。

　　這場運動以維護中國領土為號召，實際的動力卻來自一群留美學生對「中國」夢土的嚮往。劉大任廁身其中，不僅中斷學業，也有多年難以回到臺灣。但真正的代價在於歷經保釣的激情與幻滅後，他對自己、對家國再也揮之不去的憂鬱與蒼涼吧。

　　這獨立蒼茫的感觸卻成為劉大任重新創作的動力。1970 年代後期劉大任曾短期自我放逐到非洲，「赤道歸來」後，他走出神話，發現小說。曾經電光石火的革命情懷一變而為綿密沉鬱的筆觸。他追記保釣風雲（《浮游群落》），懷念父母往事（《晚風習習》），側寫異鄉浮光掠影（《秋陽似酒》），風格極為簡練，著力卻每每深不可測。那場運動──以及所代表的烏托邦衝動──過去四十多年了，但仍然是縈繞他心懷的底線。亦或是他必須不斷重返的前線？也因此，不論題材，每篇文字其實都是他頻頻攻堅的嘗試，每次下筆都是患得患失的出擊。

　　劉大任的作品充滿抒情韻味，骨子裡自有一股堅厲氣質。那是《杜鵑啼血》、是《遠方有風雷》、是《枯山水》。沒有曾經的風霜，寫不出那樣的文章。這些年來，他所曾託命的「中國」已經從嚴峻的社會主義變成曖昧的後社會主義；昔日的粗暴的極左竟包裝成輕盈的新左。種種變遷，對於當年在

海外奉獻一切的革命者而言，恐怕也有了不勝今昔之感。然而歷史最後的嘲
弄在於歲月流逝、事過境遷。驀然回首，老去的劉大任何去何從？

　　在劉大任最新的小說《當下四重奏》裡，一位留美的退休中國史教授
就面臨類似的考驗。這位教授當年參與了保釣，有家難歸，日後選擇留在
美國落地生根。然而他對故國一往情深，幾十年的異鄉經驗哪裡能夠算
數。越到晚年，他越發覺自己的孤獨，即使親如妻子兒女也有了格格不入
之感。他唯一的寄託是悉心經營的庭園。然而有一天，妻子兒女竟不動聲
色的策畫搬離他所熟悉的環境……

　　這似乎是以往留學生文學的「養老版」。劉大任過去的作品也曾觸及美
國日常生活，但從來沒有如此中產階級過。但也唯其如此，小說所透露的
危機感才更令人觸目驚心。當年的豪情壯志安在哉？透過家庭四個人物意
識的你來我往，小說交織出教授所面臨的危機：文化的差異，代溝的隔
閡，漸行漸遠的夫妻關係，時不我與的感傷，都讓主人翁悵然若失。但是
他還有更深的難言之隱：「可是，那塊地方，像一個無底洞，無論用什麼
填，永遠填不滿。」

　　讀《當下四重奏》不由得我們不覺得此中有人，呼之欲出。退休的教
授壯心不已，一心寫本「大書」作為對自己的交代。但時間就在花花草
草、兒孫瑣事中消磨了。當下此刻太平無事，簡直就要天長地久起來。然
而隱隱之間危機一觸即發。我們的教授是解甲歸田，還是棄械投降，還
是……？故事急轉直下，有了令人意外的結局。

　　從驚天動地到寂天寞地，歷史的興廢大約不過如此。劉大任儼然要從
最平凡的故事裡思考大半生的歷練。俱往矣，那些呼群保義、革命造反的
日子。小說巧妙的引用《水滸傳》林沖夜奔的典故，寫出蒼茫的感觸。一
晌風雷之後，撲面而來的是「朔風陣陣透骨寒，彤雲低鎖山河暗，疏林冷
落盡凋殘。」小說高潮，教授夢中醒來，甚至有了七十回《水滸傳》盧俊
義驚夢的意思。然而在現實，在當下，就算驚夢，也只是南柯一夢吧。

　　相對於無所覓處的「中國」，《當下四重奏》最重要的意象是主人翁盡

心竭力經營的園藝。海棠芍藥、杜鵑鳶尾，當然少不了梅花奇石，彷彿之間河山錦繡化為姹紫嫣紅。這裡園林與故國的隱喻似乎失之過露，但劉大任也許刻意為之。因為他明白眼前的花草樹木不過是繁華的幻象。在異國、在華髮叢生的暮年裡，他讓筆下主人翁站在自家陽臺上，放眼看去，不見花園，「眼前忽然出現懸崖。我發現自己站在大瀑布上方的欄杆邊上」；水上浮木看似一動不動，但霎那之間「被水底無形的巨大力量吸引」，幾次浮沉，終於「無可挽回，落下懸崖，在轟隆轟隆的瀑布聲裡，無影無蹤。」

　　但劉大任可曾「看見」那懸崖邊的樹？那樹不生在花園裡，而生在夢想和歷史交界的懸崖邊。我們想到詩人曾卓（1922～2002）的頌讚：

　　　　不知道是什麼奇異的風將一棵樹吹到了那邊──平原的盡頭

　　　　臨近深谷的懸崖上

　　　　它傾聽遠處森林的喧譁和深谷中小溪的歌唱

　　　　它孤獨地站在那裡

　　　　顯得寂寞而又倔強

　　　　它的彎曲的身體

　　　　留下了風的形狀

　　　　它似乎即將傾跌進深谷裡卻又像是要展翅飛翔……

　　　　　　　　　　　　　　　　　　　　　　──〈懸崖邊的樹〉

　　曾卓 18 歲開始創作，抗戰期間加入胡風派左翼的《七月》陣營。1955年胡風事件中曾卓遭受株連，但在極度困塞的歲月裡，他竟然創作不息。〈懸崖邊的樹〉寫於 1970 年，文革中期。那時的劉大任三十而立，正在太平洋的彼岸從事他熱火朝天的革命。

　　多少年後，劉大任終將體認他畢生追逐的不再是主義理想，也不再是故國鄉關，而不妨就是那株懸崖邊的樹。「它的彎曲的身體，留下了風的形

狀；它似乎即將傾跌進深谷裡卻又像是要展翅飛翔。」在歷史的罡風裡，在虛無的深淵上，那樹兀自生長，寂寞而倔強。懸崖撒手，一切好了。但如果懸崖不撒手呢？就像那樹一樣，劉大任的「革命後」創作，由此生出。《當下四重奏》的主人翁沒有完成心目中的大書；但俯仰之間，劉大任寫出了自己的小說。

──選自劉大任《當下四重奏》

臺北：印刻文學出版公司，2015 年 3 月

走出神話國之後

評《走出神話國》

◎錢永祥*

　　在臺灣，劉大任有著相當獨特的一個身分。他不是擅於用題材討好讀
者的作家，因此他的作品並沒有受到一般讀者的重視。至於重視他的少數
有心人，卻又不會把他當成單純的作家來看待。畢竟，這位聯合國祕書處
的職員，二十多年前便曾介入臺灣文壇的前衛運動，又是 1970 年代北美
「鋪天蓋地而來的保釣」中的激進領導人（有人當還記得當年《中央日
報》對他的稱呼是「劉匪╳任」？）。他的《浮游群落》去年六月在臺灣出
版後，雖然沒有形成龍應台的聲勢，但也在一些中年人和青年人的圈子裡
激起不小的漣漪，就筆者耳聞所及，臺大便曾有兩個學生團體，在內部討
論這本「生動地反映出 1960 年代中國知識分子在臺灣的生活」的書。當
然，到了今天——用劉大任的字眼就是「臺灣發了」以後——所謂「前衛
運動」，所謂「保釣」，在許多人眼中已經成了難以理解的歷史煙雲。不
過，每一代都有人要面對「行動的迷惘」，要用頭腦甚至於生命去認識「行
動」的意義及限制。因此，即使時空已經滄桑，但是以劉大任這種特殊的
經歷，以他敏感的觀察力和反省力，他對於政治行動在我們時代中所呈現
的難局所發的檢討，仍然值得注意。

　　今年元月，劉大任出版了《走出神話國》，「以海外知識分子的立場，
對政治、文學、思想、文化作檢討」。這似乎是他頭一次以非小說的形式表

---

*發表文章時任職於中央研究院，曾任中央研究院人文社會科學研究中心研究員，現已退休，任
《思想》總編輯、中央研究院人文社會科學研究中心兼任研究員。

達他的信念和觀點，引起了不少人的重視和反應。在本文中，筆者不擬零散地討論劉大任在各篇文章中對個別問題及現象所發的意見，因為這些意見筆者大體上是同意的。我只想針對他在這些文章的後面隱隱約約地表現出來的一種對「政治」的曖昧態度，做一點粗淺的分辨。筆者必須要說明，劉大任書中並沒有直接明白地對「政治」這件事做學理的分析或倫理性的反省，因此所謂「劉大任對政治的態度」，大有可能只是筆者捕風捉影強作解人的結果。不過，鑑於這個問題的重要程度，我們應該儘可能地把它弄清楚，若因此有誤解委屈劉先生的地方，希望他及讀者原諒。

一

《走出神話國》結集了 34 篇劉大任從 1978 年到 1985 年在臺、港及美國報刊上發表的評論性文章。用《走出神話國》作為書名，劉大任有經過斟酌的理由：

> 第一，無論是用意識形態或社會制度作標準而區分的東方與西方，或者是用發展程度劃開的南方與北方，這個世界，從 1980 年代前後開始，似乎隱隱約約，出現了一脈清醒的潛流。……我個人以為，這一脈潛流，或者可以稱為「走出神話國」；第二，這本集子裡的文章，內容頗為龐雜，體裁風格也不一致，但是，撇除了外觀，從思路和著眼點上仔細審視，又彷彿有一種基調，貫穿在首尾各處。這個基調，……也應該叫做「走出神話國」。
>
> ——頁 1～2

劉大任所謂「神話國」，主要是指「政治彌賽亞」：以「創造完美社會、創造新人類為最終目的」的「極權主義」（這是劉大任對 totalitarianism 一字的中譯）。（頁 50～51、113～114）這種政治彌賽亞高舉一套烏托邦式的人類完美境界為鵠的，以狂熱的理想主義為號召，以「歷史的巨流」作為

證據，以動員、組織、控制為手段，訴求的對象，則是渴望投身到一種強烈信仰中以滿足自己心理上的救贖需要的群眾。「神話國」在近代西方歷史中不時出現，在東方最具體而殘酷的表現，則是中國大陸的十年動亂——「無產階級文化大革命」。

「神話國」的出現，當然有非常複雜的各種原因，不過劉大任沒有去追究。他只告訴我們：

> ……組織人的心態，往往為編造神話從而掠奪權力的人提供了市場，要打破這個循環，似乎只能從這方面的反省開始。
>
> ——頁 3

因此劉大任強調：「不能以組織取代組織，也不能以意識形態取代意識形態。」走出神話國，就是拒絕一切美麗動人的政治神話，拒絕任何狂熱而絕對的道德理想主義，拒絕為了在此世實現虛幻的天國而犧牲個人的理知、良心和自主。要做到這一點，「每一個個人，就以個人的良知為依據」，最好是同「權力」、「組織」這一類東西保持一定的距離。

當然，走出神話國，並不表示這個世界上沒有黑暗勢力的存在，也不表示人類數百年來付出極大代價追求的價值和理想純粹是欺人的煙幕，更不表示人類從此便只能接受既成體制的控制和支配。劉大任的每一篇文章，都充滿著向政治（以及其他）權威挑戰的批評精神；在論及作家的本質時，他更強調對現實的批判，強調不能摻水的「反叛精神」。在走出神話國、拒絕權力和組織之後，劉大任並沒有走入虛無；他只是要把「反叛精神」落實到「撇開左右兩翼的歧路，堅持中間壯大，在社會基層草根孕育生機的長遠策略。」（頁 206）

劉大任這個戰略的理論背景，在〈殷海光的道路〉一文中，有比較清楚的陳述。借用近代西方政治思想中「市民社會」（civil society）和「國家」（the state）這一對關鍵概念，劉大任指出，社會的力量，代表著「民

間」，而國家則是一個號稱體現全民「公意」（general will）的政治力量。
這種政治力量，為了要支配社會，便塑造出一套烏托邦式的集體目標，作
為動員、組織和控制的藉口。這便是劉大任所要摧毀的神話。如何恢復社
會力量的主動生機，把它從國家的全盤支配中解放出來，轉而支配國家，
是近代世界最迫切的課題之一。劉大任所要的，是讓社會中的各種力量和
利益，在政治的途徑之外走自己的路，在一個多元價值的架構中進行多元
的活動。這種活動最重要的特色，在於它們的社會性。簡單地說，劉大任
揭示出來的行動的路，是一條和傳統的、政治性的、有組織的途徑完全不
同的路。這條路有什麼特殊意義呢？

二

　　雖然劉大任不曾用過這個名詞，但我們猜測，他心中所想的，和近十
年來先進資本主義國家中聲勢浩大的「新社會運動」（new social
movements）相當接近。這類運動的種類和數量雖然都很多，但其中最具代
表性的，大概是婦女運動、和平運動和生態運動。大體言之，這種新的社
會運動有幾個特色：就訴求主題而言，它們關心的是一個或少數幾個和社
會之功能性的運作沒有直接關係的議題（issues），因此，這類新運動比較
不受社會分工形成的角色限制及活動領域限制的束縛；就組織而言，這類
運動的組織型態非常鬆散，民主而自發，和既有的政黨、利益團體、社會
組織至多只會形成偶然性的聯盟關係；就手段而言，這些運動至多只進行
遊行、宣傳、戲劇性的示威和抵制，而不會介入暴力的反抗或權力的爭
奪；就意識形態而言，這類運動通常只提出對特定問題的一般性看法，它
們沒有嚴格界定的世界觀或社會觀，也不會要求跟從者全面的信仰或獻
身。這類運動，是社會力量針對現實生活的方式和品質所發的關懷、檢討
和改良要求。它們所代表的意義之一，就是由社會內部的力量來決定社會
生活的內容和方式。

　　到目前為止，無論在國外或國內，這類新社會運動都已經逐漸在發揮龐

大而健康的影響。雖然現有的理論思考與歷史經驗，尚不足以讓我們對這類運動作出全面的評價，但它們的積極功效是不用懷疑的。不過，和任何社會現象一樣，新社會運動也必然會產生一些理論上及實踐上值得思考的問題。針對劉大任的主題，我們或許可以考慮一下新社會運動和政治的關係。

　　表面上看起來，這類「社會」運動似乎不具有太多「政治」的意味，但是在兩個層次上，這種印象又似乎並不完全正確。不錯，這些運動不會以奪取國家政權為目標，也不會直接介入選票的爭奪或政黨的競爭。但這並不表示社會運動和權力的問題完全無關，而只是表示權力的活動空間從國家、政府、政權的領域，擴展到了社會的領域。因為權力概念的社會化，我們遂可以從一個更廣泛的角度去了解「政治」的意義，但是「政治」並沒有因此而退到後臺。其次，這類社會運動必定會和既有的法律體制、社會權威、價值規範、物質利益發生衝突。這種衝突不會表現為對政權的角逐，但其為權力的衝突則一（當然不只是權力的衝突），因為無論是群眾自發性的抗議、道德性的壓力、文化、生活方式領域中的價值衝突，乃至於民間的不服從（civil disobedience），幾乎無可避免地會牽涉到一股制度性的力量對其他人思想和行為的支配能力——而這不就是經典意義下的「權力」嗎？既然如此，我們便很難說新社會運動與政治無關；充其量，我們只能說它們是在試圖發展出一種新型態、新風格的政治。

　　問題是在今天人們尚不太清楚這種新政治和傳統理解中的政治有多少異同。因此，做進一步的探討之前，就先斷言「組織」、「權力」的有無，是兩種政治的區別所在，恐怕稍嫌武斷。古典社會思想家——包括馬克思和韋伯——常把政治了解為社會主要利益團體之間有組織的鬥爭，他們有一項深刻的見地：社會現象，是社會力的運作和互動的結果，而不是原子式的個體的行動的累積。因為各家對社會組織原則的看法不同，對社會力的構成，也就有了不同的說法。馬克思透過階級關係來了解社會力，韋伯則用一個包括了階級、身分團體、政黨等多元的架構來描述社會力的成型和運作。如果我們從近代社會科學的這項基本前提出發，把社會運動看成

社會力的運動，而不只是「個人履行良知的要求」，社會運動和組織的關係，便顯得比較清楚。社會力要擺脫盲目、癱瘓、缺乏自覺的狀態，發展出相當程度的自我意識，共同綱領，提供規範以及動員的能力，在在都需要「組織」。「組織」會不會發展成「先鋒黨」、「革命政黨」，甚至於「黑手黨式的嚴格組織」，牽涉到許多複雜的外在內在因素，恐怕不易有輕鬆俐落的答案。組織的發展會有怎樣的結局，要由它身處社會的性格和組織本身的邏輯來共同決定。在這方面，馬克思的信念既不切實際，又和後來的歷史事實相違，韋伯的構想比較接近現實，但卻悲觀得令人不忍接受。他們兩人對組織的命運有不同的預言，但兩人對政治和組織之間的緊密關係，則有非常相近的看法。我們有很好的理由來指斥他們對「組織」這個觀念的著迷嗎？他們如此注意組織的問題，究竟是因為他們的視野受到了歷史條件的限制？還是他們對人類社會中的權力關係有比較深刻的見地，使他們必須用一種比較實際的角度來看人類的政治現象？

三

　　劉大任當然不會天真到反政治的地步，但綜觀《走出神話國》全書，他對政治及政治的實體——有組織的力量——確實表現了強烈的反感。這種反感，有著一定的道德內容，我們可以作同情的了解。但劉大任倒洗澡水的時候，是否把盆中的嬰兒也一起倒掉了呢？政治活動在道德上所造成的難局，韋伯有十分深刻的認識。他曾冷靜地指出，「從事政治的人，是在撩撥魔鬼的力量」，因此企圖實現某種精神價值，道德理想，或宗教性的救贖的人，不能以政治作為手段。但是如果一個人所關心的並不是人間的博愛，世界的大同，而只是他身處的社會如何運作，他的行為和利益如何被制度、法律、他人所影響和決定，他的生活和命運如何因為權力的分配狀態和運用方式而受壓抑、挫折，他便不能不正視政治，甚至介入政治。在《走出神話國》中，劉大任嚴厲地揭發、抨擊道德化的、救贖化的政治；這和韋伯對「心志政治」（Gesinnungspolitik）的批評相當一致。確實，近

代歷史中已經有太多的悲劇，都是因為企圖以政治為手段實現世上的天國、洗滌人間的罪惡，結果以更大的罪惡收場。但是走出神話國之後，劉大任對政治本身卻不時表現出一種疲憊後的厭倦（blasé），或者雖然鼓勵我們向民主開放的社會繼續前進，卻又再三告誡我們「遠離權力、遠離組織」，甚至「先把自己從『行動』的迷惘中救出來」（頁 229）。我們可以了解他的深苦用心，但我們不以為這種態度有助於新一代的中國人對政治這回事建立起健康的心態和切合實際的認識。政治有其特定的課題，有其特定的規範，也有其特定的限制。這些都有待我們仔細謹慎地思索、學習、掌握。徒然因為政治的罪惡傾向，就企圖用一種犬儒式的道德優越感來驅逐政治，非但不會有實際的結果，反而會使我們沒有能力來處理「政治這門尊貴的藝術」。誠如韋伯所言，「在政治中盤踞著魔鬼的力量」：

> 這些力量是一刻都不會放鬆的：它們對人的行動產生影響，甚至對他本人的內在人格發生影響。人如果沒有了解它們，便只能束手無策地聽憑這些魔性力量的擺布。

回顧百年來中國滿目瘡痍的歷史，再讀《走出神話國》，韋伯這句警語的意義顯得格外深沉。

讀完《走出神話國》，讓我們回頭再看一遍《浮游群落》。小說中，哲學系畢業的小陶總是在「一方原始的黑暗」中找不到出路。他追求

> ……那個踏踏實實的世界，一個保證沒有惡夢地活下去的世界……在那裡，不就是那個你慌亂他不慌亂，你迷失他不迷失，那個從不潰散，從不逃亡，那個你茫然他不茫然，你怔忡他不怔忡，那個不動的東西？
>
> ——頁 212

到了出國前夕，小陶終於知道如何尋找這個「不動的東西」了：用「反

抗」代替「我」——

> ……用憤怒代替痛苦，而培養憤怒的竅門，其實也沒有什麼複雜、精微的程序。閉上向內張望的眼睛，鑽進屈辱的人間去。如此而已。
>
> ——頁 225

《浮游群落》的主要角色中間，只有小陶出了國，他搞前衛藝術的朋友，被臺灣社會迅速支配了一切的商業文化捲走，他參與激進政治的朋友，則被統治機器的血口吞噬。《浮游群落》只是長篇小說三部曲的第一部，因此我們尚不知道小陶出國之後有什麼樣的遭遇和轉變。如果小陶繼續追求那個「不動的東西」，那麼，在二十年的激情和虛無之後，他應該已經知道，「用憤怒代替痛苦」沒有用，因為憤怒不夠支撐任何必須以十年百年為計時單位的事業，「鑽進屈辱的人間」恐怕也不夠，因為屈辱之後跟著來的，常常是幻滅和失望，而這些往往只會滋生恨怨、庸俗，甚至麻木、逃遁。小陶如果真想找一個「不動的東西」，或許韋伯的一句話對他會比較有幫助：

> 誰有自信，能夠面對這個從本身角度來看愚蠢、庸俗到了不值得自己獻身的地步的世界而仍屹立不潰，誰能面對這個局面而說，「即使如此，沒關係！」，誰才有以政治為志業的「召喚」。

——或者以任何一種現世性的人類理想活動為志業的召喚。

　　附註：文中所引韋伯文句，取自韋伯的演講「政治作為一種志業」，收入錢永祥編譯《韋伯選集 I ·學術與政治》（臺北：允晨文化公司，1985年 6 月）。

——選自《當代》第 1 期，1986 年 5 月

溯河迴游的桑提阿哥

《強悍而美麗：劉大任運動文學集》序

◎唐諾*

　　桑提阿哥這個名字，在球類的世界裡，是一位特異功能的捕手，前幾年，打的是和他名字幾近雷同的聖地牙哥教士隊，目前跳到新球隊佛羅里達馬林魚。

　　劉大任先生在這本運動文集裡提到過他。這個長相狀似歹人的捕手，可能是棒球歷史上最可怕的壘上跑者狙殺手，尤其是二壘對角線傳球，用來福槍手臂來形容他應該是不夠的，桑提阿哥面對大聯盟那一堆百米速度動不動 11 秒內的快腿，甭說不用起身，就連手臂後拉的動作也極小，但不知道為什麼，球卻一抹流光的直奔接應刺殺的游擊手——唯一要當心的是橫在中間的投手，如果他不想就此殘廢的話。

　　難怪，那些盜壘如家常便飯的大聯盟好手，能在桑提阿哥面前偷跑成功，就隨時都是一級成就。

　　在文學的世界裡，桑提阿哥這名字，卻是個窮苦老去的古巴漁夫，他也迷棒球。關心的是棒球一代英豪洋基狄馬喬是否恢復往日的神勇，卻因沒錢買報紙，腦中的資料永遠追不上實況。他捕魚的技術卓越但是人已衰老且不運，曾有輝煌的昔日，卻連續 84 天抓不到一條魚。最後，在幾天幾夜的生死惡鬥後，他成功制服了一條長達 18 呎的超級大魚，卻在筋疲力盡的歸程中被一群貪婪的鯊魚徹底擊敗，只帶回來一枚大魚骨架子。

　　這是《老人與海》，自殺身亡的海明威所寫，是我個人最喜歡（老實說

---

*本名謝材俊。發表文章時任職於麥田出版公司，現專事寫作。

也是唯一喜歡）的海明威作品。

劉大任先生所以讓我想到桑提阿哥這名字，不僅因為小說與球賽皆和劉先生有關，亦不僅因為劉先生一直頗喜歡海明威的作品（希望我沒記錯），更因為《老人與海》中那種和自然、和命運、和死亡拼搏的勇悍卓壯姿態，忍不住讓我想到劉先生本人——在本書〈不敢嘲笑喬丹〉文中，劉先生曾這麼寫：「運動員的根本定義就是面對挑戰；就好像人的根本定義就在於面對死亡一樣。沒有挑戰，就沒有運動員；沒有死亡，也就沒有了人。」

沒寫完的小說

過去，現在，當然也包含未來，數十年如一日，我一直以為，劉先生是一位可敬的前輩，一個可敬的人。

劉先生有很多個身分，其中最要緊的一種，我以為是小說家，《紅土印象》、《杜鵑啼血》、《浮游群落》、《秋陽似酒》、《晚風習習》，綿亙達卅年歲月——很抱歉，我先假設您並沒有或不怎麼看過這幾部書，但從這幾個書名，您可以簡單發現，它們全是「四字箴言」，而且有一致的顏色、氣息、粗黑深鑄的線條，以及，重量。大致上，是在光與暗交接的邊界，一輪血紅不仁的夕陽冷冷俯看大地，以及，不說我們也想得到，大地之上辛勤思索活著的人們。

我沒說寫了卅幾年小說的劉先生，打開頭就有意將書名「一致化」，這只是個不經意透出的訊息，而訊息的內容，完全和我認識的劉先生相符，這是個認真、耿耿一念、一輩子做什麼事都直接把整個人押上去的了不起創作心靈。

沒錯，一個刺蝟型的人。

然則，這樣一個刺蝟型的人，為什麼在行為上卻這麼像個狐狸型的人多學多能呢？劉先生寫小說、寫散文、寫評論、寫政論並努力思索中國的過去現在未來；而且看球談球打球、甚至為了深造乒乓球技藝，還數次跑大陸尋訪名師，練就文化圈幾乎無人可擋的橫拍兩面拉攻；此外，劉先生

「言及鳥獸蟲魚」如聖經裡說所羅門王，他的園藝和養魚，不僅自行配種，且皆深入到研究遺傳基因的境界。——光說劉先生本事中的犖犖著者，會讓我們想到，這不是會嚴重分走他的心力，妨礙他的「正業」嗎？

從他的小說數量來看，卅多年寫五部小說，平均六年多一本，產量的確不可言大，更何況，其中有一部「並沒有寫完」——我指的是《浮游群落》，這原是劉先生大河式的三部曲之一，小說使用了鮭魚出生於河川，成長於廣漠海洋，再聆聽身體內部的召喚尋回出生的地點，產卵，死亡，把生命延續給下一代的生態，來談 1960 年代被世界性的解放風潮、保釣和自己體內力比多所召喚的知識分子。很多人曉得，劉先生自己正是其中的鮭魚一條，往後的廿幾年歲月，他停留於美國，浪跡世界各地包括非洲大陸，最後甚至在近年來打算重回臺灣長住準備認真打他生命的「第九局下半」，但這部壯哉其志的大小說卻始終未見游出海洋。

我可以對天發誓，絕無一絲一毫挖苦之意，我只是非常煩惱，該如何才能說得清劉先生這個人呢？很多事已事過境遷，該怎麼跟年輕、後來的人說得清，一些在他們腦中已是古早古早時代的事呢？

從來不想變成虛無主義者

我想，可能躲不掉 1960 年代保釣這事。

我盡可能簡短的來說，保，是保衛；釣，則是釣魚臺列嶼，是臺灣東北方的幾個蕞爾小島，當時日本片面把它劃為自己國土的一部分，激發起保衛國土的民族主義，尤其是旅居海外、浸染於 1960 年代狂飆氣氛的年輕讀書人。然而，臺灣主政的國民黨政府，決定對日妥協、對內壓制這股狂潮，遂讓這支為神聖目標獻身的年輕力量，失望，決裂，乃至於把自尊和希望轉向中國大陸——身為保釣健將的年輕劉先生，於是也成為劉匪大任之類的人物。

然而，就像命運猙獰的嘲諷，為期十年的文化大革命發生了，這致命一擊，使這個年輕的心志、熱情和想望當場陷入幾近絕望的進退維谷之

境:第一,你可以矇起眼睛當沒看見,繼續向前,但得跟自己讀書人的良知打一場仗;第二,你看見了,但必須回頭料理一身傷的自己。這又大致可有兩種方式,一是壅塞法,理想幻滅,熱情深埋心底,把自己改裝成犬儒式、虛無主義的人;一是疏導法,必須重建你的價值和目標,開始另一種更綿長、更磨人心志的戰鬥。

張大春在為另一位保釣前輩張北海先生《美國‧美國》一書的跋文中銳利的說:「這個悲哀更底層的一面是:張北海從來不想變成一個虛無主義者。」──我所認得的幾位先生都昂然選了這道最難的路,難的是,不論目標、理想或信念的收拾和重建,都沒辦法像換個手套那樣方便呼之即來,於是郭松棻先生一路追入哲學的思維析辨世界,乃至於心力幾乎不堪負荷;張北海先生浪跡於世俗文化裡,護持自己年輕的心志。

劉先生的方式較多樣,也更像個巡禮者走過最多路,我個人的猜測是,在舊的想望破去,新的又不知何時能來的這段期間,他已然決口而出的勃勃生命力必須有所交代,因此,他的種花、養魚、以及看球談球打球,便少了悠然的生命情調氣味,而是一心一意,集義養氣。

渾厚沉重的著眼

於是,以這樣的打老虎的力氣來看球談球,劉先生的球類文章總讓觀者駭然,像猛的挨了一記泰森的鉤拳一般。

我沒記錯的話,最先看到是〈江嘉良臨陣〉一文,劉先生以極其老練的小說名家文字,厚實誠摯的人文關懷之心,豐饒的學養,以及對乒乓球技藝的深徹洞解,熔鑄於一場江嘉良和華德納的生死惡鬥,是近年來臺灣方興未艾的運動文學的先行者,而且數年以來,仍如 NBA 球隊的退休球衣一般,高高掛在那裡無人可及。

球場英雄如蜉蝣朝生暮死,幾年來,大陸的乒乓長城一垮再垮,正拍近柏短攻和江嘉良也逝如春水,然而,我此番重讀此文,似覺力道千鈞絲毫不衰當年,就像重讀杜甫的〈觀公孫大娘弟子舞劍器行〉,渾然不覺時光

推移歲月如梭：

> 昔有佳人公孫氏，一舞劍器動四方，
> 觀者如山色沮喪，天地為之久低昂，
> 爛如羿射九日落，矯如群帝驂龍翔，
> 來如雷霆收震怒，罷如江海凝清光。

沒錯，觀者如山色沮喪，天地為之久低昂。

從這裡，我們也就能順理成章了解，何以劉先生喜歡球風苦澀至令人不耐的紐約尼克（當然，這和劉先生客居紐約不謀而合）；何以劉先生喜歡「冷得像條黃瓜」的當今男網首傑山普拉斯；何以劉先生寫運動文章總是「惡戰」、「苦鬥」、「無知覺狀態」、「簡單而嚴肅」、「老兵不死，他們也不凋謝」之類渾厚沉重的著眼方式，何以劉先生把這部書正式定名為「強悍而美麗」。

鑼聲若響

這裡，我來拿個較極端的實例做比較，或能從劉先生的運動寫作學到更多東西，以為有志於斯的後來者誠也說不定──很抱歉，這個扮演丑角的反面例證，正是唐諾，我本人。

唐諾的談球，徹頭徹尾是個疲賴主義者，所謂疲者，乃是幾近虛無而呈現出的一種軟體動物式的懶怠狀態；所謂賴者，簡單說，就是天塌下來自然會先壓死個頭較高的人，比方說 NBA 當前一千七呎中鋒，矮小疲弱才127 磅的唐諾，總能放心多苟活一會兒──對運動，對他人乃至對自己，一點點責任感也沒有。

我個人一直認為，看球哪裡有這麼重要？它只是個不好戒除的不良嗜好罷了，也不反對在所有的運動節目和文章一旁規定得加上諸如「運動觀賞如抽煙，長期使用會致癌」之類的安全警語──當然，它也沒那麼壞，比起奸淫擄掠、比起吸毒和加入國民黨、比起三重幫，它簡直高貴得幾乎

頭頂上光圈閃爍了。

　　讀劉先生昂然奮進的運動文字，說真的，並沒有讓我改變這個「運動觀賞無用論」的一貫想法，我真正感佩的是——三千年前，來自南方水澤之國的年輕雄主楚莊王，曾有兩句自信滿滿的告白：「只要心志精純堅定，則沒有什麼事是沒有意義的。」的確，電動玩具有哪點好？但您若讀過臺灣年輕小說家駱以軍壯麗、深澈、宛如夢裡王國的絕妙短篇小說〈降生十二星座〉的話；賭博有什麼意義可言？但杜斯妥也夫斯基崇隆如神殿聖樂的小說卻是從這個腐爛汙敗之地燦燦升起。

　　請千萬不要誤會，如果您從此打算看球、打電動玩具順便賭錢的話，也千萬別說是唐諾講的，我的意思，劉先生的運動文章所以「異於常人」，重點不在於他比你我球看得多或更內行（好吧！他是比我們內行一些），而是來自運動之外的有力支撐，包括精純的意志，人文的訓練，文學家的底子，和對生命對死亡昂然不回的數十年如一日姿態。

　　運動儘管精微可喜，仍有時而窮，而生命卻是無盡無休的真正大事一樁。

　　用我們所習慣的 NBA 來舉例好了，在運動寫作的世界，你球懂得多，正如你在 NBA 的場上擁有絕佳的體能和爆發力，但這不能保證你的勝利，正如打過尼克、活塞，如今沒人要的華克或熱火「小喬丹」麥納爾，這兩人都拿過灌籃大賽冠軍，卻只是二流的球員，至於喬丹的創造力，魔術的視野，大鳥的聰明或巴克萊的贏球意志，卻能帶起那個或者太矮、或者太慢、或者望之不似人君的不怎麼樣身體，而成為某種傳奇和神蹟。

　　對不起，我只能說明到這種程度，但我是極其認真的，也唯有如此，我才自覺稍稍對得起劉先生「不當」的囑咐，讓我為他這些年的運動文章鳴鑼開道。

　　是為劉大任先生暨其運動文學。

——選自劉大任《強悍而美麗：劉大任運動文學集》
臺北：麥田出版公司，1995 年 2 月

政治・體育・園藝
《無夢時代》

◎黃碧端*

在 1960 年代受矚目的幾枝新銳健筆中，隔了 30 年而仍持續創作的，劉大任是少數的一位。

而儘管寫小說的筆如今主要寫的是雜文評論，風格語調依稀仍看得見《杜鵑啼血》和《浮游群落》裡的劉大任。只是，血性且天真的理想主義者，看過 30 年裡世局的變遷、真相的一一浮現，評騭論斷之餘不免交雜著輕嘲感喟。〈要不要鹽？〉、〈杰利魯賓死了〉、〈不安的山〉裡，有著雜文家的銳利和小說家的曲折，同時還有已經「無夢」的理想家的自嘲。

但是，就一本雜文集而言，《無夢時代》最大的特色應是它涉獵的多樣。對當代美國的種種政治社會面目有興趣的人，固然很能自〈克林頓情結〉、〈全國合寫一部小說〉、〈逼死卡斯楚〉這樣的篇章裡看到 1960 年代價值標準和 1990 年代現實的差距，看到資本社會和社會主義社會的衝突矛盾，看到聳動的辛普森殺妻罪案怎麼樣牽動著全美國人的神經，變成一部「集體參與創造的後現代小說」，《無夢時代》還有許多別的雜文家難以兼顧的題材，比如說花木，比如說體育。

喜愛花花草草的人會喜歡劉大任談日本楓、談杜鵑的幾篇，但這個人的園藝趣味也許更表現在他的〈一個人逛苗圃〉裡。一個人逛苗圃，也帶著讀者逛，帶他們體會日本楓「彷彿子宮內略略成型的胎兒」的春初葉芽，體會它的狀如瀑布的樹體，「你能想像四散奔瀉的水花都變成紫紅的胎

---

*發表文章時為暨南大學外國語文學系系主任，曾任國家兩廳院藝術總監、教育部高教司司長、行政院文建會主任委員，現為中華民國筆會會長。

兒嗎？」

　　寫花草的劉大任也許感性多些，寫 NBA 籃球賽，寫喬丹復出、寫乒乓球手，則動感十足。球迷劉大任在其中呼之欲出。劉大任自己說，「寫作者應該像運動員」，尤其是在「意識、無意識與潛意識……的面向裡往返衝刺」的運動員，他用這樣的說法來解釋這本集子的彷彿欠缺內在邏輯而實則是一個自覺的過程。其實，對許多讀者，這樣的解釋也許是多餘的，一個有 1960 年代感性和熱情的作者如果仍興味盎然地觀察這個世界，採取了諷世而不憤世、品味而不排拒的人生態度，這樣一本繁複多樣內容的作品也許正是自然的成果。

——選自《聯合報》，1996 年 10 月 14 日，43 版

無夢時代的追夢者
談劉大任《無夢時代》

◎王仲偉[*]

　　發生在 1970 年代，也就是戰後臺灣接受西方思潮高峰期的保釣運動，掀起一陣知識分子的自覺狂飆；當時的臺灣（或只能說代表臺灣的一些聲音）對於日本舊恨未了之際又添新仇，保釣於是成為凝聚愛國意識最佳的訴求。然而 1996 年零星的保釣舉動，最大的特色是由一群中年人主導，年輕人倒因為務實的人生觀和對政治風向的敏銳察覺變得敬而遠之。1970 年代的夢想到了無夢的 1990 年代，「飆」得有點難堪。

　　被視為保釣健將的作家劉大任，1970 年代前後也一直在追求一個夢，卻在一次中國大陸的「危險之旅」後破滅，他自此重新握管筆耕；1994 至 1995 年間，在顯然為十五二十新人類企畫的副刊寫了一年的「三少四壯」專欄，成為這本集子《無夢時代》的主幹。追夢的劉大任在夢想破滅的世紀末，為同床異夢的讀者書寫；就如書中〈誰管盧安達〉一文通篇所言，臺灣人只注重眼前和自己利害有關的事物，所謂國際觀只是少數聰明人出名或牟利的資料庫。

　　然而《無夢時代》前面將近二分之一的篇幅，講的是美國或與美國有關的現象，作者試圖打開臺灣狹隘的視野，但這些文字不會像後半部幾篇有關 NBA「強悍而美麗」的運動散文具有賣點。

　　劉大任的運動散文比起他的小說（特別是《杜鵑啼血》諸篇），讀來更引人入勝而沒有壓力。〈兩位老運動員〉描寫桌球老將格魯巴與成應華的感人小故事，〈何智麗的故事〉辯論運動場上的個人主義與國家意識，〈快樂

莫過於〉中父親如何看待兒子以練出乒乓弧圈球為最大樂事，臺灣的青少年如果寫在作文簿上的最大志向是踢足球或打曲棍球（其對於自身前途的背叛，相當於美國孩子打桌球或橄欖球），臺灣的父親笑得出來嗎？

劉大任不能代表某個時代的中國知識分子典型，因為他是個異數；本行是哲學，正職在聯合國祕書處，在文壇以新詩起步，以小說成一家之言，兼寫政論與球評，主要嗜好在養魚種花，興趣之廣泛（其中有多項堪稱專業）恐怕無人出其右。從〈床頭書〉裡所提的珊瑚與水族養殖、〈藍紋慈鯛〉中對珍稀動物的瘋狂追逐，此外對日本楓、雅諾瑪米人狩獵旅等深入的研究，轉換成文字的投資報酬率，以臺灣標準來說，簡直低到愚蠢的境界。

〈不安的山〉敘述首次鐵幕之旅以及神話的幻滅，而作者對於培育其成長的臺灣也有一個易碎的夢，幾篇關於臺灣社會文化現象的觀察，如〈從文化沙漠到文化商場〉，篇名即道出對臺灣社會現象的理解，當文化變成商品，文化人變成商人的時候，也就是我們對「文化國」重新下定義的時候。〈走過臺灣街頭〉則呈現一個醜陋的國際大都會四不像的特異景觀。劉大任寫有關臺灣的種種批判，無形中比他對美國社會與政治的觀察在態度上更為嚴肅，對傳播媒體不顧情面的批評，對臺灣人井蛙心態的指陳，都是逆耳忠言，只怕特別注重尊嚴的臺灣不習慣接受。

劉大任始終賦與自己開發創新的使命。他寫〈江嘉良臨陣〉（最初收於《晚風習習》），三、四年後臺灣開始重視運動小說；《秋陽似酒》（這次整本納入「作品集」《劉大任袖珍小說選》）確定了兩、三千字「小小說」的格局；他對 NBA 與國際體育動態長期而深入的了解，練就一種兼具報導價值與文學企圖的寫作型態，這種文學型態自兩年前的世界盃足球大賽開始，在國內方興未艾。

57 歲的劉大任，回顧過去的各類文字出版作品集，有點階段性的宣示意味，對勇於歷險與開創的作者來說，也許又是一次新的文學嘗試要大家拭目以待。

——選自《文訊》第 133 期，1996 年 11 月

生命之旅
《我的中國》

◎韓秀[*]

　　2001 年 5 月，在臺北三民書局看書，一眼掃見劉大任在皇冠出版的第 11 本集子，題目叫做《我的中國》。劉先生文章好，劉先生文字中透出的耿介和蒼涼在今日華文文壇上都並不多見，他有新作問世，我自然照收不誤。

　　劉先生在〈後記〉中說，《我的中國》實際上是「我的中國情結」。但從我這個讀者看來，集子的題目相當貼切，因為那確是作者、確是劉先生自己對中國的複雜感受。一位熱愛自己的故土、熱愛自那故土上生發出來的語言文字的知識分子，他由希望而幻滅，由幻滅而重燃希望，由熱情而冷靜那樣一個過程，由他自己整理出來，呈現在讀者面前。

　　劉先生以「艱難苦恨繁霜鬢」為題作序，時間是「1996 年 5 月 22 日於紐約自宅牡丹花盛開時」，同年 7 月 1 日改寫。後記則完成於 2000 年 6 月 22 日。版權頁上，著作完成日期是 1990 年 2 月。全書在香港發行的日期是 2000 年 7 月 8 日；在臺北發行的日期是 2000 年 7 月 15 日。

　　這樣一個「十年磨一劍」的過程居然出現在進入 E 世代的 20 世紀末，使我們這些文學類的書蟲們心生感激。因為我們都確信，文字是需要磨礪的，而且，越磨越好，似乎也是定理。但是，劉先生卻明白告訴我們：「不為過去塗脂抹粉，也不抹煞未來的生機」，是整理、編輯、校讀舊作的基本態度。因此「字句修改不多，除手民誤植的錯別字外，即偶有現在看來彆

<hr>

[*]作家。曾任教於美國國務院外交學院與約翰霍普金斯國際關係研究所、擔任華府華文作家協會會長，現專事寫作。

扭的字句，也一律不動，無他，不願以後見之明設法掩蓋也。」

劉先生早年學習的是哲學，出國求學又曾專政「現代中國革命史」，文學於他而言有其「偶然性」，又有其「必然性」，在這本集子中，我們可以清楚看到一位誠實的學人、一位嚴謹的文學家對待自己、對待自己作品的原則和態度。

坦白講，雖然自己比劉先生晚生了好幾年，但是因為畢竟在中國大陸居住的時間比劉先生長得多，而且一連串的浩劫都沒有躲得過去，待離開中國大陸且有了機會見到劉先生的文字的時候，內心裡，壓倒一切的情感是痛惜。雖然劉先生一再說：「我們這一代的人文素養，是不及格的。」但我們仍然可以從他的文字裡感受到中文的美，尤其是他對文學的虔誠，對中文文學的虔誠，令人感動。他那種可以拋開一切私利而去求真的精神每每讓我在讀他的文字時為他捏一把汗。因為，我清楚知道，中國大陸，那是一個能夠使任何夢想都徹底破滅、粉碎的地方，到了 21 世紀初的今天，並沒有絲毫的、本質的改變。

這本集子的第一輯，標題與書名同，在〈開場白〉裡，劉大任開宗明義，指出自己屬於「一小撮已然被歷史淘汰卻又在人間留有些許餘溫的人」。他們在抗日戰爭前後出生，「彷彿與生俱來，更一生一世無法超升，永遠陷在某一種現實的泥淖裡。」

「這個殘酷的現實，對這一小撮人而言，就叫做『中國』。」

他在這一輯裡收了九篇回憶文章，尤以〈開會〉、〈三面紅旗〉、〈地下黨〉、〈戰報〉之類的似曾相識的標題使我們這些熟知大陸形態的讀者感覺興趣，很有興味地讀劉大任以詼諧的文字談及保釣運動。除了詼諧之外、滑稽之外，還有一些別的情愫。在〈開會〉一文中，第一句是「生活裡淘汰了開會，真好。」一句話，說到了我心裡，雖然「開會」於我而言，永遠是無奈而被動的，於劉大任和他的朋友們而言卻曾是主動而積極的。有趣的是，他談及保釣中期 1971 年 4 月之後一個「極機密的核心小組會」，其結果是這樣的，「總之，到達預定開會的地點後，立刻覺得有點荒謬，倆

大的公園裡不見一個人影，沒有一部車輛，只有我們幾個人，冷颼颼地瑟縮在一張野餐桌旁，討論一個不但美國人毫不關心甚至中國人也不可能長期關心的保衛釣魚臺運動的策略問題。」會議的地址更是在遠離釣魚臺島何止萬里的美國西部。

諷刺嗎？自然是的，作者這樣作結語：

> 談這段往事，對我來說，所有的意義似乎只在於：我發現自己學會以喜劇眼光回觀過去，或許暗示我無可挽回地步入前景已經無所希冀的年齡層，本應因此悲哀才對，然而，很奇怪，卻一點傷感的情緒也沒有，彷彿看見的，只是路邊偶然發現的一株可人野花，獨自享受無須有任何其他意義的純生命之旅。

這旅程「走過蛻變的中國」，甚至走進「人類的陰影下」。在我們熟知的一些地場，比方北京人藝，比方三峽，作者思辨來時路以及今後的願景。在我們熟知的一些理念，如環保、如美國民主政治，美國人對「公權力濫用」的恐懼以及由此生出的防範之道，作者則是滿腔熱情地為臺灣、為中國大陸設想建設之途。這個建設之中更是包含了心理建設的種種議題。而我們，對保釣運動並無深入了解的讀者則從中學習到，那一個漸漸被人忘懷的保釣運動，「絕不只是為了爭奪土地與資源，真正的焦點是：中國人怎麼成為現代人？中國怎麼成為現代國家？」

如此重大議題卻透過一支文學的筆來呈現。值得全世界華文讀者細讀。更不用說，我們透過那四輯赤誠的書寫，可以細細討論文學人劉大任那一段引人深思的生命旅程，而獲得啟迪。

——選自韓秀《與書同在》
臺北：三民書局，2003 年 2 月

秋陽冬語
讀劉大任《冬之物語》

◎張瑞芬[*]

　　有些好作家真給我們傳統的分類印象無端限制了，讀劉大任散文（尤其近年專欄），尤其有這種感覺。

　　與郭松棻等人同為老保釣的小說家劉大任，曾在 1980 年代中期〈赤道歸來〉（《杜鵑啼血》序）一文中，以一種無枝無葉徒留根鬚的非洲蘭花自況。在旱季中，於風中撒出真菌般肉眼難覓的微細種子，這奇異而謙卑的荒謬生命，正如同在風起雲湧的時代中，被沖刷到邊緣處境的自己。「從政治的血性參與者，變成冷眼的觀察者」，從文學上的逃兵，到逐步恢復散兵游勇的姿態。1990 年代以下，自《神話的破滅》、《無夢時代》、《強悍而美麗》到《紐約眼》系列，專欄散文逐漸取代小說成績的劉大任，儘管已是風塵滿面，江湖老了那漢子，心裡頭卻不折不扣仍是那個 20 歲臺大哲學系的革命少年——「為什麼我們總想作些自以為有益的事，為什麼我們總想說服自己是活著，為什麼我們總想打落什麼……」（〈大落袋〉）

　　《冬之物語》作為《紐約眼》系列之三，和之前的《紐約眼》、《空望》，同樣結集自 2001 年以來寫作不輟的《壹週刊》專欄。三本書寫作調性接近，內容亦頗可合而觀之。包含保釣憶往、園林球藝、非洲記遊、生活心情、時事論評等數項主題，堪稱劉大任散文近年來除了球評《強悍而美麗》、《果嶺上下》外，最完整且具特殊風格的寫作表現。專欄雜文寫成了名家，劉大任除了和董橋一樣有著深厚的專欄寫作筆力，略帶傳奇的保

*發表文章時為逢甲大學中國文學系副教授，現為逢甲大學中國文學系教授。

釣過往、海外身世、聯合國非洲任職種種，都成了訴說不盡的天寶遺事。劉大任的散文，和著週三午後的咖啡香，陳映真、毛澤東與島上八卦緋聞、政治謠言一起落肚那種五內熨貼，和（《壹週刊》）隔壁專欄駱以軍、張惠菁那種毛渣渣的青春紀事自又不同。這樣說吧！看中年劉大任閒扯家常，幾分魯迅的革命外加谷崎潤一郎的頹廢，像毛邊紙上暈開的茶漬。小說家朱天文對他「不要再寫專欄了」的殷殷期許，讀者怕是不能同意吧！雖然劉大任的小說是真好。

　　和董橋比起來，同樣有著懷舊氛圍和中國印記，劉大任專欄散文無疑更為陽剛一些，反映在政治和運動題材上，如一記強悍而美麗的揮桿。自稱 1974 年（首度回中國）他的中國消滅了百分之五十，真正粉碎則在 1989 年天安門事件。劉大任早期以金延湘為筆名發表於香港的專欄《走出神話國》（1986 年），與六四之後《神話的破滅》（1992 年），猶見雄辯姿態與疾視盛氣。之後穿越了《中國時報》「三少四壯集」的《無夢時代》（1996 年），到《紐約眼》系列三書，才明顯氣定神閒，悠閒灑落起來，一變而為簡潔的句式與明顯的口語。以《冬之物語》來看，〈兩句話〉、〈情斷老區〉、〈邂逅小津〉、〈三月難捱〉稽古論今，意味深長；〈大寨田〉、〈接機〉、〈阿發〉甚至幽默諧趣，兼而有之；若〈莫札特想念毛主席〉之屬，則浸浸然已有董橋風。去除了文字的緊張感後，用他自己的話來說，正是秋陽似酒，老炭文火，靜靜燉著他的世界。

　　《冬之物語》的毫芒盡撤，沒有了辛辣，也表現於〈雪恥〉、〈舊信〉、〈密會〉、〈淚眼問花〉、〈久雨初晴〉等篇題美感的耽嗜之上。劉大任早期介於詩、散文與小說的篇章，是現代感頗具的〈大落袋〉、〈掛著與落著的雨〉、〈棋盤街落日〉，夾生似陳映真的筆觸往往見之。1980 年代以後，開展出一種祧繼魯迅，踵武何其芳的簡潔範式──〈杜鵑啼血〉、〈四合如意〉、〈冬日即景〉、〈驚春二題〉、〈晚風習習〉，篇題之精美，頗為人所豔稱。而他散文質地之細密如詩，長串文字不斷出現，甚且引來楊照「文字上的表演脫離故事情節的控制而獨立了」的抗議。設若脫離小說要素來思考，〈秋陽

似酒〉、〈豹紋〉、〈夜猖〉、〈湖的故事〉（甚至寫父親一生的〈晚風習習〉）正如王德威所稱，以物托喻，只求事件喚起的氛圍，象徵寓意絕佳。很難說這系列發展下去不成為一支純散文的妙筆。

　　然而唐諾說得太好，卡斯楚大鬍子講的，老革命者只有被殺，沒有退休這回事。《冬之物語》看似不疾不徐賞花曬書，其實快慢相間，反正合拍。篇首七篇閒坐說陳映真冤案，看來倒像張大春《尋人啟事》，三十年話說從頭，靜定中別有驚心。下接保釣餘事點滴，臺灣三月選舉鑼鼓正喧，其間隱隱可見一條主軸，臺灣今日的本土主流意識，鑑諸當年知識分子不分黨派省籍的美好理想，相距何止千里。〈園夢〉中那一片自由的園林，不必表達人的理性，不必訴說人的旨意，不必宣傳和尚的智慧，甚且不必解釋哲學家的理念和藝術家的感覺，恐怕才是劉大任秋陽冬暖的「老熟」體會。坐計程車也能遇稱「外省豬」，依我看，他的「空望」（從紐約望兩岸）可一點不躊躇。

　　劉大任的《冬之物語》，如篇首自序所稱，是寄向臺灣的尺素千里。那化身千萬，不在猶在的革命／理想者老魂靈，正如他自己《紐約眼》中所說──乍暖猶寒的初春，「瑟縮的清冷空氣中，好像沒什麼東西在生長，然而，億萬葉片組成的綠海，早已遮沒枯幹禿枝，擋去了藍天」。

──原載於 2005 年 2 月 232 期《文訊》

──選自張瑞芬《狩獵月光──當代文學及散文論評》
臺北：聯合文學出版社，2007 年 4 月

造心景，抑或安天命？

論劉大任《園林內外》中的園林觀與書寫特質

◎吳明益*

> 有時，我把這塊夫妻兩人共耕的土地稱為「無果園」，除了地上確無一棵
> 果樹，也無非是說：這是座看不見「果」的「園」，除了自己，誰都無法
> 真正欣賞。[1]

一、兩種「造化」：關於劉大任的「園林書寫」

多年前我在參與一項會議後與臺灣最具代表性的自然寫作者劉克襄同車，他問到我一個問題：如果編選一部臺灣自然寫作的相關選集，會把那些作家選進來？我並不認為這是一個單純的閒聊提問，卻也不認為這是一個刻板的學術問題，我認為這是作為一個自然書寫者的劉克襄，對後輩提出的一個生態觀的討論。這個簡單的問句裡隱藏了對「自然」的定義，和對臺灣此類兼具科學與藝術兩種靈魂的寫作類型的想法與想像的試探。

（一）從自然書寫到生態批評

近年臺灣自然書寫已成學者關注的議題，而我個人的思考，也已和之前大不相同。近一年來我分別發表了〈天真智慧，抑或理性禁忌？關於原住民族漢語文學中所呈現環境倫理觀的初步思考〉（2008 年）、〈環境傾圮與美的廢棄：重詮宋澤萊《打牛湳村》到《廢墟臺灣》呈現的環境倫理觀〉

---

*作家。發表文章時為東華大學中國文學系副教授，現為東華大學華文文學系教授。
[1]見〈無果之園〉一文，劉大任，《園林內外》（臺北：時報文化出版公司，2006 年），頁 11。

（2008 年）兩篇文章，加上 2006 年發表的〈且讓我們蹚水渡河：形構臺灣河流書寫的可能性〉，都在文章的第一段提醒讀者對傳統散文形式的自然書寫提出反思。[2]最主要是接受了墨菲（Patrick Murphy）在《自然導向文學研究的遠行》（*Farther Afield in the Study of Nature-Oriented Literature*）一書，為了將自然書寫擴大定義，所用的「自然導向文學」（nature-oriented literature）的概念。墨菲在這個詞下面再分列為「自然書寫」（nature writing）、「自然文學」（nature literature）、「環境書寫」（environmental writing）、「環境文學」（environmental literature）四個領域。[3]

　　這個思考的變化中，我發現臺灣自然書寫尚有部分研究的「空隙」，包括了幾部分議題：1.對自然書寫的定義再釐清。2.可試以臺灣戰後小說為主要文本，持續探索小說中潛存的「自然意識」。3.對於特定自然環境的書寫意涵進行探討。4.對原住民族漢語書寫中的環境倫理觀（生態觀）[4]，甚至

---

[2]上述幾篇文章請參考〈一種照管土地的態度：《笠山農場》中人們與其所墾殖土地的關係〉，「亞太文學論壇」會議論文，收錄於《走出殖民陰影論文集》（高雄：臺灣筆會，2004 年 12 月），頁 89～111；〈且讓我們蹚水渡河：形構臺灣河流書寫的可能性〉，收於《東華人文學報》第 9 期（2006 年 7 月），頁 177～214；〈天真智慧，抑或理性禁忌？關於原住民族漢語文學中所呈現環境倫理觀的初步思考〉，收於《中外文學》第 37 卷第 4 期，總 423 期，頁 111～147。事實上在《以書寫解放自然》（臺北：大安出版社，2004 年）的最後一章我已提出相關看法，但常被論者忽略，讀者可參見該書。
[3]在該書中墨菲做了一個表格，來說明此四類書寫的一些內容，其中自然書寫包括自然史散文、漫步與冥想、野地生活、旅行與冒險活動、農耕與牧地生活、自然哲思等。自然文學在詩的方面包括自然詩、自然觀察、牧歌、農耕與牧地生活輓歌、與動物互動等；小說則包括狩獵採集故事、動物故事與寓言、地方主義、野地生活、旅行與冒險活動、農耕與牧地生活、科學小說與奇幻小說。環境書寫則包括環境剝削、社區激進主義、野地保護、農耕與牧地的可持續性、環境倫理等。環境文學在詩的方面包括觀察與危機、農耕價值、另類生活模式等；小說則包括環境危機與解決、野地保護、文化保護、烏托邦及反烏托邦、奇幻小說等。這個分類包括的範疇很廣，有些概念則重疊，但也解決了原先嚴格定義自然書寫的困境。請參考 Patrick Murphy, *Farther Afield in the Study of Nature-Oriented Literature*, Charlottesville and London: University Press of Virginia, 2000, p. 11。
[4]不論是傳統社會或現代社會，不同人類群落與個人與自然環境進行互動時，皆會秉持某種態度與思維，其與所產生的反省與反應所形成的價值體系，或可稱環境價值觀（environmental values）或環境倫理觀（environmental ethics），不同的環境倫理觀對與環境互動時秉持的「價值判斷」各有不同。關於環境倫理的相關問題，可參考羅斯頓（Holmes Rolston Ⅲ）著、王瑞香譯的《環境倫理學：對自然界的義務與自然界的價值（*Environment Ethics: Duties to and Values in The Natural World*）》（臺北：國立編譯館，1996 年）。雖然這個詞義並不限於現代社會中人對環境的反省，但其關注的焦點往往在西方社會現代化與科技文明高度發展後，人與自然的互動關係。此外，這些環境倫理觀部分是建立在科學的研究成果之上的，它介於生態學與哲學／倫理學之間。雖然原住民傳統社會很難說必然存有一種「系統性」的環境倫理觀，但我認為仍應可視為某種樸素的環境

是原住民口語、原住民語書寫的文本進行討論。而未來也將以「生態批評」
（Eco-criticism）的角度[5]來拓展研究的廣度，將電影、流行音樂、建築等
等跨領域的文本包括進來，對臺灣此地特殊的環境思維演化進程，才可能
做出較為周延的掌握。

　　而其中針對特定自然／人工地域環境書寫的探討，最饒富趣味的莫過
於關於人造園林的書寫。

　　人本身即是最廣義自然（或生態系）[6]中的一員，當人與植物產生互動
時，大約有觀察、採集、種植等等不同的互動行為。所有的生物都懂得
「觀看」自然，但直到自然科學蓬勃後，專業的「觀察」專指博物學家
（naturalist）的基本功；至於採集則可能是為取食、為觀賞、為研究，種
植則除了上述的可能性以外，還得再加上一個人為「改造自然」、「仿自
然」、「創造生存空間」等等複雜意圖。然而在固定地點進行種植，雖說是
「仿自然」、「取材自然」，事實上卻並不是「非自然」，因此特別值得關注
的野性與人造環境的微妙互動。

　　美國文學研究者費特列（Peter A. Fritzell）曾以地域來分割自然書寫
（nature writing）的書寫內容，他認為「荒野」（wilderness）——「田園」
（farm）——「都市」（urban）分別是人類文明涉入自然由淺至深的三種地
域。[7]臺灣針對荒野的自然書寫以散文為大宗（如徐仁修、劉克襄），這類

倫理觀，即原住民與自然環境互動時，所持的一些觀點與反應。故本文在行文時皆稱環境倫理
觀，與一般論者所言原住民生態觀、生態意識的內容大致相同。

[5]1992 年成立的美國文學與環境研究協會（The Association for the Study of Literature & Environment,
ASLE）就是相關研究者的大結合。1996 年格勞特費爾蒂（Cheryll Glotfelty）與費洛姆（Harold
Fromm）編輯的《生態批評讀本》（*The Ecocriticism Reader*），與布伊爾（Lawrence Buell）編輯的
《環境的想像》（*The Environmental Imagination*），也是重要的論述集。格勞特費爾蒂當時寫道，
所謂生態批評是「文學和自然環境關係的研究」（the study of the relation between literature and the
physical environment）。請參考 Cheryll Glotfelty & Harold Fromm, (ed.) *The Ecocriticism Reader:
Landmarks in Literary Ecology*, Athens: The University of Georgia Press, 1996, xviii。

[6]「自然」一詞在各文化中意涵有差異，語境的使用上也有所不同。本文使用自然一詞時，概指最
廣義，即包含人類文明。若使用「荒野」一詞，則指涉人類文明以外的自然環境。

[7]請參考 Peter A. Fritzell, *Nature Writing and America: Essays upon a Cultural Type*, Iowa: Iowa State
University Press, 1990, ch. 1。

作者賦予了荒野新價值；以城市為寫作題材的自然書寫則在 1990 年代後漸次展開（如王家祥），強調在城市中也有自然觀察的可能性。至於鄉村的生態書寫一開始延續的是中國古典田園文學的傳統，並至 1980 年代後演化為「簡樸生活文學」。代表作者如陳冠學、孟東籬、粟耘，至於近年備受重視的阿寶（著有《女農討山誌》，2004 年）、賴青松（著有《青松 e 種田筆記：穀東俱樂部》，2007 年）的有機農作種植，已和傳統的田園文學內質大不相同。但其中有一種書寫類型與田園書寫同是介於荒野與都市之間，卻常被忽略：那就是描述內容著重在非「食物」植栽和造園經驗，並進一步抒發性情的人造園林的相關書寫。

（二）園藝書寫、園林書寫

　　「園林」和「農地」雖然同為人類為種植自己所需要的植物而耕耘出來的空間，但在本質上並不相同（雖然有時候在中文中會合稱為「田園」）。農地以提供「食物」為主，但園林提供的是狩獵、休憩、觀賞的空間。與自然環境相涉的文學類型，無論是中國傳統的田園文學（我認為對應的西方用語應是 rural literature），或是西方的 pastoral literature（或可譯為牧歌文學）都頗受關注。而在中國，隱遁「山林」過「田園」生活甚至成為知識分子與體制對抗的一種象徵；但相對來說，純粹描述草木、植物誌（herbals）的書寫則常被忽略。以臺灣近二、三十年來的自然書寫作品來觀察，這類的寫作又可依所描寫的植物生長環境與類型分為幾種典型：其一是純粹就野地植物進行描寫，比方說陳玉峰的《臺灣植被誌》，也有較富文學意味的作品如陳月霞《大地有情》（1995 年）；一類是描寫野地裡可做食物的植物種類，如凌拂《食野之苹》（1995 年）、方梓《采采卷耳》（2001 年）、劉克襄《失落的蔬果》（2006 年），這部分我準備另寫一篇「食物中的生態觀」來討論。另一類則是描寫園藝經驗或對植物、人造園林觀感的作品，如蔡珠兒《花叢腹語》（1995 年）、《南方絳雪》（2002 年），王盛弘《草本記事》（2000 年），劉大任《園林內外》（2006 年）等等。若僅看出版時間似乎劉大任在後，但事實上，這本書裡的不少篇章，

在 1992 年的《薩伐旅》[8]中就已收錄，所以應該說是臺灣這類寫作中較早的代表。

事實上，不只在時間序上，劉大任的寫作開風氣之先，我個人認為，2006 年出版，結集二十多年來作者園藝心得的《園林內外》（以下將簡稱本書為《園》），無論在種植知識的專業性，文字謀篇的精巧，旁涉議題的廣泛性上，都在這類作品中屬拔萃之作。[9]更值得注意的是，劉大任清楚地揭示了自己所寫的是一種近似「園林書寫」（Horticultural Writing）的作品，並宣稱這樣的作品，和多數過去類似的作品「本質」不同。在序言中的這段自剖太過重要，以致於我僅能據實引用，不宜也不應刪節：

> 所謂「園林寫作」（Horticultural Writing），在我知道的中文世界裡，多少是個「新文類」。中國人文傳統中，確有些類似的東西，但各走極端。一種是有關植物藥用價值的研究，如李時珍（1518～1593）著《本草綱目》；另一種是文人騷客賞花玩石的酬興之作，如歐陽脩寫的《洛陽牡丹記》。臺、港和大陸一些提倡園藝的雜誌，接觸面還算廣，但水平不高。專業的植物誌一類著作，當然比較科學，比較深入，但也不是「園林寫作」。
>
> 近年也有人承續歐陽脩的做法，蘇州人周瘦鵑即其一例。我仔細讀過周前輩的《拈花集》和《花木叢中》，稱得上見聞廣博、意趣盎然，但本質

---

[8]計有〈皮爾斯先生〉、〈豹紋〉、〈湖的故事〉、〈園意〉、〈四十腰〉、〈對秋〉、〈鵬鷯〉、〈銀杏〉等八篇，已在《薩伐旅》中出現過。這些文章最早發表於 1986 年的《九十年代》月刊，彼時距離臺灣現代自然書寫公認的「出現」，不過五年而已。

[9]劉大任有早期作品如《秋陽似酒》（1986 年）中的〈王紫其〉、〈白樺林〉，不但與植物相關，且與他的保釣經驗頗有可對照之處。但正如布斯（Wayne C. Booth）所說，小說中的人物可能是作者的「第二自我」，小說作者創造了一個置於場景之後的作者的隱含的化身，不管是舞臺監督、木偶操縱人，或是默不作聲無動於衷的神。這個隱含的作者與「真實的人」不同，也就是說跟作者「不盡相同」，相關的說法可參考布斯所著，華明、胡曉蘇、周實譯《小說修辭學（*The Rhetoric of Fiction*）》（北京：新華書店，1987 年）。也因此，我以為小說與散文的評價與分析方式不能以同一種模式處理。此外，劉大任旅美保釣世代背景與知識系譜、左翼傾向，幾乎反應在他所有的書寫，不管是小說、運動散文、及其他散文作品上，其間有繁複的辯證關係。本文因為單篇論文，僅聚焦在劉大任《園林內外》一書上，必有疏漏，日後若有機會當可再深論。

上應歸於抒情小品散文，只不過取材集中於園林花事而已。

西方人由於有自然史、植物分類學與美學的基礎，近兩百年來，園林寫作領域，分工細膩，名家輩出。試看一下當代，像劍橋大學出身的格拉漢・湯瑪斯（Graham Stuart Thomas）這一級的作家，中文世界裡不但找不到，連做他學生資格的也一個都沒有，包括我自己在內。

嚴格說，我的園林寫作，只能算是兩個半調子合成的怪胎。自評一下，傳統文人的品味與情趣，約莫一半；另一半是「自然論」（naturalism）的哲學觀點。兩個一半，都只有半調子的水準。[10]

這段話裡有幾個值得注意的重點：第一，劉大任認為中國傳統的書寫中有幾種類似的寫作形式，如植物藥用學的經典《本草綱目》，另一種則是寓情於物的詩詞文章。後者在中國文學中數量龐大，不過兩者劉大任都認為不算園林寫作[11]，至於專業植物誌也不算。再者，近年來的園藝散文仍較屬於抒情小品，但似乎缺少了某種關鍵元素。至於是哪個因素呢？劉大任沒有直說，不過他提出了一個代表性作家，即湯瑪斯。先反省一下劉大任對園林的發展認識是否周延（請讀者留心的是，《園》是一本散文集，而非論文集，因此論述的周延與否與作品的美學價值或許並不存在直接的關聯）。首先，劉大任忽略了中國傳統也有如自唐以降《竹譜》、宋以降的《菊譜》這類廣博的園藝之作，內容較近於專業的園藝學，但筆調亦頗見特殊。而明代計成的《園冶》，依阮大鋮的序寫於崇禎 7 年（1634 年），恐怕還算是世界第一本關於造園的專著（而且書中首次使用了「造園」一詞），不但有詳細的圖說，光是掇山（各種堆疊假山的造景技巧）的形制就

---

[10]劉大任，〈無果之園〉，《園林內外》，頁 7～8。

[11]中國詩詞中這類作品極多，不論是遊園、賞園、甚至遊賞廢園，都是很重要的題材。不過內容多半不涉及園藝學，主要是遊興唱和，或者是見景傷感之作。研究者或將這些作品稱為「園林文學」，但緣於研究者稍缺乏對園藝學的理解，文章內容在分類、以及文人心境的文化詮釋有成就，但與自然聯結相關的部分則較弱。比方說侯迺慧教授就有不少相關的研究，讀者可參考〈清代廢園書寫的園林反省與歷史意義〉，《臺大文史哲學報》第 65 期（2006 年 11 月），頁 73～112。

介紹了 17 種，石頭的種類就介紹了 16 種，更提出「借景」等說法，是非常專業的造園專著。唯一遺憾的是書中對植栽並未深入解說，而完全偏重在花園「人為設施」的設計上。其次，近代華文文學如中國作家汪曾祺，也寫過像《人間草木》這類作品（雖然在內容與對園藝的認識上無法與劉作相比）。另一方面，西方相關作品的選集並不用劉大任所用的 Horticultural Writing，反而較常使用 Garden Writing 一詞。[12]不過，美國園藝學會（American Horticultural Society, AHS）自 1953 年起都會頒發一個「園林書寫獎」（The AHS Horticultural Writing Award），但整個來說，這個詞的使用似乎並不普遍。以 2003 年擴編版的《美國園藝書寫》（*American Garden Writing*）一書所選的文章來看，體裁方面包括了書信體、旅行日誌、散文、自然史等範疇，蒐羅的五十幾位作者中，包括湯瑪斯・傑佛遜（Thomas Jefferson，美國第三任總統，美國獨立宣言主要起草人），佛瑞迪瑞克・歐姆斯提（Frederick Olmsted，中央公園的設計者），甚至還包括了不造園的梭羅（Henry David Thoreau）。這意謂著 Garden Writing 的範疇頗廣，從專業園藝到業餘者，從論述到觀賞園藝的文章，只要是園林互動的描寫，似乎都可納入，定義似乎比劉大任寬鬆得多。

　　與華人作家相關作品比較，劉大任的「園林書寫」確實別具一格，但他所提出的這個並不多人使用 Horticultural Writing 的特質究竟為何？我以為不妨應該注意引文中提到的格拉漢・湯瑪斯。出生於 1909 年的湯瑪斯是畢業於劍橋大學的園藝專家、作家，同時也是一位園藝設計者。他是英國國民託管組織（National Trust）的顧問，並且策畫了許多園林的設計，寫過如《古典灌木型玫瑰》（*Old Shrub Roses*, 1955）、《多年花園植物》（*Perennial Garden Plants*, 1975）和《空地植被》（*Plants for Ground Cover*,

---

[12]Horticultural Society Frances Lincoln, illustrated edition, 2006，比方說查理斯・艾略特（Charles Elliott）所編的 *RHS Treasury of Garden Writing: The Royal* 或是邦妮・瑪瑞卡（Bonnie Marranca）所編的 *American Garden Writing, Expanded Edition: An Anthology*, Taylor Trade Publishing, 2003。但 Garden Writing 的翻譯我頗感困惱，因為譯為「花園」中文讀者或者會以為必然是有「花」之園，事實上有些園強調的是「並非為了賞花」的種植。斟酌後將 Garden Writing 譯為園藝書寫。

1977）等等既專業、又饒富趣味的著作，是公認是英國園藝學大師。我們不妨這麼說，湯瑪斯不但在園藝學上專業且極有成就，而且他能用充滿文化思考、感性的筆觸將他的園藝經驗書寫出來。因此，我們或可判斷，以園林為書寫對象、具相關專業知識、作者有實作經驗、具有個人風格的作品，才是劉大任所謂園林書寫的典型。我個人對這樣特意標舉某些一般作者在背景能力上較難達到的「定義」深表同感，因為區分書寫類型的目的是在突顯文本的特質，評論者若不斷將定義擴大，以致於拿一部對園藝並未投入，僅是抒發感性的園藝散文跟劉大任這類的園林書寫比較，不但缺乏評價的基礎，也會錯失觀察自然科學近一、兩百年來對文學書寫表現形式影響的現象。當然，另以園藝散文（Garden Writing）做較寬鬆界義的用詞，便可區別兩者。此外，我認為「horticultural writing」譯為園林書寫，在中文中可以分解為「園」與「林」這兩大主角，頗為切題。至於園藝書寫，應該更廣義，除包括園林書寫的內容外，只要涉及對造園、種植、欣賞等描述自身經驗的業餘作品也都納入。

　　透過劉大任對園林書寫的想法，我們看他對自己寫作時的「期待」就清楚得多。劉大任是個散文家（他的運動散文也寫得極為專業，從這點來看劉大任對感興趣事物有一種「癖」）、小說家毋庸置疑，但在園林裡，他「追尋的是一顆 naturalist 的心，培養的是一雙 horticulturist 的手。」[13]甚至提及植物名時都必然附上學名。只不過正像劉克襄尚無法與他所推崇的郇和（Robert Swinhoe）這般的博物學家相比，和湯瑪斯一比較，劉大任不得不自謙園藝經驗與園藝專業有所不足。但也正如劉克襄的鳥類經驗與鳥類知識已較一般讀者深入得多，劉大任的園藝經驗也遠較一般作家、民眾專業得多。他們或許還不夠資格被稱為「權威、專家」，但也絕非是拿這樣的經驗來「消閒、業餘興趣」。劉大任的「園藝專業」到什麼樣程度呢？

　　劉大任自稱自己的園藝經驗有兩次轉折，一是任職聯合國祕書處期間

---

[13]劉大任，〈園意〉，《園林內外》，頁 186～187。

曾居住肯亞，為了增加自己對蘭花的認識，他加入了肯亞蘭協，「增進現代蘭學（Orchidology）的知識」，固定時間和蘭友討論種植蘭花的技巧，並親赴野地採蘭。移居美國後，有了房子與一塊坡地可以經營園林，這是他園林事業的「第二次躍進」。[14]這裡可以舉一例來窺知他栽植園林的「準專業」投入程度，在〈滄桑玫瑰園〉中，光是為了在園中種植若干玫瑰，他不但考慮到了陽光時數、冬季保溫這些基本問題，甚至還將自己的土壤送專業苗圃分析，發現屬黏土不易栽植玫瑰，他遂雇工開挖一千五百土石方，再親自配製土壤（一份壤土、一份腐植土加上一份沙），經年注意變化才終究成就一座「人間天堂」。[15]不用說這樣的投資花費不少，更重要的是長時間的植物照護，絕非一般在窗臺、院落經營小小花圃的我們可以想像。而在《園》書中，劉大任提到園藝土壤、氣候、濕度、選種、育種、培養、布局、美學……等相關知識，足以羅織成一本園藝的入門書。

園藝專業包括知識、經驗、技巧等「自然科學之藝」，和構思布局的「美學之藝」合構成「園藝」。美學之藝裡更值得注意的是其中所隱含的文化表述、情性抒寫。劉大任說這部分來自「遺傳基因」，或者我們可以改個詞，模仿基因學家道金斯（Richard Dawkins）的說法，稱之為「文化傳遞單位」，或「文化基因」。[16]如何在書寫植物園林時，掌握這種文化基因的隱含意義，才是文章能否呈現獨特品味的藝術關鍵。劉大任並非假日逛花市，隨機購買花苗樹苗的退休老人，而是從對園藝發生興趣以來，就上下求索理想中園林主景、副景、襯景花木的業餘園藝家（他甚至不太希望人家稱他為園丁、老圃）。對劉大任來說，除了蒐集「難尋品類」，或表現自己「特殊偏好」之外，每株植物、造景還有療鄉愁、敘天倫、憶老友、藏記憶的意義。

結合園藝專業與文化基因的「半半結合」，正是劉大任對自己從事園林

---

[14]劉大任，〈無果之園〉，《園林內外》，頁10。
[15]劉大任，〈滄桑玫瑰園〉，《園林內外》，頁139～140。
[16]理察・道金斯（Richard Dawkins）；趙淑妙譯，《自私的基因（*Selfish Gene, 1976*）》（臺北：天下遠見出版公司，1995年12月），頁293。

書寫的自我期許，也成為《園林內外》所以異於凌拂、方梓、蔡珠兒、劉克襄、王盛弘等人的獨特之處。畢竟，凌拂、方梓、劉克襄喜食野菜，卻意不在構造一個「野菜花園」；蔡珠兒固然對植物的文化史有興趣，卻並未將自己「投資」成為一個園藝家。至於國內目前年輕一輩最常以自身園藝愛好為創作題材的王盛弘，雖在文中強調希望自己擁有「綠手指」，但園藝經驗仍未能與劉大任長年的經營比肩，但仍相當值得關注。就園藝書寫這個議題來說，在臺灣自然導向文學相關研究上，不但可針對人類這種「準自然」地域的態度來分析，也可以從人類對待非人類生物的看法，從較多作品的動物，拓展到植物上，當然具研究價值。

　　我個人認為，從這樣的角度觀察，即使劉大任自嘲「既不能於純粹的品味情趣中安身立命；又無法全心全意做個自然學者。唯一的出路，只好從理論中找知識，實踐中找感覺，成品當然只宜拋磚引玉。」[17]但這塊「磚」，卻是臺灣相關書寫中，極其罕見的一塊磚。因其罕見，豈不已具有「玉」的價值？

　　當然，文學價值不能在討論前草率論斷，這也是我動筆寫這篇文章的目的。

二、園藝、園意、園憶

　　在上文中透過劉大任的表述，試著理解他所認為「園林書寫」的內涵，並進一步說明這類書寫在自然導向文學相關研究的重要之處，接著就得更細膩地談談，書寫「園林」這種特殊的空間，一般潛藏著什麼樣的意涵。而劉大任的寫作，又透過園林，呈現出什麼樣的寫作意圖或文化意識？

（一）科學之藝與美學之藝的結合

　　一般而言，近代科學通常分成三大部門，分別是研究自然現象的物理

---

[17]劉大任，〈無果之園〉，《園林內外》，頁7～8。

科學（physical sciences），含括了動物學、植物學、生理學、解剖學、農藝學、園藝學、醫學、獸醫學等等的生物科學（biological sciences），以及包括經濟學、政治學、歷史學、社會學、人類學、心理學、精神醫學、大眾傳播學及企業管理學等等的社會及行為科學（social and behavioral sciences）。園藝學被歸納在生物科學之下，基本上沒太大疑義，不過仔細探究，園藝技術在園林創造上固然重要，但透過社會及行為科學下的各學門反思，反而更能理解一座園林的「文化意義」。

劉大任認為，無論東西方，園藝都是「大自然的精緻重造」。[18]在這樣的概念下，東西方的園林遂透露出對待自然「態度」的差異。劉大任認為，中國人的園林觀：

> 大抵是一種天國人間化的構想，就是神話一般的大觀園，也不離這種觀念。園林趣旨，似以盡搜天下珍玩異物、奇花香草為宗旨，以自娛娛人為目的；山水的設計營造，也是為人服務。各種形式的建築，為的是良辰美景、賞心樂事，作為各種人間活動的場所，除人以外，所有其他生物與非生物，都是陪襯。[19]

說法雖嫌粗疏，但觀察到中國某部分園林觀的弱點（也是特點），大抵沒說錯。中國園林強調「令居之者忘憂，寓之者忘歸，游之者忘倦」（明・文震亨）的園林觀，計成也說過「極目所至，俗則屏之，嘉則收之」[20]，看來充滿了以人類為中心的美學意識，空間與美感的主宰者皆是人。至於和中國同屬東方文化的日本園林，劉大任是這麼分析的：

> 日本貴族的庭園，對山、水、石、木的處理，雖然有些改進，但也不脫

---

[18]劉大任，〈盆栽四季〉，《園林內外》，頁86。
[19]劉大任，〈園意〉，《園林內外》，頁183。
[20]〈興造論〉，見（明）計成著；陳植注釋，《園冶》（臺北：明文書局，1993年），頁41。

中國窠臼，只不過，石頭的色澤紋理，品味稍高，擺法沒那麼窮凶極
惡，針葉樹的扭曲和造形，是中國盆景趣味的延續，觀花灌木的修剪和
配置，品味還不如中國的牡丹山和芍藥欄。但他們的竹林茅舍頗惹人
愛，尤其通往茶間的小路和踏石，如果有所謂禪機的話，已呼之欲出
了。這就不能不使我想到日本的僧侶園，特別是以沙、石、苔蘚與羊齒
為主材的造園藝術，已經透露出從人間走向天國的消息了。[21]

劉大任認為日本園林和中國園林最大的差異處，是具有某種超脫意識
的僧侶園，是「從人間走向天國」，是具有「禪機」的造景。事實上為劉大
任所不喜的「枯山水」（karesansui），也有類似的「仙境」意味，因為在一
片代表水流或雲霧碎石中的巨石，象徵的是神祇的島嶼。只不過中國與日
本園林在劉大任的眼中看來，園林的「私我味之重，突出了東方文明傳統
的社會層級制度，說明東方社會公民意識的薄弱。」[22]

西方園林是否在這部分就表現得好一些？劉大任認為西方人更是把在
「人間實現天國」這樣的概念在園林中表現得直截了當，19 世紀的理性主
義，就以幾何圖形的形式活現在凡爾賽宮，形式不同，以人類為中心的觀
賞觀念一致。不過：

全世界只有一個異數，這就是自然學傳統深厚的英國。全世界的園林文
化，只有英國人最尊重植物的生命，體貼它們的需要，苦心孤詣，極力
要讓它們活得自然，活得快樂。因此，在英國，園林事業的從業者或業
餘愛好者，不該叫園丁，也不叫老圃。專業的叫 horticulturist（園藝學

---

[21]劉大任，〈園意〉，《園林內外》，頁 183。
[22]劉大任，〈百事可樂雕塑園〉，《園林內外》，頁 220。劉大任對日本園林的批判，針對的是日本的
「傳統園林」。事實上，園林的發展與時俱進，日本近代的都會園林，早在明治時期就有了很不
一樣的概念，也受了西方很大的影響。比方說東京都千代田區的日比谷公園，就被認為是本多靜
六所創造出來的「德式洋風」、「社會主義」式的代表性園林。可參考丸山宏，『近代日本公園史
の研究』（京都：思文閣出版，2003 年）。

家），業餘的叫 gardener（園藝家，不是園丁的那個意味）。

我譯這兩個英文字，捨不得去掉那個「藝」字，因為這個「藝」，包含了科學與藝術兩方面的內容。[23]

　　帶著批判性的詮釋，劉大任注意的不只是園林裡的植物，還有背後的造園意識，文化意識，或可稱為「園意」。我當然不認為劉大任所言皆是，園林的體系甚多，而他的看法在這本書裡恐怕只見一隅。但我關心的毋寧說是「劉大任的園意」。從上文來看，我們似乎可以由此判斷，劉大任的園林觀似乎是較近於英國一系，反而離中國較遠。[24]因此在思考中國園林的「選材」時，劉大任竟直截了當地以「科學解釋」來批判中國園林與詩詞文化密切相關的「比興物色」：

　　中國人看荷花，立刻想到「出淤泥而不染」，於是牽連到品格高雅的名士風骨。菊花自然與歸隱認同，梅花便成了「越冷越開花」的人格見證。如果這些意見由英國園藝學家來分析一下，他可能會告訴你：荷花因為生長季節短，花形巨大，沒有底下的肥泥，無從取得足夠的能量來源，所以非出淤泥不可。菊花的開花機制，決定於日照長短，溫室培養，以黑布蒙罩，縮短光照時間，可以控制菊花在任何季節開花，與歸隱何干？梅花原生地在中國秦嶺以南，越冬溫度超過限度，必死無疑，哪裡談得上「堅貞」二字？它開花的季節，在櫻桃科（梅花學名為 Prunus mume。Prunus 即櫻桃科）中最早，一方面受制於秦嶺以南一帶原生地的氣候條件，主要還是由於生存上的策略選擇。開花期早，自然減少競爭對手，有利於種族繁衍而已。[25]

---

[23] 劉大任，〈園意〉，《園林內外》，頁 185。
[24] 要提醒讀者的是，一般而言園林被認為有三大體系，分別是中國體系，西亞體系（巴比倫、埃及、古波斯），以及歐洲體系，但劉大任從未表達對西亞體系園林的看法。關於世界園林三大體系的說法，或可參考周蘇寧，《園趣》（上海：學林出版社，2005 年），頁 7～12。
[25] 劉大任，〈花非花〉，《園林內外》，頁 246。

批判未必有理（用科學批判文學表述時的聯想，我個人認為並不妥），
卻可窺見劉大任崇尚自然的園藝哲學。這樣的觀念使得他對中國盛行將植
物姿態「作老」的盆景，也沒有好感。他認為盆栽內的植物，或許取材自
自然景物，或許脫胎自騷客詞人，或許是水墨畫作的二次模擬，但「雖然
也是大自然的重造，這一葉之剪裁，因受東方庭院格局的拘束，終究
『大』不起來，難收盪胸絕眥波瀾壯闊之效。」[26]而且這樣的草樹花木「不
可能快樂，因為它們只是受擺布的物，生存的意義，附著在人的好惡上
面。」[27]

　　既是附屬物、是襯景、是人們情感的託寄，園林之「林」就失去了生
物或環境自身的內具價值，是以「窗下的芭蕉，不可能快樂，因為雨滴多
了，葉子會破會爛，可是人喜歡聽雨打芭蕉，所以它就得在那兒活。如果
石也有情，它不會喜歡孤零零直豎在池水裡，讓人把它想像成峰。」[28]讀到
劉大任這些對中國園林的批判字眼，是否就此可論斷他的園林觀是近英
（順應生物與環境的本性）而遠中（以假山假水來抒發詩人詩意中的山水
情懷、個人情性）？

　　這又未必然。

（二）經營園圃，種植記憶

　　劉大任曾是 1960 年代臺灣文壇的健將，1965 年他與陳映真、王禎
和、莊靈等人合辦《劇場》雜誌；隔年離開，與尉天驄、陳映真合辦知名
的《文學季刊》，1966 年因對社會主義的興趣，到柏克萊攻讀中國革命
史。劉大任的左傾，歷歷可見。他後來投身保釣運動並因此放棄學位，卻
成了被中華民國政府拒絕回臺的黑名單。這些人生經驗，使得他的小說表
現出那個時代不同路線的「中國人」與「臺灣人」在政治下的複雜人性。
1972 年劉大任進入聯合國工作，期間曾派任肯亞，再到美國。劉大任的政

---

[26]劉大任，〈盆栽四季〉，《園林內外》，頁 86。
[27]劉大任，〈園意〉，《園林內外》，頁 183。
[28]劉大任，〈園意〉，《園林內外》，頁 183。

治傾向從左傾到對中國想像的破滅，充滿了一個身處異國熱情知識分子的心理矛盾（張系國的《昨日之怒》便被認為是以劉大任為藍本）。這樣的一位在異鄉客居的作家，造園時真放棄得了體內的文化基因，而全然地接受他理性上認為較合理、理想的英式園林？我不認為如此。

寓居肯亞時，劉大任租住了一位英國老太太經營十幾年的園宅，一開始時他都不敢輕動這個美好園林。但後來還是忍不住「褻瀆」，「在廁所後面的化糞池上，填了兩車土，加種了十幾株香蕉，餵養我無可約制的鄉愁。在一方無水也無土的角落裡，我鋪了一大張塑膠布，填上土，灌了水，播下了母親從臺北寄來的空心菜種。」[29]而在〈異鄉尋花〉一文中，劉大任便說「異鄉客居不免尋些故國花木解愁，這是人情之常，我也未能免俗。多年下來，我的庭園漸成為東西文化交流的雜薈，園景雖不入流，卻頗收治懷鄉病功效。」[30]情感上的「不捨」，使劉大任的「園林天堂」，雜糅了中國的文化基因，臺灣的記憶，肯亞的經驗，與紐約的現實感。

其次，劉大任是以自身的園藝技術、背負的園林文化與人生經歷造園。他這一系列的園林寫作，在成書時既在篇章的安排上頗有重返對園林的純真想望的暗示[31]，同時常在一篇文章也雜糅了幾個層次的思考：分別是較偏向自然科學的種植技藝，偏向環境觀的園林思維，以及較屬於個人經驗的人生閱歷，還有族群背景的描寫，這樣的寫作方法倒是一以貫之。

舉〈山山蝴蝶飛〉這篇文章為例，文章寫的是美國常見的一種花樹「dogwood」，劉大任從字名義譯的思考切入，帶入一個中文文學讀者都很熟悉的中文植物名「茱萸」。這時劉大任並沒有不求甚解，或意圖讓讀者將錯就錯從這個被王維〈重九登高憶山東兄弟〉詩句所形塑出的「手足之

---

[29]劉大任，〈園意〉，《園林內外》，頁186～187。
[30]劉大任，〈異鄉尋花〉，《園林內外》，頁126。
[31]根據該書自序，提及「第一，這批文字的寫作，先後時間跨度差不多二十年，早期與晚期，風格略異，編排上，大致是從晚到早，希望讀的時候，也越來越感覺年輕；第二，文字的篇幅，大致有兩種，短小者一千五百字左右，長的也許接近三千字。這是因為寫作主要為了兩個專欄，《中國時報·人間副刊》的『三少四壯集』和《壹週刊》的『紐約眼』。」參見劉大任，〈無果之園〉，《園林內外》，頁7。

思」牽著走，他以植物學的知識指出這種「茱萸」和中文讀者熟悉的「茱萸」差別甚大，是一種分布於北美洲與亞洲東部的溫帶植物。其間劉大任穿插這種植物的「種植美學」（「與日本楓、溫帶杜鵑高低相配，可以盡得風流」），一面又極其專注地向讀者解釋這種「花」的「花瓣」其實並非「花」的一部分，而是葉的特化等植物知識上。隨後劉大任筆鋒一轉。轉到「兩個故事」上。

其一是費長房與桓景的故事。相傳桓景求仙，遇費長房，費對桓說：「九月九日，你家將有大難，趕緊回去，讓家人各作絳囊，內盛茱萸，繫於臂上，並登高飲菊花酒，可祛此災。」[32]劉大任推斷九月深秋，茱萸恐已無花，所盛應為漿果。[33]

另一個是印地安傳說。相傳車洛奇部落（Cherokee Tribe）的酋長生下四個女兒，因追求者眾，於是酋長便要追求者獻上禮物，以致於營帳中充滿了各種奇珍異寶。但這樣的貪念犯了天怒，天神將酋長化為一株狗木，四個女兒則成狗木的四個苞片，而花則是那些奇珍異寶。

粗心的文學批評者或許會認為劉大任過於「掉書袋」，但事實上，中國古詩詞傳統的用典，誰又不掉書袋？掉書袋並非判斷一篇文章或一首詩良窳的準繩，它只是一種手段，掉得漂亮得就蘊藉風流，掉得不漂亮就令人嫌惡。在這篇文章中，劉大任中西各舉一段典故，顯露出了自己的「雜交文化」背景，接著落到自己實際的種植經驗上。劉大任說自己曾種過一株價格兩千字稿費的「車洛奇酋長」，但開花總不如預期，他推測這和雜交種易受真菌感染有關，且種植之地選擇不佳，上有遮蔭，下卻缺水，讓花彷彿天譴餘生。但後來移植的原生種白茱萸則不然，年年樹樹蝴蝶，「彷彿四位無端受辱的車洛奇公主轉世，在我的無果之園，重享失去的如花美眷青

---

[32]劉大任，〈山山蝴蝶飛〉，《園林內外》，頁15。
[33]我認為這裡劉大任有些過度詮釋，因為劉大任譯為白話的原文來自於梁朝吳均的《續齊諧記》，應為「九月九日，汝家當有災厄，宜急去，令家人各作絳囊，盛茱萸以繫臂，登高，飲菊花酒，此禍消。」事實上並沒有提及是用「茱萸花」、「茱萸葉」、還是「茱萸果」，因此仍可能是茱萸葉。

春。」[34]

從中西文化中的茱萸典故，再對照先天不良，後天失調的雜交種「車洛奇酋長」，終究不如野林原生的「白花茱萸」，則不免讓人聯想到作者藏有對自己人生遭遇隱喻的可能性。雖然劉大任看似毫不在意地說著故事，但插敘在故事之中，「異種」、「雜交」等生物學上的詞語。對照劉大任外省族裔的臺灣經驗、美國生活，讀者能不感到某種自況「海外遊魂」的意味？

但如果光是如此，那麼劉大任不過是現代版的田園詩人，頂多是加入了西方掌故的元素而已。不過讀者細讀當可發現，《園》的寫作精髓，其實都是由一個專業園藝的線頭所牽引出來的，而這過去可能被某些作家省略的種植「過程」，卻在劉大任的筆下成為不避繁瑣的必要鋪陳。他會為了冬季太冷而專為紫紅美人蕉進行「分層沙藏」（stratification）[35]；為避免自來水的氯氣傷盆栽，尚需蒐集雨水；寫到鐵線蓮，他花了近千字的篇幅來談「整枝」（pruning）與適性施肥的必要，甚至為種一畦玫瑰在園中換了兩車土。這樣的寫作方式一面呈現了園林完成的繁瑣過程，一面暗示了成園的不易，另一方面又讓「人工」、「記憶」、「文化」與「再製」、「被培養」、「被安排」的「局部自然」進行了深度的對話，最重要的是，對劉大任而言，園林從技藝始，終於自身的人生閱歷、記憶情感之上，這種從「園藝」到「園意」到「園憶」的筆法，恰似栽種過程般曲折有味。

而更難的，或許是運筆穿梭在文化／文學典故、園藝技術、生物科學知識間的文章布局，還得像建一座草花圍般有「遠見」（vision），「你得了解這一畦草花一年、三年、五年後是不是可能變成你所要的樣子。這就是遠見。而遠見是建立在專業知識、培養技巧和審美品味上的。」[36]

我們用同一個字 vision，但轉個意思來問：劉大任為自己的「雜種園林」而寫的《園林內外》，又提供了什麼樣觀察園林的「洞見」（vision）？

---

[34] 劉大任，〈山山蝴蝶飛〉，《園林內外》，頁 15。
[35] 所謂分層沙藏是將植物「剪枝去葉，挖出塊根，以牛皮紙包裹之，收藏於紙箱，選室內暖氣不到而氣溫略高於冰點的地方貯存，以待來年。」參見劉大任，〈冬不閒〉，《園林內外》，頁 36。
[36] 劉大任，〈園意〉，《園林內外》，頁 186。

三、人擇的園林，人造的天堂？

　　園林既是人造，那麼無論呈現何種姿態，其實必然反映出「人類的意志」。事實上，部分植物的確是靠「人擇」（artificial selection）才有今天的樣貌，這和依靠蟲、鳥、風與土地種子庫等複雜因素所構造的「天擇」（natural selection）[37]的自然景觀大不相同。人擇的園林會剔出自己不喜歡的物種（不「美」的花，「害」蟲，吃植物的兔子或鹿），創造自己想留下來植物的生境。它反映的不只是自然，還有造園當時的意圖與造園者背後的文化特質。當然，人造園林也同時存在於更大的天擇生態圈裡，因此天擇仍會影響園林，形成一種不能斷然二分的複雜生態環境。再者，園藝同時也是一種科學，舉凡是步道的曲率、踏實的配置、階梯設計、樹木配置、色彩布建都必須計算精準。只不過，其中「人體尺度」（human scale）是很重要的一個標準[38]，園林存在的目的畢竟是給「人」遊的，人的意志在一座園林裡無所不在。於是，我不免好奇，劉大任認為人力造園，究竟想介入荒野，改變些什麼、創造些什麼？

（一）種出天堂

　　許多園藝學家都認為，園林是人類「想像的天堂」。這其實是源於《舊約》中記載上帝創造了一座「花園」（the garden of Eden）的原故。伊甸園裡有生命樹有分別善惡樹，有森林有河流有果園，管理者是亞當。上帝後來又用亞當的肋骨造了夏娃，亞當與夏娃在伊甸園裡做著上帝交待的工作（創 2:8～2:25），這是一般讀者都熟知的〈創世紀〉。但當亞當與夏娃被逐

---

[37]關於「天擇」與「人擇」間的概念，達爾文為討論物種的遞衍變異，在葉篤莊等譯，《物種起源（The Origin of Species）》（臺北：臺灣商務印書館，1998 年）的第一、第二章有詳述。基本上，物種生存於生態圈，當繁殖到環境無法承受的數目時，彼此間將競爭有限的自然資源。本質優越者存活，並把基因遺傳後代，而適應較低者會被自然淘汰。這種汰弱留強的過程就是「天擇」。而人類透過選擇性繁殖（selective breeding）改變物種的體型和特性，以符合自己心意和實際需要。例如農業品種的改良或園藝品種的改良，則稱「人擇」或「智能選擇」。物種與環境之間亦是相互影響的，物種的存在也會影響非生物的自然環境，如改變大氣濃度、地質景觀。
[38]關於園林設計的考慮，或可參考林文鎮，《園林之美學》（臺北：中國造林事業學會，1993 年初版）。

出伊甸園後，便成了西方文明很難以言喻的精神創痛，是以彌爾頓（John Milton）的〈失樂園〉藏了一個永恆的「重返」願望。其實在東西方宗教中，無論是天堂或是淨土的描述都少不了「花園」，《古蘭經》有「天園」，佛經中的極樂世界往往也是花木扶疏的所在，人在人間修行，多多少少藏有回到「天園」的想望。

　　中國的園林最早被提起可能是《孟子・梁惠王》中所記載的「文王之囿」。這個「方七十里」的園區，「芻蕘者往焉，雉兔者往焉，與民同之」。很有趣的，這是一個「開放園區」，所以人民可以打獵採野菜，因此孟子說人民「以為小」，但齊宣王的園林四十里，不開放給人民進入，人民就覺得太大了。這當然是一則政治說客的比喻，但卻可以看出中國較早帝王園林的形制。現在我們以「苑囿」專稱古代帝王的園林，大約是從漢代改「囿」為「苑」開始的。漢也開始重視苑囿中的自然景物安排，一方面是因為城市化，二方面是漢代開始出現山水自然景色的繪畫風格，這意謂著一種審美的轉變，人們對自然景色的嚮往。除了帝王園林外，中國園林事實上和宗教也有很深的關係，《洛陽伽藍記》所記載的佛寺其中「法雲寺」「花果蔚茂，芳草蔓合，嘉木被庭。」佛寺營造出適宜修行、宜觀賞的園林，其中或也有暗示樂土所在之意。[39]劉大任在〈滄桑玫瑰園〉中提到「西方的園林藝術思想中，有一種廣泛的說法：美好的庭園，就是天堂在人間的具體呈現。」[40]，至於天堂是何樣貌，那就人言殊異了。劉大任進一步解釋他的看法：「園藝跟淫慾一樣，都是飽暖以後才有可能的事。跟淫慾不同的是，它主要調動腰以上的種種潛能。因此，腦有多少層次，園便能容納多少層次；心懷多少想像，園也能體現多少想像。園林的創造、開拓和經營，因此是個無邊無岸無涯無際的發明空間。這一點不難明白，因為園就

---

[39]關於中國造園史，可參考劉策編著的《中國古典苑囿與名園》（臺北：明文書局，1986 年初版）；而關於中西方造園的歷史，可參考胡文青《臺灣的公園》（臺北：遠足文化出版公司，1997 年初版）。

[40]劉大任，〈滄桑玫瑰園〉，《園林內外》，頁 136。

是人間的天堂，天堂理應無邊無岸也無涯無際。」⁴¹

但形構出天堂的樣貌並不容易，你想像某種植物應該存在於天堂中，卻老是種不活，那種痛苦只有造園者才能體會。和想像不同，植物皆是活體，你不僅要安置、布局，還必須「養活」它們。所以劉大任舉西諺說：「沒有人會送你一座玫瑰園。」（No one promises you a rose garden.）意思就是想要重現天堂，得靠努力。這個努力就是以園藝學為基礎、美學為輔，再加上自己獨特的想像。劉大任想重造一座屬於自己的天堂，或許是其投入園藝的基本理由，而，他對天堂的想像又是如何建構起來？

（二）園林的形式，心靈的形式

園林的形式在各文化的演進史中並不同步，用途也各自有異，中國最著名的圓明園是慈禧純為賞玩、誇富而建的。但約略同時，英國皇家植物園（Royal Botanic Gardens，Kew 也常被稱為「丘園」），則是蒐羅殖民地珍異物種，奠定植物學分類基礎的機構，現在甚至致力成立全球植物的「種子庫」。雖然一開始時兩者皆為「官方營造」，但結果卻大不相同。私人園林當然在建造目的上也有很大的歧異性，但造園的想像力有沒有一種「固定模式」？

美國景觀設計家李察‧杜貝（Richard L. Dubé）曾從「創造與隱喻性思考」、「歷史片段」、「自然型式的體驗」……等方式來說明設計園林的幾種常見的模式，他說：

自然型式不是抽象性象徵主義唯一的靈感來源，我們的文化及歷史傳統也有極為有力的表現潛能。地方的歷史，宗教信仰，社會歷史，事件，寓言，神話，傳說，故事，以及個人或家族的記憶，都是靈感的來源。⁴²

41劉大任，〈園夢〉，《園林內外》，頁65。
42李察‧杜貝（Richard L. Dubé）；徐得嘉譯，《自然型式——景觀設計手冊（*Natural Pattern Forms: a practical sourcebook for landscape design*, 1997）》（臺北：地景公司，2001年），頁109。

　　從集體構造園林來說，地方歷史、宗教信仰、寓言、神話、傳說這些集體記憶常會被突顯出來，私人園林則會強調個人或家族的記憶。富商巨賈喜愛在園林中彰顯自身財富或官位的榮光，個人則會在集體意識之外，尋找能滿足自己心靈想望的園林風景。這或許即是劉大任為何會在肯亞種香蕉、空心菜這些家鄉植物的根本原因。到美國之後，劉大任回臺都到建國花市找尋臺灣聞名世界的各種蘭種，但要闖過海關檢疫可不容易。因為按正常管道蘭花經不起長時間的折磨，且還要噴藥，運到的常是「花屍」。於是劉大任竟鋌而走險違反法令，「在回美前把植株從盆裡起出，洗乾淨根系並全株泡水約二十分鐘，再用最快的空運手段當做小包裹寄出。離臺前一天送郵，抵美兩、三天後收到。剛收到的植株必然是脫水狀態，因此要搶時間急救，儘快入盆。我的經驗是，蘭花經此折磨，即使處置得當，也要一、兩年時間才能完全恢復正常。」[43]不惜犯法的手段，明的來看或許是劉大任對植物的「癖」或「癮」在作祟，但骨子裡更重要的理由是那株蘭花可是異鄉遊魂寄託鄉愁的象徵物。

　　其次，而經營園林的過程，又常讓作家與新的記憶聯結。於是「記憶——栽種植物——此時」這樣的模式，形成這一系列散文的敘事策略。園林不只是園林，它還用以喻親情、友情。比方說在〈冬不閒〉裡，劉大任明寫照顧植物越冬的辛苦，暗寫照顧兒子的費心；〈優種茶〉提及妻子罹癌，群醫束手之際，一次整地種茶竟反而讓肺氣暢通；〈陽臺秋思〉寫到他一度想把陽臺改造，卻因為父親過世前，有一段時光都會坐在那個陽臺上讀信，劉大任深怕一拆陽臺就把那段記憶也隨之拆毀，所以就在改造時把陽臺也保留下來。而在〈完美的早餐〉中，改造後的園林雖已近「天堂」，但遲遲要等待兩個兒子返家共餐，才算完美。人類是一種生物，與其他社會性生物一樣，有親子需求的本能，有社會交誼的本能。人類社會甚至是因為這種繁複的親情、社會關係變得獨特。劉大任無法捨棄這部分，美學

---

[43]劉大任，〈雖無一庭香雪〉，《園林內外》，頁18。

也無法取代這部分。因此在劉大任的想法裡，人為介入想造「天堂」，有待人為創造的「人間記憶」才得以完整，才見精神。這就是劉式園林除了自身文化背景的集體意識外，另一個重要心靈形式。

（三）絕無用處的美學

至於人為介入的第三義，就是「求美」。劉大任曾引述肯亞蘭協創始人之一皮爾斯醫生的說法：「蘭花之所以吸引我們，是因為它是那種美得出奇的高貴生物，而且，絕對毫無用處，而人生最珍貴的東西，往往都是毫無用處的。」[44]

將野性馴化為人工，有時求的是只有人類才能接納的「美」。美雖說沒有絕對標準的標準，不過，卻有可以分判的「美的文化共相」，與「美的文化差異」。比方說在〈花事無須了〉裡，劉大任比較了中國與英國在園林花卉安排的一個共同概念，就是「花事盛景不斷」：

> 蘇東坡〈酴醾花菩薩泉詩〉有「酴醾不爭春，寂寞開最晚」句，除了人格自許，確也透露出，中國人早在宋代便已在園林哲學中發展出一種按照時序創造花事盛景不斷的觀念，故有「開到荼蘼花事了」的說法。跟19世紀英國人在園林哲學中創造的多年生草花圃（perennial border）經營管理和設計的原則暗合。當然，英國人的多年生草花圃更要複雜得多，除必須慎選植物開花期以造成先後連續不斷的效果外，還要講究植株的高矮粗細，葉形葉色的匹配與花形花色的對照。[45]

雖說如此，但中國人所欣賞的盆栽藝術，就絕對和英國的順應物性大不相同，東方人講求的是一種「殘破美」：

> 縮龍成寸而能創造蒼老古拙的趣味與意境，實因人在觀察大自然經驗累

---

[44]劉大任，〈多花金鐘〉，《園林內外》，頁108。
[45]劉大任，〈花事無須了〉，《園林內外》，頁35。

積中，發現了一些基本的美學原則，例如古樹的樹枝，越接近根柢便越低垂，群植盆景則限於奇數植株等等。中國人和日本人大概都在植物的野生環境中發現了一種殘破美。常青木受雷擊之後，倖存者在受傷的軀體上重新生長枝葉，生死並存的奇態，竟引發人的想像，故盆景的製造，有斷頭剝皮彎枝的「做老」技巧。[46]

正如前面提過，劉大任看似較贊同西方順應物性的栽植方式，明言自己中年之後心儀的是西方的園藝觀，特別是英國的園藝觀，不過也承認自己的文化基因與西方的審美態度有差異。在父系的農民根性外，尚有一種「從植物的欣賞中取得心境平和寧靜」的「母系基因」，而這種「近乎病態的纖細審美觀，跟西方崇尚的健康型自然論者的審美態度，很不一樣。」[47]相較於對東方人為中心園藝觀的強烈批判，對於「美」，劉大任採取了較寬容的看法，他認為這是無從比較，也不能比較的，因為，每一種美都具有獨特的價值。

四、雖由人作，宛自天開[48]：園林的野性

部分學者常誤解自然書寫的研究所指涉的多是「非人的自然」（nonhuman，本文把這個範疇稱為「荒野」），但事實上，自然書寫最常處理的是「人與非人間互動」（human-nonhuman interaction）。非人的荒野總因有人介入，才有「被人」談論的可能性，真正「非人的自然」在相關論述中理論上不可能存在。而從生態系彼此互動的觀點來看，今天這個世界已經沒有不被人類影響的「黑暗之心」。

人亦是生物的一種，人造物的材料無論如何必定來自自然或提煉自自

---

[46] 劉大任，〈花事無須了〉，《園林內外》，頁 36。
[47] 劉大任，〈無果之園〉，《園林內外》，頁 9。
[48] 「雖由人作，宛自天開」是計成《園冶‧園說》（頁 44）中的名句，說明中國造園也有強調順應自然的概念。不過原意是指「造景」宛自天開，而不是指提供植栽的種植環境，和劉大任的思考不盡相同。此處是句子的「借用」，所欲暗示的意涵與原意略有差別。

然，當然也可視為自然的一部分。但事實上，人類是世界上少見除了求生以外，還會妨礙到其他生物生存空間的生物，科技文明所創造的人為都市，更是大幅地侵犯了原本應與其他生物的「共存空間」。於是，人類世界與野性之間的界線，便成了人類對非人類生物殺戮、共生、互利的複雜場域。園林既是人類馴化植物的實踐場域。有時也會暗藏野性，我們甚至也可以說，園林有時就是隔開生存空間（家）與城市或荒野的一道防線。在那裡，荒野的力量雖在某種程度上被掌控，但也未完全被人造的機械城市吞噬。

到美國後劉大任買下現今居所，前任屋主還是個黑手黨。劉大任回憶當年買下這幢房子時，「常見野鹿在門外馬路上蹓躂，如今已成川流不息的通衢要道，加上丘陵高地被開發商看成利市百倍的高級住宅寶地，大片原始林被分割成片，野生動物遂被迫在割剩的狹小天地裡求生存，人獸之間活動的範圍開始重疊。」[49]園林是「拒鹿」的界線（因為鹿會吃掉園林中的植物），但園林的存在也有「拒市」之意。

在這樣的環境中，勢必會遇到人如何面對自然，是想盡量全面掌控，還是放任野性？

（一）人能改造自然，卻無法全然控制自然

劉大任所居住的地方，緯度相當於哈爾濱，因此「香雪紅雲之類的想像，完全不切實際，只能關起門來，靠人造的環境，保留些許情趣，或可稍紓愁緒。」[50]而劉大任又喜愛蘭花，於是勢必為這些植物創造一個近似野生的環境，才能「適其性」，〈雖無一庭香雪〉恰好就寫了這樣一個例子。

若干年前，劉大任一家赴佛羅里達州旅遊，歸程前參觀了幾家蘭園，其中之一的蘭園主人送了一盆少見的石豆蘭屬植物（ Bulbophyllum mastersianum ）給他兒子：「敢接受挑戰嗎？這盆送你，如果能讓它開花，

---

[49]劉大任，〈拒鹿〉，《園林內外》，頁62。
[50]劉大任，〈雖無一庭香雪〉，《園林內外》，頁17。

下次你爸爸買任何東西都打對折！」[51]但植物來自印尼東北部的摩鹿加群島，氣候條件自然和北美是天差地別。於是劉大任開始了以人力逆天命的努力：

> 為了複製想像中的摩鹿加群島的山林環境，我想方設法提供了力所能及的各種條件。光照用的是日光燈，濕度由每日晨昏兩次噴霧提供，空氣流通有電扇，氣溫升降由於長期留在室內也避免了暴冷暴熱，澆花用水直接從水族箱內抽取，既去氯氣，又降低鹽分，而且還附送一些有機營養物，它老兄五年如一日，完全無助於衷。[52]

就在快放棄的時候，「今天春節後第三天，道理根本無從推想，它居然抽了花芽，開了一朵花。」[53]

而劉大任的院子在栽種上有先天的限制，一方面四圍有各種先天原生和後天栽培的參天大樹環繞，太陽每天僅直射約二小時，其他時間都是斜射的過濾弱光。因此對想要一座玫瑰園又不想造溫室的劉大任來說，簡直是一種奢求。因為「這種格局，限制了玫瑰的健康發展。玫瑰，尤其是屢經配種改良的優種茶，起碼要求每天六小時以上的陽光。」[54]但在種種努力都宣告失敗之後，劉大任不無遺憾地寫下：「然而，人定不勝天。」

參悟了這點以後，劉大任開始改變了他的造園態度。

如前所述，建造園林是為了在生活空間內留存一個具體而微的「自然」，但事實上，有時園林設計卻在「拒絕」自然，至少拒絕氣候的傷害、拒絕昆蟲與鹿的入侵。這些氣候、環境、生物所造成的限制與困難，在劉大任飽嚐失敗經驗後，逐步發展出屬於自己的園藝哲學，其中最基本的要求，就是「讓它們快樂」：「……我收養培育的生命盡可能發揚本性，一句

---

[51]劉大任，〈雖無一庭香雪〉，《園林內外》，頁20。
[52]劉大任，〈雖無一庭香雪〉，《園林內外》，頁20。
[53]劉大任，〈雖無一庭香雪〉，《園林內外》，頁20。
[54]劉大任，〈百日菊織錦〉，《園林內外》，頁27。

話，我要它們快樂。」[55]

　　然而，一旦要植物順應本性，那麼個人所營造的，只能存在於一時一地的人工園林，勢必培育的種類受到限制，這時劉大任怎麼應對呢？

（二）割愛，而非馴化

　　劉大任曾費心培育過他很喜歡的「春蘭」，但在北美又無法複製中國江南，但一旦為蘭建造溫室，又違反了他順應本性的原意。所以，到頭來，只有一個選擇──割愛。[56]讀者若以為這只是一種人生哲學，雖然也說得通，但恐怕不完整。事實上，劉大任鑽研園藝學，並且將此視為「進步」的園藝觀。他曾舉英國園藝家羅賓遜（William Robinson）和杰克爾（Gertude Jekyll）的園藝理論，說明這種重視物群落再造再詮釋手法的特出之處，並再舉美國園藝家簡森（Jens Jensen）的說法，強調園林中使用當地植材的理念。劉大任稱這類的園藝觀是「大自然生物與非生物體系的一種藝術對話。」[57]

　　這樣的對話讓他在改造陽臺時，費盡思量。在〈陽臺秋思〉與〈完美的早餐〉中，劉大任提及了他的房子在斜坡上，因此背後就有一片林地。前屋主曾將兩者以一道擋土牆隔開，但他後來建了後陽臺將兩者連成一片。目的是為了讓自己的園林彷彿延續到天然林地，也將天然林地的景色引進自己的園林中。於是，天然林和人造園，提供了他「完美的早餐」最佳場景。這樣的園林才有「療癒」，弭平親情裂痕之效：「足以化解多年累積無從冰釋也不可能消失的一切齟齬、摩擦、爭執、矛盾和遺恨，足以讓生活裡無端惹來的所有不切實際的妄想和幻覺，長期落空的希望和夢境，永恆騷擾的執念和挫傷，全部乾淨徹底歸零。」[58]

　　這般順應物性，與自然對話的園林觀，擴大來看，成了他檢視園林是否成功的一個標準。他認為美國強調「每種草種在特定地方」的「草文

[55]劉大任，〈殘雪燒紅半個天〉，《園林內外》，頁25。
[56]劉大任，〈殘雪燒紅半個天〉，《園林內外》，頁27。
[57]劉大任，〈園夢〉，《園林內外》，頁67。
[58]劉大任，〈雖無一庭香雪〉，《園林內外》，頁74。

化」，因為需要大量的澆灌與農藥，並不符合未來的環境意識。新潮流是「推廣耐旱和強悍的植物品種，鼓吹以符合本地自然生態要求的植物為主材的新園林觀念，設法取代傳統費水耗肥的『草坪』和『花圃』。」[59]而回到臺灣時，他也被缺乏這種觀念而改造得面目全非的陽明山前後山公園「震撼」：

> 按照我腦子裡的印象，那一帶應該就是前山公園的所在地，卻怎麼都找不到。不錯，附近蓋了不少房子（自然是一幢比一幢醜），可是，偌大的公園不可能就這麼消失的吧。……後來仔細打聽，才弄明白，原來櫻花砍剩下不到一百株，日據時代規畫經營得頗有格調的園林，東挖一塊，西砍一角，蓋了些奇醜無比的溜冰場（水泥）、籃球場（水泥）、游泳池（水泥）。[60]
> 中國人貪多的老毛病又犯了，叫人遠觀近玩都透不過氣來……夾雜在人群中的我們，竟好像有逃難的感覺，此行不是為了賞花的嗎？[61]

作家失望的不但是美感的喪失，同時也是原本「引景入園」的景觀，已因錯誤的改造而失去活力。

（三）保存，而非征服

從私人園林擴大到公共園林，劉大任發出的議論已是「公共議題」，但公共議題背後其實還有歷史情境。是什麼樣的歷史情境使得我們失去最巨大的「園林」？那個神聖荒野？

[59]劉大任，〈園夢〉，《園林內外》，頁 67，另外，亦可參考園藝家史坦因（Sara Stein）所著，杜菁萍譯，《生機花園》（臺北：大樹文化出版公司，1996 年）一書，該書對「整齊、清潔、澆灌、撒藥」的園藝有相當強烈的批判，如其中〈不像園丁的園丁〉一文：「美國式整潔清爽的造園及園藝傳統，早已將鄉村的生態破壞殆盡。郊區整潔的院落花園不斷擴張，造成像是狐狸這樣重要的掠食動物的區域性絕跡，嚴重侵占了許多鳥類的生存空間，也使一些脆弱生物面臨全面性絕種。」（頁 23）。
[60]劉大任，〈臺北看花〉，《園林內外》，頁 156。
[61]劉大任，〈臺北看花〉，《園林內外》，頁 158。

劉大任曾提到遊優勝美地國家公園的經驗（Yosemite National Park），在那個少有人蹤的山頂，「一大片千年紅杉（Seguoia）巨物，萬籟俱寂，似乎連鳥都不敢發聲。面對這些神靈，你真有不得不跪下去的感覺。」[62]但這原是美洲原本常見的景象，只是因白人的到來，盲目的開發而失落了這個最廣闊的天堂。

他在另一篇〈長島種植場〉，介紹了一個具傳奇性的私家園林。這個私家園林原本是 1920 年代暴發的威廉・羅勃森・寇爾（William Robertson Coe, 1869-1955）家族的歌舞昇平之地，包括占地四百零九英畝的私家園林和大小不下六、七十個房間的住宅。1955 年他去世後才變成公共園林。但荒野豈有「私有」之理？劉大任拉出一條美洲開發史的敘事線，提及最早開墾這片土地可不是寇爾，而是長島原住民馬田科克印第安族（Matinecock Indians），新英格蘭白人移民大約在 1652 年前後才開始定居，建立了小型農業區。[63]對這片土地上的動植物而言，印第安人是第一群土地的殖民者，白人移民是第二群殖民者，暴發戶寇爾則是第三個殖民者。經過這三次的「植被改造」，植物面貌當然已今非昔比。當政府收回後，長島種植場能否回到原本的面貌？有沒有必要回復到原本的面貌呢？這是否有某種生態殖民（ecological colonialism）[64]的意味呢？

對殖民主義的反感，或許讓我們想起劉大任左翼思想的痕跡。他在肯亞時，就從自己的行為中觀察出難以根除的「文化優越」感。有一回他和家人與朋友開車到一個小村莊，遠遠發現一種稱為「豹紋」的珍貴蘭種，

[62]劉大任，〈久雨初晴〉，《園林內外》，頁 83。
[63]劉大任，〈長島種植場〉，《園林內外》，頁 102。
[64]一般論及殖民文化，總是從討論政治上的宰制、經濟上的剝削，以及文化上的霸權著眼，來說明被殖民者「失語」與「失憶」的認同危機。但環境史學家克羅斯比（Alfred W. Crosby）則認為，有一種侵略工具更具有隱性的造化力量，即是從生態上改變被殖民地。外來殖民者帶來大量新植物，改造景觀，使得原住民不但失去土地，也失去原有的生態風景。（Alfred W. Crosby, *Ecological Imperialism: The Biological Expansion of Europe, 900-1900*, 1986, Canto ed. 1993, New York: Cambridge University Press, pp. 220-222。相關論述也可參考他 1972 年更早的一部著作 *The Columbian Exchange: Biological and Cultural Consequences of 1492*，這本書現已有中譯本《哥倫布大交換》（臺北：貓頭鷹出版社，2008 年）。

在使用長竿都無法取得蘭花後，一個當地的原住民伸出兩根指頭，以手勢表示他能幫忙。劉大任以為他要錢，遂付了錢，讓原住民爬上樹取得珍貴的蘭花，下了樹的原住民卻不斷急切地發出「嘟嘟」難以辨認的語言。劉大任以為他嫌錢少，遂又付了另一筆錢。回家後發現巨大的蘭花叢中跑出大量螞蟻，後來才聽說「嘟嘟」的意思其實是「蟲」。劉大任感到懊悔，寫下這一段文字：

> 那麼老頭兒也許從來沒向我們要錢？他伸出兩根手指，也許只是要根菸抽？錢也許不在老頭兒心中，而在我自己心中。那麼，同樣，殖民主義可能也不在蘭協那批人心中，而在我自己心中。我發現我的憂煩，其實與殖民主義等等的現實，根本無關，我的憂煩，其實只是直覺到自己的心，因為被某種自以為是正義的觀念所盤據，而日漸狹隘縮小，日漸蒙昧無光。[65]

這篇早期作品說明了劉大任的自省，這種自省擴大後，遂成為一種較超越性的環境倫理觀，使他關心「非身邊」的自然景物：

> 專家估計，熱帶雨林的消失，每年約兩千八百萬英畝，每分鐘五十四英畝。如果你知道一個美式足球場有多大，則每過一秒鐘，便有這麼大的一塊熱帶雨林，為了養牛，為了種咖啡，為了做北歐人喜歡的家具，為了造紙，做日本人用的筷子，為了……而被砍成醜陋的光禿禿的平地。[66] 別忘了，這不僅是白人的悲劇。幾千年以前，中國南方大部分地區本是一片森林覆蓋的綠色世界，現在只剩下西雙版納一個小小的保護區了。[67]

---

[65] 劉大任，〈約紋〉，《園林內外》，頁175～176。
[66] 劉大任，〈熱帶雨林的黃昏〉，《園林內外》，頁195。
[67] 劉大任，〈熱帶雨林的黃昏〉，《園林內外》，頁199。

我們依這部書最後的篇章「逆溯」回去，發現劉大任從人類歷史中對荒野盲目征服的批判，到建造屬於自己私密的「天堂」，思考公共園林的意義與理想，劉大任的園林觀，從文化思考到與自然對話，最終收拾到「各適其性」的園藝哲學中。文化基因當然存在，園林成為療癒鄉愁的隱喻，但除這樣的基調之外，整部作品，我以為還暗藏著從園林一隅展望而出的，更廣闊的視野與生態觀。

五、結語：既造心景，又安天命

燈火燭照的紅葉，暴露了蟲蝕的殘缺，莫非是海外遊魂的永恆象徵？[68]

如前所述，劉大任稱自己的園林事業有兩個關鍵，第一次是參加肯亞蘭花協會，並且在親赴原始生境探索，了解人類活動對生態環境的惡性破壞。第二次則是到紐約，有了一片自己建構天堂的院子。[69]而劉大任的文學事業、人生事業呢？

在〈殘雪燒紅半個天〉裡，劉大任提到中國文人愛山茶的傳統，說自己最喜歡的還是畫家兼詩人擔當和尚的山茶詩：「冷豔爭春喜燦然，山茶按譜甲於滇。樹頭萬朵齊吞火，殘雪燒紅半個天。」劉大任明說了「殘雪」一句是自我指涉，他和愛山茶的白先勇都已到了「殘雪」之年，但是否「燒紅半個天」呢？[70]對劉大任而言，投身保釣運動便是他人生事業的第一次轉折，第二次轉折則是進入聯合國工作。而早年以小說受注目的他，轉任聯合國工作後，反倒是散文所涉及的運動、園林等看似「消閒」的書寫愈見「深沉」。

在另一篇〈百日菊織錦〉的末尾，劉大任提及一位以他的作品為論文題目的研究生寄來論文，結尾頗有「為我（劉大任）請命的味道」。劉大任摘引論文的一個段落：「像他（指劉大任）這樣長年努力求變的作家，又有

---

[68]劉大任，〈秋紅故人來〉，《園林內外》，頁47。
[69]劉大任，〈無果之園〉，《園林內外》，頁10。
[70]劉大任，〈殘雪燒紅半個天〉，《園林內外》，頁25。

這麼大的產量，『我們』是不是應該重視？並給予更高的評價？（大意）……」[71]劉大任刻意把「我們」兩字加上引號，並說這兩個字，透露了一些可怕的東西。原來，論文的指導教授是「臺獨運動裡的第一把文學理論家」陳芳明教授。劉大任無疑認為裡頭寫的「我們」是另一群人，另一群在政治思維上有別於自己的「臺灣人」。

文學上是否「燒紅半個天」，雖然還仍待時間考驗，但在政治理念上，劉大任暗嘆自己不過是「一息尚存的加利格蘭」，而「百日菊趁夏日炎炎積聚著虎虎的長勢，巨大的軀體相互擁抱成團成塊，先天不良後天失調的貴族遺老，終將被消滅於無形無影的命運，怕是難以避免的了！」[72]把自己和自己的信仰與作品視為遙遠時空裡的「一幀遺像」，再加上多數篇章不僅寫園林，也寫對世情、親情、友情的感慨，使得這部具有特出意義的園藝書寫作品，突顯了「造心景」的意味。

是以劉大任會說：「園林是人的創造物，因此，什麼樣的人便會有什麼樣的園林……日本的僧侶園，無論是沙石耙梳的水痕還是反景入林的苔綠，必然傳達日式禪機的意趣。凡爾賽宮的幾何構圖園林，不過是要顯示19 世紀歐洲理性主義的自信。中國文人園，也有它自己的選擇，不外是儒家的天人合一和道家的素樸恬淡。清代大鹽商的怪石堆疊，自然更反映了他們『花開富貴』的占有慾。」[73]而劉大任的園林，則隱有療鄉愁、享天倫、憶老友、藏記憶的心景。

在劉大任造心景的過程中，我們順著這部「逆時」而編的書，去感受隨著年紀漸長，所體悟的園藝之「道」。社會主義思想的背景與肯亞的經驗，讓他反省殖民歷史，並進而質疑生態改造與文明侵犯，他帶著這隱藏在心景中的另一種思考，重返美國，買屋定居造園。當有機會建一座屬於自己的園林時，他不願造溫室，而花更多工夫讓異鄉植物獲得與故鄉同樣

---

[71]劉大任，〈百日菊織錦〉，《園林內外》，頁 30。文中所指這篇論文，當是陳芳明老師指導，林燕珠所撰，〈劉大任小說中的家族與國族〉（中興大學中國文學系碩士論文，1999 年）。
[72]劉大任，〈百日菊織錦〉，《園林內外》，頁 31。
[73]劉大任，〈園夢〉，《園林內外》，頁 67。

的日照與土質，他希望讓植物能朝氣勃勃，也希望園林之景與原生林地連成既延續又相互呼應的景觀。懷抱著成為業餘園藝家的希望，在造心景的同時也期待人類終能讓園林植物（或更廣的熱帶雨林）皆「安天命」。

　　園林書寫在臺灣雖然稀少，但《園》書蘊含了劉大任二十多年的園藝經驗，加上多層次的主題，內斂的文筆，雖然在對中國與日本式園林的批判上有小疵，但那本也並非我做為一個讀者被「打動」之處。最重要的是，每碰一件事就成「痴」的劉大任，在這二十餘年的園林經驗中，同時試探了一種較少見的文學議題、表現形式，經營了另一座「文字園林」，多數作品避開了較具爭議的政治理念，透露出超越政治之上的生態觀，文筆雖淡，卻有後勁與深度，讀後令人心愀。

　　劉大任曾自言自己的園林是看不見「果」的「園」，果真如此？關於這點，我無法同意。

──選自《臺灣文學學報》第 15 期，2009 年 12 月

一個靜謐黃昏裡無限的悠長

評《晚晴》

◎徐國能*

> 庾信文章老更成，凌雲健筆意縱橫。
>
> 今人嗤點流傳賦，不覺前賢畏後生。

——杜甫〈戲為六絕句〉之一

　　論當代散文孰能流傳後世，劉大任絕對是極少數的必然人選。

　　劉先生的作品揭示了散文這個文體最珍貴的一些特質：睿智、博雅、嚴謹、深邃、樸實。這是散文寫手人盡皆知的美學條例，能真正完成其中一兩項者即成名家，但作品中稍稍考察，便會發現有故作睿智而實為滑頭者，有冒充博雅而流於賣弄者，有四平八穩而呆板滯澀者，有聯章累牘但皆屬囉嗦平淺者，有詞采華茂矯揉造作卻情思空洞者。能如劉先生揮灑自如而共兼諸美，實屬罕見。因此每次閱讀劉先生的鴻文，總是彷彿上了一堂親身示範的創作課。

　　早年我讀〈江嘉良臨陣〉而讚嘆劉先生用筆布局的矯健頑強，處處都透著力量的鋒棱；又如〈陳靜反手彈〉一文中纖毫入微的觀察力與無比的想像力，使一個報導性作品產生了抒情美感。近年《紐約眼》、《空望》等作，更是出入自得，有點「隨心所欲而不逾矩」的味道。《晚晴》也順著《紐約眼》這條脈絡，以每篇兩三千字的篇幅談心論事，劉先生自言其文「字裡行間，總是透著些老氣橫秋的味道」，在我讀來，這種「老」，是飽

---

*發表文章時為臺灣師範大學國文學系助理教授，現為臺灣師範大學國文學系教授。

經世故而更澄明通透的心靈，是歷經劫波而不改其志的凜然風骨，是積久力學而累積充實的學養，是幽默中略帶滄桑的處世情懷，是千錘百鍊還歸平淡的藝術造詣，雄渾而蒼茫，強勁卻蘊藉，像陳年美酒收辣後的醇厚，像經年老茶在時間裡留下的韻味悠長，總名之可稱為「老成」。

　　文學並不排斥青春，理想的飛揚、愛慾的糾纏、純真的詠歌，那是青春最寶貴的特質，也是藝術永恆的靈光；但人生隨著光陰流逝，理想終成冰冷的死灰，愛慾化為悠長的寂寞，純真也僅在相框裡微笑，那慢慢便誕生了老成的文學。由情的澎湃轉為智的感慨，那是老成的最著表徵，劉大任《晚晴》中這一點讓我感受最為強烈，寫革命的激昂、寫親子關係、寫時事政治，都能從理性的層面提出引人深省的新解。但老成卻也不是無情，而是將「情」化為淡淡的背景，在若有似無間使人玩味良久，憮然沉思。燈下細讀每一篇章，感動之餘，我深深覺得劉大任亦是一個相當嚴謹的修辭學家，將中文之精確性與美感都操作得毫釐不失，「我至今無法想像，老友的屋頂天臺上，有朝一日，三十幾盆一丈紅，如果培養得法，全都盛開時，究將引起多大的騷動」，「騷動」兩字著實透闢；而他每篇作品發揚轉折、層層探幽的結構也很精采，像園林的布置，但劉大任的散文園林屬於純中式的，大處昂揚，小處幽微，花徑池榭，曲折卻流暢，同時顯露詩意的品味。

　　劉大任的作品逼使我相信散文是年歲之作，非要閱過某些人、歷過某些事、批過某些書、斷過某些情才寫得出來。劉先生為週刊撰稿多年，過去我曾在餐廳、髮廊、車站或不記得什麼樣場合中讀過一些篇章，這次捧書重讀，彷彿又帶我經驗了一次蕭索油煙、一次旅程裡幽暗的燈。閱讀讓我拾回了零落的記憶——「天意憐幽草，人間愛晚晴」，在如此不堪的人間裡，我們雖然終不能和反覆的風波抗衡，但文學世界所給予的愫動，總使人感到一個靜謐黃昏裡無限的悠長。

——選自《聯合報》，2007 年 4 月 8 日，E5 版

輯五◎
研究評論資料目錄

作家生平、作品評論專書與學位論文

學位論文

1. **林燕珠　　劉大任小說中的家族與國族　中興大學中國文學系　碩士論文　陳芳明教授指導　2000 年 8 月　160 頁**

   本論文以劉大任的文學創作為主、文化評論為輔，以寫作時代先後分期探討。全文共 6 章：1.前言；2.現代主義青年的叛逆起點；3.保釣的紅色追尋與破滅；4.文化認同的世代交替；5.雙重視角的文化觀察；6.結論。正文後附錄〈劉大任小說寫作年表〉、〈劉大任文化評論寫作年表〉。

2. **莊永同　　長廊杜鵑望鄉關——劉大任小說研究　中國文化大學中國文學系　碩士論文　李進益教授指導　2002 年 12 月　162 頁**

   本論文以多元面向及歸納方式，探索劉大任小說作品結構、情節、修辭之美，及小說人物的個性。全文共 5 章：1.緒論；2.生平與創作背景；3.小說中的結構分析；4.小說中的語言；5.結論。正文後附錄〈人物特色表〉、〈感嘆修辭表〉、〈類疊修辭表〉、〈劉大任年表〉。

3. **劉明亮　　對陣者的掙扎——劉大任小說研究　臺北師範學院應用語言文學研究所　碩士論文　張素貞教授指導　2004 年 1 月　197 頁**

   本論文研究劉大任至 1990 年代的小說中，小說人物所面對的個人難題及國族困境。全文共 7 章：1.緒論；2.漂鳥族的寫作歷程與小說思想；3.青年知識分子的困境與出路——長篇小說《浮游群落》；4.散形中的敘事——中篇小說〈晚風習習〉與〈散形〉；5.凝視中國人——短篇小說主題；6.詩味小說散文筆——短篇小說技巧與藝術形式；7.結論。正文後附錄〈劉大任寫作年表〉、〈劉大任著作目錄〉、〈劉大任「紐約眼」專欄目錄〉、〈劉大任訪問稿〉、〈發現之旅——劉大任〈唐努烏梁海〉探析〉。

4. **羅皓文　　劉大任運動散文研究　臺北教育大學教育政策與管理研究所　碩士論文　胡天玫教授指導　2005 年 8 月　183 頁**

   本論文探討劉大任的運動散文，認為其運動散文作品充分展現運動情感的細膩感，運動員臨陣狀態的駭人氣勢與人生觀照的深度層次，並挖掘運動之外更深層的人生問題。全文共 6 章：1.緒論；2.本體論；3.劉大任與運動散文的特色；4.主題內涵；5.藝術經營；6.結語。

5. 吳孟琳　　流放者的認同研究——以聶華苓、於梨華、白先勇、劉大任、張系國為研究對象　清華大學中國文學系　碩士論文　呂正惠教授指導　2008 年 1 月　113 頁

本論文由 1949 年前後，遷臺的外省軍民裡在大陸出生，少年時期在臺灣度過，在崇美的留學風潮下又遠赴美國這些族群中，擇取聶華苓、於梨華、白先勇、劉大任以及張系國五位作家，來呈現多重認同的問題。全文共 5 章：1.緒論；2.流亡曲；3.放逐之歌；4.尋根熱；5.結語：多重認同的問題。

6. 陳卓欣　　劉大任散文研究　成功大學中國文學系　碩士論文　陳昌明教授指導　2010 年 6 月　151 頁

本論文聚焦於劉大任的散文創作，以作家的生平經歷與文學觀為基礎，探討其作品的題材、風格、類型及藝術手法。全文共 6 章：1.緒論；2.劉大任生平及風格探析；3.劉大任散文題材研究；4.劉大任散文的思想內涵；5.劉大任散文的藝術表現；6.結論。

作家生平資料篇目

自述

7. 劉大任　　自序　紅土印象　臺北　志文出版社　1970 年 10 月　頁 1—4

8. 劉大任　　赤道歸來——代序　杜鵑啼血　臺北　遠景出版公司　1984 年 10 月　頁 1—11

9. 劉大任　　赤道歸來——代序　杜鵑啼血　臺北　洪範書店　1990 年 1 月　頁 1—12

10. 劉大任　　《秋陽似酒》後記　洪範雜誌　第 24 期　1985 年 12 月　1 版

11. 劉大任　　後記　秋陽似酒　臺北　洪範書店　1986 年 1 月　頁 219—211

12. 劉大任　　序　走出神話國　臺北　圓神出版社　1986 年 1 月　頁 1—5

13. 劉大任　　序　走出神話國　臺北　皇冠文化出版公司　1997 年 3 月　頁 12—16

14. 劉大任　　掙扎——《晚風習習》代序　洪範雜誌　第 42 期　1990 年 1 月　1 版

15. 劉大任　掙扎——代序　晚風習習　臺北　洪範書店　1990 年 1 月　頁 1—2

16. 劉大任　中日不再戰——《浮游群落》日文版序　九十年代　第 247 期　1990 年 8 月　頁 17—18

17. 劉大任　日本語訳の出版によせて　ディゴ燃ゆ　東京　研文出版　1991 年 1 月　頁 i—v

18. 劉大任　中日不再戰——《浮游群落》日文版序　赤道歸來　臺北　皇冠文化出版公司　1997 年 9 月　頁 125—129

19. 劉大任　魚香　現文因緣　臺北　現文出版社　1991 年 12 月　頁 176—182

20. 劉大任　魚香　白先勇外集・現文因緣　臺北　天下遠見出版公司　2008 年 9 月　頁 214—221

21. 劉大任　魚香　現文因緣　臺北　聯經出版公司　2016 年 7 月　頁 186—192

22. 劉大任　《神話的破滅》自序　洪範雜誌　第 49 期　1992 年 9 月　1 版

23. 劉大任　自序　神話的破滅　臺北　洪範書店　1992 年 9 月　頁 1—4

24. 劉大任　自序　神話的破滅　臺北　皇冠文化出版公司　1997 年 9 月　頁 11—14

25. 劉大任　自序　薩伐旅　臺北　麥田出版公司　1992 年 9 月　頁 7—9

26. 劉大任　自序　赤道歸來　臺北　皇冠文化出版公司　1997 年 9 月　頁 12—14

27. 劉大任　五種意識形態（代序）　走過蛻變的中國　臺北　麥田出版公司　1993 年 7 月　頁 5—10

28. 劉大任　不安的山——記七〇年代的一次旅行　七〇年代・理想繼續燃燒　臺北　時報文化出版公司　1994 年 12 月　頁 73—83

29. 劉大任　後記　強悍而美麗：劉大任運動文學集　臺北　麥田出版公司　1995 年 2 月　頁 183—185

30. 劉大任　後記　強悍而美麗　臺北　皇冠文化出版公司　1988 年 6 月　頁

245—247

31. 劉大任　　自序　無夢時代　臺北　皇冠文化出版公司　1996 年 2 月　頁 7
　　—9

32. 劉大任　　艱難苦恨繁霜鬢——《劉大任作品集》自序　中國時報　1996 年
　　7 月 21 日　19 版

33. 劉大任　　艱難苦恨繁霜鬢（總序）　劉大任袖珍小說選　臺北　皇冠文化
　　出版公司　1996 年 8 月　頁 3—7

34. 劉大任　　艱難苦恨繁霜鬢（總序）　浮游群落　臺北　皇冠文化出版公司
　　1997 年 3 月　頁 3—7

35. 劉大任　　艱難苦恨繁霜鬢（總序）　走出神話國　臺北　皇冠文化出版公
　　司　1997 年 3 月　頁 3—7

36. 劉大任　　艱難苦恨繁霜鬢（總序）　赤道歸來　臺北　皇冠文化出版公司
　　1997 年 9 月　頁 3—6

37. 劉大任　　艱難苦恨繁霜鬢（總序）　神話的破滅　臺北　皇冠文化出版公
　　司　1997 年 9 月　頁 3—7

38. 劉大任　　艱難苦恨繁霜鬢（總序）　強悍而美麗　臺北　皇冠文化出版公
　　司　1998 年 6 月　頁 3—7

39. 劉大任　　艱難苦恨繁霜鬢（總序）　晚風習習　臺北　皇冠文化出版公司
　　1998 年 7 月　頁 3—7

40. 劉大任　　艱難苦恨繁霜鬢（總序）　落日照大旗　臺北　皇冠文化出版公
　　司　1999 年 11 月　頁 3—7

41. 劉大任　　艱難苦恨繁霜鬢（總序）　杜鵑啼血　臺北　皇冠文化出版公司
　　2000 年 4 月　頁 3—7

42. 劉大任　　艱難苦恨繁霜鬢（總序）　我的中國　臺北　皇冠文化出版公司
　　2000 年 7 月　頁 3—7

43. 劉大任　　艱難苦恨繁霜鬢（總序）　果嶺上下　臺北　皇冠文化出版公司
　　2002 年 9 月　頁 3—7

44. 劉大任　　後記　劉大任袖珍小說選　臺北　皇冠文化出版公司　1996 年 8 月　頁 251—253

45. 劉大任　　後記　走出神話國　臺北　皇冠文化出版公司　1997 年 3 月　頁 231—235

46. 劉大任　　後記　神話的破滅　臺北　皇冠文化出版公司　1997 年 9 月　頁 3—7

47. 劉大任　　後記　赤道歸來　臺北　皇冠文化出版公司　1997 年 9 月　頁 210—212

48. 劉大任　　井底（代序）　落日照大旗　臺北　皇冠文化出版公司　1999 年 11 月　頁 8—18

49. 劉大任　　演出之前　落日照大旗　臺北　皇冠文化出版公司　1999 年 11 月　頁 19—20

50. 劉大任　　演出之後　落日照大旗　臺北　皇冠文化出版公司　1999 年 11 月　頁 21—22

51. 劉大任　　天邊（代序）　杜鵑啼血　臺北　皇冠文化出版公司　2000 年 4 月　頁 8—16

52. 劉大任　　後記　我的中國　臺北　皇冠文化出版公司　2000 年 7 月　頁 247—249

53. 劉大任　　自序　果嶺上下　臺北　皇冠文化出版公司　2002 年 9 月　頁 16—21

54. 劉大任　　自序　紐約眼　臺北　印刻文學出版公司　2002 年 10 月　頁 7—11

55. 劉大任　　自序　空望　臺北　印刻文學出版公司　2003 年 10 月　頁 7—12

56. 劉大任　　自序　冬之物語　臺北　印刻文學出版公司　2004 年 12 月　頁 7—13

57. 劉大任　　雪恥　冬之物語　臺北　印刻文學出版公司　2004 年 12 月　頁 17—22

58. 劉大任　　自序　月印萬川　臺北　印刻文學出版公司　2005 年 9 月　頁 7
　　　　　　　—12

59. 劉大任　　素寫洪荒　月印萬川　臺北　印刻文學出版公司　2005 年 9 月
　　　　　　　頁 114—118

60. 劉大任　　無果之園（代序）　園林內外　臺北　時報文化出版公司　2006
　　　　　　　年 4 月　頁 7—11

61. 劉大任　　自序　晚晴　臺北　印刻文學出版公司　2007 年 3 月　頁 7—9

62. 劉大任　　怪書出籠——《果嶺春秋》自序　〔臺灣〕壹週刊　2007 年 5 月
　　　　　　　24、31 日　A156；A158

63. 劉大任　　介紹一點歷史（代序）　果嶺春秋　臺北　時報文化出版公司
　　　　　　　2007 年 8 月　頁 6—11

64. 劉大任　　自序　憂樂　臺北　印刻文學出版公司　2008 年 11 月　頁 7—10

65. 劉大任　　總序——二流小說家的自白　晚風細雨　臺北　聯合文學出版社
　　　　　　　2009 年 1 月　頁 5—12

66. 劉大任　　總序——二流小說家的自白　殘照　臺北　聯合文學出版社　2009
　　　　　　　年 4 月　頁 7—14

67. 劉大任　　總序——二流小說家的自白　浮沉　臺北　聯合文學出版社　2009
　　　　　　　年 8 月　頁 4—11

68. 劉大任　　總序——二流小說家的自白　羊齒　臺北　聯合文學出版社　2009
　　　　　　　年 9 月　頁 7—14

69. 劉大任　　總序——二流小說家的自白　浮游群落　臺北　聯合文學出版社
　　　　　　　2009 年 10 月　頁 5—12

70. 劉大任　　總序——二流小說家的自白　遠方有風雷　臺北　聯合文學出版社
　　　　　　　2010 年 1 月　頁 5—12

71. 劉大任　　《浮沉》後記　浮沉　臺北　聯合文學出版社　2009 年 8 月　頁
　　　　　　　272—275

72. 劉大任　　《羊齒》後記　羊齒　臺北　聯合文學出版社　2009 年 9 月　頁

253—255

73. 劉大任　《浮游群落》後記　浮游群落　臺北　聯合文學出版社　2009 年 9
月　頁 381—387

74. 劉大任　柏克萊那幾年　萬象　第 122 期　2009 年 10 月　頁 51—61

75. 劉大任　柏克萊那幾年　閱世如看花　臺北　洪範書店　2011 年 2 月　頁
39—51

76. 劉大任　《遠方有風雷》後記　遠方有風雷　臺北　聯合文學出版社　2010
年 1 月　頁 217—224

77. 劉大任　自序　閱世如看花　臺北　洪範書店　2011 年 2 月　頁 7—9

78. 劉大任　想像與現實——我的文學位置——根據 2011 年 9 月 19 日在臺灣
清華大學的演講錄音改　文化研究月報　第 122 期　2011 年 11
月　頁 29—33

79. 劉大任　想像與現實——我的文學位置　中國時報　2011 年 12 月 13—14 日
E4 版

80. 劉大任　想像與現實——我的文學位置（代序）　枯山水　臺北　印刻文學
出版公司　2012 年 12 月　頁 5—14

81. 劉大任　想像與現實——我的文學位置　文綜　第 27 期　2014 年 3 月　頁
39—42

82. 劉大任　後記　枯山水　臺北　印刻文學出版公司　2012 年 12 月　頁 217
—220

83. 劉大任　後記　當下四重奏　臺北　印刻文學出版公司　2015 年 3 月　頁
236—239

84. 劉大任　文學・保釣・文學　2015 第二屆全球華文作家論壇特輯[1]　第 148
期　2015 年 12 月　頁 12—17

他述

85. 王晉民，鄺白曼　劉大任　臺灣與海外華人作家小傳　福州　福建人民出版

---

[1]《2015 第二屆全球華文作家論壇特輯》收錄於《印刻文學生活誌》第 148 期。

社　1983 年 9 月　頁 255

86. 楊　牧　《秋陽似酒》序——此身雖在堪驚　洪範雜誌　第 24 期　1985 年
　　　12 月　1 版

87. 楊　牧　序　秋陽似酒　臺北　洪範書店　1986 年 1 月　頁 1—4

88. 楊　牧　《秋陽似酒》序　劉大任集　臺北　前衛出版社　1993 年 12 月　頁
　　　241—244

89. 楊　牧　序　劉大任袖珍小說選　臺北　皇冠文化出版公司　1996 年 8 月
　　　頁 8—12

90. 鍾肇政　「知識分子」的文學——《劉大任集》序　劉大任集　臺北　前衛
　　　出版社　1993 年 12 月　頁 9—12

91. 鍾肇政　「知識分子」的文學——《劉大任集》　短篇小說卷別冊（臺灣作
　　　家全集）　臺北　前衛出版社　1994 年 3 月　頁 143—146

92. 彭樹君　追尋劉大任　皇冠　第 510 期　1996 年 8 月　頁 166—178

93. 江中明　劉大任走出政治神話，進入文學夢土　聯合報　1997 年 11 月 4 日
　　　18 版

94. 謝莉慧　戰後文學，不能忽視外省作家〔劉大任部分〕　自立晚報　1999 年
　　　11 月 12 日　3 版

95. 王景山　劉大任　臺港澳暨海外華文作家辭典　北京　人民文學出版社
　　　2003 年 7 月　頁 368—369

96. 曹又方　沒有羽翼的愛　烙印愛恨　臺北　圓神出版社　2005 年 10 月　頁
　　　223—261

97. 〔封德屏主編〕　劉大任　2007 臺灣作家作品目錄　臺南　國立臺灣文學館
　　　2008 年 7 月　頁 1210

98. 廖玉蕙　作者簡介　散文新四書·冬之妍　臺北　三民書局　2008 年 9 月
　　　頁 43—44

99. 古遠清　臺灣文壇六十年來文學事件掠影——劉大任等海外作家被列入「黑
　　　名單」　新地文學　第 28 期　2014 年 6 月　頁 181

訪談、對談

100. 李利國　一位保釣運動領導人的心路歷程——劉大任訪問記　福禍休戚扛上扛　臺北　時報文化出版公司　1983 年 6 月　頁 85—100

101. 陳義芝　小說人生詩風雨——訪劉大任先生　聯合報　1989 年 9 月 12 日　27 版

102. 陳祖彥　「運動文學」外一章——劉大任答客問　幼獅文藝　第 509 期　1996 年 5 月　頁 23—26

103. 賴素鈴　劉大任，棲身文學故鄉——皇冠出版舊作成集，回首文學路，淡然中見智慧　民生報　1997 年 11 月 6 日　34 版

104. 王開平　運動健將與生活哲學家——訪小說家劉大任　聯合報　1997 年 11 月 10 日　46 版

105. 廖玉蕙　往小裡看，往淡裡看——訪小說家劉大任（上、中、下）　聯合報　2002 年 1 月 9—11 日　37 版

106. 廖玉蕙　劉大任——往小裡看、往淡裡看　走訪捕蝶人：赴美與文學耕耘者對話　臺北　九歌出版社　2002 年 3 月　頁 145—169

107. 廖玉蕙　走訪夢幻王國[2]　自由時報　2002 年 1 月 23 日　39 版

108. 王開平　書寫作為一種運動——訪作家劉大任　聯合報　2002 年 3 月 11 日　29 版

109. 張貝雯　劉大任——因為強悍，始終美麗的迴遊　誠品好讀　第 26 期　2002 年 10 月　頁 70—71

110. 劉明亮　劉大任訪問稿　對陣者的掙扎——劉大任小說研究　臺北師範學院應用語言文學研究所　碩士論文　張素貞教授指導　2004 年 1 月　頁 176—178

111. 陳宛茜　劉大任園林寫作，兼融中西美　聯合報　2006 年 5 月 12 日　C6 版

112. 楊佳嫻　強悍而美麗——訪劉大任談他的文學歷程　文訊雜誌　第 268 期

---

[2]本文分別訪談劉大任、莊信正、施叔青 3 位作家。

2008 年 2 月　頁 19—25

113. 劉思坊記錄整理　　知識分子的自我定位——尉天驄對談劉大任　印刻文學
　　　生活誌　第 74 期　2009 年 10 月　頁 90—103

114. 〔劉思坊記錄整理〕　　知識分子的自我定位——尉天驄對談劉大任　回首
　　　我們的時代　臺北　印刻文學出版公司　2011 年 11 月　頁 416—
　　　431

115. 姚嘉為　　還保釣一個公道——劉大任為中國人而寫　在寫作中還鄉　臺北
　　　允晨文化公司　2011 年 10 月　頁 153—175

116. 王　渝　　岩上無心雲相逐——劉大任談寫作的未來、現在與過去（1—2）
　　　中華日報　2013 年 7 月 16—17 日　B7 版

117. 陳文發　　不悔的烈火青春　中華日報　2014 年 1 月 27 日　B4 版

118. 楊渡，劉大任　　閱世如看花——劉大任　遠行與回歸的長路　臺北　中華
　　　文化總會　2015 年 6 月　頁 207—222

年表

119. 〔方美芬，許素蘭編〕　　劉大任生平寫作年表　劉大任集　臺北　前衛出
　　　版社　1993 年 12 月　頁 247—252

120. 林燕珠　　劉大任小說寫作年表　劉大任小說中的家族與國族　中興大學中
　　　國文學系　碩士論文　陳芳明教授指導　2000 年 8 月　頁 149

121. 林燕珠　　劉大任文化評論寫作年表　劉大任小說中的家族與國族　中興大
　　　學中國文學系　碩士論文　陳芳明教授指導　2000 年 8 月　頁
　　　150

122. 莊永同　　劉大任年表　長廊杜鵑望鄉關——劉大任小說研究　中國文化大
　　　學中國文學系　碩士論文　李進益教授指導　2002 年 12 月　頁
　　　129—158

123. 劉明亮　　劉大任寫作年表　對陣者的掙扎——劉大任小說研究　臺北師範
　　　學院應用語言文學研究所　碩士論文　張素貞教授指導　2004 年
　　　1 月　頁 164—169

其他

124. 陳彥明、葉小鶇編輯　《當下四重奏》　中國時報・開卷　2015 年 3 月 28 日　18 版

125. 姚嘉為　劉大任《當下四重奏》獲臺北國際書展年度大獎及《亞洲週刊》十大小說獎　文訊雜誌　第 365 期　2016 年 3 月　頁 178

作品評論篇目

綜論

126. 白先勇　新大陸流放者之歌──美、加中國作家〔劉大任部分〕　聯合報 1981 年 3 月 15 日　8 版

127. 葉石濤　臺灣文學史大綱（後篇）──七十年代的臺灣文學──人性乎？鄉土乎？──作家與作品〔劉大任部分〕　文學界　第 15 期 1985 年 8 月　頁 196

128. 葉石濤　七〇年代的臺灣文學──人性乎？鄉土乎？──作家與作品〔劉大任部分〕　臺灣文學史綱　高雄　文學界雜誌社　1991 年 9 月 頁 163

129. 葉石濤　臺灣文學史綱──七〇年代的臺灣文學──人性乎？鄉土乎？──作家與作品〔劉大任部分〕　葉石濤全集・評論卷五　臺南，高雄　國立臺灣文學館，高雄市文化局　2008 年 3 月　頁 182

130. 金恆煒　劉大任的十字架──政治　聯合文學　第 57 期　1989 年 7 月　頁 166─168

131. 岡崎郁子　劉大任とその時代　ディゴ燃ゆ　東京　研文出版　1991 年 1 月　頁 347─379

132. 岡崎郁子著；葉笛譯　劉大任──求新天地於美國的知識分子作家　臺灣文學──異端的系譜　臺北　前衛出版社　1996 年 9 月　頁 211 ─242

133. 岡崎郁子著；葉笛譯　劉大任──求新天地於美國的知識分子作家　葉笛

全集・翻譯卷 6　臺南　國家臺灣文學館籌備處　2007 年 5 月　頁 322—352

134. 林黛嫚　以文學心靈擁抱中國——從破裂鏡頭觀察人生的劉大任（上、下）　中央日報　1991 年 10 月 17—18 日　16 版

135. 張超主編　劉大任　臺港澳及海外華人作家辭典　江蘇　南京大學出版社　1994 年 12 月　頁 304

136. 徐淑卿　劉大任抓住運動的美妙剎那　中國時報　1995 年 12 月 28 日　39 版

137. 王德威　《秋陽似酒》——保釣老將的小說〔劉大任部分〕　聯合報　1996 年 9 月 30 日　42 版

138. 王德威　《秋陽似酒》——保釣老將的小說〔劉大任部分〕　眾聲喧嘩以後：點評當代中文小說　臺北　麥田出版公司　2001 年 10 月　頁 389—390

139. 蘇惠昭　激情過後坐看人間——劉大任　臺灣時報　1997 年 11 月 21 日　35 版

140. 呂正惠　論四位外省籍小說家——白先勇、劉大任、張大春與朱天心　文化、認同、社會變遷：戰後五十年臺灣文學國際學術研討會　臺北　臺灣大學主辦　1999 年 11 月 12—14 日

141. 呂正惠　論四位外省籍小說家——白先勇、劉大任、張大春與朱天心　文化、認同、社會變遷：戰後 50 年臺灣文學國際學術研討會論文集　臺北　行政院文建會　2000 年 6 月　頁 303—338

142. 呂正惠　論四位外省籍小說家——白先勇、劉大任、張大春與朱天心　戰後臺灣文學經驗　北京　生活・讀書・新知三聯書店　2010 年 4 月　頁 274—287

143. 李進益　政治的假，文學的真——劉大任小說論　中國文化大學中文學報　第 5 期　2000 年 3 月　頁 81—91

144. 張素貞　劉大任短篇小說的語言藝術　新世紀華文文學發展國際學術研討

　　　　　會　桃園　元智大學中國語文學系　2001 年 5 月 18—19 日

145. 陳室如　文學地圖的再延伸——臺灣現代旅行書寫發展述析（下）1988—
　　　　　2002〔劉大任部分〕　出發與回歸的辯證——臺灣現代旅行書寫
　　　　　研究（1949—2002）　彰化師範大學國文學系　碩士論文　王年
　　　　　雙教授指導　2003 年 6 月　頁 90—91

146. 陳室如　文學地圖的再延伸 1988—2002——出走？回歸？再流離？〔劉
　　　　　大任部分〕　相遇與對話——臺灣現代旅行文學　臺南　國立臺
　　　　　灣文學館　2013 年 8 月　頁 80—81

147. 許俊雅　品種改良的迷思——劉大任〈鶴頂紅〉——作者　我心中的歌：
　　　　　現代文學星空　臺北　文史哲出版社　2006 年 6 月　頁 344—
　　　　　347

148. 陳羿戎，王宗進，陳世恩　運動文學的開路先峰——劉大任的運動價值觀
　　　　　與實踐　大專體育學刊　第 9 卷第 3 期　2007 年 9 月　頁 1—9

149. 曾萍萍　太陽兀自照耀著：《文學季刊》內容分析——第一件差事：大放
　　　　　異彩的小說創作〔劉大任部分〕　「文季」文學集團研究——以
　　　　　系列刊物為觀察對象　中央大學中國文學系　博士論文　李瑞騰
　　　　　教授指導　2008 年 7 月　頁 102—103

150. 曾萍萍　中期「文季」在文學史上的定位與意義——以文學介入淑世：
　　　　　《文學》雙月刊定位與意義〔劉大任部分〕　「文季」文學集
　　　　　團研究——以系列刊物為觀察對象　中央大學中國文學系　博
　　　　　士論文　李瑞騰教授指導　2008 年 7 月　頁 221—223

151. 李瑞騰　慘綠，一九六〇——劉大任文學的最初面貌　聯合文學　第 286
　　　　　期　2008 年 8 月　頁 74—79

152. 阮慶嶽　鬼氣森然的寧靜　聯合文學　第 286 期　2008 年 8 月　頁 80—85

153. 陳祖彥　1990 年之後的臺灣小說概述〔劉大任部分〕　青溪論壇　第 4
　　　　　期　2008 年 12 月　頁 21—22

154. 應鳳凰，傅月庵　劉大任——《浮游群落》　冊頁流轉——臺灣文學書入

門 108　臺北　印刻文學出版公司　2011 年 3 月　頁 168—169

155. 李時雍　在枯山水的樹下遇見劉大任　人間福報　2011 年 4 月 6—7 日　15 版

156. 陳芳明　80 年代回歸臺灣的海外文學——劉大任：知識分子的懺悔錄　文訊雜誌　第 310 期　2011 年 8 月　頁 14—15

157. 陳芳明　眾神喧嘩：臺灣文學的多重奏——一九八〇年代回歸臺灣的海外文學〔劉大任部分〕　臺灣新文學史　臺北　聯經出版公司　2011 年 10 月　頁 692—694

158. 徐聖心　在異鄉回眸中國——劉大任袖珍小說的文化　第三屆近現代中國語文國際學術研討會　屏東　屏東教育大學中國語文學系主辦　2011 年 10 月 14—15 日

159. 徐聖心　在異鄉回眸中國——劉大任袖珍小說的文化反省　中外文學　第 42 卷第 4 期　2013 年 12 月　頁 51—77

160. 蔡明諺　其命維新——保釣革新〔劉大任部分〕　燃燒的年代：七〇年代臺灣文學論爭史略　臺南　國立臺灣文學館　2012 年 11 月　頁 29—42

161. 黃啟峰　憤怒的知識青年圖像——論張系國、李渝與劉大任小說的國族關懷與流離書寫　第十二屆國際青年學者漢學會議：華語語系文學與影像　臺中　中興大學臺灣文學與跨國文化研究所，美國哈佛大學東亞語言及文明系主辦　2013 年 7 月 30—31 日

162. 周之涵　歷史困境裡的現實突圍——「釣運」影響下劉大任的文學敘事　華文文學　第 121 期　2014 年 2 月　頁 85—90

163. 馬　森　臺灣的現代小說與海外作家的回歸〔劉大任部分〕　世界華文新文學史——中國現代文學的兩度西潮（下編）‧分流後的再生：第二度西潮與現代／後現代主義　臺北　印刻文學出版公司　2015 年 2 月　頁 1010—1011

164. 廖咸浩　任自由他？——劉大任小說中的國族、女性及超理性世界　2015

　　　　　第二屆全球華文作家論壇特輯[3]　第 148 期　2015 年 12 月　頁 18
　　　　　—19

165. 姚嘉為　　「保釣」運動對劉大任文學創作的影響　蘇州教育學院學報　第 33
　　　　　卷第 2 期　2016 年 4 月　頁 50—54

分論

◆單行本作品

論述

《走出神話國》

166. 陳信元　　七十五年二月—三月文學出版——劉大任《走出神話國》　文訊
　　　　　雜誌　第 23 期　1986 年 4 月　頁 256

167. 錢永祥　　走出神話國之後——評《走出神話國》　當代　第 1 期　1986 年
　　　　　5 月　頁 144—148

《神話的破滅》

168. 黃碧端　　評介《神話的破滅》　中國時報　1992 年 9 月 25 日　27 版

169. 黃碧端　　評介《神話的破滅》　洪範雜誌　第 50 期　1993 年 2 月　2 版

170. 黃碧端　　評《神話的破滅》　書鄉長短調　臺北　三民書局　1993 年 6 月
　　　　　頁 81

171. 徐麗貞　　《神話的破滅》　書評　第 6 期　1993 年 10 月　頁 49—50

散文

《薩伐旅》

172. 李坤成　　劉大任先生的《薩伐旅》　出版情報　第 108 期　1997 年 4 月
　　　　　頁 43

《強悍而美麗：劉大任運動文學集》

173. 唐　諾　　序：溯河迴游的桑提阿哥　強悍而美麗：劉大任運動文學集　臺
　　　　　北　麥田出版公司　1995 年 2 月　頁 11—18

---

[3]《2015 第二屆全球華文作家論壇特輯》收錄於《印刻文學生活誌》第 148 期。

174. 唐　諾　　序：溯河迴游的桑提阿哥　強悍而美麗　臺北　皇冠文化出版公司　1998 年 6 月　頁 9—19

175. 袁瓊瓊　　運動的真善美之夢[4]　中國時報　1995 年 3 月 2 日　42 版

176. 袁瓊瓊　　強悍與美麗　中國時報　1995 年 12 月 28 日　39 版

177. 晏山農　　另一種薩伐旅的翻降　中國時報　1995 年 3 月 24 日　34 版

178. 陳文芬　　劉大任寫運動散文很快就再版　中時晚報　1995 年 10 月 18 日　11 版

179. 林美秀　　臺灣運動書寫的示範——談劉大任的《強悍而美麗》　輔英技術學院第二屆全國論文發表大會　高雄　輔英技術學院主辦　1998 年 4 月 18 日　頁 107—119

《無夢時代》

180. 黃碧端　　政治・體育・園藝——《無夢時代》　聯合報　1996 年 10 月 14 日　43 版

181. 王仲偉　　無夢時代的追夢者——談劉大任《無夢時代》　文訊雜誌　第 133 期　1996 年 11 月　頁 12—14

《我的中國》

182. 韓　秀　　生命之旅〔《我的中國》〕　中央日報　2001 年 9 月 2 日　18 版

183. 韓　秀　　生命之旅〔《我的中國》〕　與書同在　臺北　三民書局　2003 年 2 月　頁 97—101

《果嶺上下》

184. 賴素鈴　　劉大任《果嶺上下》寫運動說人生　民生報　2002 年 9 月 26 日　13 版

185. 陳文芬　　劉大任出運動文學書《果嶺上下》　中國時報　2002 年 9 月 26 日　14 版

186. 楊　照　　革命分子在果嶺上——序劉大任的《果嶺上下》　果嶺上下　臺北　皇冠文化出版公司　2002 年 9 月　頁 7—15

---

[4]本文後改名為〈強悍與美麗〉。

187. 丁　丁　　《果嶺上下》　中央日報　2003 年 1 月 8 日　16 版

《紐約眼》

188. 陳文芬　　打開《紐約眼》，劉大任回顧保釣　中國時報　2002 年 10 月 18
日　14 版

189. 李令儀　　新書發表——劉大任又推新作《紐約眼》　聯合報　2002 年 10
月 18 日　14 版

190. 童　非　　劉大任《紐約眼》憶保釣　聯合報　2002 年 10 月 20 日　22 版

《空望》

191. 呂正惠　　每週新書金榜——走向「老熟」〔《空望》〕　聯合報 2003 年 11
月 16 日　B5 版

《冬之物語》

192. 古道馨　　《冬之物語》　中央日報　2005 年 1 月 31 日　17 版

193. 張瑞芬　　秋陽冬語——讀劉大任《冬之物語》　文訊雜誌　第 232 期
2005 年 2 月　頁 24—25

194. 張瑞芬　　秋陽冬語——讀劉大任《冬之物語》　狩獵月光——當代文學及
散文論評　臺北　聯合文學出版社　2007 年 4 月　頁 71—74

195. 林　和　　盛事浮生錄——《冬之物語》　聯合報　2005 年 3 月 13 日　4 版

196. 陳雨航　　在花草之間學習實踐〔《冬之物語》〕　中國時報　2006 年 4 月
23 日　B2 版

《園林內外》

197. 張　讓　　美麗而不強悍〔《園林內外》〕　聯合報　2006 年 5 月 14 日
E5 版

198. 王盛弘　　園林之內，文學之外——讀劉大任《園林內外》　中央日報
2006 年 5 月 27 日　17 版

199. 鍾怡雯　　年度名家選書——2006 文學類——時間的意義——《園林內
外》　聯合報　2006 年 12 月 31 日　E4 版

200. 王盛弘　　植物的隱喻——劉大任《園林內外》的主知性格　新地文學　第

3 期　2008 年 3 月　頁 65—74

201. 鍾怡雯　時間的意義〔《園林內外》部分〕　內斂的抒情：華文文學評論　臺北　聯合文學出版社　2008 年 12 月　頁 15

202. 吳明益　造心景，抑或安天命？——論劉大任《園林內外》中的園林觀與書寫特質　臺灣文學學報　第 15 期　2009 年 12 月　頁 199—232

《晚晴》

203. 徐國能　一個靜謐黃昏裡無限的悠長——評《晚晴》　聯合報　2007 年 4 月 8 日　E5 版

204. 小獅黃　《晚晴》　自由時報　2007 年 4 月 9 日　E5 版

《憂樂》

205.〔人間福報〕　《憂樂》　人間福報　2008 年 11 月 22 日　13 版

206. 賦　格　劉大任著‧《憂樂》　自由時報　2009 年 1 月 1 日　D13 版

小說

《杜鵑啼血》

207. 龍應台　劉大任的中國人〔《杜鵑啼血》〕　新書月刊　第 19 期　1985 年 4 月　頁 54—58

208. 龍應台　劉大任的中國人——評《杜鵑啼血》　龍應台評小說　臺北　爾雅出版社　1985 年 6 月　頁 141—156

209. 龍應台　劉大任的中國人——評《杜鵑啼血》　七十四年文學批評選　臺北　爾雅出版社　1986 年 4 月　頁 207—224

210. 龍應台　劉大任的中國人——評《杜鵑啼血》　龍應台評小說　臺北　爾雅出版社　2000 年 4 月　頁 141—156

211. 柏右銘著；黃女玲譯　臺灣認同與記憶的危機——蔣後的迷態敘述〔《杜鵑啼血》部分〕　書寫臺灣：文學史、後殖民與後現代　臺北　麥田出版公司　2000 年 4 月　頁 241—249

212. 李奭學　黑暗的心——評劉大任《杜鵑啼血》　誠品好讀月報　試刊第 3 期　2000 年 6 月　頁 19

213. 李奭學　黑暗的心——評劉大任《杜鵑啼血》　書話臺灣 1991—2003 文
　　　學印象　臺北　九歌出版社　2004 年 5 月　頁 111—114

《浮游群落》

214. 王德威　劉大任的《浮游群落》　中國時報　1987 年 1 月 4 日　8 版
215. 呂正惠　「政治小說」三論〔《浮游群落》部分〕　文星　第 103 期　1987
　　　年 1 月　頁 86—92
216. 呂正惠　「政治小說」三論〔《浮游群落》部分〕　小說與社會　臺北　聯
　　　經出版公司　1989 年 7 月　頁 173—191
217. 何春蕤　反映臺灣現實的政治小說——《浮游群落》　中國時報　1989 年
　　　10 月 16 日　31 版
218. 康來新等[5]　時代之流——反映六〇到八〇年代中國人的二部作品〔《浮游
　　　群落》部分〕　幼獅文藝　第 464 期　1992 年 8 月　頁 102—110
219. 莊永同　劉大任《浮游群落》人物研究　中國文化大學中國文學研究所第
　　　23 次研究生論文發表會　臺北　中國文化大學中國文學研究所
　　　2002 年 5 月 16 日
220. 岡崎郁子　從劉大任《浮游群落》探討六〇年代臺灣青年的思想及行動
　　　苦悶與蛻變——60、70 年代臺灣文學與社會國際學術研討會　臺
　　　中　東海大學中國文學系，國家臺灣文學館主辦　2006 年 11 月
　　　11—12 日　頁 435—449
221. 岡崎郁子　從劉大任《浮游群落》探討六〇年代臺灣青年的思想及行動
　　　苦悶與蛻變——六〇、七〇年代臺灣文學與社會　臺北　文津出
　　　版社　2007 年 5 月　頁 665—682
222. 李孟舜　誰來喚醒你？——從《浮游群落》探討六十年代知識青年的思想
　　　歷程　華文文學　第 99 期　2010 年 4 月　頁 11—17

---

[5]本文為《浮游群落》作品討論會紀錄。導讀：康來新；與會者：王曉雲、張宏輔、陳玟瑾；記
錄：湯芝萱。

《晚風習習》

223. 王嘉仁　在習習晚風中　自立晚報　1990 年 2 月 21 日　14 版

224. 王嘉仁　在習習晚風中　洪範雜誌　第 44 期　1990 年 9 月　3 版

225. 王德威　「臨陣」的姿勢──評劉大任的《晚風習習》　中時晚報　1990 年 5 月 13 日　15 版

226. 王德威　「臨陣」的姿勢──評劉大任的《晚風習習》　洪範雜誌　第 46 期　1991 年 6 月　3 版

227. 王德威　「臨陣」的姿勢──評劉大任的《晚風習習》　閱讀當代小說：臺灣・大陸・香港・海外　臺北　遠流出版公司　1991 年 9 月 30 日　頁 229─233

228. 呂正惠　《晚風習習》──劉大任從「奔騰席捲」到「風住樹靜」的簡練之作　洪範雜誌　第 43 期　1990 年 6 月　3 版

229. 楊　牧　一個知識分子的自贖──讀劉大任《晚風習習》　中國時報　1990 年 9 月 29 日　31 版

230. 楊　牧　一個知識分子的自贖──讀劉大任《晚風習習》　洪範雜誌　第 45 期　1991 年 2 月　3 版

231. 楊　牧　一個知識分子的自贖──讀劉大任《晚風習習》　手槍王　臺北　時報文化出版公司　1991 年 10 月　頁 18─20

232. 楊　牧　小說與救贖──讀劉大任《晚風習習》　隱喻與現實　臺北　洪範書局　2001 年 3 月　頁 133─134

233. 王德威　《晚風習習》　中國時報　1990 年 12 月 28 日　27 版

234. 王德威　人際倫常中平淡簡練的人生思索──《晚風習習》　洪範雜誌　第 45 期　1991 年 2 月　3 版

235. 平　路　文學中的父母與子女〔《晚風習習》部分〕　今夜，我們來談文學　臺北　天下遠見出版公司　2001 年 4 月　頁 30─31

236. 李進益　劉大任小說中的父與子──以《晚風習習》為中心[6]　花蓮學院

---

[6]本文探究劉大任小說中的父子主題，以彰顯其創作成就。

學報　第 20 期　2005 年 5 月　頁 1—16

《落日照大旗》

237. 李　　進　　國內出版動態——劉大任《落日照大旗》重現《紅土印象》榮光
　　　　　　　聯合報　1999 年 11 月 15 日　41 版

《晚風細雨》

238. 高大威　　行至水窮見雲起——我讀劉大任的《晚風細雨》　文訊雜誌　第
　　　　　　　281 期　2009 年 3 月　頁 110—112

《殘照》

239. 林俊頴　　燈火闌珊，暗香浮動——讀劉大任《殘照》　文訊雜誌　第 287
　　　　　　　期　2009 年 9 月　頁 118—119

《遠方有風雷》

240. 南方朔　　「保釣」的新解釋——歷史沒有被浪費掉的熱情〔《遠方有風
　　　　　　　雷》〕　印刻文學生活誌　第 74 期　2009 年 10 月　頁 85—88

241. 南方朔　　「保釣」的新解釋——歷史沒有被浪費掉的熱情〔《遠方有風
　　　　　　　雷》〕　遠方有風雷　臺北　聯合文學出版社　2010 年 1 月　頁
　　　　　　　225—235

《枯山水》

242. 李金蓮　　小說人生，如此一轉眼？——讀劉大任《枯山水》　文訊雜誌
　　　　　　　第 328 期　2013 年 2 月　頁 160—161

《當下四重奏》

243. 王德威　　懸崖邊的樹——劉大任《當下四重奏》　中國時報　2015 年 3
　　　　　　　月 23 日　D4 版

244. 王德威　　懸崖邊的樹——劉大任《當下四重奏》　當下四重奏　臺北　印
　　　　　　　刻文學出版公司　2015 年 3 月　頁 7—12

245. 姚嘉為　　劉大任出版長篇小說《當下四重奏》　文訊雜誌　第 355 期
　　　　　　　2015 年 5 月　頁 171

合集

《紅土印象》

246. 李志銘　我們都是活在——「苦悶」時代的靈魂：談《紅土印象》　本事
青春——臺灣舊書風景展刊　臺北　舊香居　2014 年 3 月　頁
194—195

247. 廖為民　《紅土印象》　臺灣禁書的故事　臺北　允晨文化公司　2017 年 3
月　頁 70—75

《秋陽似酒》

248. 陳秋梅　《秋陽似酒》　洪範雜誌　第 26 期　1986 年 4 月　3 版

249. 康來新　有酒無鄉，有鄉無土〔《秋陽似酒》〕　聯合文學　第 20 期
1986 年 6 月　頁 210

250. 康來新　有酒無鄉，有鄉無土〔《秋陽似酒》〕　洪範雜誌　第 27 期
1986 年 7 月　3 版

251. 李明駿〔楊照〕　尺幅萬象——綜論《秋陽似酒》　文訊雜誌　第 30 期
1987 年 6 月　頁 222—230

252. 李明駿　尺幅萬象——綜論《秋陽似酒》（上、下）　洪範雜誌　第 34
—35 期　1988 年 3，7 月　4，3 版

253. 楊　照　尺幅萬象——綜論劉大任的《秋陽似酒》　文學的原像　臺北
聯合文學出版社　1995 年 6 月　頁 163—176

254. 洛　塵　讀《秋陽似酒》　洪範雜誌　第 33 期　1987 年 12 月　2 版

《劉大任袖珍小說選》

255. 張春榮　詩意的布局——讀《劉大任袖珍小說選》　文訊雜誌　第 140 期
1997 年 6 月　頁 19—20

256. 張春榮　詩意的布局——劉大任《劉大任袖珍小說選》　極短篇欣賞與教
學　臺北　萬卷樓圖書公司　2007 年 3 月　頁 207—209

◆多部作品

《浮游群落》、《無夢時代》

257. 蘇惠昭　　劉大任深沉的悲觀——從《浮游群落》到《無夢時代》　臺灣時報　1986 年 9 月 20 日　24 版

《杜鵑啼血》、《秋陽似酒》

258. 王德威　　追尋「歷史」的慾望——談劉大任的《杜鵑啼血》和《秋陽似酒》　聯合文學　第 57 期　1989 年 7 月　頁 169—170

259. 王德威　　追尋「歷史」的欲望——談劉大任的《杜鵑啼血》和《秋陽似酒》　洪範雜誌　第 42 期　1990 年 1 月　2—3 版

260. 王德威　　追尋「歷史」的欲望——談劉大任的《杜鵑啼血》和《秋陽似酒》　洪範雜誌　第 46 期　1991 年 6 月　3 版

261. 王德威　　追尋「歷史」的慾望——談劉大任的《杜鵑啼血》和《秋陽似酒》　閱讀當代小說：臺灣・大陸・香港・海外　臺北　遠流出版公司　1991 年 9 月 30 日　頁 191—196

《浮游群落》、《杜鵑啼血》、《秋陽似酒》、《走出神話國》

262. 楊　照　　杜鵑猶啼血，秋陽化醇酒——評劉大任的四部作品〔《浮游群落》、《杜鵑啼血》、《秋陽似酒》、《走出神話國》〕　文學的原像　臺北　聯合文學出版社　1995 年 5 月　頁 157—162

《果嶺上下》、《紐約眼》

263. 唐　諾　　小說家的散文揮桿——劉大任《果嶺上下》、《紐約眼》　聯合報　2002 年 11 月 10 日　23 版

《紅土印象》、《浮游群落》

264. 周倩鳳　　國／家認同的雙重性格——張系國與劉大任　七〇年代臺灣留學生小說的國／家認同——以外省籍留美青年為例〔《紅土印象》、《浮游群落》部分〕　臺灣師範大學臺灣文化及語言文學研究所　碩士論文　2009 年 12 月　頁 75—107

《浮游群落》、《遠方有風雷》

265. 黃啟峰　被拋擲在外的「異鄉人」：現代主義世代的國族處境與流離書寫〔《浮游群落》、《遠方有風雷》部分〕　戰爭・存在・世代精神——臺灣現代主義小說的境遇書寫研究　臺北　秀威資訊科技公司　2016 年 4 月　頁 233—242

單篇作品

266. Field, Stephen L.　Injustice and Insanity in Liu Ta-jen's "The Cuckoo Cries Tears of Blood"　Tamkang Review　第 21 卷第 3 期　1980 年春　頁 225—237

267. 馬　森　〈杜鵑啼血〉附註　73 年短篇小說選　臺北　爾雅出版社　1985 年 4 月　頁 55—58

268. 馬　森　文學的鄉愁——劉大任的小說〔〈杜鵑啼血〉〕　燦爛的星空——現當代小說主潮　臺北　聯合文學出版社　1997 年 11 月　頁 199—202

269. 朱宥勳　為了那些好聽的字——劉大任〈杜鵑啼血〉　幼獅文藝　第 709 期　2013 年 1 月　頁 25—27

270. 朱宥勳　為了那些好聽的名字——劉大任〈杜鵑啼血〉　學校不敢教的小說　臺北　寶瓶文化公司　2014 年 4 月　頁 164—169

271. 林秀蓉　反抗與真理：臺灣小說「瘋癲」之敘事意涵——臺灣戰後小說「瘋癲」形象及其特質——受創者：揭示歷史進程的傷痕〔〈杜鵑啼血〉部分〕　眾身顯影：臺灣小說疾病敘事意涵之探究（1929—2000）　高雄　春暉出版社　2013 年 2 月　頁 106—107

272. 馬各，丁樹南　〈落日照大旗〉編者的話　五十五年短篇小說選　臺北　爾雅出版社　1984 年 12 月　頁 92—94

273. 王孝廉　馬路大的幽魂在那裡？〔〈馬路大的幽魂〉〕　中國時報　1985 年 1 月 31 日　8 版

274. 王孝廉　馬路大的幽魂在那裡？〔〈馬路大的幽魂〉〕　走出神話國　臺

北　圓神出版社　1986 年 1 月　頁 159—165

275. 阿　盛　〈臺北一月〉：編者小語　1985 臺灣散文選　臺北　前衛出版社
　　　1986 年 2 月　頁 220

276. 蔡明原　記憶臺灣的方式——城市之為一種鄉愁〔〈臺北一月〉部分〕
　　　八〇年代現代散文中的臺灣圖像——以九歌與前衛年度散文選為
　　　研究對象　臺北教育大學臺灣文學研究所　碩士論文　林淇瀁教
　　　授指導　2006 年 9 月　頁 92—96

277. 蘇偉貞　關於〈大落袋〉　各領風騷　臺中　晨星出版社　1990 年 10 月
　　　頁 6—7

278.〔馬森，趙毅衡編〕　　無以撕解的鄉愁〔〈長廊三號——一九七四〉〕
　　　潮來的時候　臺南　文化生活新知出版社　1992 年 9 月　頁 5—7

279. 簡　媜　〈薩伐旅〉編者註　八十一年散文選　臺北　九歌出版社　1993 年
　　　3 月　頁 219

280. 張素貞　劉大任的〈鶴頂紅〉——品種改良的迷思　中國語文　第 78 卷第
　　　6 期　1996 年 6 月　頁 65—68

281. 張素貞　劉大任的〈鶴頂紅〉——品種改良的迷思　現代小說啟事　臺北
　　　九歌出版社　2001 年 8 月　頁 191—194

282. 許俊雅　品種改良的迷思——劉大任〈鶴頂紅〉——賞讀　我心中的歌：
　　　現代文學星空　臺北　文史哲出版社　2006 年 6 月　頁 347—
　　　348

283. 保　真　〈蒲公英〉無所不在　中華日報　1996 年 12 月 24 日　14 版

284. 焦　桐　論運動文學〔〈陳靜反手彈〉部分〕　臺灣現代散文研討會　臺
　　　北　九歌文教基金會主辦　1997 年 5 月 10—11 日　頁 9

285. 鍾怡雯　〈陳靜反手彈〉評析　散文讀本　臺北　二魚文化公司　2002 年 8
　　　月　頁 99—100

286. 張子樟　平行或交叉——少年小說中的父子關係〔〈俄羅斯鼠尾草〉部
　　　分〕　少年小說大家讀：啟蒙與成長的探索　臺北　天衛文化

　　　　　　　　圖書公司　1999 年 8 月　頁 100

287. 張子樟　　平行或交叉——少年小說中的父子關係〔〈俄羅斯鼠尾草〉部
　　　　　　　　分〕　少年小說大家讀：啟蒙與成長的探索　臺北　天衛文化
　　　　　　　　圖書公司　2007 年 5 月　頁 100

288. 張子樟　　青春歲月的片段紀錄——短篇作品評析——懺悔與抗議：〈俄羅
　　　　　　　　斯鼠尾草〉　青春記憶的書寫：少兒文學賞析　臺北　幼獅文
　　　　　　　　化公司　2000 年 10 月　頁 58—60

289. 鍾怡雯　　故土與古土——論臺灣返「鄉」散文〔〈滾滾長江〉部分〕　解
　　　　　　　　嚴以來臺灣文學國際學術研討會論文集　臺北　萬卷樓圖書公司
　　　　　　　　2000 年 10 月　頁 498—499

290. 劉明亮　　發現之旅——劉大任〈唐努烏梁海〉探析　第九屆國立臺灣師範
　　　　　　　　大學國文學系研究生論文研討會　臺北　臺灣師範大學國文學系
　　　　　　　　2003 年 3 月 16 日

291. 劉明亮　　發現之旅——劉大任〈唐努烏梁海〉探析　思辨集　第 6 期
　　　　　　　　2003 年 3 月　頁 195—212

292. 劉明亮　　發現之旅——劉大任〈唐努烏梁海〉探析　對陣者的掙扎——劉
　　　　　　　　大任小說研究　臺北師範學院應用語言文學研究所　碩士論文
　　　　　　　　張素貞教授指導　2004 年 1 月　頁 179—197

293. 廖玉蕙　　〈嗨！你在哪裡？〉作品導讀——兒子的靈魂搜索之旅　散文新
　　　　　　　　四書・冬之妍　臺北　三民書局　2008 年 9 月　頁 44—46

294. 侯如綺　　王鼎鈞〈土〉、劉大任〈盆景〉與張系國〈地〉中的土地象徵與
　　　　　　　　外省族裔的身分思索　臺北教育大學語文集刊　第 17 期　2010
　　　　　　　　年 1 月　頁 235—264

295. 侯如綺　　本土的震盪——離散族裔面對本土化的身分調適與思索——異地
　　　　　　　　再生的象徵：劉大任〈盆景〉　雙鄉之間——臺灣外省小說家的
　　　　　　　　離散與敘事（1950—1987）　臺北　聯經出版公司　2014 年 6
　　　　　　　　月　頁 360—367

296. 林芳妃　〈蔦蘿〉文章賞析　最好的時光：親情，愛在四季　臺北　正中書
　　　局　2010 年 11 月　頁 114—115

297. 何懷碩　兩種民族主義——讀了劉大任〈反芻民族主義〉　人間思想　第 2
　　　期　2012 年　頁 335—338

298. 侯如綺　本土的震盪——離散族裔面對本土化的身分調適與思索——離散
　　　者的心理以及願望：外省族裔小人物的書寫〔〈夜螢飛舞〉部
　　　分〕　雙鄉之間——臺灣外省小說家的離散與敘事（1950—
　　　1987）　臺北　聯經出版公司　2014 年 6 月　頁 452—455

多篇作品

299. 張大春　父子戰於野，兩代千里——評劉大任〈星空下〉及〈重金屬〉
　　　張大春的文學意見　臺北　遠流出版公司　1992 年 5 月　頁 41
　　　—44

300. 王德威　我的父親母親——〈晚風習習〉，〈細雨霏霏〉　聯合文學　第
　　　286 期　2008 年 8 月　頁 70—73

301. 王德威　我的父親母親——評劉大任〈晚風習習〉、〈細雨霏霏〉　晚風
　　　細雨　臺北　聯合文學出版社　2009 年 1 月　頁 213—221

302. 陳大道　親情故事的情節類型——「子女在美」的孤單老人〔〈落日照大
　　　旗〉、〈蛹〉部分〕　留美小說論——以 1960、70 年代《皇
　　　冠》、《現代文學》、《純文學月刊》短篇小說為核心　臺北
　　　知書房出版社　2013 年 10 月　頁 148—149

303. 祁立峰　從〈紅土印象〉到《軍中樂園》——論劉大任小說的國族、身體
　　　與慾望〔〈來去尋金邊魚〉、〈晚風習習〉、〈細雨霏霏〉、
　　　〈紅土印象〉〕　2015 第二屆全球華文作家論壇特輯[7]　第 148 期
　　　2015 年 12 月　頁 20—22

作品評論目錄、索引

304. 〔方美芬，許素蘭編〕　劉大任小說評論引得　劉大任集　臺北　前衛出

---

[7] 《2015 第二屆全球華文作家論壇特輯》收錄於《印刻文學生活誌》第 148 期。

版社　1993 年 12 月　頁 245—246

305. 〔封德屏主編〕　　劉大任　臺灣現當代作家評論資料目錄（六）　臺南
國立臺灣文學館　2010 年 11 月　頁 4137—4148

其他

306. 李明憐　文學不景氣聲中——皇冠出版《劉大任作品全集》[8]　中央日報
1996 年 10 月 2 日　21 版

307. 董成瑜　《劉大任作品集》背後散落未完的夢　中國時報　1996 年 10 月
31 日　39 版

---

[8] 《劉大任作品全集》為皇冠文化出版公司集結劉大任新、舊作品而成，共有 12 本，依序為：《無
夢時代》、《劉大任袖珍小說選》、《走出神話國》、《浮游群落》、《赤道歸來》、《神話的
破滅》、《晚風習習》、《強悍而美麗》、《落日照大旗》、《杜鵑啼血》、《我的中國》、
《果嶺上下》。

國家圖書館出版品預行編目資料

臺灣現當代作家研究資料彙編. 95, 劉大任/須文蔚編選.
-- 初版.-- 臺南市：臺灣文學館, 2017.12
  面；　公分
ISBN 978-986-05-3706-2 (平裝)

1.劉大任 2.傳記 3.文學評論

863.4   106017887

【臺灣現當代作家研究資料彙編】95
劉大任

發 行 人　廖振富
指導單位　文化部
出版單位　國立臺灣文學館
　　　　　地　　址／70041 臺南市中西區中正路 1 號
　　　　　電　　話／06-2217201　　　　傳　　真／06-2218952
　　　　　網　　址／www.nmtl.gov.tw　　電子信箱／pba@nmtl.gov.tw

總 策 畫　封德屏
顧　　問　林淇瀁　張恆豪　許俊雅　陳義芝　須文蔚　應鳳凰
工作小組　王則翔　沈孟儒　林暄燁　黃子恩　陳映潔
編　　選　須文蔚
責任編輯　白心瀞　黃子恩
校　　對　王則翔　白心瀞　沈孟儒　林暄燁　黃子恩
計畫團隊　財團法人台灣文學發展基金會
美術設計　翁國鈞・不倒翁視覺創意
印　　刷　松霖彩色印刷事業有限公司

著作財產權人　國立臺灣文學館
　　　　本書保留所有權利。欲利用本書全部或部分內容者，須徵求著作財產權人
　　　　同意或書面授權。請洽國立臺灣文學館研究典藏組（電話：06-2217201）

經銷展售　國家書店松江門市（02-25180207）
　　　　　國立臺灣文學館藝文商店（06-2217201#2960）
　　　　　一德洋樓羅布森冊惦（04-22333739）
　　　　　三民書局（02-23617511、02-2500-6600）
　　　　　台灣的店（02-23625799）　　　府城舊冊店（06-2763093）
　　　　　南天書局（02-23620190）　　　唐山出版社（02-23633072）
　　　　　後驛冊店（04-22211900）　　　五南文化廣場（04-22260330）

初版一刷　2017 年 12 月
定　　價　新臺幣 360 元整
　　　　　第一階段 15 冊新臺幣 5500 元整　第二階段 12 冊新臺幣 4500 元整
　　　　　第三階段 23 冊新臺幣 8500 元整　第四階段 14 冊新臺幣 5000 元整
　　　　　第五階段 16 冊新臺幣 6000 元整　第六階段 10 冊新臺幣 3800 元整
　　　　　第七階段 10 冊新臺幣 3200 元整　全套 100 冊新臺幣 30000 元整

GPN　1010601824（單本）　　ISBN　978-986-05-3706-2（單本）
　　　1010000407（套）　　　　　　　978-986-02-7266-6（套）

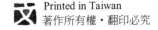